LA FILLE DE L'AIR

Randi Fuglehaug

LA FILLE DE L'AIR

ROMAN

Traduit du norvégien
par Marina et Françoise Heide

Albin Michel

Cette traduction a été publiée
avec le soutien financier de NORLA.

NORLA
Norwegian
Literature Abroad

Édition originale norvégienne parue sous le titre :
FALLESJUKE

« Oh but you are in my blood
You're my holy wine
You're so bitter, bitter and so sweet »

Joni Mitchell

DIMANCHE

Elle n'était pas allée aux toilettes. Plus le temps.

Le moteur tournait quand elles étaient montées à bord, les autres n'auraient pas apprécié qu'elle s'avise de ressortir. La cérémonie d'ouverture avait commencé, le planning était serré. Quand l'avion, quittant la zone d'embarquement, commença à rouler lentement sur la piste vers l'est, Veslemøy Liland croisa les jambes et s'efforça d'oublier qu'elle n'avait pas pris ses précautions, comme aurait dit sa grand-mère. Elle attacha le mousqueton de sécurité à son harnais. L'épais tissu de laine de son costume folklorique lui grattait les cuisses. Il lui avait fallu un temps fou pour glisser les replis de la jupe à l'intérieur de son legging synthétique bien ajusté, et maintenant, elle crevait de chaud. Elle jeta un œil par-dessus son épaule : aucune de ses trois amies ne semblait souffrir de démangeaisons ou d'une envie pressante. Joni leva les yeux et lui adressa un regard interrogateur. Celle-ci avait gardé ses lunettes et son casque sur les genoux, par cette chaleur, elle ne supportait rien sur sa tignasse de boucles rousses.

Alors que l'appareil faisait demi-tour en bout de piste, Veslemøy aperçut le type chargé de filmer le saut, il était à peine visible derrière la crinière de Joni. Elle ne l'avait jamais vu, un nouveau, sans doute. Pas facile de suivre les allées et venues au club, maintenant qu'elle n'avait plus le temps de sauter en parachute aussi souvent et qu'elle n'allait plus aux soirées.

L'avion prit son élan et repartit pleins gaz en direction de l'ouest. Elle attendit le décollage pour regarder le bâtiment du club par le minuscule hublot. Le terrain grouillait de monde à l'entrée de la cafétéria, des enfants et des adultes, des participants et des spectateurs, des gens qu'elle connaissait et…

Elle se figea soudain.

Cet homme qui se tenait à l'écart, bras croisés, fixant l'avion.

Était-ce lui ?

Elle regarda encore. Ce qu'elle venait de voir, ou croyait avoir vu, là, en bas, ne cessait de rapetisser. Tout disparut bientôt de son champ de vision, la baraque et ce visage qu'elle n'avait plus croisé depuis des années, qu'elle espérait ne plus jamais avoir à affronter.

Une sensation douloureuse lui noua l'estomac.

Elle avait mal vu.

Quelqu'un qui lui ressemblait, voilà tout.

Elle s'adossa au fauteuil, tenta de se laisser bercer par le ronronnement monotone du moteur, mais l'inquiétude avait commencé à instiller son poison. À l'odeur de la sueur et des équipements usagés s'ajouta celle d'un parfum entêtant. Elle s'efforça de chasser ce souvenir avant qu'il ne s'installe, mais la nausée montait déjà.

Se reprendre. Se concentrer. Positiver, penser aux rayons de soleil, par exemple, qui l'éblouirent quand elle jeta de nouveau un œil au-dehors et vit s'estomper sous leurs pieds la cime des arbres sur l'aéroport de Bømoen. La végétation se transforma bientôt en un tapis continu vert-de-gris, tandis que l'avion amorçait son ascension au-dessus de la pente des montagnes alentour, vers un ciel au bleu presque indécent. Cette fois, le pilote avait pris par le nord, ils survolaient déjà les eaux calmes du lac Lundavatnet, avançaient vers le Lønavatnet. Elle sentit la cruelle sensation refluer un peu. Quelle météo de rêve ! Il y avait bien longtemps qu'elle n'avait pas eu une telle chance, que le brouillard ne s'était pas acharné à gommer toute la beauté du paysage. Après un printemps pourri, les prévisions météorologiques à long terme pour la région de Voss avaient laissé supposer que le festival, cette année, serait gâché par la pluie, et elle s'était préparée à devoir s'excuser auprès de tous les parachutistes venus de pays où un ciel dégagé relevait de l'évidence. Les vétérans, qui connaissaient le climat local et le prix de la bière en Norvège, venaient de toute façon. Mais les jeunes néophytes passionnés, prêts à faire un long voyage pour sauter au-dessus des *beautiful fjords*, encaissaient mal la déception quand il fallait annuler les épreuves jour après jour – sans compter que le Vangsvatnet n'était pas un fjord. Curieusement, elle culpabilisait toujours pour le mauvais temps.

Positiver. La semaine s'annonçait prometteuse. Il y avait quelques minutes à peine, elle se sentait étonnamment légère, malgré cette ridicule erreur de débutante qui lui valait de penser intensément à sa vessie. Elle baissa les yeux sur son poignet : 7 000 pieds, disait l'altimètre ; et au même moment elle reçut un SMS de Steven.

Je te déteste, écrivait-il.

Son estomac se noua douloureusement. La mauvaise conscience, surtout, mais aussi la peur à l'idée de ce qu'il pouvait faire. La bulle sur l'écran montrait qu'il continuait à écrire, et un nouveau message arriva aussitôt.

Mais jamais je ne te laisserai partir.

Elle regrettait de ne pas lui avoir dit la vérité plus tôt. Elle n'en pouvait simplement plus. Cette décision était la bonne, même si elle faisait mal. Certes, elle l'aimait, mais elle détestait ce qu'il était devenu. Les disputes qui éclataient tous les week-ends, le désagrément de le voir rentrer si tard empestant l'alcool. Il était rare qu'elle s'autorise un commentaire, elle sentait juste ses traits se tendre en une expression qui la faisait ressembler à sa mère, elle en était sûre. Elle aurait tant voulu se montrer compréhensive, elle savait qu'il avait cruellement besoin d'un break dans ces journées monotones qui commençaient toujours trop tôt. Avec Peppa Pig comme fond sonore et l'odeur des couches. Elle-même avait adopté cette vie formatée, et y avait pris goût. Mais lui ne s'était certainement jamais imaginé coincé dans un quotidien de ce genre. Il aurait dû rester à Queenstown, continuer à picoler de la bière et à dormir sur un matelas posé à même le sol dans un vingt-cinq mètres carrés. La belle vie à ses yeux, quoi.

Son erreur, c'était de l'avoir suivie en Norvège.

Une erreur qu'ils payaient tous les deux.

Elle repensait souvent au jour où ils s'étaient rendus à l'hôpital pour la première échographie, cet événement qu'il avait appelé le point de non-retour. La sage-femme n'avait pas réussi à dissimuler son enthousiasme en constatant qu'il y avait deux embryons, lâchant la nouvelle avant qu'eux-mêmes ne discernent quoi que ce soit sur le minuscule écran. À sa mimique, elle avait compris qu'il s'efforçait courageusement de paraître aussi heureux qu'elle. Jamais plus il ne le serait pleinement.

C'est cette fois-là qu'elle aurait dû tout lui dire.

« Encore deux minutes, les filles ! »

La voix du pilote l'arracha à ses pensées, puis l'avion ralentit. Douze mille pieds. Elle se redressa. Comme elle était la plus proche de la porte, dans le petit Cessna 206, elle sauterait la première. La règle LIFO – dernier arrivé, premier sorti – était un principe de base qu'on leur avait appris quand elles avaient commencé, il y avait des lustres. Le même stage au cours duquel on avait dû leur expliquer qu'il valait mieux aller pisser avant d'embarquer.

Elle se leva, ouvrit la porte coulissante, sentit sur son visage la chaleur inhabituelle de l'air.

Elle ajusta ses lunettes, frappa deux fois sur son casque.

Concentration.

Elle jeta un dernier regard en arrière pour s'assurer que les autres étaient prêtes et aperçut aussitôt trois pouces levés. Même Gro et Cat qui, comme presque toujours, étaient restées le nez dans leur téléphone jusqu'à la dernière minute, affichaient à présent une mine déterminée. Elle s'avança prudemment sur le marchepied extérieur, ses trois amies sur les talons. Elle attrapa le bras de Gro, qui s'accrocha d'une main à celui de Joni, laquelle fit de même avec Cat.

« READY – SET – GO », lança-t-elle, et elles sautèrent toutes les quatre.

La gravité prit le contrôle de leurs corps, le vent les accueillit en douceur dans son lit familier. Se tenant par le bras, sans se quitter des yeux, elles refermèrent le cercle en étoile. À son signal, elles entamèrent la chorégraphie qu'elles avaient déjà exécutée si souvent ensemble, avec les nuages pour scène. Mais cette fois, Veslemøy Liland ne parvint pas à chasser tout le reste.

Dont cette question : cet homme qu'elle avait vu, était-ce vraiment lui ?

Si oui, il n'était pas là par hasard.

Mais cette fois, elle serait préparée. Il était temps qu'elle sache se débrouiller, qu'elle parle en son nom, qu'elle se défende seule.

Un coup d'œil à son poignet : 5 000 pieds.

C'était allé vite.

Elle capta le regard de chacune de ses amies, avant de lâcher prise.

Veslemøy précédait légèrement les autres, elle déclencha l'ouverture de la voile principale et attendit la secousse toujours un rien désagréable, malgré l'habitude.

Mais la secousse ne vint pas.

Trimballer des parts de pizza sans y toucher, c'est un peu comme retenir un orgasme au moment où il se pointe, se dit Agnes Tveit. Elle aimait se réjouir à l'avance, mais attendre lui était insupportable. D'ailleurs, il ne s'était écoulé qu'un peu plus d'une heure depuis le repas, mais contrairement à ses habitudes elle avait prévu de ne pas attaquer son snack avant d'avoir rendu son dernier papier. De toute façon, les restes de pizza maison seraient encore meilleurs une fois réchauffés. L'idée du fromage à demi fondu lui mit l'eau à la bouche.

Elle envisagea de s'acheter une glace, mais s'arrêta net en voyant la queue devant le kiosque. Avant que son moral flanche, elle pensa au festival et décida d'y voir un motif de contentement. Aucun doute : la Semaine des sports extrêmes allait de nouveau battre son record de visiteurs. La cérémonie d'ouverture, fin juin, réussissait toujours à tirer de leur torpeur dominicale un grand nombre d'habitants de Voss, néanmoins il n'était pas rare qu'un petit douze degrés sous la bruine donne aux gens une bonne excuse pour rester chez eux. Aujourd'hui, la direction du festival et le propriétaire du kiosque à glaces devaient pousser des soupirs de soulagement : le quartier autour du chapiteau, planté en plein centre, sur le parc Prestegardslandet, grouillait de monde. Ici, à deux pas de l'église et des rues commerçantes – aux bâtiments d'après-guerre reconstruits suite aux bombardements –, le soleil dardait ses rayons sur la foule et faisait briller les flancs verts des montagnes. On distinguait sur les sommets du Gråsida et du Horndalsnuten les spectaculaires chapeaux de neiges éternelles. Le tout se reflétait dans la surface immobile du lac Vangsvatnet, redoublant la beauté de l'endroit.

C'étaient des jours comme celui-ci qui la rendaient nostalgique. Ils lui rappelaient les étés de son enfance, quand elle pensait vivre dans la plus belle ville du monde, toujours semblable aux cartes postales qu'on vendait dans la boutique de souvenirs signalée par un grand troll. Par des journées comme aujourd'hui, Voss remportait encore la palme, jolie bourgade ni trop grande ni trop petite. Facile à cerner sans pour autant vous rendre claustrophobe. Une sorte de centre du monde, malgré sa situation très excentrée sur la carte.

On avait clos un carré de pelouse avec des panneaux publicitaires aux couleurs des sponsors du festival. De toute évidence, la drop zone. Les photographes de cartes postales auraient dû se tenir prêts à mitrailler : les touristes s'arracheraient les images de ces beautés en costume folklorique tombées d'un ciel sans nuages. Sans doute le temps estival contribuait-il à la bonne humeur d'Agnes, mais l'interview qu'elle avait obtenue des parachutistes avant le départ y était pour beaucoup. Non seulement la journaliste qu'elle était se sentait satisfaite, mais cela avait été l'occasion de revoir les quatre amies pour la première fois depuis le lycée. Au fond, il était étonnant qu'elles se fréquentent toujours. Dans son souvenir, on trouvait difficilement plus différent côté personnalité : la sage Gro Skutle ; la colérique Kathrine Bøe, dite « Cat » ; la voluptueuse Joni Roberta Farestveit, avec son nom de superstar ; et la charmante Veslemøy Liland, aussi mystérieuse qu'étourdie.

À ses yeux, la seule chose qu'elles aient en commun était leur passion pour le parachutisme. Mais en y réfléchissant, le lien qui les unissait était plus fort que ce qu'il reste d'ordinaire entre amis d'enfance. Les vieux souvenirs suffisent difficilement à entretenir l'amitié, ce qui explique peut-être qu'en général on se perde de vue.

Agnes en avait elle-même fait l'amère expérience. À deux exceptions près, elle avait perdu tout contact avec celles qu'elle côtoyait autrefois. D'où le plaisir teinté d'une certaine émotion qu'elle avait ressenti en constatant que ces quatre femmes étaient non seulement restées proches mais continuaient à cultiver leur passion commune. Cette année, on leur avait confié l'ouverture du festival, pour la première fois une équipe exclusivement féminine.

Pas trop tôt, c'était le moins qu'on puisse dire.

– On risque de se retrouver avec la police du folklore sur le dos, avait ironisé Kathrine vêtue de son costume, en s'affairant aux derniers préparatifs. Personnellement, je trouve que ce déguisement n'a jamais eu aussi fière allure depuis ma confirmation.

Et en rigolant elle avait passé la main dans sa frange, collée à son front par la sueur. Elles avaient enfilé toutes les quatre le traditionnel chemisier blanc amidonné, avaient épinglé leurs broches en argent, puis mis quelques minutes pour parvenir à glisser la longue jupe de laine dans leurs leggings de nylon noir.

– On a dû bidouiller le précieux costume national, avait avoué Gro.

Pour pouvoir dissimuler les sangles du harnais, il avait fallu défaire quelques centimètres d'une couture latérale. Elles ne pourraient libérer les replis de leurs jupes qu'une fois le parachute ouvert, quand elles descendraient doucement.

Elles s'empresseraient alors de ressortir tout ce tissu de leurs leggings, avant que le public à terre ne puisse distinguer leurs silhouettes. D'ici là, elles resteraient comprimées comme des saucisses des pieds à la taille.

– On ressemble à des vachères volantes, avait commenté Kathrine, les bras grands ouverts, tandis que Veslemøy, plantée derrière Joni, rectifiait la position de son corselet.

Agnes avait simplement noté sur son bloc-notes « vachères volantes / comprimées comme des saucisses », avant que le moteur du petit Cessna qui les attendait sur la piste, devant le bâtiment du club, n'empêche tout échange. Elle leur avait fait signe de la main, puis s'était engouffrée dans sa voiture pour rejoindre le centre-ville, où elles se retrouveraient juste après l'atterrissage pour une courte interview-bilan.

L'idée des costumes folkloriques était sympa, mais ça n'aurait jamais qu'un effet marginal sur la popularité du saut en parachute. On pouvait s'acharner à rendre les sports extrêmes plus accessibles au grand public, il serait toujours plus fun de participer que de regarder. Et ni l'un ni l'autre ne branchait Agnes ; elle était née sans la soif d'adrénaline qui tenaille au corps l'habitant moyen de Voss.

D'une manière générale, beaucoup des centres d'intérêt de ceux que le sort avait amenés ici lui faisaient défaut.

Elle regarda vers le ciel, les mains en visière. Rien en vue. Tout ce qu'elle devinait, c'était quelqu'un qui approchait en trottinant dans son champ visuel périphérique, un enfant à chaque main.

– Agnes Tveit ! s'exclama une jolie brune dont le sourire lui disait quelque chose, mais dont le nom lui échappait.

– Bonjour !

– Ça fait un bail, observa l'autre, qui releva sur son crâne ses grandes lunettes de soleil, découvrant des yeux pétillants d'enthousiasme. Je ne sais même pas si on s'est vues depuis le lycée, si ?

Le blanc total. Une fille de la section médias, peut-être ? Dieu que c'était agaçant.

– Non, sûrement pas. Qu'est-ce que tu deviens, depuis le temps ? demanda Agnes, braquant l'objectif sur son interlocutrice, une technique qui avait déjà fait ses preuves.

– Oh, ça roule. Mon petit dernier a trois ans et sa grande sœur entre au CP en août. Le temps passe à toute allure. On habite à Bergen. Et toi, tu es toujours à Oslo, d'après ce que je vois sur Facebook ?

– Non, on s'est installés ici l'année dernière.

Elle n'avait pas dû poster grand-chose sur les réseaux sociaux depuis le déménagement.

– Ah, mais c'est super ! s'écria la jeune femme, l'air sincère. Je l'ai toujours dit : on finit plus ou moins tous par être raisonnables et revenir dans l'Ouest, petit à petit. Personnellement, je n'ai jamais adoré Oslo, il y a trop de SDF, là-bas, et ça manque de montagnes. Ça doit faire du bien d'être à nouveau ici, tout près des grands-parents, non ?

La femme sans nom lui adressait un regard plein d'attente, malgré ses gamins qui la tiraient impatiemment par la manche. Voilà le moment où Agnes était censée parler des siens.

– C'est génial, répondit-elle, en espérant échapper à des questions supplémentaires.

Ici, elle avait sans cesse droit à ce genre de rencontre, reconnaissant les visages, mais pas les gens. À moins que… Comment savoir, vingt ans après ? Elle en ressentait une angoisse permanente. Pas moyen d'être tranquille, elle devait constamment rester sur ses gardes, se méfier d'un passé qui resurgissait transformé. Tantôt avec quinze kilos en plus, tantôt avec un crâne poli comme une boule de bowling. Ce type à qui elle avait réclamé une interview pour une enquête, est-ce qu'il ne faisait pas partie de ceux qu'elle admirait à la table de billard de la maison des jeunes, à l'époque ? Et qui sait si le nouveau président de la chambre de commerce n'était pas le garçon avec qui elle avait dansé un slow à la discothèque de Grimshalli ? Sans oublier tous ceux qu'elle reconnaissait. Plusieurs fois par jour, elle croisait quelqu'un en se disant : j'aurais peut-être dû m'arrêter et discuter, ou au moins lancer un bonjour au passage.

En général, elle évitait le problème en fixant ses pieds.

Heureusement, la plupart faisaient de même.

Parmi les us et coutumes des habitants de l'Ouest, c'était de loin celui qu'elle préférait.

De ce point de vue, la jeune femme brune était une exception. Dès qu'elle s'éloigna, Agnes sortit son téléphone et passa dix minutes sur Facebook à chercher son nom. Pour constater que l'intéressée était du style à mettre ses gosses en photo sur son mur. Agnes se sentit aussitôt plus tranquille.

Viktor lui manquait. Depuis qu'il était père de famille, les occasions de retrouver son meilleur ami se faisaient beaucoup trop rares. Ce qu'elle regrettait le plus, c'étaient leurs discussions quotidiennes, l'amitié qui les liait quand ils vivaient ensemble à Oslo, sans personne à leurs côtés. Fredrik et elle l'avaient invité un soir à dîner, avec Gro, il y avait de ça quelques mois, mais ce n'était plus pareil, maintenant qu'il fallait tenir compte à la fois d'un médecin originaire d'un autre coin de Norvège et d'une millionnaire de l'ameublement qui n'avait jamais vécu ailleurs qu'à Voss. À quatre, la conversation était mille fois plus poussive.

Agnes n'avait aucune envie de se faire tenir la jambe par d'autres quasi-inconnus grisés par l'ambiance estivale. Elle sortit le journal du samedi de son sac à appareil photo et le laissa tomber sur la pelouse. Avant de s'asseoir dessus au risque de salir sa robe blanche, elle prit le temps de jeter un coup d'œil sur la photo en première page. Le mariage-surprise qu'on lui avait demandé de couvrir au beau milieu de la semaine, organisé par une bande d'amis qui estimaient que l'éleveur de porcs et sa copine avaient assez tardé à régulariser leur situation. Sur le cliché couleur, qui s'étalait sur les deux tiers de la page, on voyait l'heureux couple dans une porcherie, une bouteille de champagne à la main et deux porcelets crottés gigotant sur les genoux du marié. Elle était marrante, cette photo, et réussie techniquement parlant, Agnes en était satisfaite, mais de là à la mettre en une… Ridicule ! Si *VG* s'était avisé de faire la moindre allusion à cet épisode en première page, sa boîte mail aurait débordé de messages de lecteurs doutant qu'il s'agisse vraiment de « l'événement le plus important que le pays ait connu ces dernières vingt-quatre heures ». Si on lui avait adressé la même remarque aujourd'hui, elle aurait pu répliquer qu'effectivement, cette noce impromptue était ce que Voss avait vu se produire de plus spectaculaire au cours de la semaine.

– C'est une bonne chose pour tes *future stories*, avait déclaré Eskildsen à la réunion de jeudi matin.

Elle se demandait encore si le rédacteur en chef faisait exprès de mal prononcer *feature stories*. Sans doute que oui, ce type était intelligent et il avait de la bouteille. Il fallait vraisemblablement y voir une pique lancée contre elle, qui incarnait ladite rubrique. Eskildsen se montrait moqueur depuis l'entretien d'embauche. Elle s'était épanchée longuement sur la nécessité d'introduire dans les journaux locaux un journalisme plus moderne, plus qualitatif, avec moins d'articles factuels sur les tournois de foot, les réunions du conseil municipal et les brocantes de quartier, et plus d'entretiens approfondis avec les gens. N'importe qui a une histoire, avait-elle prêché, la femme de ménage autant que le pasteur du coin, et d'ajouter, sans se vanter, qu'elle avait fait plus que ses preuves en la matière pour l'édition week-end de *VG*. Elle avait réussi à arracher à des célébrités des confidences sur leurs traumatismes d'enfance et leurs divorces déchirants, et il n'était pas rare que ses sujets fassent la couverture des deux magazines.

Eskildsen avait murmuré à plusieurs reprises son mantra : « La vie est trop courte pour lire *VG* et *Dagbladet.* » Mais il l'avait embauchée, alors qu'il y avait sûrement d'autres candidats en lice. La prime de départ que lui avait accordée *VG* avait de plus pesé dans la balance pour qu'elle et Fredrik plient bagage, fuyant les plans sociaux, la fin programmée du journal papier et tout ce merdier dont elle n'avait pas touché un mot à son futur patron.

Ils n'étaient pas encore arrivés qu'Agnes regrettait déjà sa décision. Le fameux climat de la région les avait assaillis en plein milieu du plateau du Hardanger. Ils laissaient derrière eux le ciel bleu de l'Est, pour entrer dans leur nouvelle vie sous le signe de la grisaille et du brouillard, dans cette partie du pays où les gens, devait-elle vite découvrir bien qu'elle y ait déjà vécu pendant dix-huit ans, parlaient des jours sans pluie du ton enthousiaste avec lequel on commente ailleurs un soleil radieux. Depuis lors, la météo était devenue sous sa plume un thème plus récurrent que n'importe quel autre.

Ici, à Voss, le journal local coulait toujours des jours heureux, même s'il fallait faire autant qu'avant avec moins de ressources, et qu'Eskildsen leur enjoignait à une réunion sur deux de progresser sur le plan numérique et de s'arranger pour être plus visibles sur les réseaux sociaux.

Agnes prit son téléphone et consulta le site du *Bergens Tidende*. Quelle bénédiction d'avoir un journal régional pour fidèle assistant, elle y puisait matière à citations et beaucoup de sujets pour ses articles. Elle avait des pages et des pages à remplir à elle seule, ou presque, plus un site à mettre à jour, et son objectif était de faire le maximum depuis son confortable bureau. Ce qu'elle appréciait le plus dans ce nouveau boulot, c'était d'avoir encore le droit, comme tous les autres journalistes, de fermer sa porte et de s'isoler entre quatre murs. Plus d'open space, elle s'en félicitait. Ce précieux avantage en nature justifiait en soi d'avoir opté pour un journal local. Mais elle ne risquait pas de pouvoir s'y cloîtrer. Il s'en passait, des choses, surtout en ce début d'été. Son bloc-notes était toujours plein, en particulier quand elle était de garde le week-end. Rien que le matin même, elle avait fait un saut à l'assemblée annuelle de l'association des agricultrices, avec à la clef le concert d'un violoneux du coin, puis elle était passée à une réunion d'amateurs de vieilles voitures, avant d'aller interroger les mères des jeunes talents de la Voss Cup de football. Elle avait dû se rendre à l'évidence : même si cette feuille de chou ne paraissait que trois fois par semaine, on y bossait au moins autant que dans les titres de la presse nationale.

En revanche, bien des aspects l'amusaient encore. Elle se faisait toujours une joie de son coup de fil quotidien à la police, tentant de deviner ce que le commissaire Storedal – ou mieux encore, Viktor, s'il était de garde – allait pouvoir lui rapporter des faits divers survenus dans la nuit du vendredi au samedi, ou du samedi au dimanche.

Un homme en état d'ébriété ramené chez lui par les flics. Un autre placé pour la nuit en cellule de dégrisement. Tapage nocturne de deux ivrognes devant le Park Hotel Vossevangen.

Quand elle ne devait pas se contenter des non-événements habituels, comme ceux qu'elle évoquait lorsqu'il n'y avait rien à raconter :

« Aucun détenteur de stupéfiants appréhendé en février. »

« Aucun cas d'ivresse sur la voie publique ce week-end. »

Viktor lui lisait toujours sa liste de faits divers sur un ton sérieux et responsable, mais il lui arrivait de devoir s'interrompre, tant elle rigolait à l'autre bout du fil. Une attitude franchement puérile, ne manquait-il pas de lui faire remarquer. Mais elle continuait de trouver relativement absurde qu'ils se retrouvent soudain dans une relation aussi marquée par le professionnalisme et le respect des formes, après avoir jadis partagé des bouteilles de vin par milliers et s'être mutuellement tenus au courant de leurs exploits amoureux jusque dans les détails les plus croustillants.

Absurde aussi, le fait que son meilleur ami soit devenu flic.

Elle se demandait si Viktor n'aurait pas été plus heureux dans la peau d'un jardinier, comme il l'envisageait à l'origine. Bien sûr, il avait encore la main verte et son jardin était le plus beau de Voss, mais elle se souvenait qu'à vingt ans il mettait déjà sa fierté à soigner les yuccas et les bonsaïs de leur coloc. Tout avait changé au cours de cette nuit d'hiver pluvieuse où on lui avait cogné la tête contre un réverbère glacé, alors qu'il rentrait chez lui du centre-ville d'Oslo. C'était la première fois que quelqu'un de l'entourage d'Agnes se trouvait exposé à la violence gratuite, du moins si l'épisode s'était déroulé comme Viktor le lui avait rapporté quand elle était allée le voir aux urgences. Elle s'était abstenue de lui demander s'il n'avait pas provoqué le type en lançant des conneries, sachant sa tendance à l'ouvrir un peu trop. Quelque chose chez lui avait changé ce jour-là, elle l'avait vu dans son regard. Le printemps venu, il s'était mis au jogging. Il courait à n'en plus finir et pouvait se flatter d'une forme athlétique pour la première fois de son existence. Quelques mois plus tard, il avait postulé pour l'École de police, à la grande surprise d'Agnes. Et à leur grande surprise cette fois à tous les deux, il avait été admis. Viktor avait troqué l'alcool et les clopes contre les boissons vitaminées et les protéines en poudre, devenant subitement un garçon modèle, prêt à servir son pays. La bouteille et le tabac, il y était revenu plus tard quand l'occasion le lui permettait, mais aussi incroyable que ce soit il était arrivé à bout de ses études, et en un clin d'œil il était devenu Monsieur Tout-le-Monde, avec un boulot, une femme et des gamins.

La queue devant le kiosque s'était encore allongée. Agnes n'avait plus qu'à faire une croix sur son envie de glace. À défaut, elle tira doucement sur la fermeture éclair de son sac à dos. Le fumet de sa « pizza années quatre-vingt-dix », comme l'appelait Fredrik, lui monta immédiatement aux narines malgré le sachet plastique hermétique. Elle l'attrapa, le déposa sur ses genoux, tâta à travers l'emballage la viande hachée, le poivron, le fromage, et n'hésita pas plus longtemps : elle ouvrit le sachet, se saisit avec délicatesse d'une part qui s'amollit lourdement entre ses mains. Elle l'amena lentement à sa bouche et mordit la pointe. Puis elle plia la part en deux, s'accorda une grosse bouchée, et poussa un tel soupir de gourmandise que la personne à côté d'elle se retourna.

Après avoir entamé la deuxième part, Agnes jeta autour d'elle un regard circulaire pour voir si d'autres journalistes étaient présents. Le seul repérable était un type pâle et enveloppé, avec un bloc-notes dépassant de la poche arrière de son pantalon et un reflex numérique pendu au cou. La dégaine de son confrère n'aurait pas été plus flagrante avec une carte de presse collée au front, mais l'homme semblait surtout concentré sur son cornet de crème glacée qu'il léchait avidement. En voilà un que la file d'attente n'a pas découragé, se dit-elle.

Elle s'empara de son téléphone, fit défiler le fil d'actualité sur Facebook et Instagram. Même par cette belle journée estivale, l'affreuse capitale qu'elle avait été si impatiente de quitter lui manquait. Un ancien collègue avait posté la photo d'un petit pain en train de cuire dans un four, gratifiée de plusieurs smileys.

Elle lika rapidement, ferma le navigateur et dirigea son regard vers le lac.

Un cri d'enfant donna l'alarme.

Levant les yeux, Agnes vit un point rouge, blanc et noir tomber du ciel à pleine vitesse. Puis s'abattre avec une terrible force sur la pelouse, à une dizaine de mètres du public.

Sous le grand soleil, toute la ville de Voss, les gens et le temps semblaient avoir été figés par la glace. Juste assez longtemps pour qu'Agnes ait le temps de se demander ce qui était arrivé.

Puis la panique éclata sur le parc en une infernale montée de hurlements.

Sa chevelure blonde était déployée sur l'herbe, comme une auréole.

Veslemøy Liland ressemblait à une poupée en porcelaine qu'on aurait jetée à terre.

Sur le côté de son visage tourné vers le ciel, aucune égratignure.

Presque pas de sang.

Elle aurait pu paraître belle, plongée dans un sommeil paisible, sans ces cernes violets autour des yeux, et si son crâne, par endroits, n'était… déformé, et même franchement écrasé. Manifestement, elle avait dû heurter le sol côté gauche.

Le reste de son corps semblait relativement intact. Mais sa jambe gauche pointait selon un angle douloureux à voir.

Agnes aurait préféré ne pas regarder, mais elle ne pouvait détourner les yeux.

Elle déglutit à plusieurs reprises.

La pizza qu'elle venait d'engloutir menaçait de ressortir à tout moment.

La moitié de Voss venait de voir un être humain tomber du ciel, l'événement semant le chaos. La plupart des spectateurs étaient repartis chez eux, d'autres avaient été pris en charge par les secours et par une cellule de crise opérationnelle en un rien de temps. Étonnant pour un bled pareil, se dit-elle.

Des curieux qui n'avaient pas encore réussi à se faufiler au plus près s'attardaient derrière les barrières mises en place par la police.

À présent, un silence de mort régnait sur le parc.

– Malheureusement, je dois dire que je ne suis pas plus étonné que ça, lui glissa le commissaire Sigmund Storedal, la mine attristée mais sévère. Il n'y a pas si longtemps, on a dû décrocher un Allemand qui était resté coincé dans un bouleau, par là-bas. Sa vie n'était pas suspendue à un fil, mais à une branche. Entre nous, en off, hein, j'ai bien peur que ces gens s'excitent un peu trop parfois.

Agnes ne répondit rien.

Storedal ne releva pas l'allusion contenue dans son silence.

– Il y en a… Je ne parle pas de cette pauvre fille, hein… Mais il y en a qui semblent plus soucieux de s'envoyer en l'air à coups d'adrénaline que d'en ressortir vivants. En off, ça aussi, bien sûr. Heureusement, ça prend rarement une tournure pareille. Je n'ai jamais rien vu de tel. Là, tu peux me citer, ajouta-t-il avant que son téléphone ne sonne et qu'il réponde d'une voix irritée : Viktor, bon sang, qu'est-ce que tu fous ?

Elle se taisait toujours, les yeux fixés sur Veslemøy Liland. Quand Storedal tira de nouveau le drap blanc sur la morte, elle laissa glisser son regard un peu plus loin, vers l'hôtel, l'église, le collège derrière ses arbres et leur feuillage d'un vert éclatant, la piscine en plein air où, enfant, elle venait barboter une bonne partie des grandes vacances, même sous la pluie, et enfin le camping. Avant de revenir à son point de départ, ce corps qui reposait en paix, mais gisait encore dans son costume folklorique déchiré, parmi un enchevêtrement de cordes de parachute.

Le soleil du soir jetait une lumière bien trop belle sur la cruauté du drame. Agnes pensa à la facilité avec laquelle une vie pouvait s'éteindre en l'espace d'un instant.

Et puis soudain, elle se souvint d'avoir déjà vu Veslemøy Liland inanimée.

Ce fameux jour celle-ci portait un pantalon moulant Miss Sixty, avec un haut qui s'arrêtait au-dessus du nombril. À l'époque, Agnes ne buvait pas encore d'alcool. Se cantonnant au rôle de spectatrice aussi sobre que fascinée, elle déambulait dans la grande maison des voisins à la recherche des toilettes, quand elle était tombée sur la vision effrayante de Veslemøy, alors élève de première, affalée dans la baignoire. Elle était aussi inerte que si elle prenait un bain, mais sans eau et tout habillée, ses longs cheveux blonds répandus sur le rebord. Agnes avait eu la peur de sa vie. Dans les films, ceux qui semblent paisiblement endormis s'avèrent souvent morts quand on les regarde de plus près. Comme Veslemøy n'avait pas réagi quand elle l'avait secouée, le cinéma avait inspiré à Agnes un autre geste : elle avait ouvert le robinet de la douche. Poussant un cri, la jeune fille était aussitôt revenue à la vie en tremblant de tous ses membres pendant quelques secondes. Tout en s'essuyant avec une serviette, elle avait lancé un regard à Agnes dans le miroir en lui déclarant :

– Personne ne m'arrêtera.

– Ah non ?

– Il ne sait pas ce qu'il risque.

– Ah, avait répondu Agnes, cherchant vainement ce qu'elle pourrait ajouter, naïve comme elle était.

Puis Veslemøy avait quitté la salle de bains dans son T-shirt mouillé devenu transparent, sans même la remercier. Agnes l'avait revue juste après assise dans l'escalier une bière à la main, puis était rentrée à la maison pour se pelotonner dans le canapé d'angle de ses parents.

Cette histoire datait de plus de vingt ans. Sauf erreur, c'était la première et la dernière fois qu'elle avait parlé avec cette fille – jusqu'à ce matin.

Mais cette fois, rien ne pourrait ressusciter Veslemøy Liland.

Agnes se mit en chemin vers sa voiture pour rejoindre son bureau. En se retournant, elle aperçut Viktor qui se hâtait sur la pelouse, la chemise de son uniforme à moitié sortie de son pantalon, tandis que l'on soulevait la poupée désarticulée pour la déposer sur une civière.

Sur la table du salon étaient posés deux verres de vin, l'un à moitié vide, l'autre rempli à ras bord.

– J'ai pensé que tu en aurais besoin, lui dit Fredrik avec un signe de tête vers le verre plein, avant de s'approcher et de la serrer dans ses bras.

En se blottissant contre son épaule, elle sentit l'odeur de l'hôpital. Contrairement à ce qu'on voyait dans les séries américaines, il ne rentrait jamais à la maison avec sa blouse, mais avec cette puanteur stérile qui lui imprégnait les cheveux et la peau.

– Merci, répondit-elle en se libérant de son étreinte.

Elle s'assit sur le canapé sans toucher à son verre. Ses mains tremblaient encore. La nausée lui nouait toujours l'estomac.

– Tu as assisté à la chute ? demanda-t-il.

– Comme tout le monde. Les enfants, tout le monde. Plusieurs ont même filmé la scène avec leur téléphone.

– Les connards.

– À propos de téléphone, tu peux m'appeler ? Je ne trouve pas le mien.

Fredrik ouvrit l'application « Localiser mon iPhone », comme il le faisait à Oslo chaque fois qu'au terme d'une soirée bien arrosée ils avaient oublié un portable chez quelqu'un, quelque part en ville, ou dans un taxi. Circonstances qui paraissaient presque remonter à une vie antérieure.

– Il n'a pas l'air bien loin.

– Je sais, c'est pour ça que je t'ai demandé de me biper.

Il s'exécuta enfin. Le téléphone retentit au fond de son sac à appareil photo.

– Au fait, tu as rendez-vous chez le dentiste demain, dit-il, le regard toujours rivé sur son écran devenu entre-temps agenda.

– Je suis au courant, papa, rétorqua-t-elle en battant des paupières.

Il lui répondit d'un sourire en coin, sans doute pour creuser ses jolies fossettes. Ils n'échangèrent plus un mot pendant un moment. Elle avait posé les yeux sur la compétition d'athlétisme qu'il regardait d'un œil distrait à la télé. Saut en hauteur, saut en longueur, le spectacle tournait en boucle sans exiger aucun effort cérébral, mais la fatigua quand même. Elle aurait dû lui demander comment s'était passée sa garde du week-end. Elle savait que le CHU d'Oslo lui manquait, ses collègues, son travail, mais il était rare qu'il s'en plaigne. Si lui ne se confiait pas, elle ne trouverait pas l'énergie de l'inciter à le faire. En tout cas, pas aujourd'hui.

Imprimée sur sa rétine, l'image de Velsemøy lui revenait constamment – l'auréole de cheveux blonds sur la pelouse.

Elle lorgna Fredrik. Comment réagirait-il si elle mourait aussi brutalement ? Resterait-il à Voss ou retournerait-il à Oslo, sitôt son cadavre refroidi ? Et elle, que ferait-elle s'il disparaissait ? Elle essaya de s'imaginer en veuve éplorée, s'efforça d'arracher à son corps une réaction physique au choc qu'elle venait d'encaisser. Quelques larmes lui auraient fait du bien.

Les pleurs ne venaient pas, mais sans doute avait-elle une drôle de mine : Fredrik, en se retournant, lui lança un regard interrogateur. Elle lui rendit la pareille.

– Tu veux en parler ? lui demanda-t-il. On a besoin de débriefer un peu quand on a assisté à un accident mortel, non ?

Son ventre se mit à grogner. La sensation disparut aussi vite qu'elle était arrivée, mais Agnes s'était figée, silencieuse, s'auscultant elle-même. Elle n'en dit rien à Fredrik. Peut-être qu'elle avait juste faim.

– Débriefer ? réagit-elle enfin. Oui, peut-être. Mais là, je viens de mettre les faits en ligne. Pour l'instant, j'ai surtout besoin de me détendre.

Elle s'installa confortablement au creux du bras qu'il lui tendait, alors que le générique des informations locales défilait sur l'écran et que la présentatrice vedette lisait le premier titre :

« Accident spectaculaire à Voss, lors de l'ouverture de la Semaine des sports extrêmes. »

Une journaliste de Bergen, déjà sur place, se tripotait l'oreille en parlant gravement à la caméra. Il était étrange pour Agnes de voir le lac, l'étendue d'herbe et les montagnes qu'elle connaissait si bien être le théâtre d'une pareille nouvelle.

– C'est sur cette pelouse bordant le lac, au centre de Voss, qu'une parachutiste s'est écrasée au sol aujourd'hui, vers dix-sept heures, devant des centaines de spectateurs médusés, commença-t-elle. La police vient d'annoncer que Veslemøy Liland, quarante ans, mère de deux enfants et originaire de Voss, est la victime de ce qu'il convient pour l'instant d'appeler un tragique accident. Nous avons à nos côtés le commissaire adjoint Viktor Vormedal. Que pouvez-vous nous dire de plus, commissaire ?

L'air hirsute et mal à l'aise de Viktor contrastait fort avec la coiffure et le maquillage impeccables de la journaliste. Agnes eut l'impression de voir son grand ami se ratatiner dans son uniforme. Comment se faisait-il qu'on l'ait chargé de parler à la télé ? D'ordinaire, Storedal ne disait jamais non à quelques minutes sous les feux de la rampe.

– Malheureusement, à ce stade de l'enquête, nous n'avons rien de plus à communiquer pour le moment concernant la cause du décès, répondit Viktor en soutenant le regard de la journaliste avec une intensité déplacée. Mais nous appelons bien sûr tous ceux qui sauraient quelque chose à propos de cette affaire à se manifester. Et… voilà.

Il opina du chef, comme pour tirer sa révérence. Agnes eut terriblement pitié de lui. On pouvait trouver beaucoup de défauts à Viktor, mais certainement pas le narcissisme. Il en allait autrement du grand type chauve et musclé vers lequel venait de se tourner la caméra.

– Avec nous se trouve également le directeur de la Semaine des sports extrêmes, Birger Flakne, reprit la journaliste. Quel retentissement la nouvelle de cet accident a-t-elle ce soir dans le milieu du parachutisme ?

Ledit Flakne, qui arborait sur son T-shirt le slogan *Voss – bâtie pour les sensations fortes*, redressa ses épaules et s'accorda un petit silence rhétorique avant de répondre :

– C'est avec beaucoup de peine que nous avons appris la mort de Veslemøy, qui était un membre important de notre club. Nos pensées vont ce soir à sa famille. Heureusement, la solidarité est forte parmi les parachutistes et dans notre commune, nous nous serrons tous les coudes dans les moments difficiles.

Il avait beau paraître calme et sûr de lui, maître de ses sentiments comme du déroulement de son festival, un détail n'échapperait à aucun téléspectateur : le grand coquard dont était affligé son œil gauche. On ne manquerait pas non plus de noter que son visage, une fois dites ces quelques phrases manifestement préparées, avait brusquement changé. Agnes crut y deviner soudain une expression où se mêlaient la crainte et le choc – ou était-ce la honte ?

LUNDI

« La défunte aurait voulu que le festival se déroule comme prévu », lisait-on dans le message envoyé à la presse. Un mail signé du directeur de la Semaine des sports extrêmes. Agnes s'étonna, comme toujours dans ces situations, qu'on puisse décréter ce genre de choses au nom des intéressés. Veslemøy Liland aurait voulu qu'on fasse comme si de rien n'était ? Comment Birger Flakne pouvait-il en être si sûr ? N'aurait-elle pas préféré que tout soit annulé ? On aurait dit les propos d'un veuf se justifiant d'avoir le feu au cul et de se chercher une nouvelle femme : *Elle aurait souhaité que je retrouve l'amour.* Prétexte à la con. Dans un même cas de figure, Fredrik avait intérêt à attendre au moins un an avant de se mettre en chasse. Ou deux. Il faudrait qu'il pleure et qu'il essuie ses larmes un bon bout de temps, avant de pouvoir enfiler une belle chemise et aller sur Tinder.

Flakne avait au moins eu l'intelligence – mais avait-il eu seulement le choix ? – d'annuler la partie parachutisme du programme, tant que la police n'avait pas examiné le parachute de la victime, nota Agnes. Au moment de pénétrer dans l'antre du patron, elle se munit de son bloc, d'un stylo et de son mug « OSLOve ». La première fois qu'il l'avait vue avec cet objet, Eskildsen avait froncé les sourcils, aussi l'utilisait-elle systématiquement pour le faire enrager.

Dans la pièce minuscule, les autres étaient déjà installés en rond autour du grand bureau qui faisait office de table de réunion. Le rédacteur en chef ne disposait pas d'un centimètre carré de plus qu'elle. Si le nivellement de la hiérarchie lui plaisait, elle n'aimait guère ce coude-à-coude avec ses collègues. Elle avait plus l'impression d'être assise autour d'un feu de camp que de partager la fébrilité d'une salle de rédaction. Agnes se dépêcha de faire le plein de café au thermos à pompe. Elle sentait déjà qu'il lui en faudrait dix, vu l'heure à laquelle elle avait terminé d'écrire ses articles sur les autres événements du week-end, attablée dans sa cuisine. Paradoxalement, le premier sujet sur la liste du rédacteur en chef était la réunion du conseil municipal. Quand le doyen de l'équipe, un personnage corpulent aux cheveux blancs qu'Agnes surnommait le Retraité, eut assuré, comme le voulait l'habitude, qu'il maîtrisait l'ordre du jour, Eskildsen se tourna vers Agnes.

– Toi qui t'occupes du festival… j'aimerais un papier sur Liland, maintenant qu'on connaît son nom. Tu pourrais t'arranger pour interviewer les filles de l'équipe ? De préférence aujourd'hui ?

– Ça devrait le faire. Elles en profiteront sans doute pour rendre hommage à leur amie.

– On pourrait créer un espace de condoléances sur notre site, avec un lien sur Facebook, suggéra l'intérimaire en poste pour l'été.

Frida Grådal entamait sa deuxième semaine au journal. Agnes ne lui avait pas encore parlé, mais manifestement, cette petite souris à cheveux courts et aux curieux vêtements surdimensionnés n'était pas du genre modeste.

– Génial, estima Eskildsen, et Agnes se surprit à lancer un regard plein d'aigreur vers la nouvelle recrue.

En revenant à Voss, elle s'était attendue à être reçue en triomphe. Ou du moins à susciter de l'admiration. En tout cas du respect sur le plan professionnel. Elle avait caressé l'idée que les abonnés se rendraient compte de son retour et qu'ils le commenteraient dans la rue : « Vous ne trouvez pas que le journal a monté d'un cran, dernièrement ? Ah, c'est qu'elle sait manier les mots, la petite Tveit. » Peut-être parlerait-on d'elle, de temps en temps, comme d'une « sacrée plume » ou d'une « artiste du verbe ». Durant ses années chez *VG*, elle avait secrètement rêvé qu'on l'interviewe à son tour. Il était temps que ses connaissances du coin sachent combien sa vie de reporter dans la capitale avait été passionnante et trépidante. Mais personne ne l'avait jamais appelée. Et chaque fois qu'elle séjournait dans sa ville d'origine, elle se vexait de voir qui étaient les heureux élus du « portrait du week-end ». Dieu seul savait pourquoi le regard des gens de l'Ouest était si important pour elle.

Le sentiment d'invisibilité perdurait, constatait-elle avec déception. Peu de choses avaient changé depuis son retour. Au contraire, elle avait parfois l'impression de n'être jamais partie, d'avoir à nouveau dix-huit ans. Au bout d'un an à son poste, elle n'avait jamais reçu le moindre compliment pour ce qu'elle avait écrit, ni par mail ni de vive voix. Les seules réactions venaient de ses parents, et de la vieille peau qui appelait pour signaler les virgules manquantes.

– Bonne initiative, Grådal, répéta Eskildsen avant de clore la séance. Un limier numérique ne fera pas de mal à nos *future stories*.

La porte s'ouvrit sur ce qui semblait être une ravissante extraterrestre.

Aujourd'hui comme hier, Joni Roberta Farestveit faisait penser à ces superbes créatures hippies des années soixante-dix, naturelles jusqu'au bout des ongles, sans une once de maquillage. En même temps, elle aurait pu avoir débarqué à l'instant de la planète Mars. Ses boucles rousses se déchaînaient autour de son visage au teint pâle, et ses grandes prunelles vertes, vides et transparentes, erraient, se posant fugacement sur Agnes avant de changer de cible, sans jamais s'arrêter vraiment sur rien. Dans un autre contexte, des questions sur son travail et sa vie à Oslo se seraient imposées, le temps avait manqué au moment de l'interview au club de parachutisme. Joni n'était pas devenue mannequin, contrairement à ce qu'Agnes aurait pu prédire à l'époque où elles étaient lycéennes. Avec ses jambes interminables, ses pommettes saillantes qui donnaient à son visage tant de caractère, et ce nom qui lui avait toujours valu une aura aux connotations internationales, on l'imaginait aisément en couverture de *Vogue*. Mais elle était bien trop intelligente pour ça. Dans son équipe de profs de fac, personne ne devait lui arriver à la cheville, physiquement parlant.

– Toutes mes condoléances, dit simplement Agnes. Comment ça va, toutes les trois ?

– C'est la merde, putain, répondit Joni Farestveit.

Agnes sursauta d'étonnement. Jamais encore elle ne l'avait entendue jurer. Joni dut percevoir sa réaction, car elle secoua la tête comme pour effacer les mots qu'elle venait de prononcer, s'excuser de sa manière de gérer le chagrin.

– Désolée, fit-elle. Entre.

De l'extérieur, la grande villa jaune style chalet suisse, plantée dans le quartier résidentiel situé juste en face de l'école de Palmafossen, avait semblé étrangement familière à Agnes. Elle se rappelait s'être dit que cette maison avait quelque chose de suédois, avec ses contours de fenêtres bleu foncé et la porte de la même couleur. Y était-elle déjà entrée ? En tout cas, elle était déjà passée devant à vélo, puisque sa tante habitait en haut de la rue. Peut-être l'avait-elle aussi vue dans une annonce immobilière ? Il n'y avait pas si longtemps que Kathrine Bøe s'était réinstallée à Voss, il n'était donc pas impossible qu'elle l'ait achetée récemment. On était à deux pas du siège du club de parachutisme. Une maison pareille, Fredrik et elle pourraient baver devant pendant longtemps.

Avant de venir, elle avait appelé Gro. Au téléphone, son interlocutrice avait eu la voix chargée de larmes et un peu étranglée, mais aussi amicalement distante que d'ordinaire. Même si la compagne de Viktor était à considérer comme une sorte de belle-sœur, elles n'avaient jamais vraiment réussi à trouver le ton, toutes les deux. Gro lui avait répondu que le trio se trouvait « chez Cat », mais qu'aucune des trois ne se sentait « spécialement d'humeur à bavarder ». Agnes avait promis d'être brève, ne comprenant qu'après coup que Gro avait peut-être essayé de décliner l'interview.

L'allée gravillonnée de la maison était déjà occupée par deux voitures, une petite électrique et une imposante Tesla. Elle s'était donc garée dans la rue, puis elle était passée devant un bloc de boîtes à lettres, dont deux au nom de Bøe : K. Bøe pour l'une, M. Bøe pour l'autre. La porte d'entrée disposait aussi de deux sonnettes dont les étiquettes étaient marquées des mêmes initiales. Elle avait appuyé sur « K.B. », et Joni l'entraînait à présent au long d'un couloir où « M. Bøe » figurait de nouveau sur une porte, encadré de motifs floraux entrelacés. Elle suivit Joni dans l'escalier grinçant qui montait à l'étage. Manifestement, la villa était divisée en deux appartements superposés, et Kathrine la partageait avec une parente d'un certain âge. Peut-être s'agissait-il tout simplement de la maison de son enfance ? En tout cas, aucun enfant n'y habitait aujourd'hui, toutes les chaussures alignées en bas étaient de taille adulte, et les rares photos de famille accrochées au mur dataient des années soixante-dix ou quatre-vingt.

Une fois en haut des marches, elle aperçut les deux autres filles sur un canapé. Pour des amies qui venaient de perdre l'une des leurs, elles portaient des vêtements franchement voyants, pensa Agnes. Kathrine était vêtue d'un débardeur fuchsia qui découvrait un gigantesque tigre tatoué sur son bras gauche. Gro, dans son jogging en velours bleu ciel, avait l'air prête pour une soirée pyjama. Et le T-shirt rouge de Joni était aussi vif que le roux de ses cheveux. Mais ce joyeux spectre de couleurs contrastait fortement avec l'ambiance. La déprime avait envahi la pièce lambrissée de gris, qui, en dehors du téléviseur, n'était décorée que de quelques photos et de quatre grandes lettres formant le mot « HOME ». Agnes fut surprise par le désordre qui y régnait. Des cartons empilés s'alignaient sur toute la longueur d'une cloison, comme si Kathrine venait d'emménager sans avoir eu le temps de les vider. Sur la table du salon, les verres, les tasses et les plats constellés de miettes alternaient avec les aiguilles et les bobines de fil. Au beau milieu trônait une machine à coudre. Les débris d'un récipient en verre, et ce qui semblait être du terreau, jonchaient le parquet sous la fenêtre. Une pelle à poussière était restée appuyée contre le mur.

N'y avait-il pas une légère odeur de brûlé ?

Elle se souvint brusquement où elle avait déjà vu cette maison.

– Une tasse de thé ? lui proposa Kathrine.

Agnes n'eut pas le cœur d'avouer qu'elle détestait l'eau chaude, à plus forte raison par une belle journée d'été.

– Je veux bien, merci.

La situation se prêtait sans conteste à ce sacrifice.

Veslemøy avait des jumeaux, lui apprit Gro. Des petits garçons d'à peine dix-huit mois. Kathrine et Joni, silencieuses, fixaient leurs mains pendant qu'elle expliquait qu'ils étaient nés par césarienne et pesaient moins de deux kilos à la naissance. Il y avait eu des complications pendant la grossesse, on avait dû déclencher l'accouchement plusieurs semaines avant le terme, et les nourrissons étaient restés à l'hôpital des mois entiers. Joni, qui vivait à Oslo avec son mari et les deux enfants dont il avait la charge, était revenue à Voss et y était restée presque tout ce temps. Après avoir parlé avec le personnel de la maternité, Gro et elle s'étaient réparti un tour de garde jour et nuit. Veslemøy, elle, était complètement dépassée par la situation, et Steven n'avait « pas été d'un grand secours, il faut dire », ajouta Gro sur un ton qui donnait à penser qu'elle ne le tenait pas en très haute estime. Entre-temps, les jumeaux étaient devenus des petits costauds qui se tireraient bien d'affaire. En tout cas *physiquement*.

Pendant son récit, Gro, assise entre les deux autres, les couvait d'une main maternelle. Agnes se félicita d'être habituée à interroger des gens confrontés à des crises personnelles. Il était étrange de repenser au ton détendu, optimiste et confiant de leurs propos, vingt-quatre heures plus tôt. Elle s'était installée à la seule place libre, le fauteuil le plus proche de la cheminée, du côté opposé au coin divan qu'elles occupaient toutes les trois. D'ici, elle pouvait observer avec une certaine distance ce qui restait de cette curieuse bande de filles – comme elle l'avait fait si souvent.

Le fameux jour où Kathrine, pendant une récréation, s'était mise à frapper une élève de l'autre classe de seconde, elle-même était restée à quelques mètres, en sécurité. C'était l'un des épisodes les plus marquants qu'Agnes ait connus de ses trois années de lycée. Sur le moment, elle ignorait ce qui avait déclenché la bagarre, mais après coup, quelqu'un lui avait expliqué que la victime avait insulté l'une des parachutistes. Jamais elle n'oublierait cette vision : la fille gisant dans l'herbe devant le gymnase, le nez en sang, une fois que Kathrine avait été neutralisée par ses amies. Agnes n'avait pas entendu ce que Joni, Veslemøy et Gro lui avaient dit pour la calmer, mais elle les voyait encore passer la porte, accrochées les unes aux autres. C'est comme ça, entre meilleures copines, s'était-elle dit. Elle venait d'entrer en seconde, et cette idée l'avait à la fois effrayée et impressionnée.

Kathrine Bøe, alias « Cat », était désormais médecin à l'hôpital de Voss, ce qui faisait aussi un drôle d'effet. Kathrine avait gardé un je-ne-sais-quoi de sévère. Elle avait les yeux effilés, comme en permanence mi-clos, évoquant le regard rétréci des chats. D'où son surnom, sans doute. S'il ne lui venait pas de son tatouage. Quoi qu'il en soit, l'impression un peu dure qu'elle produisait était encore renforcée par le *snus*[1] qui lui déformait la lèvre, et par sa frange claire et coupée très

1. Tabac à sucer en sachet, très populaire dans les pays scandinaves.

court. À la minute présente, son visage portait les traces des larmes qui l'avaient dévastée pendant des heures, et dans ses yeux se lisait autre chose, qu'on pouvait interpréter comme de la peur, ou de la colère.

Gro, quant à elle, affichait le même équilibre agaçant, la même apparence soignée que d'ordinaire. Certes, elle avait l'air désemparée, ça ne faisait aucun doute, mais comme toujours les mèches brunes qui encadraient son visage en forme de cœur, de part et d'autre d'une raie au milieu parfaite, étaient toutes à leur place. Agnes s'étonnait souvent que Gro ait toujours opté pour les cheveux courts. Peut-être manquaient-ils d'épaisseur ? Son look, renforcé par son prénom, pouvait évoquer Gro Harlem Brundtland dans ses jeunes années. Elle avait le maintien aussi raide et l'air aussi décidé que l'ancienne Première ministre. La voix, un peu plus grave et enrouée que la moyenne, collait avec le reste. Elle avait un grain de beauté près de la bouche, du côté droit. Deux atouts qui avaient fait craquer Viktor la première fois, comme il le racontait volontiers – son grain de beauté et sa voix de buveuse de whisky.

Gro et lui avaient été ensemble quelques années dans leur adolescence, et ils avaient renoué lorsqu'elle avait perdu ses deux parents à peu d'intervalle. Que Viktor déménage à Voss pour vivre avec Gro, Agnes n'en était pas revenue. Ils s'étaient retrouvés dans le chagrin d'être privés de parents l'un et l'autre, avait-il déclaré, explication qui avait paru curieuse à Agnes, puisque Viktor ignorait si son père était mort. Peut-être regrettait-il ce genre de paroles maintenant que le vieux Vormedal avait refait surface.

Quand Viktor avait quitté Oslo et obtenu son poste de commissaire adjoint à Voss, une question inattendue avait surgi pour la toute première fois dans l'esprit d'Agnes : se pouvait-il qu'il y ait, pour elle aussi, un avenir dans l'Ouest ? Son vieil ami lui envoyait des rapports étonnamment enthousiastes sur l'ouverture d'un bar à sushi, l'excellent *whiskey sour* de tel ou tel établissement, les projets de construction d'un hôtel, d'un nouveau téléphérique et l'aménagement d'un espace sportif en plein air qui deviendrait le pendant norvégien de la Muscle Beach de Los Angeles. Vivre dans la capitale ne lui apparaissait soudain plus comme la seule et unique voie. Puis elle avait rencontré Fredrik et tout oublié, pour un temps.

– Agnes ? demanda la voix profonde de Gro.

Les trois femmes la regardaient.

– Pardon, j'étais ailleurs, reconnut-elle en faisant semblant de se concentrer sur les notes qu'elle venait de prendre. Vous êtes toutes des amies d'enfance de Veslemøy, n'est-ce pas ?

– Moi seulement, répondit brièvement Kathrine, avant de se taire.

Gro, maternelle, se dévoua de nouveau pour lui expliquer les choses.

– Veslemøy a grandi à trois maisons d'ici, elles étaient dans la même classe en primaire et au collège. Joni vient de Modalen, elle s'est installée en ville en entrant au lycée. Et moi aussi, j'ai fait leur connaissance en seconde. On a commencé le parachutisme ensemble. Et ensuite, on a gardé contact, même si on n'habitait plus au même endroit. Le festival était devenu notre point de ralliement.

Elle jeta vers les autres un coup d'œil furtif.

– Alors, qu'un drame pareil se produise… C'est…

Gro secoua la tête, Agnes baissa les yeux sur son bloc-notes.

– Vous la décririez comment ? Pour ceux qui ne la connaissaient pas bien, je veux dire.

De son côté du canapé Joni sembla se réveiller. Elle tourna vers elle son regard toujours aussi intense et chaleureux que d'habitude. Son allure exotique n'ôtait rien à cette douceur, ce côté accessible qu'Agnes lui connaissait depuis toujours. Elle n'oublierait jamais le compliment qu'elle lui avait fait sur sa robe, le jour du bal du lycée. Elles étaient arrivées en même temps devant le gymnase et grelottaient en enlevant leurs blousons. « Ce bleu va drôlement bien avec tes yeux », avait observé Joni en lui souriant. Agnes ne lui avait jamais adressé la parole auparavant, et elles n'avaient pas échangé un mot de plus après le « merci » de rigueur, mais durant toute la soirée, elle s'était sentie comme une princesse. Sa confiance en elle-même s'en était trouvée si renouvelée qu'elle avait enfin osé approcher Alexander Kosanovic et lui parler. Ce qui avait eu pour conséquence qu'ils s'embrassent pour la première fois, juste devant l'entrée principale du lycée. Des baisers torrides dans un froid glacial. Ce soir-là, Agnes avait compris que les compliments formulés par les filles valaient infiniment plus que ceux venant des garçons.

– C'est… c'était… quelqu'un de très bien, de franchement exceptionnel, répondit Joni.

Gro intervint de nouveau :

– Oui, généreuse, gentille. Et courageuse. La plus forte de nous quatre.

– Et celle qui méritait le moins ça, conclut Joni.

Cette fois, elle semblait au bord des larmes.

– Tu devrais écrire qu'elle vivait pour le parachutisme, suggéra Kathrine avec un sourire triste. Si elle est devenue prof, c'était surtout pour avoir du temps libre.

Veslemøy travaillait comme monitrice le week-end et pendant les vacances d'été, ajouta Kathrine. Pendant les quelques années qu'elle avait passées en Nouvelle-Zélande, elle en avait fait encore plus, mais quand elle était rentrée au pays avec son copain, ils avaient eu des gamins au bout d'un peu plus d'un an.

– Du coup, elle sautait moins souvent ces derniers temps. Même si Steven l'encourageait à continuer et s'arrangeait pour lui en donner l'occasion. Il est parachutiste lui-même, il sait ce que ça implique.

Agnes nota le nom du compagnon de Veslemøy et hésita un instant avant de poser la question suivante.

– J'espère que cette question ne vous dérangera pas, mais d'après vous, qu'est-ce qui a pu se passer ?

Toutes se turent, puis Gro répondit qu'elles n'avaient cessé de réfléchir au déroulement du saut. Veslemøy avait exécuté les différentes figures tout à fait normalement, aucune d'entre elles ne s'était aperçue de quoi que ce soit. Une fois la chorégraphie terminée, au moment d'ouvrir les parachutes, elles s'étaient séparées et écartées, comme toujours, pour éviter l'accident.

– J'ai commencé à comprendre que quelque chose n'allait pas quand le mien s'est déclenché, et que j'ai vu deux silhouettes au lieu de trois. Je n'ai jamais rien ressenti d'aussi horrible de ma vie.

Un petit hoquet échappa à Joni, et elle se précipita hors de la pièce.

Gro la suivit. Agnes rangea son carnet dans son sac. Apparemment, l'interview était terminée. Elle s'apprêtait à se lever et à prendre congé, lorsque Kathrine la regarda soudain, un sourire las aux lèvres.

– Quand on était petites, on avait un jeu qu'on aimait bien, Veslemøy et moi, commença-t-elle en caressant son tatouage du bout des doigts, comme si elle flattait la fourrure du tigre. On s'allongeait sur le plancher et on restait là, sans bouger, à écouter notre souffle. Un peu comme au yoga ou je ne sais quel exercice de méditation, avant que ce soit la mode. Je faisais semblant de me concentrer sur ma respiration, mais en général, j'écoutais celle de Veslemøy, et je pensais à ma chance d'avoir une amie aussi merveilleuse, en chair et en os.

Elle déplaça son regard, fixa un point sur le mur.

– Dire que je m'en suis trouvé deux autres. C'est beaucoup plus que j'aurais jamais pu rêver.

Agnes se retourna et suivit le regard de Kathrine sur un portrait encadré des quatre parachutistes tout équipées et se tenant par les épaules, le pouce dressé en l'air. L'image d'une amitié si solidaire, si fraternelle que personne d'autre ou presque n'y avait ses entrées.

– Tout a une fin, constata Kathrine, les yeux toujours rivés sur la photo.

En quittant la maison de Palmafossen, Agnes se sentit soulagée, contente de laisser derrière elle cette ambiance triste et un peu étrange pour retourner à la rédaction. Avant de se mettre à rédiger à partir de ses notes, elle consulta les archives du journal en tapant « Palmafossen + incendie ».

En effet. La première occurrence datait de quelques semaines seulement. Un texte court qu'elle ne se rappelait pas avoir lu sur papier, illustré par une grande photo de la villa dont elle sortait. L'article était intitulé « Plus de peur que de mal ». Mona Bøe, soixante-dix-huit ans, y racontait qu'elle avait été réveillée en pleine nuit par une odeur de fumée. Comprenant qu'il y avait le feu quelque part sans savoir où, elle s'était inquiétée pour sa fille qui habitait à l'étage. La vieille dame, qui avait du mal à marcher, s'était égosillée pour la réveiller. Sa fille était descendue à toute vitesse, et les pompiers étaient arrivés aussitôt après leur appel – sans doute étaient-ils déjà au courant. Le feu, avaient-ils estimé, devait s'être déclaré dans une corbeille, dans la chambre de Kathrine, même si le capitaine précisait que la cause du sinistre n'avait pas encore été établie avec certitude. Heureusement, on avait réagi assez tôt pour que les dégâts se limitent au bureau et au tapis sur lequel il trônait. L'intervention avait eu lieu alors que les rideaux commençaient à prendre feu. On avait dû vider entièrement les placards et les commodes, et tout sortir de la pièce, à cause de l'odeur âcre et piquante. « Les biens matériels importent peu aux deux femmes, qui expriment leur soulagement que l'incendie ait été éteint aussi rapidement », concluait l'article. Kathrine n'avait pas été interviewée et ne figurait pas non plus sur la photo montrant sa mère plantée devant la maison, le visage grave.

Une demi-heure plus tard, Agnes envoya son sujet au desk chargé de la mise en pages papier et de l'édition sur Internet : « L'équipe endeuillée sous le choc : Veslemøy vivait pour le parachutisme ».

Elle se leva de son fauteuil et s'étira un peu avant d'aller aux toilettes. Après s'être lavé les mains, elle resta devant le miroir, se regarda droit dans les yeux, ces yeux que Fredrik, ne lésinant pas sur les compliments lors de leur première rencontre, avait dits d'un « bleu azur ». Elle examina son nez retroussé et la petite fossette de son menton, tira un peu sur sa robe d'été blanche, qui faisait plus d'effet quand elle était bronzée. Sa culotte lui serrait tellement les hanches qu'on devinait des poignées d'amour à travers le coton du vêtement. Il était temps de renouveler sa lingerie.

Et aussi de prendre un peu le soleil. Sur son teint blafard, elle repéra quelques points noirs que son curieux compagnon, pour une obscure raison malsaine, aimait pincer entre deux doigts. Sa masse de longs cheveux n'avait pas encore éclairci, la jolie nuance blond californien se faisait attendre sur ce banal châtain qui s'était installé après un hiver interminable et un printemps pourri. Elle n'avait plus qu'à faire des mèches, à moins d'accepter d'être carrément brune. Ou de les couper court, comme Gro ? Se donner comme elle un bon vieux look de flic ? L'idée la fit rire. En tout cas, il fallait qu'elle aille chez le coiffeur sans tarder. Elle n'avait pas encore arrêté son choix sur un salon depuis qu'elle avait déménagé – il y en avait autant qu'à Oslo, dans ce bled.

Son regard s'arrêta net sur la raie tracée au milieu de son crâne. Elle se pencha au-dessus du lavabo, si près du miroir que son front l'effleurait.

Un cheveu blanc.

Non, pas un, mais trois.

Elle en arracha deux, sursauta soudain quand son téléphone se mit à vibrer furieusement contre la céramique. Le numéro n'était pas enregistré et ne lui disait rien.

– Je suis bien au journal *Hordaland* ? s'enquit une voix d'homme grinçante qu'elle était sûre d'avoir déjà entendue.

– Oui, répondit Agnes tout en s'efforçant d'attraper le troisième et dernier cheveu blanc. À qui ai-je l'honneur ?

– Aucune importance. Je voulais juste vous dire que j'attendais ça depuis un moment. L'accident, je veux dire. Des gens qui jouent avec leur vie, alors que d'autres tombent malades et se battent pour conserver la leur… C'est se foutre du monde, ni plus ni moins. Ras-le-bol. Il est temps qu'on mette fin à ce délire une fois pour toutes. Il faut que la police sévisse. Et qu'on annule une fois pour toutes cette foutue Semaine des sports extrêmes.

– Alors, on est pressée ?

Agnes s'immobilisa brusquement tandis que, sortant de chez le dentiste, elle s'apprêtait à sauter d'un bond les trois dernières marches de l'escalier. Une femme grisonnante, la soixantaine naissante, se tenait en haut du perron, les bras croisés sur la poitrine, une expression mi-surprise mi-fâchée sur le visage.

– Ma chère tata ! s'exclama Agnes. Je pensais que tu avais fini ta journée, ajouta-t-elle, inventant au passage un gentil mensonge.

– Mon dernier patient vient de partir. Je te proposerais bien une tasse de café, si tu as le temps ?

Il y avait des années qu'elle n'était pas entrée ici. Pourtant, derrière la porte qui affichait « Dr Eline Tveit », rien n'avait changé depuis l'époque où Agnes, adolescente, venait tous les vendredis gagner cinquante couronnes en passant la serpillière. La grande photo noir et blanc du pont de Brooklyn était toujours suspendue au-dessus du bureau. Agnes ne comprenait pas quel effet cette image, qui venait forcément de chez Ikea, pouvait produire dans un cabinet médical. Le but était-il que les patients s'évadent par la pensée, ou était-ce sa tante qui rêvait de New York ? À sa connaissance, celle-ci n'y était jamais allée.

Désormais, un seul nom figurait sur la plaque, exactement comme sur la porte de son appartement. Tante Eline ne partageait ni son lit ni son lieu de travail avec quiconque depuis que le père de Viktor avait quitté le cabinet, de nombreuses années auparavant. Les deux généralistes avaient longuement exercé côte à côte. Agnes savait qu'ils avaient aussi, à une certaine époque, pratiqué ensemble un autre genre d'exercice. Ce qui avait donné lieu à des plaisanteries entre elle et Viktor, s'imaginant bientôt réunis dans un repas de famille.

C'était ici, dans ce cabinet, qu'elle avait parlé avec Viktor pour la toute première fois. Ce devait être durant sa deuxième année de lycée, au temps où elle espérait encore pouvoir coucher avec Alexander Kosanovic. Elle était venue demander à sa tante de lui prescrire la pilule, discrètement croyait-elle, mais à la sortie de la consultation, la voix du Dr Tveit avait tonitrué dans son dos : « N'oublie pas de la prendre tous les jours, ou tu tomberas enceinte ! » Dans la salle d'attente, il y avait un garçon en train de feuilleter un vieux magazine, avec un sweat à l'effigie de Kurt Cobain et d'épais cheveux bruns lui tombant aux épaules, un garçon de terminale qu'elle connaissait de vue.

– T'es si active que ça ? lui avait-il lancé en ricanant.

– Ouais, j'suis nympho… Mais au fait, on se connaît ?

– Non.

Et il lui avait tendu la main.

– Viktor Vormedal. Puceau et plein d'espoir, j'habite Vossestrand.

– Agnes Tveit. Tu viens demander conseil au docteur ?

– Je viens réclamer du cash à mon père. De quoi m'offrir un peu d'expérience, va savoir.

Agnes avait pouffé en se disant qu'elle continuerait volontiers à bavarder avec ce garçon sur ce ton à la limite du flirt…

Mais cette perspective avait vite disparu. Dès qu'ils avaient pris un soda ensemble, Viktor, d'une franchise étonnante, lui avait confié qu'il était fou amoureux d'une des parachutistes, une élève de l'autre classe de terminale. Ce qui ne les avait pas empêchés de papoter chaque fois qu'ils se rencontraient, et même s'il avait fini par séduire cette Gro Skutle qu'Agnes, à l'époque déjà, estimait trop parfaite pour lui, ils s'étaient liés d'une amitié solide.

– Tu vas bien ?

Sa tante inclina la tête de cette manière agaçante, censée exprimer sa sollicitude.

– Tout va bien, répondit Agnes.

– Parfait. Tu as vu ta mère, récemment ?

– Oui, je suis allée la voir il y a quelques jours. Pourquoi ?

– Pour rien, je me demandais juste. Tiens, je t'ai préparé une tisane. C'est bon pour la fertilité.

Eline lui fit un clin d'œil avec un sourire, et Agnes se demanda combien de minutes elle serait obligée de rester là avant de pouvoir décoller pour aller voir Ingeborg.

Quand elle put enfin s'échapper, Agnes constata que la ville avait changé de visage en l'espace du week-end, comme toujours au début de la Semaine des sports extrêmes. On voyait passer sur les bords du lac beaucoup plus de beaux mecs mal rasés, en pantalon décontracté et lunettes de sport – les *sports-extrêmeux*, comme disait son père, qui selon la même logique surnommait les participants du Vossa Jazz les *jazzeux*.

Une seule fois, il était arrivé à Agnes de ramener à la maison un base-jumper néerlandais, après une soirée organisée durant la fameuse Semaine. L'ambiance autour de la table de la cuisine au petit matin s'était avérée pour le moins pesante. « Tes parents n'aiment pas les étrangers ? » lui avait demandé le type une fois dehors. Non, c'est juste ta tronche qui ne leur plaît pas, s'était dit Agnes avec aigreur.

Les sports-extrêmeux tapaient sur les nerfs de plus d'un habitant de Voss, on s'en apercevait en lisant le courrier des lecteurs du journal, surtout ces derniers temps. Il y avait eu cet Allemand qui avait fini dans un arbre, dont Storedal avait parlé, et un peu avant, au cours du printemps, l'accident d'un sportif local lors d'un saut à Gudvangen. Il avait atterri sur un balcon rocheux, ce qui avait déclenché une opération de secours de grande envergure dans des conditions difficiles. Au cours des semaines suivantes, le légendaire numéro vert consacré aux doléances avait été submergé d'appels furieux protestant contre « ces sauvages qui mettent la vie des autres en danger ». Ils avaient même reçu une lettre anonyme qu'ils n'avaient pas pu publier, à cause de la phrase de conclusion : *Ces gens sont des marginaux, il vaudrait mieux pour nous tous qu'il en tombe un de temps en temps.*

Agnes se demanda si ce message venait de la personne qui lui avait parlé au téléphone le jour même. Si c'était le cas, il n'avait pas l'air d'avoir des remords.

Ingeborg était assise, un sein à l'air, sur le banc qu'elle avait repeint à la glycéro bleu foncé à l'époque où elle était enceinte jusqu'aux yeux. Des solvants nocifs, le petit devait en ingurgiter des tonnes de toute façon, s'était-elle défendue, alors un peu plus ou un peu moins, ça ne risquait pas de changer grand-chose, et d'ailleurs le bébé était déjà « en fin de cuisson ».

Elle avait rassemblé ses longs cheveux noirs sur le haut de la tête avec un élastique et drapé ses épaules dans un léger châle de soie gris pâle. De grandes plantes vertes suspendues dessinaient des ombres de tous les côtés sur fond de soleil matinal. On aurait cru une photo pleine page dans un magazine de déco ou une revue pour jeunes mamans, une image qu'Agnes, abstraction faite de son affection pour le modèle, aurait dû trouver détestable. Mais elle n'avait même pas ressenti de jalousie quand la délicieuse petite fille d'Ingeborg était née. Ce qui ne lui ressemblait guère. Il en fallait bien moins, d'ordinaire, pour lui assombrir le cœur.

Sans Ingeborg, sans doute serait-elle retournée à Oslo depuis longtemps. Si sa meilleure amie n'avait pas pris la décision totalement inattendue de revenir de Londres après sa rupture avec un banquier écossais, peut-être Agnes n'aurait-elle même pas envisagé de travailler Fredrik au corps pour le persuader de déménager. La graine minuscule que Viktor avait semée en se réinstallant dans leur ville natale s'était mise à pousser et verdir quand Ingeborg en avait fait autant. Subitement, Voss était devenu le rocher auquel s'accrocher, la belle vie des habitants de l'Ouest, la solution à tout. Vivre à Voss n'avait plus eu, à ses yeux, que des avantages. Les rares fois où il lui arrivait de passer sur l'avenue Karl Johan, elle avait même commencé à jeter sur Oslo le regard sceptique des provinciaux : des SDF partout en effet.

Tant qu'à faire, Ingeborg et elle avaient forgé le projet optimiste de profiter en même temps d'un congé maternité. N'ayant pas la patience d'attendre qu'un nouveau mec se pointe en traînant les pieds, son amie était allée à Copenhague chercher un donneur haut de gamme, bardé de diplômes, dans le catalogue de la banque de sperme danoise – et la méthode avait marché du premier coup. Selon le plan, elles auraient dû être assises côte à côte sur ce banc, à l'ombre de toute cette verdure, chacune avec son bébé. Donner le sein en papotant à longueur de journée. Même si Agnes était tombée enceinte au moment de sa dernière ovulation, elles auraient à peine eu un mois ensemble avant qu'Ingeborg ne reprenne son boulot de gérante à l'hôtel Fleischer's. Et d'ailleurs, il y aurait eu quelque chose de grotesque à concevoir pendant ce lamentable accouplement, où elle avait été secouée pendant dix minutes comme un sac de patates sous les assauts de Fredrik, en pensant à l'épisode de *L'Incroyable Famille Kardashian* qu'elle venait de regarder.

– Je n'arrive pas à croire que Veslemøy soit morte, dit Ingeborg quand Agnes revint avec deux cafés courts et mousse de lait préparés par la grosse machine clinquante de la cuisine. On était dans des classes parallèles à l'école, tu te souviens ?

– Oui. Mais vous ne vous connaissiez pas vraiment, si ?

– Non, à peine. Même si c'était une cousine éloignée.

– Elle aussi ? Eh ben…

– Je sais, des cousins, j'en ai à revendre. Mais je crois qu'elle ne le savait même pas. Il faut dire que ces filles ne se laissaient pas facilement approcher. Crois-moi, j'ai essayé.

Agnes fut étonnée d'entendre qu'Ingeborg la flegmatique, l'indépendante, qui se foutait de tout quand elle était ado, avait pu faire des efforts pour être bien vue de Kathrine et de Veslemøy. Elle avait appris par cœur une chorégraphie de son invention sur la chanson « Push It » de Salt-N-Pepa, et s'était présentée chez Veslemøy, armée de son lecteur cassette portatif, pour lui en faire la démonstration. Bien entendu, sa prestation n'avait pas suffi à convaincre. La DJ Spinderella de quatorze ans était revenue chez elle déçue, sans avoir réussi à entrer en grâce.

– Quand Veslemøy et Cat sont devenues copines avec Joni et Gro, elles s'appelaient les « Filles de l'air », poursuivit Ingeborg. Comme elles étaient très proches et qu'elles faisaient du parachutisme.

– Merci pour l'explication, répliqua Agnes sèchement.

Le sarcasme échappa à son amie, soudain penchée sur le bébé, qui s'était endormi au sein en pleine tétée.

– Et depuis que tu es rentrée, tu n'as pas eu l'occasion de lui parler ?

– Dans une de nos multiples réunions de famille, tu veux dire ?

Elle retira doucement son téton de la bouche de sa fille avant de la déposer dans le landau années soixante-dix acheté au marché aux puces, puis la couvrit d'une ravissante couverture blanc cassé qu'elle avait tricotée elle-même, comme une blogueuse modèle.

– Je ne sais pas, reprit Ingeborg, elle ne m'a jamais paru très abordable, encore moins avec le temps. Peut-être à cause des ragots de tous mes cousins, mais en tout cas, il paraît qu'elle avait de gros problèmes de nerfs.

Elles levèrent toutes les deux les yeux au ciel. Les « problèmes de nerfs » restaient la périphrase courante utilisée à Voss pour désigner tout ce qui touchait à la psychiatrie, surtout parmi les vieux. L'information n'en était pas moins nouvelle. Agnes n'avait jamais entendu dire que Veslemøy ait été malade.

– Tu sais si c'était grave ? Si elle a été hospitalisée ?

– Il me semble que oui, mais ça remonte. Toute jeune, à l'époque où elle a perdu sa mère. Son père, le cousin de ma mère, s'est barré lui aussi, et elle était fille unique. Par contre, je crois qu'elle était proche de sa grand-mère paternelle. Quand celle-ci est partie en maison de retraite, elle a cédé la sienne à Veslemøy. La baraque doit bien valoir dix millions, précisa-t-elle. D'ailleurs, cette grand-mère, Dagny Berge, elle avait un sacré culot, avant de devenir sénile.

– Comment ça ?

– Je me souviens d'une fois où Veslemøy s'est fait pincer en train de voler de la bière. J'étais dans le magasin quand on l'a prise en flagrant délit, et je me suis cachée entre les rayons pour espionner bêtement la scène. Je l'ai vue assise sur une chaise, les yeux baissés, pendant que le vigile lui demandait le numéro de téléphone de ses parents. Ils n'ont pas dû la croire quand elle leur a murmuré que sa mère était morte et que son père avait déménagé, mais ils ont fini par appeler la mamie. Je suis restée planquée un moment, et je n'oublierai jamais le spectacle de cette vieille femme qui débarque en trombe dans la boutique et se met à faire un scandale. Ensuite, ils sont allés dans l'arrière-boutique, je ne sais pas comment ça s'est terminé, mais je ne serais pas étonnée qu'elle ait réussi à convaincre le vigile de laisser sa petite-fille tranquille. De toute ma vie, je n'ai jamais vu une grand-mère aussi combative.

Agnes sortit son téléphone. Elle avait un détail important à vérifier : était-elle amie sur Facebook avec Veslemøy Liland ? C'était possible, une bonne part du gros millier de contacts qu'elle avait accumulés au fil des années lui étaient bien moins proches que la défunte. Non, Veslemøy n'en était pas, et son profil était verrouillé. Agnes emprunta donc le Samsung d'Ingeborg, dont l'écran était cassé après plusieurs chutes dues aux « hormones de l'allaitement ». Ces cousines de troisième degré avaient beau se fréquenter à peine, elles étaient amies sur Internet.

La page de condoléances numériques proposée par la petite intérimaire serait superflue, nota Agnes. On avait déjà converti à cet usage le mur de Veslemøy, avec des « Tu nous manqueras » et des « R.I.P. » à la pelle, ainsi qu'une interminable série de cœurs rouges et de remarques soulignant l'absurdité de sa disparition.

Elle cliqua sur les photos, étonnamment peu nombreuses. La seule postée par Veslemøy elle-même était en noir et blanc et représentait ses jumeaux, manifestement juste après leur naissance, deux nouveau-nés minuscules dans leurs couveuses. Le reste n'était que des souvenirs de parachutisme, des images prises dans les airs, des figures à plusieurs, des gens en chute libre, et le portrait des quatre filles, qu'Agnes avait vu chez Cat. Veslemøy et Steven apparaissaient sur quelques photos aux côtés de Birger Flakne, le directeur du festival, tous trois brandissant haut une chope de bière, quelque part à l'étranger, semblait-il. Il y avait aussi d'autres scènes festives, dont les plus récentes évoquaient un quarantième anniversaire. Joni, Kathrine et Gro y étaient, et quelques personnes qu'Agnes ne connaissait pas.

Ingeborg apparut à la porte donnant sur la terrasse, avec à la main un sac plastique jauni, autrefois blanc rayé de bleu marine. « DOMUS » y était inscrit en grandes lettres noires, et au-dessous, en petit : *La première chaîne de grands magasins de Norvège*. Ce qui suffit à rendre Agnes nostalgique.

– Dans certaines circonstances, rien ne vaut l'argentique, déclara Ingeborg en extrayant du sac deux gros albums photo reliés cuir qu'elle posa entre elles, sur la table. Je suis hyper curieuse, tout à coup. Concernant ma famille, c'est rare, crois-moi.

Elles feuilletèrent rapidement le premier album, rirent de bon cœur en tombant sur les photos de confirmation d'Ingeborg, sur lesquelles elle posait gauchement, la bouche bien fermée sur son appareil dentaire, devant l'étable, l'écurie et autres maudits décors de la ferme familiale. À cette époque, Agnes ne connaissait pas Ingeborg. Elle-même avait fait très attention à ses photos de confirmante. Sa frange était bien restée en place toute la journée comme elle l'avait prévu.

Veslemøy ne figurant pas dans ce premier album, Ingeborg le mit de côté et ouvrit le second. Elle s'y découvrit en première page, les bras en l'air et de l'eau jusqu'au ventre, le T-shirt trempé. Agnes se souvenait très bien de ce bain dans le Vangsvatnet. C'était elle qui avait pris la photo. Il était rare qu'il fasse assez chaud pour qu'on ait envie de prolonger le plaisir, et ce jour-là ne faisait pas exception, à en croire l'expression horrifiée sur le visage d'Ingeborg. Elle faisait alors partie du « club des rabat-joie » – comme les désignaient méchamment beaucoup d'élèves de terminale –, autrement dit ceux qui se fichaient de réaliser exploits et autres rites débiles à l'occasion du bac – avec à la clef des babioles à épingler sur sa casquette. Mais pour une opposante déclarée à ce genre de festivités, Ingeborg avait pris un nombre de photos assez impressionnant.

En feuilletant l'album, elles se virent dans des costumes ridicules et pouffèrent en découvrant Viktor à poil, debout dans un spa d'extérieur. Elles avaient commencé à rabâcher de vieilles histoires quand Veslemøy Liland surgit enfin. Elle tendait une bouteille de bière vers l'objectif. À ses côtés, Kathrine, Joni, Gro et deux garçons en faisaient autant. L'un des deux ne disait rien à Agnes, mais elle reconnut l'autre : Vegard, le petit ami de Kathrine à l'époque, plutôt beau gosse, grand, la mâchoire carrée et les cheveux frisés. Tous les six portaient leur salopette de bachelier repliée et nouée autour de la taille, conformément au code vestimentaire de la seconde moitié des années quatre-vingt-dix. Sur le pull à capuche gris chiné de Veslemøy, on lisait « FREEDOM » en capitales rose bonbon. Elle avait l'air contente, ivre et un rien bizarre, tout aussi maigrichonne que dans les souvenirs d'Agnes.

La photo suivante était presque identique, à ceci près que seule Veslemøy regardait l'appareil, tandis que Joni la serrait dans ses bras, le menton sur l'épaule de sa meilleure amie.

– Putain, quelle belle fille, lâcha Ingeborg. Mon bon vieux réflexe d'infériorité revient direct au galop. Toi qui l'as revue, je t'en supplie, dis-moi que Joni Farestveit ressemble maintenant à une vieille sorcière fripée…

– Désolée, mais elle a le visage lisse comme les fesses de ton bébé. Et au fait, Steven, là, le mec de Veslemøy, tu sais quelque chose sur lui ?

– Juste qu'il faisait aussi du parachute, et qu'il buvait beaucoup. Mais Veslemøy avait l'habitude avec son père, répondit Ingeborg.

Soudain des pleurs montèrent du landau, et elle se leva.

Pendant qu'Ingeborg berçait sa petite, Agnes repensa aux prétendus problèmes psychiques de Veslemøy. Peu de temps avant, elle avait lu un article où l'on chiffrait à plus de six cents le nombre annuel de suicides en Norvège, avec une plus forte proportion de risques chez les gens fragiles mentalement.

Était-il imaginable que Veslemøy Liland ait délibérément omis de déclencher son parachute ?

Elle le trouva en pleurs dans la cuisine.

Fredrik se frottait les yeux d'une main, et de l'autre poussait dans la poêle un petit tas d'oignons finement hachés.

– Tu m'as déjà entendue grincer des dents la nuit ? lui demanda Agnes.

– Ça oui, répondit-il en reniflant. Pourquoi ?

– Le dentiste m'a engueulée. Pourquoi tu ne m'en as pas parlé avant ?

– Tu plaisantes ? Je te l'ai dit mille fois. À force, j'ai fini par m'habituer, ça ne me fait plus rien. Mais maintenant que j'y pense, tu grinces pas mal ces temps-ci. Un verre de vin ?

– Tu ne m'avais jamais rien dit. Non, merci.

Ce n'était pourtant pas l'envie qui manquait.

Fredrik remplit son propre verre et posa sur la table une bouteille de Pepsi Max. Il portait un short et un T-shirt blanc en matière synthétique, un de ceux qu'il qualifiait de « techniques ». Mais on ne savait jamais trop s'il sortait d'une séance de sport ou s'il comptait y aller après le dîner. Une chose était particulièrement agaçante chez lui : quand il venait de courir dix kilomètres, ça ne se voyait quasiment pas sur son visage. Agnes, elle, devenait violette au moindre jogging. Pas étonnant qu'elle dise non chaque fois qu'il lui proposait une « petite sortie digestive à deux ».

– Il faudrait que tu consultes. Tu souffres peut-être de bruxisme, comme disent les odontologues. Le grincement de dents est souvent lié au stress. Tu te sens stressée en ce moment ?

– Tu ne ferais pas mieux de t'en tenir à ta médecine et de laisser l'odontologie aux autres ?

Il haussa les épaules et continua à touiller ses oignons. Elle ne tarda pas à se sentir contrariée, comme si souvent ces derniers temps. À croire qu'ils ne réussissaient plus à se parler sans qu'un des deux gâche l'ambiance.

Au bout d'un certain temps, l'odeur d'oignons se compléta d'un fumet de viande, de haricots et de sauce tomate. De quoi arranger un peu son humeur. Tout en se servant généreusement en chili con carne, elle lui raconta sa rencontre avec les trois filles, chez Kathrine Bøe, à Palmafossen.

– Tu sais qu'on est dans le même service, Cat et moi ? intervint Fredrik.

Voilà qui n'avait pas effleuré Agnes, Fredrik n'avait jamais parlé expressément d'elle, mais bien sûr qu'ils étaient collègues.

– Non, je ne savais pas. Vous avez de bonnes relations, on dirait, puisque tu l'appelles par son surnom. Elle est sympa ?

– Très. C'est avec elle que je m'entends le mieux. Je m'étais même dit qu'on pourrait l'inviter à la maison prendre un verre, un jour. Mais ce n'est sans doute pas le bon moment, là.

Avec ce début d'été ensoleillé, Fredrik avait déjà pris des couleurs, observa Agnes. Elle revit à quoi il ressemblait le jour de leur rencontre. Son teint hâlé qui ressortait sur le blanc du T-shirt – bien plus beau que ce truc de sport qu'il portait aujourd'hui –, c'était ce qu'elle avait remarqué en premier, ça et ses fossettes. Il avait un air tellement *frais*, une fraîcheur qu'elle n'avait jamais remarquée chez aucun homme avant lui.

Comme on les avait invités à la même fête, elle avait supposé qu'il était journaliste ou travaillait dans les médias, de même que la plupart des gens qui se trouvaient là et tous ceux qu'elle fréquentait. Quand ils avaient engagé la conversation et qu'elle l'avait entendu dire qu'il était chirurgien au CHU d'Oslo, il n'en était devenu que plus exotique au milieu de la foule, et plus attirant.

– Pourquoi chirurgien ? lui avait-elle demandé pendant qu'ils fumaient debout sur le balcon, dans la tiédeur de cette belle soirée de printemps.

Enfin, c'était elle qui fumait. Lui avait « déjà vu assez de poumons abîmés ».

– Pourquoi journaliste ? avait-il répliqué.

– Parce que moi aussi, je veux aider les gens, avait-elle répondu, et elle était sincère.

– En racontant la vie des people dans *VG* ?

– En racontant la vie des people dans *VG*, absolument, avait-elle scandé en le fusillant du regard. Mais je préfère dire que ce sont des gens avec de la personnalité et du courage, qui profitent de leur audience pour parler de la pression qu'on exerce sur leur physique, des problèmes de couple, de la dépression, du vieillissement et d'autres sujets importants qui, sans eux, ne sortiraient peut-être jamais dans les journaux.

Satisfaite, elle avait levé son verre de bière pour trinquer.

– J'espère que tu es bien payée, au moins, avait-il lâché en hochant la tête.

Quel con, s'était-elle dit, piquée au vif et prête à rentrer, mais il l'avait rattrapée par le bras et embrassée et le lendemain matin, quand elle s'était retrouvée avec lui sous la couette, encore un peu dans les vapes, la tête sur son thorax nu et bronzé, il lui avait demandé s'il devait la classer parmi les « ploucs de Voss qui n'attendent que d'y retourner ».

– Niet, avait-elle tranché.

– Tant mieux. Parce que je me verrais bien te garder ici. Que tu me files un coup de main de temps en temps.

Agnes sauça son assiette. Fredrik avala la dernière gorgée de son verre.

Il avait dû faire son sport avant le repas. Il ne tarderait pas à prendre son regard de circonstance et à lui caresser le dos.

Elle ne tarderait pas non plus à aller se coucher, bien avant lui, pour échapper aux galipettes un jour non fertile.

MARDI

Le vent lui fouettait le visage.

Cette pression à l'arrière des yeux allait lui faire éclater la tête.

Le sol approchait, de plus en plus vite.

C'est la fin, pensa-t-elle, tout est fini.

Elle vit apparaître des arbres, des sentiers, des fleurs, un spectacle beau et serein, jusqu'au moment où elle s'aperçut que sa course la menait droit sur un petit lit à barreaux, au beau milieu d'une prairie verdoyante.

Dedans, il y avait un bébé endormi.

Elle atterrit brutalement, écrasant le berceau et le nourrisson, mais constata avec soulagement qu'elle, elle avait survécu.

Et elle se réveilla, tremblante et en nage.

Agnes resta figée un moment, le regard vide rivé au plafond, le temps de se raccrocher à la réalité avant de se lever. Au bout de plusieurs minutes, elle tendit le bras vers son téléphone posé sur sa table de nuit et vit qu'elle avait reçu un SMS d'Eskildsen.

Conférence de presse au commissariat à 8 h – Vas-y.

Il était sept heures cinquante-deux.

Bordel.

Elle enfila la même robe blanche que la veille, tira sur le tissu qui collait, à cause de la sueur – même ici, il arrivait qu'il fasse un temps d'été –, puis sauta dans la première paire de ballerines venue, trouvée au fond de son placard, et attrapa ses clefs de voiture en sortant.

Il était huit heures une quand elle pila devant le commissariat, fonça vers la porte d'entrée et se glissa à l'intérieur. Sigmund Storedal, assis derrière une petite table, consultait les papiers qu'il avait devant lui. À ses côtés se trouvait un autre homme en uniforme de police, qu'elle ne connaissait pas.

Storedal avait quelque chose de changé, se dit-elle, transformation qu'elle identifia aussitôt : le commissaire s'était fait couper les cheveux.

Voilà peut-être pourquoi il avait jeté Viktor dans la fosse aux lions du journal d'info, le dimanche soir : il n'avait pas encore eu le temps de passer chez le coiffeur. Devant lui se dressaient des micros, deux de *NRK*, un de *TV2*, un du *Bergens Tidende*, et un quatrième de *VG*.

À peine Agnes avait-elle commencé à balayer discrètement la pièce du regard, histoire de voir qui son ancien employeur avait envoyé, que Storedal s'éclaircissait la voix et levait sur son petit auditoire un regard grave – peut-être teinté d'une certaine nervosité.

– Bon, comme vous le savez sans doute déjà, cette conférence de presse aura trait à l'accident survenu pendant l'inauguration de la Semaine des sports extrêmes, déclara-t-il.

Elle s'irrita de ne pas être déjà au courant de ce qu'il allait dire.

Viktor aurait pu lui envoyer un SMS au réveil.

– L'équipement de la victime a fait l'objet, hier après-midi, d'un examen de routine effectué par des représentants de la commission de sécurité de l'association concernée et des consultants extérieurs délégués par le club de parachutisme de Bergen, poursuivit Storedal. Au vu de leurs observations, le district de police de Norvège de l'Ouest a décidé d'ouvrir une information judiciaire pour meurtre.

Et merde.

Storedal continua en présentant le conseiller juridique de la police de Bergen, assis près de lui, et ajouta que deux membres de la Kripos d'Oslo étaient en route pour Voss, dont un agent de la police scientifique. Une série d'auditions avait d'ores et déjà commencé, et les investigations techniques seraient lancées le jour même. Aussi le commissaire s'abstiendrait-il jusqu'à nouvel ordre de divulguer davantage d'éléments, tout en étant prêt à répondre aux questions éventuelles de la presse, dans la mesure de ses moyens.

Pouvait-il expliciter la nature des observations ayant conduit à l'ouverture de l'enquête criminelle ? s'enquit le journaliste de *NRK*. À quoi Storedal répondit qu'il devait taire un certain nombre de détails dans l'intérêt de l'enquête.

Un bras puissant et bronzé fusa juste devant Agnes, et lorsqu'une voix nasillarde demanda si la police avait déjà des suspects en vue, ce fut pour elle comme un coup en pleine poitrine. L'identité du journaliste dépêché par *VG* ne faisait aucun doute.

Il était d'ailleurs peut-être venu de sa propre initiative.

Tor Erik Åkervold avait le même âge qu'elle, mais n'en appartenait pas moins à la classe des « vieux renards ». Il était de ces représentants de la profession que le cinéma et la littérature prennent pour modèles, le genre qui se promène avec son passeport dans la poche arrière du pantalon et qui garde un sac de voyage prêt sous son bureau, au cas où quelque chose péterait quelque part. De ceux qui ont l'adrénaline au plafond dès qu'on leur dit d'y aller, qui ont leurs sources chez les gendarmes comme chez les voleurs, et qui se font une joie d'annuler leurs vacances en famille quand ils flairent une bonne affaire.

Non seulement Åkervold était à bien des égards l'opposé d'Agnes, mais elle lui devait quelques-uns des pires épisodes qu'elle avait vécus durant le stage pratique de ses études. Elle avait postulé pour le département *Feature stories* et y avait obtenu une place, mais *VG* avait exigé qu'elle commence par travailler sur l'actualité durant quelques semaines, dans l'unité des reportages. Åkervold y officiait déjà comme remplaçant du directeur de l'information. Un matin, alors qu'Agnes assistait pour la troisième fois à la réunion du service sans avoir la moindre bonne idée à griffonner sur son carnet et se voyait déjà prendre des heures de notes qui ne seraient pas imprimées, il l'avait envoyée à Lier, une bourgade des alentours de Drammen, pour vérifier un tuyau concernant deux chevaux tombés dans un étang. Drôle de sujet d'actu, s'était dit Agnes en voiture avec le photographe, un petit nouveau comme elle. Une fois sur place, ils avaient constaté que l'opération de sauvetage était terminée. Un seul des chevaux avait survécu. Rien à tirer de cette histoire, avaient-ils estimé tous les deux avant de rebrousser chemin. Mais à peine arrivés devant l'ascenseur, ils étaient tombés sur Åkervold qui leur avait réclamé une photo du cheval noyé. Agnes avait dû bredouiller qu'ils n'en avaient pas, ce qu'il avait commenté en secouant la tête, avant de l'ignorer ostensiblement pendant deux semaines.

Intégrer les *Feature stories* avait été un soulagement. Les hommes comme les femmes s'y comportaient avec un peu plus de douceur, et on lui donnait enfin le loisir d'utiliser ce qu'elle avait toujours considéré comme son point fort : l'art de pousser les gens à la confidence. Une qualité qu'on lui connaissait déjà quand elle était gamine, d'après ses parents. Pendant les vacances, elle parlait à tout le monde : les réceptionnistes, les chauffeurs de taxi, les concierges. « C'est parce que tu étais fille unique », disait sa mère. Et d'expliquer que la petite, vivant dans la solitude, avait un constant besoin de contacts sociaux. Mais Agnes ne s'était jamais sentie seule. Enfant, elle rendait rarement visite aux copines de son âge, préférait discuter avec les adultes, qui avaient des choses bien plus intéressantes à raconter. A posteriori, elle comprenait parfaitement que ses parents n'aient pas vraiment encouragé cette tendance. En principe, mieux vaut apprendre aux petits à ne pas s'adresser à n'importe qui. Mais bon, elle n'avait jamais eu la bêtise de monter dans la voiture d'un inconnu pour bavarder. En revanche, elle avait entretenu pendant des années une correspondance suivie avec le gentil vendeur de glaces rencontré sur la plage, au Danemark.

Avant qu'Agnes ne soit confirmée dans son poste au département Divertissement de *VG*, Tor Erik Åkervold avait réussi à devenir à la fois correspondant au Moyen-Orient et chargé de rédaction pour la direction. Et avant même qu'elle ne quitte la boîte, il était « de retour chez les escrocs », où il se sentait vraiment chez lui, l'avait-elle entendu déclarer un vendredi soir, une bière à la main. Le fait qu'on l'ait envoyé à Voss signifiait à coup sûr que l'accident de parachutisme était déjà un sujet prioritaire pour la presse nationale. Ou qu'il allait le devenir sous peu.

Sa question sur les suspects éventuels, Åkervold ne l'avait posée que pour marquer son territoire, en sachant pertinemment que le commissaire n'y répondrait pas. Jamais Tor Erik n'aurait gaspillé sans raison une question pertinente dans une conférence de presse.

Storedal conclut la séance en annonçant qu'une autre conférence de presse suivrait sans doute très prochainement. Puis il passa la main dans ses cheveux. Il était prêt pour la photo.

Agnes sentit un mauvais goût lui envahir la bouche. Elle tenta de se faufiler dehors aussi discrètement qu'elle était entrée.

– Tveit ? entendit-elle dans son dos.

Elle étouffa un juron avant de se retourner. Åkervold lui adressait un large sourire de ses dents blanches. Avec ses épaules carrées et ses cheveux bruns bien brossés, il lui avait toujours fait penser à Ken. Le bel homme qui plaît aux barbies.

– Aaah, je me disais bien que c'était toi ! Voilà donc où tu te caches ?

– J'suis repérée, répondit Agnes. Bienvenue à la ferme.

Elle craignit aussitôt de lui avoir tendu une perche, mais il se contenta de lui demander si elle bossait bien au journal local. Elle opina.

– On dirait qu'il y a de l'action par ici, un meurtre au parachute, dis donc ! C'est le fait divers le plus juteux qu'on ait eu depuis des semaines dans tout le pays. Cela dit tu ne dois pas avoir le temps de t'en occuper, j'imagine que ton agenda déborde de tombolas et de concerts de fanfares…

– Toujours aussi spirituel, à ce que je vois. Mais il faut que j'y aille. On se recroisera sans doute plus tard.

Elle tourna les talons et se dirigea vers la sortie, suivie, elle l'aurait juré, par de petits ricanements.

Elle était d'une humeur de chien quand Viktor arriva à sa rencontre sur le parking. Pendant toute la conférence de presse, il s'était tenu bien sagement à côté de Storedal, comme un bon petit soldat, et elle avait fui son regard en guise de protestation.

Elle avait compté sur lui pour être sa taupe derrière les murs du commissariat. Ils avaient scellé leur pacte en trinquant au moment de son embauche au journal, quand tous deux avaient encore le moral au beau fixe et débordaient d'ambitions. Mais en fait, elle n'avait encore jamais eu besoin de ses services. Jusqu'à présent.

– Pardon, lâcha Victor avant de lui dire bonjour. Malin a vomi toute la soirée et la moitié de la nuit, et j'ai été un peu débordé, c'est le cas de le dire.

– J'te pardonne. Mais maintenant, tu me craches tout ce que tu sais : tu crois vraiment que c'était un meurtre ?

– Ça ne fait pas l'ombre d'un doute. Moi, les parachutes, je n'y connais rien, mais les spécialistes qu'on a consultés avaient l'air franchement choqués.

Il baissa un peu la voix et jeta un coup d'œil autour de lui, avant de continuer :

– En fait, ils n'ont pas attendu l'examen de routine pour tirer cette conclusion. Ils ont tout de suite vu le problème : toutes les suspentes du parachute étaient sectionnées.

– Tu déconnes…

– Quand Veslemøy l'a déclenché, il s'est ouvert, mais comme les suspentes étaient coupées, il s'est juste envolé. Et le parachute de réserve – de secours, si tu préfères – est censé se déclencher automatiquement, ce qui a sans doute été le cas, mais ça n'a pas servi à grand-chose : là aussi, les cordages avaient été sectionnés. Les deux voiles ont été récupérées, et les experts sont sûrs à cent pour cent que quelqu'un a saboté l'équipement de Veslemøy avant de le replier et de le mettre en place bien comme il faut.

Agnes en eut un frisson dans le dos.

– Autre chose ?

Viktor parcourut les environs du regard, hésitant.

– Rendez-vous à la baraque dans cinq minutes.

Par la « baraque », il désignait le parking, à l'emplacement du kiosque à saucisses qui se trouvait au bout du pont de Langbrua, avant sa démolition. Dans le temps, ils avaient fait la queue à cet endroit, bourrés et hilares, pour s'acheter de quoi manger en pleine nuit. À la minute présente, Agnes aurait bien aimé que la petite baraque existe encore : Viktor, comme à son habitude, l'avait fait poireauter un bon quart d'heure, avant de s'asseoir près d'elle dans la voiture.

En le regardant, elle s'aperçut que l'épaisse crinière noire de son vieil ami commençait à grisonner aux tempes. Lui aussi. Bon Dieu, la dégringolade démarrait plus tôt qu'elle n'aurait cru. Pour ne rien arranger, il avait les yeux rouges de fatigue. Mais lui avait au moins pour excuse son récent statut de père.

– Je ne pouvais pas te parler là-bas. Storedal attend l'arrivée de la Kripos dans la journée pour cracher le morceau, commença-t-il. Bref : tôt ce matin, avant la conférence de presse, on s'est rendus chez Steven Smith, le compagnon de Veslemøy, pour l'entendre comme témoin.

– C'est normal de l'interroger en premier, non ?

– Absolument. Mais on ne s'attendait pas à sa réaction.

Viktor et Storedal s'étaient présentés à sa porte à la première heure, faute de pouvoir le joindre par téléphone. Leur but était de le prévenir de l'ouverture d'une enquête pour meurtre.

– Mais il s'est montré bizarre, avant même qu'on lui ait dit quoi que ce soit, continua Viktor. Il était complètement effondré, il s'est mis à hyperventiler. Et il n'a pas arrêté de répéter que c'était de sa faute.

– Ah. Donc des aveux ?

– C'est ce que pense Storedal. Mais on n'a rien de concret. C'est pour ça qu'on ne l'a pas inculpé pour le moment. On attend le contenu du téléphone de Veslemøy, l'appareil a été écrasé dans la chute comme la plupart des organes, d'après le rapport d'autopsie provisoire.

Agnes évacua l'image qui lui revint de la ravissante poupée folklorique, pimpante d'un côté, totalement écrabouillée de l'autre.

– Storedal pense que l'affaire va être vite élucidée ?

– Il faut qu'on voie avec la Kripos, mais pas impossible que les pièces du puzzle se mettent en place rapidement. Surtout que, dans le milieu des sports extrêmes, Steven Smith est un cinglé notoire.

– Un cinglé ?

– Enfin, je ne l'avais jamais rencontré, ce qui est étrange, au fond, vu que nos femmes étaient proches. Ou peut-être pas, en fait. Gro n'est pas du tout fan de ce mec. Elle l'appelle le « Crazy Kiwi ». Je ne connais pas les détails, mais je sais qu'il est en conflit depuis des années avec la direction du club de parachutisme, parce qu'il enfreint constamment les règles et se comporte de manière irresponsable. Je crois même qu'il a failli se faire virer.

– Donc, Gro pense que c'est Steven l'assassin ?

– Je ne crois pas qu'elle ait un avis. Elle n'est même pas encore au courant de l'enquête pour meurtre. Même si la rumeur a dû commencer à courir dès dimanche soir dans le milieu.

Agnes nota intérieurement qu'aucune des trois filles n'y avait fait allusion la veille, chez Kathrine.

– Ceci dit c'est bien que tu m'y fasses penser, continua Viktor, il faut que j'appelle Gro. Mais bon, elle a toujours eu des réserves sur Steven. Pas à cause de son attitude envers Veslemøy, je ne crois pas, mais parce qu'elle le considère comme un clown. Je l'ai entendue dire plus d'une fois que c'est le genre de types qui renforcent les préjugés contre les sports extrêmes.

Il était temps que Viktor reparte. Agnes resta dans sa voiture sans démarrer, avec une sensation de vide et de fatigue, l'inverse, sans nul doute, de ce qu'avait dû éprouver Åkervold la veille, quand il avait eu vent de l'affaire et s'était précipité sur la route de l'ouest au volant d'un véhicule aux couleurs de *VG*.

Le savoir à Voss lui était désagréable.

Mais plus désagréable encore, l'idée que Steven Smith ait pu tuer la mère de ses enfants.

Peu de temps avant de changer d'emploi, Agnes avait ficelé pour *VG* un gros dossier sur les meurtres conjugaux. Ils représentaient cette année-là vingt-cinq pour cent de l'ensemble des homicides commis en Norvège, se souvint-elle. Elle avait cité un psychologue qui établissait une corrélation fréquente entre ce geste et l'intention qu'avait eue la victime de reprendre sa liberté.

Elle resta apathique dans sa voiture, jusqu'à ce que son téléphone se mette à sonner. Eskildsen.

– Ils ont ouvert une enquête pour meurtre, dit Agnes.

– Je viens de lire ça dans *VG*. Ne t'en fais pas, personne ne s'attend à trouver du « dernière minute » sur notre site. Frida s'occupe de l'affaire au bureau, mais tu pourrais peut-être voir un peu à droite à gauche si tu trouves d'autres infos ?

Mieux valait attendre pour lui répéter ce qu'elle venait d'apprendre de la bouche de Viktor. D'autant qu'elle avait promis à son copain flic de ne rien écrire à ce sujet avant que Steven Smith soit officiellement considéré comme suspect. Quand l'annonce tomberait, son article serait déjà prêt, elle n'aurait plus qu'à cliquer pour le publier.

Agnes se rembrunit en pensant au sourire ultra bright et autosatisfait d'Åkervold et au zèle agaçant de la petite intérimaire, et répondit à Eskildsen que oui, elle irait voir à droite à gauche. Mais trois priorités s'imposaient. Un, vider le paquet de biscuits au chocolat de la boîte à gants. Deux, prendre quelque part un petit déjeuner digne de ce nom. Trois, chercher à savoir ce que devenaient les pauvres gosses de Steven et Veslemøy. Elle envoya un rapide message à Viktor, qui s'en était forcément inquiété, sauf absence totale de sens des responsabilités, et elle reçut une réponse tout aussi rapide : *Joni Farestveit doit s'en occuper, dans leur maison rue Miltzowgata. C'est elle que Steven nous a demandé d'appeler.*

Il n'y avait plus une place libre sur le parking du grand cimetière, curieusement situé entre les deux établissements scolaires qu'elle avait elle-même fréquentés – le collège et le lycée de Voss – et désormais flanqué de la nouvelle piscine. En montant les marches du plongeoir de cinq mètres, les enfants pouvaient faire coucou aux morts par l'immense baie vitrée qui donnait sur les tombes. Au lieu d'aller en voiture jusqu'au quartier de Vangen, elle décida de se garer devant le club de gym et de faire la courte distance restante à pied.

Veslemøy et Steven habitaient une des rares maisons individuelles de Vangen. Agnes avait déjà remarqué la grande bâtisse de la rue Miltzowgata. Compte tenu des prix de l'immobilier à Voss, elle devait valoir une petite fortune, même si d'un côté elle avait vue sur l'affreux immeuble de l'Action sociale et de l'autre sur le collège.

Agnes enviait tous ceux qui vivaient dans ces vieilles villas pleines de charme, ou qui avaient juste une baraque plus charmante que la sienne. Avant son déménagement, Seloger.com l'avait menée en bateau pendant des mois, et elle avait dû se rendre à l'évidence : les photos bricolées par les agents immobiliers, avec des orangers et des citronniers pour donner une illusion méridionale, n'étaient plus le seul phénomène parvenu jusqu'à Voss – les prix d'Oslo avaient suivi. Elle n'était pas surprise que la petite ville puisse attirer du monde. Elle-même avait eu pour projet d'offrir à sa progéniture une enfance tranquille, non loin de Bergen ; bien qu'elle ait compris que la presse régionale avait autant de plomb dans l'aile que les grands titres nationaux. Mais la bicoque de plain-pied d'à peine cent cinquante mètres carrés qu'ils avaient fini par acheter était trop récente à son goût. Construite dans les années quatre-vingt, elle n'avait aucune âme, et ressemblait beaucoup trop à celles du voisinage. Qui plus est, elle se trouvait à Gjernes, soit du mauvais côté du lac. Tout y était inversé par rapport à ce qu'elle connaissait depuis ses jeunes années. Elle ne s'habituait pas à voir l'église à droite quand elle regardait par la fenêtre.

Après avoir glissé le ticket de stationnement sous son pare-brise, elle prit le raccourci qui traversait le cimetière. En passant entre de vieilles pierres tombales, elle remarqua pour la première fois qu'au-dessus de l'identité du défunt était souvent gravé un titre ou un métier. « Contrôleur », lisait-on sur l'une, « Soldat de l'armée de l'air » sur une autre, mort à la guerre. Toujours des métiers d'homme, bien entendu, ces dames n'avaient droit à rien, elles se résumaient à leur qualité d'épouses et d'emmerdeuses. De nos jours, de toute manière, on n'irait sûrement pas inscrire la profession d'un mort sur sa tombe. Ce genre de mentions laconiques et concrètes avait laissé place à une phrase exprimant combien la personne concernée allait manquer à son entourage, combien elle était aimée, ou encore à cette formule, qui laissait Agnes de marbre : *Repose en paix*. Certes, au bout d'une longue vie bien remplie, cette sentence devait répondre à un besoin, mais au lieu d'une dernière louange, on vous adressait un ordre. Qu'y aurait-il sur sa tombe à elle, quand elle serait morte ? *Agnes Tveit, Journaliste*. Tout compte fait, c'était classe, mais ça manquerait de tendresse et les gens qui passeraient par là l'imagineraient en vieille fille.

« Nous t'aimions », serait mieux. « T'aimions et t'admirions. »

Steven, Veslemøy, Lasse et Theodor, annonçait une plaque accrochée sur la porte. Elle semblait faite en pâte à sel et évoqua à Agnes les cadeaux de Noël qu'elle-même produisait à la chaîne dans son enfance. Le chalet de vacances de ses parents regorgeait d'objets de sa fabrication. Elle se souvenait de sa vexation en s'apercevant qu'on reléguait là-haut, à la montagne, une part croissante de ses créations.

Elle sonna et expira profondément. La porte s'ouvrit sur le même regard vert que la veille, à Palmafossen. Joni Farestveit avait toujours les yeux trop luisants, mais elle avait discipliné ses boucles en les attachant avec un élastique sur sa nuque, et elle dégageait un certain apaisement. Vraisemblablement grâce aux deux enfants qu'elle tenait par la main.

– Tiens, Agnes.

Heureusement, elle n'avait pas l'air mécontente.

– Je suis désolée de débarquer sans prévenir, s'excusa Agnes. Mais j'ai entendu dire que tu étais ici, je passais juste voir comment ça allait.

Elle regarda les jumeaux, en couche et body Batman, qui dévisageaient gravement l'inconnue. Aucun doute : ces deux-là n'étaient pas monozygotes. Ils étaient même différents à un point fascinant. L'un avait un grand front, les cheveux implantés très haut, il ne ressemblait ni à Veslemøy ni aux photos de Steven Smith qu'Agnes avait pu voir. Le second était le portrait craché de sa mère, dont il avait la bouche, les yeux, et commençait même à copier la blondeur. Ce qui était arrivé à leurs parents, ils ne devaient rien y comprendre, mais ils avaient forcément commencé à réclamer maman. Peut-être auraient-ils bientôt oublié jusqu'à son existence. Agnes sentit une grosse boule lui monter à la gorge.

– Merci, ça... ça va, répondit Joni avec un sourire las. Tu veux entrer un moment ? J'allais juste emmener les petits faire leur sieste, mais si tu n'es pas trop pressée, après je peux nous faire un thé.

Quand Joni eut disparu dans la chambre, Agnes découvrit combien le décor qui l'entourait respirait le provisoire. Les murs étaient peints d'une teinte beige, sans doute au nom mêlant le café et le lait. Rien n'y était accroché, sauf une grande photo encadrée d'un lac à l'apparence peu norvégienne, et quelques dessins au crayon représentant le quartier autrefois. Le genre d'images que n'afficherait jamais un jeune couple. S'il s'avérait, comme l'avait affirmé Ingeborg, que Veslemøy avait hérité cette maison de sa grand-mère, ce devait être des vestiges de son époque. D'une manière générale, le salon était un singulier croisement entre le logement d'une vieille dame et celui d'une famille avec enfants en bas âge. Le sol disparaissait plus ou moins sous les jouets en plastique multicolore, mais dans un coin de la pièce étaient restés un rouet d'antan et une vieille horloge au tic-tac horripilant. Agnes s'était toujours demandé comment les gens, à plus forte raison quand ils ne sont plus de la prime jeunesse, pouvaient apprécier ce rappel constant du temps qui passe. Si Veslemøy et Steven avaient conservé cet engin, c'était par respect ou par paresse, voire les deux.

Sur une commode antique près de l'horloge était exposée une photo de Veslemøy adolescente. On y voyait aussi son sosie en plus âgé, probablement sa mère. Toutes deux portaient des robes identiques, à fleurettes violettes sur fond noir.

Juste à côté, une carte représentait un ours en peluche tenant dans ses bras un énorme cœur rouge. *Bonne fête, maman !* lisait-on. *On t'aime. Gros bisous de tes garçons.*

Des rouleaux de papier peint marron traînaient çà et là : peut-être que Veslemøy et Steven en étaient à la toute première phase d'une rénovation. D'ailleurs, un mur tapissé de marron, ce serait peut-être une bonne idée pour chez elle... Elle glissa un petit bout de papier dans sa poche en guise de pense-bête et se prit à rougir à l'idée que Joni puisse l'avoir vue faire, quand celle-ci sortit soudain de la chambre à pas de loup.

Les mains jointes contre une joue, Joni lui signifia que les enfants dormaient et se dirigea vers la cuisine.

– Fais attention à ne pas te tacher, avertit-elle en lui désignant les chaises et la table sous la fenêtre. Je voulais faire un peu de ménage, mais je n'en ai pas encore eu le courage.

Elle alluma la bouilloire, sortit du placard des sachets d'Earl Grey et les déposa dans deux petites tasses mauves. Puis elle s'appuya au plan de travail et se frotta rapidement les yeux d'une main.

– Excuse-moi d'être partie si brusquement hier, sans même te dire au revoir. J'ai du mal à contrôler mes émotions, ces temps-ci. C'est les montagnes russes, là-dedans. Horrible.

Elle posa la main sur sa poitrine.

– Ne t'inquiète pas, je comprends très bien, répondit Agnes. Je sais que vous étiez inséparables, toutes les quatre.

Les yeux de Joni se remirent à briller.

– Oui... Mais c'est plus que ça. Veslemøy a toujours été celle dont j'étais la plus proche. Elle comptait tellement... Il y a même eu des périodes où elle était tout pour moi.

Agnes se souvenait parfaitement de Joni et de Veslemøy se tenant par la main ou se tressant mutuellement les cheveux.

Elle les revoyait allongées dans l'herbe devant le gymnase, les jours de beau temps, la tête de l'une posée sur le ventre de l'autre. Dieu que ça avait l'air agréable, une telle amitié, la proximité physique entre copines. Un jour où elle se baladait sans but sur les bords du lac avec Ingeborg, Agnes avait essayé de lui attraper la main. Mais Ingeborg l'avait retirée aussitôt et avait lancé : « Qu'est-ce qu'il y a ? » Elles n'en avaient jamais reparlé.

– Ça doit être dur pour toi d'être dans cette maison, non ? s'enquit Agnes.

Joni jeta un regard autour d'elle et acquiesça.

– Mais ça fait du bien aussi. De pouvoir aider un peu…

Agnes s'étonna intérieurement qu'aucun membre de la famille proche ne se soit dévoué. Et comme si elle avait lu dans ses pensées, Joni répondit à la question :

– La mère de Veslemøy est morte il y a des années, et elle n'a plus eu de contacts avec son père depuis à peu près aussi longtemps. Elle était fille unique, il ne lui restait que sa grand-mère paternelle. Mais Dagny a plus de quatre-vingt-dix ans, elle est en maison de retraite. C'est bien normal que je donne un coup de main. Les parents de Steven auraient sans doute voulu venir, mais la Nouvelle-Zélande, c'est loin, et le vol n'est pas gratuit. De toute façon, la police ne va pas garder Steven une éternité, il ne va pas tarder à rentrer, je pense. Et là, on sera deux, au moins.

L'eau bouillait à gros bouillons. Joni remplit les tasses et, munie d'une éponge, les transporta jusqu'à la table. Elle se mit à frotter vigoureusement une tache de ketchup séché sur l'une des deux chaises hautes.

Elle ne sait pas que la police soupçonne de meurtre le père des gamins, constata Agnes en son for intérieur, tout en se demandant si elle devait lui apprendre la nouvelle.

– Tu es prof à la fac d'Oslo, c'est bien ça ? lui demanda-t-elle pour repousser la décision.

– Assistante. En rhétorique et communication orale.

Joni avait fait un jour la une du *Hordaland* pour avoir obtenu au bac le plus grand nombre de « TB » du département. En lisant cette sorte de courte interview-portrait, Agnes avait découvert l'explication de son nom hors du commun : la grand-mère de Joni Mitchell, célébrité mondiale, était arrivée au Canada à la fin du XIXe siècle avec le flot d'immigrés norvégiens et venait, disait-on, de la ferme de Farestveit, dans la vallée de Modalen. Deux générations plus tard, sa petite-fille Joan Roberta avait transformé son prénom en Joni au moment de monter sur les planches, et trente-cinq ans après, quand une fillette avait vu le jour à Farestveit, on l'avait baptisée Joni Roberta, en hommage à la chanteuse.

Joni se faisait rarement appeler « Roberta ». Mais de toutes les personnes dotées d'un nom original à Voss, c'était bien celle qui le portait le mieux, s'était dit Agnes à la lecture de l'article. Peut-être parce qu'elle avait, en soi, quelque chose d'une superstar. À cause de sa beauté et de son intelligence exceptionnelles, Agnes l'avait d'abord considérée comme la plus détestable des filles de la bande, par pure jalousie. Jusqu'à ce compliment, le soir du bal du lycée.

Mais là, face aux jambes musclées et bronzées de Joni, elle se sentait boudinée dans sa robe. Joni était vêtue d'un short en jean et d'un T-shirt, le même que la veille. Avait-elle eu le temps de le laver ou l'avait-elle en double ? En tout cas, elle ne sentait pas la sueur.

– Au départ, je voulais travailler dans l'humanitaire, dit-elle en reposant l'éponge. Veslemøy et moi, on devait soit s'inscrire à la fac en sciences du développement et partir ensuite sur le terrain, en Afrique, soit y aller directement et bosser comme bénévoles.

Veslemøy était la plus enthousiaste, poursuivit-elle, après la longue maladie de sa mère elle voulait changer d'air et se concentrer sur autre chose. Quant à elle, elle aspirait aussi à prendre le large après avoir grandi dans une commune parmi les plus petites de Norvège, avec des parents qu'elle décrivit comme « un mélange intéressant, mais assez usant, de hippies et d'agriculteurs ». Au cours de leur dernière année de lycée, les deux amies avaient envisagé diverses possibilités, débattant de la façon dont elles pourraient sauver le monde. En parallèle, elles comptaient continuer à pratiquer le parachutisme, leur rêve étant de sauter au-dessus du Kilimandjaro.

– Et puis elle a rencontré Steven, et nos projets sont tombés à l'eau, conclut Joni. À partir de ce moment, il n'y en a plus eu que pour lui. C'est la vie. Du coup, je suis partie à Paris, j'étais beaucoup moins motivée pour tout ce truc humanitaire.

– Et tu as fait quoi, à Paris ?

Joni eut un sourire qui faisait penser à la star dont elle portait le prénom.

– Disons que j'ai aidé les viticulteurs français à écouler leur marchandise.

Agnes lui sourit en retour. Bien peu de monde à Voss lui inspirait une telle sympathie. Était-ce parce qu'elles travaillaient dans des domaines proches, ou – hypothèse plus vraisemblable – parce que son interlocutrice habitait Oslo ?

– Tu penses revenir dans la région, toi aussi ? lui demanda-t-elle.

Joni secoua vigoureusement la tête.

– J'ai pris racine à Oslo, et ça me va bien. Mes enfants, enfin, ceux de mon mari, se plaisent dans leur école, ils ont neuf et sept ans. Je n'ai aucune envie de les arracher à leur vie. Et puis, j'arrive à rendre régulièrement visite à mes amis et à ma famille.

Agnes se sentit piquée au vif. Encore une pointe de jalousie, peut-être.

– Et toi, tu regrettes, parfois ? reprit Joni.

La question en soi la soulagea d'un poids.

Personne ne la lui avait encore posée, ni montré une once de compréhension pour sa nostalgie d'Oslo. Tout le monde partait du principe qu'elle devait sauter de joie d'être revenue dans la ville de son enfance.

– Un jour sur deux, au moins, reconnut-elle. Et de temps en temps, c'est pire. Beaucoup de choses me manquent, plus que je n'aurais cru, au point que je me demande depuis un an si je ne suis pas plus chez moi là-bas qu'ici. Mais va savoir ce que ça veut dire.

– Que tu as perdu ton accent local, peut-être ?

– Et que je n'ai plus si souvent envie de tête ou de saucisse de mouton.

De nouveau un sourire.

Agnes hésita encore un peu, puis se décida. Joni l'apprendrait de toute façon à un moment ou à un autre.

– Steven t'a dit quelque chose à propos de son rendez-vous avec la police ?

– On a à peine eu le temps de parler, je suis venue aussi vite que j'ai pu et il m'a dit deux-trois trucs pratiques pour les enfants. Et depuis ce matin, je n'ai pas eu une minute.

– Donc, tu n'es pas au courant de la nouvelle ?

– Non, mais je viens de voir sur mon téléphone que j'avais manqué plusieurs appels, répondit Joni inquiète. Qu'est-ce qui se passe ? Ils ont découvert quelque chose ?

– Ils ont ouvert une enquête pour meurtre.

Joni la fixa, immobile.

– Et… ils soupçonnent Steven ?

Que répondre ?

– Pour l'instant, il est considéré comme témoin.

Joni plongea le visage dans ses mains, et Agnes fut tentée de lui caresser les cheveux. Fallait-il la consoler ou la laisser tranquille ? Dans le doute, elle se contenta de rester raide comme un piquet sur sa chaise crasseuse, à se sentir un peu bête.

Une éternité plus tard, elle rencontra de nouveau le regard de Joni, délavé par les larmes, et plus vert que jamais.

– Je ne supporterai pas que les petits subissent ça en plus, dit-elle. On ne va pas leur prendre leur père, maintenant ! C'est impossible ! La police se trompe. Steven n'a pas tué Veslemøy.

– Tu en es sûre ? Pourquoi ?

– Parce qu'il l'aimait ! Et qu'il aime ses fils. Sa famille, c'est toute sa vie, jamais, *jamais*, il n'aurait pris le risque de les perdre.

Elle se cacha de nouveau le visage dans ses mains, se frotta le front du bout des doigts, chercha à retrouver son calme en respirant profondément.

Un petit bonhomme apparut soudain dans l'encadrement de la porte, une peluche à la main.

– Titine ? dit-il.

Le visage de Joni retrouva d'un coup son expression maternelle. De toute évidence, elle était habituée aux changements rapides dont les parents expérimentés maîtrisent l'art à la perfection, pour donner systématiquement priorité aux enfants. Elle se leva et prit le garçon dans ses bras.

– Tu as perdu ta tétine, mon poussin ? Viens, on va la retrouver.

Restée dans la cuisine, Agnes sentit de nouveau une boule lui nouer la gorge et une angoisse grandissante lui serrer l'estomac : la police faisait peut-être fausse route.

Bien sûr, les statistiques montraient que le meurtre conjugal était de loin l'hypothèse la plus probable. Mais Joni avait raison : pourquoi diable Steven Smith aurait-il supprimé la mère de ses jumeaux ?

Dans son cas, le meilleur des deux scénarios possibles serait qu'il échappe à une condamnation pour meurtre, pour se retrouver néanmoins à porter seul la responsabilité des enfants, sans aucune aide familiale.

Une autre sorte de condamnation à perpétuité, en somme.

Elle attrapa son téléphone qui gisait englué dans un petit tas de confiture. En constatant qu'elle se trouvait dans cette maison depuis près d'une heure, elle vida sa tasse pleine dans l'évier et arracha une feuille de son bloc. *Merci pour le thé, je ne veux pas te déranger plus longtemps*, griffonna-t-elle. Elle nota son numéro de téléphone en invitant Joni à l'appeler si elle ressentait l'envie de parler. Et après quelques réflexions, elle ajouta en post-scriptum : *Moi aussi, j'ai du mal à croire que Steven soit coupable.*

Il se tenait sur le chemin, à une certaine distance de la zone d'arrivée des kayaks, et parlait au téléphone. Agnes fut frappée par la silhouette musculeuse et le crâne rasé de Birger Flakne. Il n'était pas loin de la perfection corporelle, non pas de celle qu'on se façonne en soulevant des poids en salle, mais du genre buste de nageur sur de solides jambes de tennisman, juste ce qu'il fallait.

Dommage qu'il n'ait pas un cheveu sur le caillou.

En approchant, elle lut sur son T-shirt l'inscription *Voss Up ?* et constata que le coquard qui lui enjolivait l'œil avait viré au mauve. Le directeur de la Semaine des sports extrêmes secoua la tête en montrant du doigt son téléphone portable. Difficile de déterminer s'il avait l'air soucieux ou enflammé par un quelconque sujet.

Un kayak arrivait dans le bouillonnement agressif de la rivière, descendit à presque quatre-vingt-dix degrés le tronçon en cascade. Le blanc de l'écume et celui du ciel ne faisaient plus qu'un, la chaleur perdurait, même si le soleil s'accordait une pause bien méritée.

– Trente-cinq appels en absence et les scores de la compète à comptabiliser, dit Flakne quand il eut enfin raccroché. Plus personne ne pense au programme du festival. Même pas les journalistes de la presse internationale qui sont venus cette année, des gens que je m'escrimais à inviter depuis des lustres. C'était trop beau pour être vrai.

– Comment ça « trop beau » ?

– Que tout ait l'air de marcher, jusqu'à la météo qui se montrait clémente. Maintenant, le gros titre, ça va être « Le festival de la mort ». Oublié, « Le meilleur festival de sports extrêmes au monde ».

– Qu'est-ce qui est arrivé à votre œil ?

Flakne porta prudemment les doigts à son coquard.

– J'aimerais pouvoir me vanter d'un exploit de gros dur qui prend des risques, mais la vérité est moins reluisante : je me suis pris un balai dans la tronche ce week-end.

Un balai. À peu près aussi vraisemblable que la classique « porte en travers du chemin » des femmes battues.

Flakne s'appuya à la rambarde pour lancer : « Go, go, GO ! » à un nouveau kayakeur qui venait de surgir en haut de la cascade. Agnes tourna le visage vers l'eau, sentit des gouttes projetées jusqu'à la rive lui effleurer la peau. Le kayak disparut dans les remous, il allait forcément se fracasser sur un gros rocher, elle se prépara à le voir réapparaître sous forme de petit bois d'allumage. Mais il émergea soudain et continua sa descente.

Le téléphone sonna de nouveau. Flakne s'excusa en montrant l'appareil avant de s'éloigner.

Cette fois, elle avait échappé à sa poignée de main. Tant mieux. Elle ressentait encore la répulsion que ce contact flasque avait provoquée chez elle, quelques semaines auparavant, lorsqu'elle était allée voir le directeur du festival pour une interview. Une seconde impression qui contrastait fort avec la première, l'image du mâle alpha. Agnes en était sûre : un mec qui vous serre aussi mollement la main ne pouvait être que mollasson au lit.

Flakne était lui aussi originaire de Voss. Lors de leur précédente rencontre, elle s'était dit qu'elle ne se rappelait pas l'avoir croisé à l'école. Rien d'étonnant en réalité : entre-temps elle avait appris qu'il avait six ans de moins qu'elle, ce qui lui avait fait un choc. Elle s'était soudain sentie comme une vieille peau, horrifiée à l'idée de ne plus être une jeune femme prometteuse. On prétendait qu'avoir trente ans aujourd'hui revenait à en avoir vingt dans les générations précédentes, et que les quadras de maintenant étaient les trentenaires d'hier. Quelles conneries. Avoir trente-neuf ans ne lui inspirait rien de positif, alors qu'être la plus jeune lui avait toujours valu des avantages. La fierté qui l'avait chatouillée en obtenant son premier job d'été, à vingt ans, était encore vivace dans sa mémoire. Déjà à l'époque, elle avait convaincu Eskildsen de l'embaucher. Elle était dans les starting-blocks, prête à conquérir le monde, pleine de pitié pour les employés permanents de cette feuille de chou, des journalistes dont l'heure de gloire, pensait-elle, appartenait à un lointain passé, du moins si heure de gloire il y avait eu. Elle n'en ferait qu'une bouchée, se disait-elle alors. Elle le pensait encore, mais il ne lui avait pas échappé que la petite intérimaire faisait grande impression sur le patron. Après la conférence de rédaction de la veille, Agnes avait entendu celui-ci qualifier la nouvelle recrue de « sang neuf », et chanter de nouveau ses louanges au motif qu'elle pousserait l'équipe à penser en termes numériques. « Nous les vieux, on s'accroche beaucoup trop au papier », avait-il déclaré à un membre du desk, et Agnes avait frémi à l'idée qu'il puisse l'inclure dans ce groupe.

– Vous qui n'êtes pas du milieu, vous ne savez peut-être pas qu'on appelle cette chute le « Moneydrop » ?

Flakne l'avait rejointe.

Non, fit-elle de la tête.

C'était systématique. Dès qu'on entendait dire qu'elle venait de Voss, on lui demandait si elle faisait du ski. Et chaque fois qu'elle répondait la vérité, à savoir qu'elle n'était pas une grande skieuse et n'avait jamais essayé ni le télémark ni le snowboard, la question suivante portait sur les sports extrêmes. Voilà qu'une fois encore elle devait s'excuser de ne pas être à la hauteur de la réputation locale.

– Åsbrekkgjelet est un classique pour les kayakistes de tout le pays, mais le site n'est pas aussi dangereux qu'il en a l'air, poursuivit Flakne. Les gens n'ont longtemps pas osé s'y frotter, maintenant la plupart l'ont fait. Y compris Veslemøy.

– Elle faisait aussi du kayak ?

– Il y a un bail, oui. Sa passion, c'était le parachutisme, et petit à petit elle a dû s'en tenir à ses priorités… Surtout après la naissance des jumeaux.

Birger Flakne avait évoqué Veslemøy le premier. Agnes fut d'autant plus surprise de le voir craquer, à peine ces mots prononcés. Il se plia en deux, tremblant de tous ses membres, puis au bout de quelques secondes se tourna vers la rivière et resta là, penché au-dessus du garde-corps, comme s'il s'y agrippait pour ne pas tomber. Quand il lui fit de nouveau face, il était difficile de savoir si son visage était mouillé de larmes ou trempé d'éclaboussures.

Il lui fallut un instant pour se reprendre.

– Sorry, dit-il en se passant la main sur le crâne d'un geste rude. Je fais de mon mieux pour que tout se déroule comme d'habitude aujourd'hui. Mais ce n'est pas aussi simple, faut croire.

– Je suppose que vous la connaissiez bien ?

Elle le vit ravaler plusieurs fois sa salive, et il se tourna de nouveau vers le torrent, comme si les forces de la nature pouvaient l'aider à se ressaisir.

– On était amis. Et voisins. Déjà à Skjerpe, quand on était gosses. Je la connaissais depuis toujours.

– Et Steven Smith ?

– Comment ça ?

– Vous vous entendez bien ?

Elle crut lire dans son regard une lueur de doute, comme s'il se demandait ce qu'elle savait ou non.

– Absolument, affirma-t-il.

– J'ai entendu dire qu'il était un peu trop... relax, pour ce qui est de sa sécurité et celle des autres.

Birger réagit par un éclat de rire étrangement creux.

– Les rumeurs sont arrivées aux oreilles des journalistes, à ce que je vois. Ce que je peux dire, c'est que Steven a fait énormément pour le parachutisme dans cette ville. Voilà ce que les gens devraient regarder, au lieu de s'intéresser à son passé. Cet homme a deux gosses à charge, bon sang. Depuis leur naissance, il est doux comme un agneau.

– Et avant ?

Birger réfléchit un peu, eut l'air de tourner sept fois sa langue dans sa bouche avant de lâcher :

– Vous savez quoi, ne comptez pas sur moi pour casser du sucre sur son dos. Qu'est-ce que ça veut dire, toutes ces questions ? J'espère que votre journal ne compte pas colporter des ragots...

– En fait, je suis venue vous demander si vous pouviez me montrer comment s'y prendre pour saboter un parachute, répliqua Agnes.

– Ça vous a inspirée ? ironisa Flakne. J'ai des raisons de m'inquiéter ?

Venant de quelqu'un qui se disait l'ami de la victime, la blague était déplacée et pas franchement amusante.

– Je voudrais juste me faire une idée précise de ce qui s'est passé.

Il appuya sur son écran de téléphone en voyant un troisième kayak passer hardiment l'obstacle.

– D'accord, rendez-vous au club dans une demi-heure, je vous expliquerai comment liquider un parachutiste.

Si vous n'êtes pas pieds nus, vous êtes trop habillés, lisait-on sur une affiche placardée au mur, composée d'une grande photo de plusieurs personnes sautant en formation dans un radieux ciel estival.

Heureusement, elle était arrivée tôt. Elle avait pu suivre l'odeur des gaufres jusqu'à la cafétéria et s'en offrir deux à la confiture de fraise. Elle les superposa et mangea le tout rapidement, ravalant sa déception quant à l'absence de crème fouettée.

L'ambiance au Voss Skydive parut à Agnes très décontractée, alors qu'on n'avait pas encore fait la lumière sur l'origine du drame. Le Cessna rouge et jaune, d'où Veslemøy et ses co-équipières avaient sauté le dimanche précédent, était demeuré seul au milieu de la minuscule piste, dans un décor de champs de pommes de terre et de corps de ferme. Il y avait moins de monde que d'habitude aux alentours, ce qui n'avait rien de surprenant. L'aire de jeux jouxtant le club était vide, une poignée de parachutistes hirsutes s'étaient allongés de tout leur long sur l'herbe, d'autres tapaient négligemment dans un ballon.

– Triste spectacle, commenta Birger Flakne, sans qu'elle puisse dire avec certitude s'il parlait de l'interdiction de vol ou de la situation en général.

Avec ce soleil et cette petite brise, les conditions auraient été parfaites pour sauter, mais ce jour-là, les oiseaux auraient le ciel rien que pour eux.

– Tout cette partie du programme a été annulée ?

– On va voir. Mais le principe veut qu'on applique les mêmes règles que pour la circulation aérienne. Quand il y a un accident d'avion, tous les appareils du même modèle sont immobilisés au sol tant qu'on n'a pas trouvé le problème. On fait pareil chez nous. Les sauts en parachute ne seront de nouveau autorisés que quand la commission aura examiné l'affaire de près.

Les accidents de parachutisme étaient d'ailleurs plus rares que les gens ne le croyaient, ajouta Flakne : on n'en comptait qu'un pour cinq mille sauts. Par rapport à d'autres sports, le mot « accident » avait tout de même un sens un peu spécial, pensa Agnes. Les statistiques ne couvraient que les morts ou les dommages corporels entraînant un handicap permanent, à l'exclusion de ce que Flakne classait dans la rubrique des « fractures du poignet et autres égratignures ». Les blessures graves se produisaient naturellement bien plus souvent, reconnut-il, tout en précisant qu'elles étaient en général la conséquence d'erreurs humaines, commises une fois le parachute ouvert. Les gens atterrissaient trop brutalement et se cassaient les jambes ou la colonne vertébrale.

– En Norvège, il nous est arrivé de ne pas avoir un seul mort en quatre ou cinq ans, déclara Birger.

Ce n'est pas si long que ça, se dit Agnes.

– Et puis tout d'un coup, on en a eu trois dans la même saison, continua-t-il. Évidemment, du coup, on a eu droit à des tas de débats : est-ce qu'on prenait la sécurité assez au sérieux, ce genre de conneries. Mais, allô ? Et les autres sports, alors ? Il y a combien de cyclistes qui se tuent tous les ans ? Et de plongeurs ? Sans parler des gens qui crèvent dans les salles de muscu. Qui s'inquiète de ces morts-là, hein ? C'est la même chose quand un avion se crashe de temps en temps : bien sûr que c'est tragique, mais quelques centaines de personnes qui y passent, c'est quoi à côté du million de morts sur les routes chaque année ?

– Sauf que cette fois il s'agit d'un meurtre, objecta-t-elle. C'est un peu différent,

– Oui, répondit Flakne, comme s'il venait de se rappeler ce détail. Cette fois, c'est autre chose.

Elle le suivit de l'autre côté du bâtiment, à l'endroit précis où elle avait interviewé Veslemøy et ses amies, le dimanche précédent. Un parachute était déployé sur l'herbe. En dehors d'une voilure posée à plat et d'un enchevêtrement de cordages, elle n'avait aucune idée de ce qu'elle voyait, et lorsque Flakne se lança dans les explications, elle ne saisit pas grand-chose. Il se rendit compte qu'elle était larguée.

– Pour dire les choses simplement, reprit-il d'un ton impatient, saboter une voile principale ou de réserve, c'est pas sorcier. Ce qui est plus compliqué, c'est d'y arriver sans se faire pincer. Pour ça, il faut soit être plieur certifié, soit savoir précisément comment s'y prendre. Et surtout, y parvenir sans endommager le plombage, histoire que le propriétaire du parachute ne s'aperçoive pas que quelqu'un a ouvert le sac.

Il lui montra une petite pièce ronde et plate, de la taille et de la couleur d'une vieille pièce crasseuse de dix centimes. On y lisait les lettres FCO.

– Le marquage comporte trois lettres, expliqua-t-il, une combinaison propre à chaque plieur. Le but, c'est de pouvoir savoir qui a fait quoi.

– Donc les lettres sur le parachute de Veslemøy devraient indiquer qui l'a saboté ?

– À condition que la personne en question ait tout bien rangé derrière elle et mis un nouveau plombage sur la voile de réserve. Si ça n'avait pas été le cas, je pense que Veslemøy s'en serait aperçue, et qu'elle ne se serait pas servie de son matériel. Mais encore une fois, si on a affaire à un meurtre…

Flakne esquissa une grimace, comme si cette hypothèse ne le convainquait pas, ce qu'Agnes trouva curieux.

– Et puis, ça m'étonnerait que le coupable se laisse démasquer aussi facilement. Il y a d'autres possibilités : qu'il ait volé à quelqu'un son kit de plombage, par exemple.

Steven Smith était certifié, lui apprit Flakne, tout comme Veslemøy, Gro, Cat, Joni, lui-même, et beaucoup d'autres, parmi les membres du club comme parmi les parachutistes de passage.

– Le plus fatigant dans ce sport, c'est l'empaquetage. Pendant le festival, il n'est pas rare qu'on sous-traite ce boulot. On a eu des Polonais qui venaient bosser comme plieurs pendant la saison, on leur versait cinquante à soixante couronnes par parachute, et un billet de cent pour les tandems.

– Et ces saisonniers, il faut qu'ils soient certifiés ?

– Non, ils apprennent sur le tas. Certains bâclent un peu, mais d'autres, plus paranos, vérifient plutôt dix fois qu'une.

Agnes se dit qu'elle-même était d'un naturel trop méfiant pour accepter de se faire aider par un inconnu, ne serait-ce qu'une femme de ménage. Il allait falloir déterminer si Veslemøy s'était occupée en personne de son parachute, ou si elle avait payé quelqu'un pour le faire à sa place.

– Mais si on regarde la tendance générale, je pense que les gens sont de plus en plus soucieux de contrôler eux-mêmes leur matériel, ajouta Flakne. Et ça ne va sans doute pas changer après ce… cet incident, si je puis dire.

– Combien de temps ça prend de saboter un parachute et de le replier ?

– Ça dépend. Une demi-heure, une heure ?

Elle remercia Flakne et reçut en retour une nouvelle poignée de main affreusement molle.

– Il paraît que c'est le mec qui a trafiqué le parachute, dit un garçon courbé sous un gros sac de sport aux deux gamins qui l'accompagnaient.

Agnes dépassa le groupe et poussa la porte du bâtiment abritant le Voss Vind, l'énorme tunnel à vent où l'on venait de loin goûter sans risque aux sensations de la chute libre. Deux femmes assises sur un banc sirotaient leur café dans des gobelets en carton, bavardaient à voix basse, tout en surveillant leurs enfants, âgés de six à sept ans tout au plus, qui flottaient à plat ventre dans le vent, l'air blasé.

– Ils voulaient venir à vélo tout seuls, mais aujourd'hui, je leur ai dit pas question, déclara l'une. Je ne les laisserai plus sortir seuls.

– Moi non plus, répondit l'autre. Tant qu'ils n'auront pas coffré l'autre Néo-Zélandais.

L'esprit de solidarité vanté à la télé par le directeur du festival commençait à se fissurer cruellement, nota Agnes. Elle rejoignit Viktor – pour une fois c'était lui qui l'attendait. Installé à une table de pique-nique, il mangeait une tartine de cervelas, constata-t-elle à l'odeur en approchant. Il lui en tendit une, tout aussi puante, qu'elle refusa poliment.

– Tu n'avais pas une réunion avec la Kripos, à cette heure ?

– Si, en principe. La responsable de l'enquête est en train de passer l'affaire au crible avec Storedal. Je leur ai demandé s'ils avaient besoin de mon aide, et ils m'ont clairement fait comprendre que non. Alors autant déjeuner tranquillement avec toi, au lieu de faire des miettes tout seul au-dessus de mon clavier.

Non qu'il n'ait rien à faire, précisa-t-il. S'il était là, c'était pour parler avec le gérant du Voss Vind, il avait ordre d'aller voir « tout ce qui bouge dans le milieu des sports extrêmes ». Les enquêteurs d'Oslo avaient immédiatement fait venir des renforts de Bergen et commencé à interroger tous ceux qui se trouvaient sur la drop zone dimanche après-midi. Un travail colossal, alors que l'endroit grouillait de monde, entre les participants du festival et le public.

– Nous, on a parlé avec des tas de témoins oculaires, pendant que la responsable cuisinait Steven Smith, lui confia-t-il à voix basse pour que les deux mères de famille ne l'entendent pas. Ça a duré des heures, l'interrogatoire a dû être corsé.

– Il n'avoue pas ?

Viktor secoua la tête.

– Il a retourné sa veste quand il a su qu'on avait découvert que le parachute avait été saboté. Et maintenant, il soutient qu'il n'a rien à voir là-dedans. Mais l'enquêteuse a tiqué, et pas qu'un peu, quand elle a vu le casier de Steven. J'en avais aucune idée – ça n'est jamais arrivé pendant mes gardes le week-end –, mais il s'est retrouvé plus d'une fois en cellule de dégrisement. Et apparemment, il répond surtout avec les poings. Bref, tout ça fait de lui le coupable idéal.

– Il était violent avec Veslemøy ?

– Pas d'après ce qu'on sait, ce qui veut dire au moins qu'elle n'a jamais porté plainte, répondit Viktor en baissant le ton encore d'un cran. Smith a eu accès au parachute de

Veslemøy pendant les heures qui ont précédé le saut, non seulement chez eux mais au club. C'est donc la piste la plus évidente, mais je ne suis pas convaincu par cette histoire. Il y était avec leurs gamins. Ça m'étonnerait qu'il ait trafiqué le parachute à ce moment-là. Et puis, est-ce qu'il aurait vraiment emmené les jumeaux voir leur mère s'écraser ? On peut vraiment être aussi tordu que ça ?

Agnes approuva de la tête.

– Et pourquoi Steven aurait-il eu l'idée de tuer Veslemøy de cette manière ? se demanda-t-elle tout haut. Ce n'est pas franchement la même chose que de buter quelqu'un sous l'effet de la colère pendant une dispute.

– La Kripos travaille sur l'hypothèse de l'acte passionnel. On sait bien que le mobile de la jalousie peut conduire à ce type de meurtre.

– Il aurait été jaloux de qui ?

– Je ne peux pas aller aussi loin dans les détails pour tes beaux yeux de journaliste, ma chère, répliqua Viktor. Je t'en ai déjà dit un peu trop, et je parie que tu sauras trouver cette info toute seule.

– Bien entendu. Je n'ai pas besoin de toi.

Viktor sourit et épousseta quelques miettes restées accrochées à sa chemise.

– Je ne sais pas quelle tournure ça va prendre, mais ce qui est sûr, c'est que Steven Smith est sacrément sous pression. Tout le monde essaie de le faire avouer, et ça m'inquiète un peu : il ne faudrait pas qu'on pousse un type à bout, seul avec ses gamins, à reconnaître un crime qu'il n'a pas commis.

– À propos d'épuisement, excuse-moi de ne pas t'avoir demandé plus tôt comment allait Malin. Elle a arrêté de vomir ?

– Oui, heureusement. En fait, papa l'a gardée quelques heures ce matin.

Agnes s'étonna d'entendre le mot « papa » dans sa bouche, alors qu'il se disait encore orphelin quelques semaines plus tôt. Sans un coup de fil, sans avoir écrit le moindre mot, Henrik Vormedal avait sonné à la porte le jour des quarante ans de son fils, qui ne l'avait pas vu depuis plus de vingt ans. Viktor en était resté chamboulé, selon sa propre expression. Chamboulé, et content. Elle-même n'avait pas encore rencontré papa Vormedal, mais elle était curieuse de voir si la relation père-fils pouvait se réparer après tant de temps, presque contrariée que Viktor lui ait aussi facilement ouvert les bras.

– Je me demandais justement s'il se rendrait utile. Comment ça se passe pour lui ? Et pour vous ?

Viktor haussa les épaules.

– C'est bizarre, dit-il. En fait, on n'a pas encore vraiment parlé. Mais je dois reconnaître que c'est pratique de l'avoir sous la main. C'est con tu trouves ?

– Non, je comprends. Et je suis contente pour toi.

Elle lui ébouriffa les cheveux d'une main.

– Autre chose : tu m'emmènes au commissariat voir l'engin ?

– Ça ne plairait pas trop à Gro, je crois...

– Très drôle. Je comprends que les flics sérieux ne veuillent pas de toi.

– Un peu d'humour ne leur ferait pas de mal, aux flics sérieux. OK, tu n'as qu'à me suivre en voiture, le parachute est dans le local des scellés. Il va falloir faire vite, avant le retour de l'enquêteuse en chef. Elle est un peu plus regardante que moi sur les visites des journalistes, c'est le moins qu'on puisse dire. D'ailleurs, le type de *VG* est passé tout à l'heure. Tu le connais, non ?

– Mmm, acquiesça-t-elle. Un connard arrogant.

Elle n'avait aucune envie de s'épancher sur Åkervold maintenant.

Un silence étonnant régnait à l'intérieur du commissariat. Personne en vue, la somnolence d'un jour ordinaire. Comme s'il ne venait pas de se produire un meurtre qui mettait toute la ville en émoi.

Elle traversa rapidement la pièce sur les talons de Viktor. S'introduire ici subrepticement avait quelque chose d'inhabituel et d'excitant, jamais elle n'avait eu accès personnellement à des sources policières, pour aucun des sujets qu'elle avait traités. Soudain, elle se sentait plus proche du journalisme d'investigation. Viktor sortit de sa poche une carte qui ressemblait à une clef de chambre d'hôtel et la plaqua contre la porte du local. Un voyant rouge s'alluma. Il recommença. Toujours sans résultat.

– Système de merde.

– Si même les flics n'arrivent pas à ouvrir, c'est que c'est bien sécurisé, commenta Agnes en s'appuyant patiemment à la cloison opposée de l'étroit couloir.

Le voyant vert apparut enfin, déclenchant simultanément un déclic métallique et le soupir de soulagement de Viktor.

– À Førde, tu sais, là où j'ai fait mon stage, ils mettaient tout dans un bureau ordinaire fermé par une serrure classique, sans surveillance vidéo ni alarme, précisa-t-il en poussant la porte. Inacceptable pour les standards modernes, mais pour quelqu'un d'aussi empoté que moi, c'était mieux.

Agnes se dirigea droit vers le parachute, qui était resté déplié et prenait presque toute la surface au sol. C'était un équipement quasiment identique à celui que venait de lui montrer Birger Flakne, sauf qu'il y manquait les deux voiles. Elle sut donc immédiatement où porter son regard.

La déception fut immédiate.

Le plombage n'y était plus.

Une fois garée à côté de l'étincelante Tesla bordeaux de Gro, sa petite Polo crasseuse faisait un effet comique. La maison de style fonctionnaliste que l'héritière du groupe Skutle avait fait construire avec Viktor se dressait fièrement tout là-haut, près de la station de ski de Bavallen. À ses pieds dévalaient les pistes, qui s'offraient ce jour-là, vertes et viriles, aux concurrents de l'épreuve de vélo downhill.

Agnes voulait savoir ce que lui dirait Gro de Steven Smith, mais elle avait aussi une autre idée derrière la tête : voir à quoi ressemblait le père de Viktor. Elle n'avait certes aucune envie d'attraper un méchant virus, mais Gro lui avait confirmé au téléphone que sa fille s'était vite remise, elle avait dû manger un mauvais truc.

Quand Agnes arriva, la ravissante fillette de quatre ans était perchée sur l'un des tabourets de bar autour de l'îlot central de la cuisine. Avec ses cheveux bruns épais, sa peau blanche et son petit corps frêle, on aurait dit un clone de Viktor, abstraction faite du vernis de bonne éducation que n'avait jamais eu son père. Elle aurait pu figurer sur la couverture d'un manuel de bonnes manières.

– Dis donc, qu'est-ce que tu lui mets dans sa soupe ? s'exclama Agnes.

La formulation était peut-être malvenue au regard de la probable intoxication alimentaire, mais Gro ne parut pas s'en offusquer. Elle jeta vers sa fille un regard orgueilleux assumé. La plaque de marbre de l'îlot brillait d'un éclat parfait, seule y traînait une serviette inutilisée à côté du bol. La petite salua la visiteuse avec un sourire poli, avant de se remettre à manger son potage, sans verser une goutte à côté. Qui n'aurait pas aimé se faire appeler tata par cette gamine, la voir accourir à chaque visite, pouvoir être de ceux qui lui donnaient des bonbons en cachette et la chatouillaient jusqu'à la faire rire aux larmes. Sauf que la tata potentielle ne l'approchait pas aussi souvent qu'elle l'aurait voulu et ne la connaissait pas si bien que ça. S'il n'y avait eu que Viktor, Agnes serait sûrement passée à l'improviste plusieurs fois par semaine, mais elle craignait toujours que Gro la trouve trop collante.

– Je suis soulagée qu'elle se soit vite remise. Un enfant malade en ce moment, ça tombait mal. Et comme elle va bien, elle va pouvoir aller à la Journée des jeux extrêmes, cet après-midi. Ça va être chouette, hein ? lança Gro en direction de Malin.

En quoi consistaient ces jeux organisés par le festival ? demanda Agnes, non par curiosité, mais parce qu'elle se sentait obligée d'entretenir la conversation tant que la petite n'aurait pas fini son repas.

Gro portait un chemisier blanc et un pantalon anthracite habillé, une tenue de travail. Étonnant, le jour où l'on venait d'apprendre l'ouverture de l'enquête criminelle. Mais elle devait sans doute quand même faire un saut au bureau. Après tout, son entreprise d'ameublement, elle la dirigeait seule, et le business avait l'air de marcher à merveille. Les gens d'ici rénovaient leur maison et refaisaient leur décoration intérieure à un rythme effréné. En revanche, Agnes soupçonnait que toutes ces belles choses dont était rempli le vaste séjour-cuisine de Gro et Viktor ne venaient pas du magasin de Voss, mais d'une enseigne de design bien plus originale, située à Londres ou à Copenhague. Rien à voir avec les meubles d'occasion qu'elle-même et Viktor, à l'époque, avaient récupérés pour s'installer dans leur coloc d'Oslo. Il leur était arrivé de passer un après-midi entier à transporter un meuble dans l'escalier, jusqu'au cinquième. Un canapé trois places en velours côtelé marron que quelqu'un avait abandonné sur le trottoir d'en face. Parfait pour deux étudiants fauchés, avaient-ils estimé d'un commun accord, jusqu'à ce que le monstre trône enfin dans leur salon et qu'ils découvrent des taches douteuses sur l'accoudoir. De la purée, plaisantaient-ils. Ils avaient résolu le problème en le recouvrant d'un plaid.

Les goûts actuels de Viktor étaient nettement plus sophistiqués. Il prétendait même avoir commencé à s'intéresser à l'art. Facile, quand on s'est trouvé une héritière, pensait Agnes. Mais avec tout ce fric, qu'ils aient choisi un terrain avec vue sur la station de ski plutôt que sur le lac, c'était incompréhensible. Bien sûr, par ces immenses fenêtres qui couvraient tout un côté de la maison, ils voyaient des sommets et des vallées bien vertes, mais la vue était gâchée par le bâtiment du lycée, l'horrible bloc de béton qui abritait la supérette Rema 1000 et une station-service.

– Henrik ? appela Gro. Vous voulez un peu de soupe avant d'y aller ?

Agnes guetta discrètement l'apparition de Henrik Vormedal. Et elle vit émerger de la salle de bains cet homme qu'elle n'avait pas vu depuis plus de vingt ans.

– Merci, mais il est sans doute temps que je décolle, répondit-il.

Dans son souvenir, Henrik Vormedal portait une barbe rousse, mais beaucoup moins longue qu'aujourd'hui. Entre-temps, ses cheveux comme sa barbe étaient devenus grisâtres. Elle ne se le rappelait pas aussi mince, et son visage semblait atone, comme une plante qui a manqué d'eau. Malgré sa chemise fringante et son jean, pas de doute, il était devenu un vieil homme.

– Bonjour ! lui dit Agnes en lui tendant la main. Vous vous souvenez de moi ? Je suis la nièce du Dr Tveit, et une amie de Viktor.

– Ça fait des lustres, souligna Vormedal en lui serrant la main. Qu'est-ce que tu es devenue ?

– Je suis journaliste. J'ai travaillé pour *VG* pendant des années. Mais depuis que je me suis réinstallée à Voss, je suis au *Hordaland*.

– Ah oui, tiens.

Il n'avait pas l'air spécialement impressionné.

– Henrik va conduire Malin à Bømoen, intervint Gro en montrant l'heure sur la pendule murale. Et il est vraiment temps d'y aller.

Elle passa rapidement le bol sous le robinet et le plaça dans le lave-vaisselle, avant de glisser une lunch box dans le mini sac Fjällräven. L'ambiance ici était étonnamment détendue, compte tenu des événements.

Dès que la petite eut disparu après un bisou de sa mère – sans avoir manifesté l'envie qu'Agnes l'embrasse à son tour –, et sitôt la porte extérieure refermée, Gro changea de visage.

– J'ai besoin d'une clope, dit-elle d'une voix moins maternelle.

Elles sortirent sur le balcon de la cuisine, du côté opposé de la maison, d'où l'on découvrait les toits de quelques chalets bordant la piste de ski. Une voix diffusée par un haut-parleur présentait un cycliste avec un nom aux consonances allemandes. Gro passa la main sur une petite étagère installée en hauteur, sortit de derrière un pot de fleurs un paquet de Marlboro et le tendit à Agnes, qui déclina l'offre d'un hochement de tête. C'était pourtant ce qui lui aurait fait le plus plaisir au monde, sauf peut-être quelque chose à grignoter. Mais que cette femme si correcte puisse nourrir une attirance secrète pour la nicotine, elle n'en revenait pas. Ni que ses doigts tremblent en allumant la cigarette.

– On s'efforce de tout faire normalement quand Malin est à la maison, dit Gro en inspirant à pleins poumons. Mais je me demande ce qui se passe dans sa tête. Elle y était, dimanche, au parc. Je ne crois pas qu'elle ait vu, mais… Elle a bien senti la panique, et le chaos qui a suivi. Et si maintenant… c'est vraiment… un meurtre… Mon Dieu. Je ne pense pas qu'elle comprenne, mais va savoir ce qu'elle risque d'entendre en ville ? J'ai peur qu'elle en fasse des cauchemars, que ça l'angoisse. Elle la connaissait très bien, elle l'appelait tata Veslemøy.

Agnes se demanda si Gro, au fond, n'était pas jalouse depuis toujours de son amitié avec Viktor. Elle, elle était restée coincée à Voss. Contrairement à ses amies, elle n'avait jamais vécu ailleurs. Quand Viktor et elle avaient rompu juste après le lycée, et qu'il était parti pour Oslo, Agnes s'était installée avec lui presque immédiatement. Peut-être que Gro, en restant dans le business familial, avait dû abandonner certains rêves. Difficile à deviner. Quoi qu'il en soit, elle avait maintenant un bon mari, une jolie petite fille, et assez de fric pour réaliser ses rêves éventuels.

Les yeux d'Agnes se posèrent sur son fameux grain de beauté. Qu'une tache sur la figure puisse passer pour un atout, c'était un monde. Elle sursauta en s'apercevant que Gro la regardait fixement.

– Au fait, je voulais te demander…, dit-elle en se ressaisissant aussitôt. Pourquoi on a surnommé Steven Smith « Crazy Kiwi » ?

Gro tira de nouveau longuement sur sa cigarette. Ses traits se contractèrent, retrouvant cette mine sévère, cet air de flic.

– Le problème avec Steven, répondit-elle, c'est qu'il va toujours trop loin. Il a été le premier à sauter en combinaison ailée, il a commencé très tôt le base-jump à Gudvangen. Depuis toujours, c'est le mec qui se fout de la sécurité. Au club, son goût du risque a pas mal irrité les gens.

Smith avait travaillé un temps comme responsable de saut, c'est-à-dire qu'il décidait si les parachutistes pouvaient y aller ou non en fonction de la météo. Il arrivait qu'on fasse du *innhopp*, ce qui consistait à atterrir ailleurs qu'à Bømoen. C'était plus difficile, expliqua Gro, parce qu'on ne voyait pas la drop zone, et il fallait envoyer sur place une équipe au sol, avec des croix de marquage et du matériel de premiers secours. Dans certains sites, surtout en montagne, les vents pouvaient être instables.

L'automne précédent, Gro faisait partie du premier groupe qui devait se lancer, et elle avait bien constaté que les conditions étaient trop dangereuses. Elle avait appelé Steven pour lui dire d'annuler le vol suivant. Mais il n'en avait pas tenu compte et avait envoyé le deuxième groupe. En se retrouvant dans les bourrasques, plusieurs parachutistes avaient cru y passer.

– Ça a fait scandale, et Steven n'a plus travaillé pour Voss Skydive.

– On l'a viré du club ?

– On aurait dû le virer, mais se débarrasser de ce type, ce n'était pas si simple. Ça l'a bien arrangé d'être avec Veslemøy, pour dire les choses franchement. En tout cas, après cette histoire, il n'a plus été responsable.

Le visage de Gro se durcit plus encore.

– D'une manière générale, il pouvait se féliciter que Veslemøy veuille encore bien de lui. Je prie le ciel que ce ne soit pas lui qui soit derrière cette affaire.

– Mais c'est ce que tu crois ?

La cigarette rougeoya jusqu'au filtre avant que Gro ne réponde :

– Qui ça pourrait être d'autre ?

Le grand barnum blanc dressé au milieu du parc Prestegardslandet était orné de ce qui ressemblait à des centaines de ballons noirs. Agnes avait du mal à se dire que ce festival existait depuis déjà vingt ans, et en même temps, elle avait l'impression qu'il avait toujours fait partie du décor. Même si elle-même n'avait jamais participé à la moindre activité, elle n'imaginait guère un été à Voss sans la Semaine des sports extrêmes.

Elle se souvenait pourtant des débuts. Certains surnommaient les amateurs des sports en question « les extrémistes », ce qui ne passerait sans doute plus aujourd'hui. Dans un article assez long sur l'histoire du festival, qu'elle avait écrit quelques semaines plus tôt, elle avait cité le maire : « Voss a toujours eu la réputation d'être un peu fofolle », même si le propos lui avait paru légèrement déplacé. Elle avait aussi interviewé le tout premier directeur du festival, une femme d'une cinquantaine d'années, qui pratiquait jadis le base-jump et se déplaçait en fauteuil roulant depuis un atterrissage trop brutal.

L'initiative était venue des centres locaux de rafting et de parapente, et les clubs de parachutisme et de kayak leur avaient emboîté le pas. La première édition, en 1998, avait rassemblé deux cents personnes. Succès plutôt moyen aux yeux des parachutistes, sachant qu'ils n'avaient pas obtenu le droit de faire atterrir leur appareil à l'aéroport militaire de Bømoen et avaient dû faire appel à un Bergenois, propriétaire d'un avion privé, pour emmener les concurrents dans les airs.

Depuis cette époque, le festival avait grossi jusqu'à devenir la plus importante manifestation du genre sur le plan international, avec près de mille cinq cents sportifs venus d'une quarantaine de pays. Personne ne pouvait nier que le phénomène avait de quoi impressionner, et lorsqu'elle avait interrogé cette femme en fauteuil, Agnes s'était attachée à lui faire décrire leur success-story, sans lui demander combien d'accidents et de morts ils avaient dénombrés au fil des ans. Mais au point où on en était, ne devrait-elle pas en faire un sujet en soi ? se demanda-t-elle tout en se baissant pour fouiller l'herbe du plat de la main.

Elle se sentait ridicule, surtout depuis qu'un jeune couple installé juste à côté sur une couverture s'était mis à la dévisager.

Ça valait la peine d'essayer, se consola-t-elle.

Si elle retrouvait le plombage, qui sait, elle arriverait peut-être à résoudre cette affaire toute seule, et ce connard de Sherlock Holmes n'aurait plus qu'à se rhabiller.

Si la Kripos était intervenue dès le dimanche soir pour sécuriser le périmètre, elle n'aurait pas pris la peine de chercher. Ils auraient forcément passé la pelouse au peigne fin avant de retirer les barrières. Mais quelque chose lui disait que Viktor et ses petits copains du commissariat n'étaient pas aussi scrupuleux. Ils avaient moins d'expérience en la matière et ne suivaient sans doute pas les procédures à la lettre.

Agnes parcourut lentement l'endroit où, deux jours auparavant, elle n'avait pas pu détacher son regard du corps de Veslemøy Liland. Le soleil brillait aussi fort, mais le vent s'était levé, rendant les conditions optimales pour les planches à voile sur le lac, qui étaient nombreuses, un rien tremblotantes, à ponctuer la surface scintillante du Vangsvatnet. Ce devait être un cours pour débutants. Mais même là, il y avait moins de mouvement que d'habitude. Le mardi, en pleine Semaine des sports extrêmes et par un temps pareil, les parachutes auraient dû tomber du ciel comme neige à Noël.

Elle oublia soudain qu'on l'observait : un rayon de soleil venait de faire scintiller un petit objet, juste à côté du grand bouleau.

Elle se pencha, la poitrine en ébullition.

Mais son effervescence s'arrêta aussitôt.

Ce n'était pas ce qu'elle rêvait de trouver.

Elle ramassa l'objet, le tint à hauteur de ses yeux. Sherlock Holmes n'aurait pas parlé de piste. Au mieux, d'un début d'indice ?

Il lui évoquait en tout cas quelqu'un, avec qui il serait bon de discuter.

Mais d'abord, elle avait autre chose à régler.

– Tu trouves ça bête ? lui demanda-t-il. C'est trop tôt ?

Voilà une semaine qu'elle avait promis à Fredrik d'aller y jeter un œil, un jour où il l'avait trouvée suffisamment optimiste et de bonne humeur pour le lui suggérer. Et tout à l'heure, elle n'avait pas osé lui dire non quand il l'avait appelée pour lui rappeler que c'était le dernier jour des « poussettes à prix casser » – choquant, le nombre de fautes d'orthographe dans les annonces publicitaires du coin. Ils s'étaient donné rendez-vous au centre commercial Amfi avant le début de sa garde, et se retrouvaient là, côte à côte sous les éclairages violents d'un magasin rempli de tables à langer, de berceaux, de vêtements si petits que c'en était pervers, et d'une quantité de choses qu'elle était incapable d'identifier. Leur regard s'était arrêté sur un engin nommé *Emmaljunga City Cross.* Agnes était sur le point de lui répondre « beaucoup trop tôt », quand une employée avait surgi devant eux.

– Avec ça, vous n'aurez pas de regrets, déclara la vendeuse.

Elle arborait un fard à paupières bariolé et une boucle d'oreille d'un seul côté. Avec son uniforme strict, l'effet était curieux, une perruche obligée de se déguiser en moineau.

– C'est un modèle combi, poursuivit-elle, avec un châssis solide et bien stable. La marque fabrique des poussettes depuis

1925, et on peut se fier à la qualité suédoise. Croyez-moi, elle pourra resservir à tous vos petits loups.

N'avait-elle pas déjà vu cette femme dans un magasin de fringues de Vangen, quand elle était plus jeune ? Agnes réfléchissait, quand elle la vit baisser discrètement les yeux vers son ventre.

– D'ailleurs : félicitations ! Vous en êtes à combien ?

Fredrik intervint sur-le-champ.

– Elle n'est pas encore tout à fait enceinte, mais on espère bien semer la graine un de ces jours, alors on s'est dit que pour une fois on pourrait prendre un peu d'avance, lança-t-il avec son rire poli. Et faire une petite économie par la même occasion.

– Vous avez bien raison, répondit la vendeuse avec un sourire encourageant. Beaucoup devraient en faire autant. Trop de couples se précipitent chez nous à la dernière minute et ont besoin d'absolument tout. Mais c'est vrai aussi que certaines ne s'aperçoivent de leur grossesse que juste avant la naissance.

– Bon, on va sans doute partir là-dessus, dit Fredrik, mais il nous faut d'abord un café pour en discuter un peu, histoire d'être sûrs à cent pour cent.

– Je vous en prie. On ferme à dix-neuf heures.

S'il la connaissait vraiment bien, il lui rapporterait une viennoiserie, pensa-t-elle en le regardant dans la queue. Un café de centre commercial, créneau spécial du secteur de la restauration caractérisé par le refus de toute originalité, l'absence de concept, juste un banc dur où poser ses fesses pendant quelques minutes avant de continuer ses courses. Mais en général, même dans ce genre d'établissements, les viennoiseries étaient bonnes.

Fredrik était arrivé à la caisse, sa longue colonne vertébrale penchée sur le terminal de carte bleue. Il se retourna avec en mains un plateau sur lequel elle repéra deux tasses, rien d'autre. Il la rejoignit, posa le plateau sur la table et lui en tendit une, avant de prendre une bonne gorgée de café.

– On l'a bien mérité, dit-il en souriant pour la dérider, comme si une tasse de café filtre pouvait constituer une récompense après un quelconque effort. Mais dis-moi, ça va ? Tu étais plutôt coincée dans le magasin.

– Oui, oui, répondit Agnes, qui hésitait à se rendre elle-même au comptoir s'acheter une viennoiserie.

– Tu dis toujours ça. Mais ce serait tellement plus facile de t'aider, si tu voulais bien partager un peu plus ce qui se passe là-dedans. Pas là, hein, précisa-t-il en pointant du doigt son ventre, mais là et là.

Penché au-dessus de la table, il lui appuya l'index sur le front et près du sein – pour le cœur, mais c'était le mauvais côté, et ça se prétendait chirurgien…

– Je vais bien, je te dis. Et je suis assez grande pour savoir si j'ai quelque chose à te raconter, d'accord ?

Il ne lâcherait pas le morceau, elle le savait. Cette discussion revenait sans cesse et il n'était pas rare qu'elle tourne à la dispute. Le mec de l'Est voulait parler sentiments, la fille de l'Ouest fuyait comme la peste ce genre de conversation. Elle avait parfois l'impression qu'ils avaient grandi non pas dans deux régions, mais sur deux planètes différentes.

Ils sirotèrent un moment leurs cafés sans un mot.

– Là, tu grinces des dents, observa Fredrik le regard plongé dans le vide.

Elle leva les yeux, il haussa les épaules.

– Quoi ? C'est toi qui voulais savoir.

– Écoute, Fredrik, commença-t-elle avec un soupir. Je ne sais pas, mais… cette poussette…

Mieux valait dire franchement les choses.

– Pour être honnête, s'équiper avant de tomber enceinte, à mon avis, c'est un facteur de stress pas vraiment utile. Je préférerais qu'on attende. Tu survivras à l'achat d'une poussette hors promo ?

Fredrik inclina la tête.

– Bien sûr, je comprends. Et bravo, tu viens d'ouvrir une petite porte de la forteresse !

Il souriait, mais ses épaules, qui retombèrent un peu comme quand elle n'avait pas envie de faire l'amour, trahissaient sa déception.

Elle finit son café en deux gorgées, soulagée d'avoir autre chose à faire.

Il n'y avait personne à la réception de la maison de retraite, ni de sonnette qui aurait permis de prévenir de sa présence, aussi attendit-elle au guichet. Il flottait une odeur de vieux vêtements de friperies, se dit-elle, et elle fourra la main dans la poche de sa robe pour palper de nouveau du bout des doigts le petit cœur en or qu'elle avait ramassé dans l'herbe. *À Veslemøy, pour sa confirmation, tendres pensées de grand-mère*, y lisait-on, gravé en lettres si minuscules qu'Agnes commençait à se demander si elle aussi n'aurait pas besoin de lunettes.

– Je peux vous aider ?

Une femme en rose venait de sortir la tête par une porte, sans doute celle de la cafétéria, puisqu'elle tenait une tranche de pain à la main, du pain complet, apparemment. Agnes avait faim, elle aurait dû accepter la tartine de cervelas de Viktor, ou s'acheter cette foutue viennoiserie.

– Serait-il possible de rendre visite à Dagny Berge ? Je m'appelle Agnes Tveit, je suis journaliste au *Hordaland*.

La réceptionniste la regarda, sans qu'Agnes décèle la moindre trace du scepticisme auquel sa requête se serait immanquablement heurtée dans un établissement de la capitale.

À l'époque où elle avait appris à jouer des coudes, elle s'était essayée à emprunter toutes sortes de raccourcis pour parvenir à ses fins. Elle avait appelé des chirurgiens plasticiens en prétendant être la petite-fille d'une star de cinéma, tenté d'obtenir des scoops en flirtant avec des magnats de la finance, juste pour voir s'ils mordraient à l'hameçon. Mais elle avait toujours eu des regrets et s'était interdit d'utiliser les informations obtenues de cette manière. En réalité, c'était une sorte de hobby, le genre de journalisme people dont elle n'avait jamais parlé à Fredrik.

– Vous pouvez toujours essayer, répondit la dame en rose. Mais vous risquez de ne pas en tirer grand-chose. Ces derniers jours, elle ne savait même plus trop où elle était, ce serait bien de ne pas la stresser. Je suppose que c'est à propos de sa petite-fille ?

– Elle est au courant de ce qui est arrivé ?

La femme opina du chef.

– Mais on n'arrive pas trop à savoir si elle a compris.

Sans s'être présentée ni même lui avoir dit bonjour, une infirmière qui évoluait dans les parages comme un robot habillé de blanc la précéda, passant devant la salle télé, puis un réfectoire qui sentait la sauce au beurre noir. Agnes pensa aux singuliers horaires auxquels on servait les repas dans ce genre d'endroits, comme si l'on faisait exprès d'infliger aux vieux un décalage par rapport au monde extérieur.

L'infirmière frappa à une porte, l'ouvrit avant d'avoir reçu une réponse et passa la tête à l'intérieur. Celle qui vivait ici n'avait aucune possibilité de protester contre une intrusion dans sa vie privée.

– Vous avez de la visite, s'entendit-elle simplement annoncer, et la porte se referma derrière Agnes.

Celle-ci dérapa sur la lirette colorée qui recouvrait le sol, mais se raffermit sur ses jambes et s'avança, main tendue, vers Dagny Berge.

– Pauvre petite, dit la femme sans répondre à son geste.

La transition entre son front blême et ses cheveux blancs se distinguait à peine. La pensionnaire était assise dans un fauteuil bordeaux qui ne semblait pas assez confortable pour qu'on y trône à longueur de journée, toute l'année, le restant de sa vie.

Agnes se demanda si ces mots la visaient, mais la vieille dame était ailleurs.

Son regard, sans s'arrêter sur Agnes, était dirigé vers le mur, vers un dessin au crayon représentant l'église.

– Pauvre petite, répéta-t-elle.

– Je vous présente mes condoléances, madame, dit Agnes. C'est affreux, ce qui est arrivé.

– Vesla, c'est toi ? réagit Dagny Berge.

– Non, je m'appelle Agnes, je suis journaliste au *Hordaland*. Et j'étais au lycée avec Veslemøy, dans le niveau juste en dessous.

– Pauvre petite.

– Oui.

Aucune des deux n'ouvrit la bouche pendant un long moment. La grand-mère s'était comme éclipsée au fond d'elle-même, assise là, les yeux rivés sur le dessin accroché au mur. Fallait-il lui poser des questions ou repartir comme elle était venue ? Agnes mesura soudain à quel point elle était démunie face au grand âge.

Elle décida de ressortir discrètement. La pensionnaire ne s'en apercevrait sans doute pas.

– Il n'était pas gentil, entendit-elle déclarer tout à coup, alors qu'elle s'apprêtait à ouvrir la porte.

Agnes se retourna.

– Qui n'était pas gentil ? interrogea-t-elle. Steven ?

Un regard vitreux la fixa en retour.

– C'est toi, Vesla ? demanda Dagny Berge.

À peine sortie de la maison de retraite, Agnes envoya un SMS à Eskildsen pour savoir s'il comptait recevoir un papier le jour même. Il était déjà quatorze heures. *Il n'y a pas le feu*, répondit-il. On allait imprimer ses articles du week-end, et la jeune recrue s'était débrouillée avec le peu d'informations officielles que la police avait laissées filtrer. *Appelle-moi quand tu auras du nouveau.*

Un coup de stress fulgurant lui traversa le corps. Autrement dit : elle devait remuer ciel et terre pour trouver des éléments factuels. Attendait-il d'elle des découvertes dès aujourd'hui ? Était-elle censée se montrer au bureau ? Faire des heures supplémentaires ?

Dire qu'Åkervold détenait sans doute déjà des tas de renseignements.

Songer à tout ce qu'elle pourrait ou devrait faire l'épuisait à tel point qu'elle en fut découragée. Elle n'avait plus qu'à appliquer sa stratégie habituelle, quand elle avait un coup de fatigue et l'estomac dans les talons.

Sa mère faisait des mots croisés sur la table de la cuisine. Deux tranches de pain garnies de jambon, de fromage et de rondelles de concombre attendaient sur un plat, réunies en sandwich et découpées en triangles, identiques à ce qu'Agnes avait découvert jour après jour en déballant son déjeuner, pendant ses douze années d'école.

À l'époque, déjà, elle se demandait comment sa mère pouvait se donner autant de peine. Naturellement, elle ne lui en avait jamais rien dit, de peur que le service ne régresse en conséquence. Elle préférait laisser ses camarades de classe la traiter de gosse pourrie gâtée quand elle sortait ses « petits canapés ». Il y avait plus difficile à vivre.

Une rapide embrassade, et Agnes se jeta sur l'assiette bleue dans laquelle elle avait mangé tous les matins et tous les soirs de son enfance. Par endroits, les ornements fleuris s'étaient estompés à force de lavages.

– Où est papa ? s'enquit Agnes.

– Il fait la sieste.

– Si tard dans l'après-midi ?

– Oui, mais ne t'en fais pas, ça ne l'empêchera pas de dormir encore après, répondit sa mère.

Agnes aimait être ici, attablée dans cette cuisine. Depuis son retour, la présence de ses parents était l'une des rares choses qui ne l'aient pas déçue. Ils étaient d'ailleurs pour beaucoup dans sa – dans leur – décision de déménager. Les parents de Fredrik, quant à eux divorcés et encore suffisamment jeunes pour travailler, menaient chacun de leur côté une existence qui serait bien remplie pendant de longues années. Une fois qu'elle aurait des enfants, elle ne se voyait pas se débrouiller seule. Elle imaginait des grands-parents zélés, jamais pressés, qui iraient chercher les petits à la crèche, les ramèneraient chez eux, les gâteraient de friandises et de bons petits plats quand ils seraient plus grands.

Le jour où Agnes avait parlé au téléphone de sa décision – leur décision – de s'installer à Voss, sa mère avait eu l'air plus surprise qu'elle ne s'y attendait. Mais ses parents s'en étaient fait une joie, elle le savait. Ils venaient tout juste de quitter leurs emplois respectifs à la banque et à la direction de la voierie, ils étaient forcément plus que satisfaits d'apprendre qu'ils passeraient leur retraite en compagnie de leur fille unique et de sa famille.

L'impression de les avoir trahis se renforçait chaque jour qui passait sans promesse d'enfant.

– J'ai vu ce que tu avais écrit à propos de la pauvre petite Liland. Ils pensent vraiment à un crime ?

– On dirait bien qu'il n'y a aucun doute. Tu connais sa famille, non ?

Une mélodie stridente retentit sur le plan de travail. Sa mère bondit, réagissant frénétiquement à l'activité de son portable, selon une coutume répandue chez les gens de sa génération, comme si un SMS ou un appel téléphonique étaient aussi bouleversants qu'excitants.

– Allô ? Mme Tveit à l'appareil, répondit-elle de la même manière que lorsqu'elle décrochait le téléphone fixe, le fameux, celui dont ils s'étaient enfin débarrassés sur les conseils de leur fille.

Mais elle s'empressa de raccrocher, sans ajouter un mot.

– Foutus démarcheurs.

– On peut leur dire non poliment, tu sais, maman.

– Oui, je sais. Tu as encore faim ?

Agnes acquiesça, sa mère retourna vers le plan de travail et s'attaqua à deux nouvelles tranches de pain sur la planche à découper, que sa fille avait fabriquée au collège. Avec un bon coup de main du prof de travaux manuels, croyait se rappeler Agnes. Sa mère lui tournait encore le dos, quand elle fut prise d'une quinte de toux violente, au point de devoir lâcher son couteau et de sortir de la pièce.

– Ça va ? s'inquiéta Agnes en la voyant réapparaître. Il serait peut-être temps que tu ailles voir le médecin, non ? Ça ne fait pas des semaines que tu tousses ?

Les joues encore en feu, elle balaya la question d'un revers de main.

– J'y survivrai. On en était où ? Ah oui, Oddmund Liland, c'était un beau salaud, celui-là.

Agnes n'eut pas le temps de finir son deuxième club sandwich, qu'elle connaissait déjà toute l'histoire du père de Veslemøy Liland. Dans les années quatre-vingt, le bruit courait qu'il battait si fréquemment et brutalement sa femme qu'elle se retrouvait aux urgences plusieurs fois par mois. Ce type était connu pour errer sans but dans le quartier, souvent avec « un air agressif », selon la narratrice. Elle-même faisait toujours de grands détours pour l'éviter. La mère de Veslemøy avait fini par le jeter dehors, et peu de temps après, il avait quitté la ville.

Cette expression – *jeter quelqu'un dehors* –, Agnes se souvenait l'avoir entendue dans la bouche de sa mère au moment du divorce de leurs voisins. Alors âgée de huit ans, elle pensait que la voisine avait littéralement jeté son mari par la fenêtre. À partir de ce jour, Agnes ne lui avait plus jamais adressé la parole, et elle se demandait ce qu'avait pu devenir ce pauvre monsieur qui avait eu le malheur d'épouser une femme aussi cruelle.

Oddmund Liland n'ayant plus fait parler de lui depuis cet épisode, la mère d'Agnes ignorait si Veslemøy avait gardé contact avec lui. L'idée lui paraissait invraisemblable. En tout cas, à sa place, après avoir vécu un enfer pareil pendant des années, elle ne serait pas allée le chercher. Agnes était-elle au courant que huit pour cent des Norvégiennes subissaient des violences conjugales ?

– Je bénis le ciel d'être tombée sur une marmotte comme ton père, déclara-t-elle, avant de repartir dans une quinte de toux qui la laissa tout juste bredouiller : Qui dort ne pèche point.

Agnes s'arrêta tout en bas du jardin et s'assit sur la balançoire en bois du portique qui était resté là depuis son enfance. Il attendait sagement là, à sa place près du pommier.

Elle se balança légèrement en admirant le panorama sur la ville qu'elle estimait être le plus beau, les yeux baissés sur Vangen, à gauche, l'église, la maison de la culture, la salle de sport et le parc. Puis elle laissa son regard glisser vers la droite et survoler le lac. C'était ici qu'ils auraient dû habiter. Si on vivait à Voss, c'était pour une vue comme celle-ci. Quand Fredrik et elle avaient annoncé leur arrivée dans l'Ouest, elle avait secrètement espéré que ses parents concrétiseraient leur projet d'achat d'appartement. En même temps, elle avait du mal à imaginer son père et sa mère dans un quatre-vingts mètres carrés, ne pouvant plus se plaindre de l'entretien de leur grand jardin.

Elle sortit son téléphone et consulta *VG*.

« Frappée au cœur, la Semaine des sports extrêmes au bord de la faillite », clamait l'un des titres.

Åkervold s'était donc lancé d'emblée sur la piste financière. Pas bien surprenant. Birger Flakne ne pouvait être un excellent gestionnaire. Les chiffres qui figuraient dans l'article donnaient dans le rouge écarlate. Apparemment, le nombre de visiteurs et celui des sponsors décroissaient régulièrement depuis trois ou quatre ans. Agnes dut bien reconnaître qu'elle ne s'était pas doutée de la mauvaise santé économique du festival, et qu'elle n'avait pas même eu l'idée d'y regarder de plus près, y compris lorsqu'elle était allée voir son directeur pour l'interviewer le week-end précédent. Il ne lui serait probablement pas venu à l'esprit de considérer l'affaire sous cet angle, mais elle n'en fut pas moins agacée en lisant que Flakne était sur le point de précipiter dans l'abîme les finances de la Semaine des sports extrêmes. Le portrait qu'elle avait fait de lui aurait dû au moins mentionner qu'il s'inquiétait pour l'œuvre de sa vie.

« Birger Flakne est tout pour le festival. Le festival est tout pour Birger Flakne », avait-elle écrit dans le chapô de son article. Il fêtait sa dixième année à sa tête. Agnes se rappelait à peine y avoir vu quelqu'un d'autre, bien que Flakne lui ait raconté qu'il venait d'achever ses études d'ingénieur à Copenhague quand le poste s'était libéré. « La passion a pris le pas sur le salaire », avait-il déclaré, expliquant que ça en valait la peine, car « il ne s'agissait pas d'un job, mais d'un style de vie. » Le gros cliché, quoi. Mais elle l'avait cité quand même.

Agnes repensa à sa poignée de main mollassonne. Ce mec avait-il jamais pratiqué l'extrême au lit ? À quoi pouvait bien ressembler la vie avec un cinglé de son espèce, ou avec Steven Smith ? Fallait-il être parachutiste soi-même pour supporter leur égoïsme ? Pour autant qu'elle sache, Flakne n'avait ni enfants ni femme dans la vie. Ce n'était peut-être pas un hasard. Comment expliquer à d'innocents marmots que papa passait ses week-ends à se jeter d'un avion dans les airs ? Ou maman, en l'occurrence ? Encore heureux que Fredrik n'ait pas de besoins aussi extrêmes. Par contre, depuis leur emménagement à Voss, il forçait sur son gène athlétique. S'il avait accepté de s'installer ici, c'était aussi dans cette perspective, elle le savait, il avait toujours dit qu'il rêvait de faire davantage de montagne. Mais là, il ne se contentait plus d'aller courir dès qu'il avait une minute – il en était au stade du ski à roulettes.

Elle avait façonné un monstre.

Sa réaction à elle, c'était de se prélasser dans un fauteuil. Pour une raison obscure, plus il faisait de sport, moins elle avait envie de se remuer. Une sorte de combat entre eux, où elle avait perdu d'avance.

Elle sauta de la balançoire, entreprit de rejoindre tranquillement sa voiture, quand elle vit tout à coup sa mère sortir précipitamment de la maison.

– Je t'ai préparé quelques sandwiches de plus, au cas où. Ce n'est pas le moment de faire de l'hypoglycémie, dit-elle.

Agnes eut le cœur gonflé de tendresse à l'idée que sa mère la connaisse aussi bien, et parce que le casse-croûte, comme toujours, était soigneusement emballé dans un film transparent, comme dans les salons de thé.

Elle s'apprêtait à démarrer quand son téléphone sonna. L'écran affichait un numéro inconnu. Un raclement de gorge se fit d'abord entendre dans le combiné.

– C'est Steven Smith, dit une voix. Le compagnon de Veslemøy. Eh bien, je me demandais… serait-il possible de se voir pour discuter ?

Depuis son dernier passage, l'écriteau en pâte à sel avait été souillé par une matière visqueuse. Agnes regarda à ses pieds, nota de petites brisures blanches sur le paillasson, de la coquille d'œuf, probablement.

L'homme qui lui ouvrit était coiffé d'une couronne d'anniversaire en carton bleu, sur laquelle on avait écrit « 1 an » en paillettes dorées.

Steven Smith était bien le clown le plus triste qu'elle ait jamais vu.

Ses cheveux châtains clairsemés auraient eu besoin d'un coup de ciseaux, son torse était maigre, mais des jambes musclées émergeaient de son bermuda. On ne pouvait pas dire qu'il soit beau. Les yeux un peu trop écartés évoquaient à Agnes un poisson des grands fonds. En revanche, il avait des lèvres charnues, rouge prune. D'une manière générale, bien des traits de sa personne semblaient en contradiction. Sa main droite couverte d'un petit bandage ne manquait pas de vigueur. Il fallut qu'elle jette un deuxième coup d'œil sur son crâne pour qu'il se rappelle qu'il était encore coiffé de la couronne. Il s'en débarrassa d'un geste vif.

– J'ai été obligé de mettre ça pour que les jumeaux acceptent d'aller au lit, dit-il avant de poursuivre en anglais : Je me sentais déjà assez coupable de ne pas avoir été là de la journée...

Agnes lorgna derrière lui, dans le couloir.

– Joni est là ?

– Elle est allée faire un tour. Prendre un peu l'air et appeler sa famille. Pas étonnant qu'elle soit fatiguée, elle a eu beaucoup de responsabilités, aujourd'hui.

Lui aussi avait l'air épuisé. Pendant plusieurs secondes, il resta planté sur le seuil de sa maison, le regard lointain.

– Mais quelle impolitesse ! réagit-il enfin en reculant. *Sorry.* Entre. Merci d'être venue.

Les enfants n'étaient pas visibles, mais sur la télé du salon passait un dessin animé. Deux bols étaient posés sur la table, avec des restes de porridge. Smith avait prié Agnes de venir une fois qu'il aurait couché les enfants, mais la maison semblait avoir du mal à retrouver son calme après le chaos de l'après-midi. Ne prenant garde ni au bruit de la télévision ni aux giclures de bouillie dont étaient maculés la table et le plancher, le jeune père s'assit lourdement sur le canapé.

De quoi allait-il bien pouvoir lui parler, se demandait Agnes, tendue de curiosité.

Il plongea subitement son regard dans le sien.

– Tu penses ce que tu as écrit ?

Elle était sur le point de lui demander à quel article il faisait allusion, quand elle se souvint du mot qu'elle avait laissé à Joni.

– Je ne suis pas franchement en position d'avoir une opinion, répondit-elle. Je…

– Tu avais raison, l'interrompit-il. Je ne l'ai pas tuée. Mais tout le monde croit que si. La police. Les gens, toute la ville. J'ai dû nettoyer des crachats et des œufs sur ma porte, cet après-midi ! Ils croient que je suis un assassin.

– Ce n'est peut-être pas si étonnant… Tu as dit à la police que…

– C'est de ça que je voulais te parler.

Smith baissa les yeux sur ses mains, il avait les doigts longs et minces, des doigts de pianiste, aurait dit la mère d'Agnes.

– J'ai cru que c'était ma faute si Veslemøy était morte, oui. Mais avant de savoir qu'on l'avait tuée.

Un générique exaspérant marqua la fin du dessin animé. Deux secondes plus tard, la même mélodie lançait un nouvel épisode des aventures de la famille Cochon. Trop, c'est trop, se dit Agnes. Elle se saisit de la télécommande et appuya fort sur le bouton rouge, de sorte que l'écran passe enfin au noir.

Soudain, seul le tic-tac de la vieille horloge se fit entendre dans la pièce.

– Qu'est-ce que tu veux dire ?

Smith ne la regardait toujours pas.

– Je pensais qu'elle avait eu une crise dans les airs, répondit-il. Veslemøy était épileptique.

Agnes regardait fixement l'homme assis devant elle, sans parvenir à comprendre. Elle ne savait pas grand-chose de cette maladie, mais assez pour se douter qu'il n'était certainement pas recommandé de se jeter d'un avion quand on souffrait d'épilepsie.

En avait-on seulement le droit, légalement parlant ?

– Personne n'était au courant, continua-t-il. Elle ne voulait pas en parler, parce que sinon on lui aurait interdit de sauter.

Une rage inattendue s'empara d'Agnes.

Comment Veslemøy avait-elle pu être aussi irresponsable, bordel ? Vis-à-vis du club, de ses amies, de ses propres enfants !

Elle était suicidaire, ou quoi ?

Ou seulement débile ?

Agnes ravala ses pensées sans rien dire, mais son visage risquait fort de l'avoir trahie.

– On pensait que ce n'était pas si grave, reprit-il d'une voix aussi fluette que piteuse. Elle n'a eu de problème qu'une seule fois, quand on habitait en Nouvelle-Zélande.

Et Steven Smith, partageant ses souvenirs, évoqua les circonstances dans lesquelles il avait eu envie de l'épouser. C'était une de ces journées parfaites, racontait-il, il se sentait encore plus amoureux que d'habitude, heureux qu'elle se plaise dans la ville où il était né, la Norvège n'avait pas du tout l'air de lui manquer. Ils pourraient se marier, s'installer à Queenstown pour toujours, tous les deux. Ils avaient sauté ensemble au-dessus du lac Wakatipu, main dans la main, et une fois les parachutes déclenchés, alors qu'il la regardait à distance, il avait pris sa décision : il lui ferait sa demande à genoux dès qu'ils auraient retrouvé la terre ferme.

Mais ce projet lui était sorti de l'esprit dès qu'il avait vu Veslemøy assise dans l'herbe, toute pâle et chamboulée. Elle s'était mise à convulser sitôt le parachute ouvert, expliquait-elle, peut-être même qu'elle avait perdu connaissance pendant quelques secondes, pour revenir à elle juste avant de toucher le sol. L'atterrissage avait été rude, en tout cas.

– Le médecin a parlé de crise d'épilepsie partielle. Il nous a avertis que ça pouvait revenir, en plus violent. Mais le parachutisme, c'était tout pour Veslemøy, la sensation que ça lui donnait… c'était aussi important que de respirer, elle disait. Hors de question de renoncer à ce qu'elle aimait le plus. Et moi, je ne voulais pas qu'on lui interdise. Alors j'ai accepté de me taire, de la laisser faire, même ici, quand on est arrivés en Norvège… Et même après la naissance des garçons.

Smith la regarda. Ses pupilles étaient cernées de rouge.

– Quand elle est tombée… commença-t-il, j'étais dévasté, moi aussi. J'ai tellement mauvaise conscience pour les petits, c'est insupportable. J'ai l'impression de leur avoir enlevé leur mère en la laissant continuer. Quand la police est venue sonner à la porte, tôt ce matin, je venais de faire une deuxième nuit blanche. J'étais complètement détruit. C'est seulement une fois au commissariat qu'ils m'ont parlé du sabotage. Et que j'ai compris que quelqu'un d'autre était responsable.

Le clown triste eut un triste sourire et ne put s'empêcher de s'exprimer à nouveau dans sa langue maternelle :

– *Too late.* Trop tard.

La colère d'Agnes ne s'était pas encore éteinte.

– Pourquoi tu te confies à moi ? lui demanda-t-elle.

– Parce que j'ai peur d'être inculpé pour meurtre, répondit-il en passant ses doigts de pianiste dans ses cheveux trop fins. Et je n'ai pas tant d'amis que ça qui ont du pouvoir, dans cette ville, pour m'aider. Je voudrais que tu trouves qui a assassiné la femme de ma vie.

Tout ce qu'il lui aurait fallu, là, c'était un paquet de pop-corn au fromage.

Et un peu de repos.

Zapper sur une télé sans risquer de tomber sur la famille Cochon.

La journée avait été si longue qu'elle semblait en avoir contenu plusieurs. Agnes avait la tête lourde, farcie de sentiments et de conversations. La rencontre avec le compagnon de Veslemøy l'avait laissée épuisée et perplexe.

Fredrik disposait les assiettes et les verres à vin sur la table de la cuisine. Allait-elle ou non lui raconter ce qu'elle venait d'apprendre ? Bien sûr, elle avait promis à Steven Smith de garder tout ça pour elle, mais elle n'était pas sûre de pouvoir se fier à lui.

Elle observa Fredrik du coin de l'œil. Il ne s'était pas changé après son jogging, ses cheveux blonds luisaient de transpiration sur les tempes. Il aurait pu prendre sa douche avant de se mettre à faire la cuisine, non ?

Quoi qu'il en soit, pouvait-elle compter sur lui pour ne pas en parler ?

Vu le peu de monde qu'il connaissait à Voss, Fredrik était encore l'interlocuteur le plus fiable.

Et il fallait de toute façon qu'elle en parle à quelqu'un.

– Veslemøy Liland était épileptique, glissa-t-elle brièvement.

Fredrik se figea, un couteau dans chaque main, fronça les sourcils avant de poursuivre ce qu'il était en train de faire.

– Permets-moi d'en douter.

– D'après son mec.

– Tu plaisantes ? Faire du parachutisme quand on est épileptique ? lança-t-il.

Puis il se dirigea vers le four et en sortit un moule dont elle ne sut pas identifier le contenu, mais apprécia l'odeur – un truc au poulet ?

– C'est de la folie, conclut-il.

– Yep.

– Sauter d'un avion, dans ce cas-là, c'est jouer avec sa vie.

– Ça c'est sûr.

– Imagine un peu les convulsions, les mouvements incontrôlés…

– Ouais.

– En chute libre, plusieurs kilomètres au-dessus du sol ?!

Elle regrettait déjà de lui en avoir parlé.

Pendant qu'il ciselait les herbes pour en parsemer le plat, Agnes s'installa à table, munie de son Mac, et écrivit dans la barre de recherche : « parachute + épilepsie ». L'une des premières occurrences était un article provenant d'un journal en ligne, manifestement publié à l'époque où tout le monde donnait dans les titres sensationnels, histoire de convaincre les rédacteurs que le racolage à coups de clics était la solution pour sortir de la crise des médias : *Un parachutiste frappé en plein ciel par une crise d'épilepsie. Des images à couper le souffle.* Avec le lien vers une vidéo assortie d'une légende en anglais.

On commençait par voir plusieurs parachutistes levant le pouce vers la caméra, fixée au casque de l'un d'entre eux. Puis celui-ci se penchait par la porte de l'avion et regardait en bas, vers la terre, loin, très loin en dessous. Agnes en eut les mains moites.

Elle repensa au regret dévorant qu'elle avait ressenti, au moment où on lui avait dit de descendre sur l'étroit marchepied d'un avion similaire. C'était la première et l'unique fois de son existence qu'elle avait tâté l'extrême. En réalité, elle n'en avait pas la moindre envie, mais Ingeborg avait insisté pour qu'elles se lancent – littéralement –, puisqu'elles étaient en vacances en Floride, où l'expérience coûtait bien moins cher qu'en Norvège. Agnes avait fini par suivre, comme toujours dès qu'il s'agissait de quelque chose d'un peu marrant, quitte à regretter quand il était trop tard pour faire demi-tour. À l'instant où, le vent en pleine figure, elle s'était rendu compte qu'elle mettait sa vie entre les mains d'un instructeur de saut en tandem qui puait le Red Bull, elle avait compris pourquoi elle ne s'y était pas essayée plus tôt : rien à voir avec le vertige, elle était claustrophobe. Elle paniquait dans les situations où il lui était impossible de partir sur un coup de tête. Quand elle était assise tout au fond d'un bus bondé, se retrouvait coincée contre le hublot en avion, ou même à la simple idée d'être enfermée dans une petite pièce aveugle. Si des obstacles se dressaient entre elle et la liberté, sous quelque forme que ce soit, elle sentait sa gorge se nouer, son corps transpirer et le malaise s'installer.

À sa propre surprise, le vol dans le petit avion bourré à craquer ne lui avait pas été désagréable. Elle n'avait pas même eu le loisir de penser qu'on y manquait de place, tant l'ambiance était bonne, presque électrisante. Mais quand le type auquel elle était ficelée lui avait demandé de se préparer et qu'ils s'étaient approchés ensemble de la porte ouverte, elle avait soudain pris conscience de la situation : elle l'aurait sur le dos jusqu'à ce qu'ils touchent terre. Et au lieu d'utiliser les dernières secondes pour l'encourager, lui redire qu'elle allait se régaler, l'instructeur avait souligné l'importance de la position arquée pendant la chute libre – autrement dit, se coucher en banane, comme on leur avait appris pendant le cours –, et lui avait soufflé à l'oreille sur un ton plaisantin : La banane ou la vie ! Du saut proprement dit, elle se souvenait assez peu. Mais le plus incroyable, c'est que le soir même elle avait fini au lit avec cet abruti, après avoir bu beaucoup trop de sangria.

Le parachutiste de la vidéo sautait de l'avion et prenait le vent comme il fallait, mais au bout de vingt secondes, il se mettait à tournoyer sur lui-même de manière incontrôlée, et on le voyait, de dos, agité de mouvements convulsifs. Puis il plongeait brusquement, mais par miracle, le porteur de la caméra réussissait à rejoindre le pauvre garçon, à l'attraper et à déclencher l'ouverture de son parachute.

Plus jamais, se dit Agnes, et elle s'aperçut qu'elle serrait les dents, avant de découvrir que le repas était sur la table. Fredrik avait déjà commencé à manger.

– Il ne faut pas un certificat médical pour pouvoir sauter en parachute ? demanda-t-il pendant qu'elle se servait.

– Bien vu, répondit-elle. Tu t'y connais, en matière de santé, non ?

Elle n'avait pas encore posé une fesse sur le canapé qu'elle entendit tinter son téléphone.

Hommage à Veslemøy ce soir, au Trois Frères, lui écrivait Viktor. *J'ai pensé que tu voudrais être au courant. Gro y est déjà.*

Encore des gens en deuil. Des bavardages. Des médisances.

Ras le bol. Elle préférait allumer la télé, aller sur Netflix, chercher quelque chose de divertissant à regarder d'un œil distrait.

Le menu des séries défilait, mais rien n'accrochait son attention. L'agitation l'avait gagnée. La curiosité la démangeait.

– Et merde ! s'écria-t-elle en jetant la télécommande, avant d'entrer d'un pas martial dans la chambre.

Que portait-on à ce genre de réunion ? Du noir, comme dans les enterrements ? Une fois de plus, Agnes se rendit compte à quel point l'expérience des circonstances de ce type lui faisait défaut, tant sur le plan privé que professionnel. À part ses grands-parents, elle n'avait perdu aucun proche. Et encore, tous étaient paisiblement morts de leur belle mort, au bout d'une longue vie dont les dernières années avaient été marquées par une sédentarité si monotone qu'elle comprenait qu'ils en aient eu assez.

Elle ouvrit son placard, poussa le sweat à capuche rose vif qu'elle avait acheté juste après son installation. L'étiquette y était encore. Elle jugeait ce genre de sweat trop négligé pour le travail, mais pour beaucoup par ici, c'était un accessoire de base qui entrait dans l'uniforme arboré au quotidien, au même titre que d'autres vêtements aux couleurs criardes conçus pour les loisirs. Tout le monde semblait en permanence sur le départ pour une sortie sportive, même les vieux, parés pour la montagne derrière leurs déambulateurs. Mais ce qui l'avait surtout frappée, c'étaient ces fringants corps féminins en style casual, y compris les mères de famille, entourées de leurs gamins en tenues de sport miniatures, de pittoresques copies de leurs parents. Les fringues, encore une de ces choses qui lui donnaient le sentiment de jurer. Elle avait pourtant essayé, puisqu'en arrivant ici, toute dorée de son dernier printemps sous le soleil d'Oslo, elle s'était dit que le rose ferait un bel effet sur son bronzage.

Elle avait vu dans ce sweat le symbole de sa nouvelle vie dans l'Ouest.

Et il attendait là, bien plié dans le placard, sans avoir jamais servi.

Le bâtiment fraîchement rénové qui trônait au milieu de la place du marché offrait désormais ce qui manquait dans cette ville quand Agnes était jeune : un café sympa et un pub acceptable. À l'époque, pour sortir, on allait dans l'un des hôtels de la ville, mais elle n'irait pas jusqu'à dire qu'elle aimait fréquenter sa discothèque style ferry danois, et moins encore son piano-bar à l'étage. Ce qui ne l'avait pas empêchée de tout faire pour réussir à y entrer, notamment en présentant aux vigiles la pièce d'identité de sa cousine plus âgée.

Elle n'avait vraiment commencé à s'amuser qu'à la fin du lycée. A posteriori, elle regrettait d'avoir mis aussi longtemps à trouver son petit cercle : Viktor, qui plutôt que de vivre avec son père préférait loger dans la chambre la plus miteuse de Voss, à une demi-heure du centre, et Ingeborg, qui avait peur des animaux et abhorrait l'odeur du fumier, alors qu'elle serait un jour héritière d'une ferme à Kyte. Tous trois se rejoignaient sur leurs détestations communes. Les deux autres avaient fini par emménager chez elle, dans l'appartement au sous-sol. Les parents d'Agnes étaient accommodants, et peut-être simplement satisfaits que leur fille se soit trouvé des amis qui, de toute évidence, comptaient vraiment pour elle.

Elle avait laissé tomber ses anciennes copines et le hand, et avait même décidé de boycotter les festivités du bac, sur l'exemple d'Ingeborg et de Viktor. Une fois sortis du lycée, ses deux complices étaient restés un an à Voss pour mettre de l'argent de côté en travaillant dans l'affreux piano-bar, et cet argent, Agnes le dépensait avec eux en billets de train pour Bergen, en places de concerts et en bière. Ils discutaient de leurs rêves en attendant le jour où ils quitteraient ensemble ce trou perdu pour conquérir le monde.

Dire qu'ils étaient tous les trois revenus ! Viktor, qui avait toujours proclamé haut et fort qu'il ne supportait pas les morveux, en avait même fait un.

Quand Agnes poussa la vieille et lourde porte du Trois Frères, elle eut l'impression d'y débarquer un samedi soir aux alentours de minuit. Le local était bondé, l'air dense et trop chaud, et si elle n'avait pas su qu'il s'agissait d'honorer la mémoire d'une morte, elle aurait cru y sentir de l'excitation. Mais elle s'aperçut vite que les échanges se faisaient sur le ton de la confidence, avec gravité, et que les regards qui se croisaient, au lieu de s'éclairer d'un sourire ou d'une étincelle de flirt, étaient sombres.

Elle arrêta Kathrine qui s'apprêtait à lui passer sous le nez en se rendant au bar. Ce soir, ni queue-de-cheval ni sweat à capuche, ses cheveux blonds étaient relâchés sur les épaules – elle n'en avait pas beaucoup, remarqua Agnes. Elle portait une robe noire à fines bretelles beaucoup trop courte pour l'occasion, une robe sexy. Le tigre tatoué sur son bras ne passait pas plus inaperçu que d'ordinaire, et son regard s'étirait sous sa frange, plus félin encore, souligné par un trait de khôl sur tout le pourtour de l'œil. Elle était plus Cat que jamais.

– Qu'est-ce que tu fais là ? s'étonna-t-elle sur un ton tout sauf chaleureux.

Le but de sa venue n'était pas très clair, s'avoua Agnes. Quelle autre motivation que cette envie non avouée de se faire toute petite parmi les fréquentations de Veslemøy Liland ?

– J'ai quelques personnes à interviewer, mentit-elle. Comment ça va ?

– Pas bien, répondit Kathrine malgré le verre bien plein qu'elle tenait à la main, d'où montait un parfum de gin tonic.

Agnes parcourut la salle des yeux.

– Steven est là ?

Kathrine tira longuement sur sa paille, jusqu'à atteindre bruyamment le fond du verre.

– Tu serais venue, toi, dans une assemblée où la moitié des convives te prennent pour un assassin ?

– C'est ce que tu penses ?

– Je préfère ne pas me prononcer.

Agnes opina et attendit. C'était un de ses trucs de journaliste, le mutisme étant plus efficace que l'insistance pour obtenir que les gens en disent davantage. Kathrine resta là, le regard perdu dans la foule, sortit son *snus* du dessous de la lèvre et le remplaça.

– Ils avaient leurs problèmes, évidemment, reprit-elle. Mais moi, ça me paraît insensé. Il m'a toujours semblé très amoureux. Et ils avaient l'air si heureux quand ils vivaient en Nouvelle-Zélande.

C'est ici, à Voss, qu'ils s'étaient rencontrés, continua-t-elle. Ils n'avaient pas tardé à sortir ensemble, et ils s'étaient installés à Bergen pour les études de Veslemøy. Elle voulait devenir prof, lui travaillait comme serveur. Petit à petit, il avait commencé à avoir le mal du pays, elle avait eu envie d'une pause après avoir décroché son diplôme. Ils avaient donc décidé de partir en Nouvelle-Zélande pour un an.

Et ils y étaient restés pas loin de dix.

Pendant toutes ces années, Veslemøy n'était jamais revenue au pays, compte tenu du prix d'un vol pour l'autre bout de la terre. À cette époque, Kathrine étudiait la médecine à Bergen, puis elle avait trouvé un job au CHU, où elle s'était spécialisée en pédiatrie – autrement dit, elle était plus qu'occupée de son côté. Mais elle était allée les voir une fois à Queenstown, et avait découvert avec surprise qu'ils vivaient « comme des hippies ». Ils enchaînaient les petits boulots dans des restaurants, travaillaient autant que possible comme instructeurs de parachutisme, dépensaient le minimum, l'essentiel de leurs revenus partant dans la nourriture, la bière et la marijuana. Les premiers jours, Kathrine, qui était habituée à la discipline des études de médecine, n'avait guère apprécié ce mode de vie bohème, reprochant même à leur logement sa saleté et son caractère rudimentaire. Mais ils l'avaient emmenée à Glenorchy, une petite ville de montagne surnommée « The Gateway to Paradise », et elle avait aussitôt compris pourquoi Veslemøy adorait cet endroit. Pagayer sur la Dart River, sauter en parachute au-dessus de la Terre du Milieu du *Seigneur des anneaux*, quelle expérience extraordinaire. « Voss boostée à la testostérone », selon Kathrine.

– Ce n'était peut-être pas très sain comme mode de vie, mais Veslemøy était heureuse, et Steven répétait qu'être là-bas c'était mieux pour elle.

– Pourquoi ?

– Il pensait que c'était bien qu'elle s'éloigne de Voss. D'après lui, elle avait trop de mauvais souvenirs ici.

Elle se tut un instant.

– Je suppose qu'il voulait parler de ses parents, ajouta-t-elle.

– Alors pourquoi sont-ils revenus ?

– Au fond, Veslemøy restait une fille raisonnable, elle a eu le sentiment qu'il fallait que sa formation de prof serve un jour à quelque chose. Là-bas, sa vie tournait autour du parachutisme. Et puis, elle avait toujours voulu avoir des enfants, et elle se voyait mieux fonder une famille en Norvège. Que Steven l'ait suivie, ça montre quand même à quel point il l'aimait, affirma-t-elle.

Agnes pensa à Fredrik.

– Mais ça n'a pas dû être facile tous les jours, reprit Kathrine. Entre nous, il a eu du mal à trouver un boulot, ou plutôt à le garder. C'est un fêtard. Et ils avaient leurs problèmes, mais bon, qui n'en a pas ? Pour la plupart des gens, le quotidien, ce n'est pas un chemin semé de roses.

Agnes approuva, sur le point de lui confier qu'en ce moment, son quotidien en était loin, en effet.

– Tu es encore très active au club, non ? demanda-t-elle plutôt.

– Pas autant qu'avant. Mais depuis mon retour, j'ai recommencé à sauter pas mal, oui. Gro, Veslemøy et moi, on s'arrangeait pour se libérer au moins un week-end par mois. Joni venait d'Oslo quand elle pouvait.

Ses yeux lorgnaient sans arrêt vers le bar.

Agnes aussi avait envie de picoler.

– Tu es au courant que le festival avait des problèmes financiers ? enchaîna-t-elle.

– Je sais que le bilan était mauvais, ces dernières années. Qu'est-ce que tu veux, la rumeur a dû se répandre dans le milieu que la météo était trop instable pour que ça vaille la peine de faire le voyage. J'ai vu ce qu'en dit *VG*, que le résultat désastreux de cette année sonnait la fin du festival. Birger ne doit pas être ravi que ça se soit ébruité. Il était assez désespéré avant le début de la Semaine des sports extrêmes.

– Ah oui ?

Telle n'avait pas été son impression quand elle l'avait interviewé.

– Tu n'as pas lu le communiqué de presse ? Pour relancer le festival, il voulait absolument faire venir plus de journalistes étrangers, une vraie obsession cette année. Je lui ai dit que la formulation était... un peu limite.

– Tu ne l'aurais pas gardé, par hasard ?

Kathrine lui confia son verre pour sortir son téléphone d'un petit sac à main noir. L'odeur de gin chatouilla les narines d'Agnes pendant dix secondes, le temps que son interlocutrice tourne vers elle l'écran de son portable. Elle fit rapidement défiler le texte, fronça les sourcils en arrivant à la conclusion. *Venez nous rejoindre dans la magnifique ville de Voss*, annonçait le communiqué, *où vous n'avez jamais été aussi près de frôler la mort.*

– Plutôt de mauvais goût, non ? Surtout quand on pense à... à ce qui s'est passé, dit Kathrine en baissant la voix. Burger peut être franchement con, parfois, ajouta-t-elle.

– Burger ?

– On l'appelait comme ça quand il était petit – et trop gros.

– Il se faisait harceler ?

– Je ne sais pas si on peut vraiment parler de harcèlement, mais en tout cas, c'était un enfant très solitaire, et sans doute pas par choix.

Alors que le barman tendait à Agnes une nouvelle bouteille de bière sans alcool, Gro surgit tout près, un signe de tête interrogateur en direction de son ventre. Les mères devaient avoir un radar spécial.

– On y travaille, répondit Agnes. Comment ça va ?

– Assez mal, dit Gro avant de réclamer un verre d'eau au barman.

Elle portait un pantalon et un chemisier amples, noirs l'un et l'autre, dégageant une élégance épurée avec la touche sociale-démocrate de rigueur.

– Mais pour Joni, c'est pire. J'ai hésité à la laisser garder les jumeaux, aujourd'hui. Elle aurait eu bien besoin de ses amis et d'un bon verre d'eau-de-vie, mais elle a insisté pour ne pas laisser Steven seul ce soir.

Gro but son verre d'une traite. Elle devait rentrer, dit-elle, prendre la relève de celui qu'elle appelait maintenant son beau-père. Viktor resterait tard au boulot aujourd'hui encore.

Henrik Vormedal jouait donc vraiment au baby-sitter, ces temps-ci.

Gro visait déjà la porte, mais elle se retourna vers Agnes, avec ce regard noir qu'on lui connaissait.

– Je n'aime pas que Joni passe autant de temps avec Steven, tant que la situation n'a pas été tirée au clair. Tout le monde raconte des tas de choses à ce propos. Et qui sait si quelqu'un d'autre n'est pas en danger ? Joni, par exemple.

– D'ailleurs, répondit Agnes, je voulais te demander : tu sais si Veslemøy a empaqueté son parachute elle-même, dimanche ?

– Elle le faisait toujours elle-même. Veslemøy ne se fiait à personne.

Birger Flakne s'était changé. Il portait maintenant un jean et un T-shirt sur lequel on lisait : *Y a que Voss qui vaille*. Il avait l'air fatigué, mais dès qu'il repéra Agnès, il lui fit signe et s'approcha.

– Alors, vous avez appris quelque chose, tout à l'heure ? lui demanda-t-il.

– Personne ne doit plus se sentir en sécurité, répondit-elle, regrettant aussitôt d'avoir mordu à l'hameçon.

Une réaction banale et peu professionnelle de sa part.

– Enfin non, se reprit-elle, mais puisque je dois écrire sur le sujet, autant que je me fasse une petite idée.

– Ou pas, répliqua Flakne.

– Alors comme ça, tu es aussi enquêteuse de presse ?

Kathrine se tenait derrière elle, armée d'un nouveau cocktail déjà à demi consommé. Son visage n'était plus le même que l'instant d'avant, l'air un peu plus blasé comme si l'alcool s'était subitement mis à produire son effet. À l'allure où elle buvait, on ne pouvait que s'y attendre. Mais Agnes remarquait, une fois encore, son ton sarcastique à peine voilé.

Et elle commençait à s'en agacer.

On avait donc si peu de respect pour ses compétences professionnelles, après toutes ces années ? Certes, elle n'avait pas couvert de meurtres avant celui-ci, mais elle avait travaillé pour le plus grand journal du pays.

– Dans la presse locale, il n'y a pas d'enquêteurs. On m'a décerné le glorieux titre de journaliste généraliste. Donc, oui : je dois aussi couvrir cette affaire. Et si vous savez ou avez entendu dire quelque chose qui pourrait avoir de l'intérêt, j'aimerais bien que vous m'en parliez.

– Ils s'étaient disputés la veille, déclara Kathrine à toute vitesse avant de piquer du nez dans son verre.

Flakne se tourna vers elle, l'air surpris.

– Qui ça ? demanda Agnes en se sentant frissonner.

– Steven et Veslemøy. Je le sais par quelqu'un qui les a entendus s'engueuler en passant devant chez eux, samedi soir. Ils avaient la fenêtre ouverte. La fille qui me l'a raconté se demandait comment les enfants pouvaient dormir dans un tel vacarme. Tu ne les as pas entendus, toi qui habites juste à côté ? lança-t-elle à Flakne.

– Je n'étais pas chez moi, répondit-il.

– Tu sais quel était le sujet de la dispute ?

Kathrine secoua la tête. Puis elle se figea, vacillante, le regard flottant alentour. Manifestement, le gin avait vaincu. Birger Flakne semblait gêné, sans qu'Agnes puisse déterminer s'il avait honte pour Cat ou si le malaise le concernait.

Autant battre le fer quand il est chaud, se dit-elle.

– Vous savez si… si Veslemøy avait des… inimitiés ?

De nouveau, les traits de Kathrine changèrent, se durcirent au point de lui faire immédiatement regretter sa question. Une question artificielle, teintée d'amateurisme, digne d'une gamine qui joue au détective privé.

– À ce que je sais, Veslemøy n'avait pas d'*ennemis*, si c'est ce que tu veux dire. Et si j'étais au courant du contraire, je le dirais à la police, pas à toi. Le problème, c'est plutôt qu'elle avait de trop bons amis.

Kathrine repartit vers le bar d'une démarche assez instable. Birger, lui, ne bougea pas.

– Ne vous occupez pas d'elle, dit-il. Elle est très secouée. Elles le sont toutes les trois. Et Cat est plus brutale qu'elle ne le pense. Elle joue aux dures, mais je sais qu'au fond elle est démolie. Sans Veslemøy, elle ne serait sûrement pas arrivée où elle en est aujourd'hui.

– Dans la vie ?

– Ouais, surtout côté carrière, je veux dire. Elle avait toujours voulu être médecin, mais pendant sa dernière année de lycée, elle pensait plus à sauter en parachute et à faire la fête qu'à bosser. Veslemøy était à la fois fêtarde et bonne élève, sacré tour de force. Cat m'a raconté x fois qu'elle venait chez elle avec une pile de bouquins et la fliquait pour la forcer à travailler.

– Une copine en or.

– Une fille en or à tous points de vue.

Un instant, Flakne sembla sombrer en lui-même, avant que la sonnerie de son téléphone ne le ramène à la surface.

– Bien sûr, je t'écoute, donne-moi juste une minute, dit-il, et il s'excusa auprès d'Agnes d'un signe de la main.

Elle le suivit du regard jusqu'à ce qu'il ait franchi le seuil. Le directeur du festival, si sûr de lui en apparence, cachait-il une âme fragile et la crainte de se voir jeter dehors comme un malpropre ?

Le cagibi était entrouvert. Agnes aperçut au passage les cartons empilés.

Elle referma rageusement la porte. Ces cartons, elle avait oublié ce qu'ils contenaient. Sans doute rien dont elle ait besoin, puisqu'il ne lui venait pas à l'idée d'aller y chercher un objet manquant. Et honnêtement, elle n'était pas sûre de vouloir déballer sa vie davantage par ici. Entendre Kathrine Bøe parler de la Nouvelle-Zélande lui avait donné envie de faire sa valise et de s'en aller, loin de tout ce qui la faisait grincer des dents.

Elle avait cru que revenir à Voss lui permettrait de reprendre le contrôle. De sa carrière, de son couple, de son corps. Mais au lieu de ça, elle avait perdu les pédales. Tout lui échappait, tout était différent et plus difficile. Elle avait même du mal à cerner les choses, à cerner les gens. Elle qui s'attendait à tout maîtriser, à dominer le monde, étouffait comme un poisson qu'on a sorti de l'eau.

Quel plaisir elle aurait à tout planter, retourner à Oslo ou s'installer dans une ville où elle ne connaîtrait personne. À se jeter dans l'inconnu, pour une fois !

Ce qu'elle avait fait, c'était exactement l'inverse, réalisait-elle tout à coup.

La lucidité qui survient d'habitude après quelques verres s'était sournoisement insinuée en elle, portée par les vapeurs d'une bière sans alcool, et elle voyait soudain clairement quel était son problème.

Elle avait tiré la sonnette d'alarme trop tôt.

Voss était son parachute.

Elle avait l'impression que les dernières années de sa vie avaient disparu. Tout ce qu'elle avait vécu, engrangé, appris, tout ce qu'elle s'était approprié était resté à la capitale, dans la banque de souvenirs d'une population avec laquelle elle n'avait quasiment plus de contact. Apparemment, elle ne manquait à personne, là-bas, à en croire la rareté des nouvelles que lui donnaient ses amis et anciens collègues. Loin des yeux, loin du cœur. Un seul fil reliait son existence d'avant à celle d'aujourd'hui : Fredrik. Qui ne l'aidait pas à ne pas se sentir déconnectée.

Étrangement, il renforçait même le phénomène.

Elle était revenue avec quelqu'un qui n'avait pas sa place dans le paysage, qui n'avait peut-être pas si envie d'y être, lui non plus.

Elle avait fait exactement la même chose que Veslemøy Liland.

Mais Veslemøy et Steven avaient au moins des enfants sur qui exercer leur contrôle.

Elle entra dans la cuisine, qu'elle regrettait d'avoir repeinte sur un coup de tête. Cette couleur, elle en avait déjà marre : il ne lui arrivait pas si souvent d'être d'humeur à aimer le jaune. Sa fatigue s'était envolée, elle avait juste faim. Les gens avaient commencé à quitter le Trois Frères aux alentours de minuit, elle aurait eu l'air de quoi, si elle était restée jusqu'au bout ? Personne n'aurait trouvé normal qu'elle s'attarde jusqu'au petit matin, même si elle était curieuse de savoir comment certains, vu leur degré d'alcoolisation, réussiraient à rentrer chez eux.

Notamment Kathrine Bøe.

Sa façon de réagir au traumatisme, sans doute.

Agnes revoyait l'image de Cat accrochée à l'épaule de Birger Flakne, qui l'emmenait dehors prendre l'air.

Pour sa part, bien qu'elle n'ait ingurgité que de la Munkholm, elle se sentait en phase d'ivresse ascendante. Si elle s'avisait de se coucher, c'était clair, elle ferait une insomnie, autant vider le tube de fromage au bacon sur trois bonnes tranches de pain, remplir de Coca Light le mug *Is it tea you're looking for ?* à l'effigie de Lionel Richie, et s'attabler avec son Mac. Elle se connecta aux archives du journal.

« Semaine des sports extrêmes + 1998 » donna une liste d'articles si longue que sa tête en retrouva la sensation de fatigue. Elle ajouta « + Steven Smith » dans la barre de recherche. Aucun résultat. Elle effaça donc Steven Smith, tapa « + Veslemøy Liland » à la place.

« Le festival des filles qui n'ont pas froid aux yeux », annonçait le premier titre. « Gro (18 ans), Kathrine (19 ans), Joni Roberta (19 ans) et Veslemøy (18 ans) n'ont peur ni de courir ni de sauter après les garçons. » Elles avaient suivi ensemble le cours pour débutants un an auparavant, racontait Joni, et s'étaient rapidement liées d'amitié. « Un cours d'initiation au parachutisme, ça coûte cher, non ? » demandait le journaliste, qui, d'après la signature de l'article, n'était autre que le Retraité. Veslemøy, Kathrine et Joni lui répondaient qu'elles avaient économisé en travaillant pendant les vacances ou quelques heures par-ci par-là, et Gro que ses parents lui avaient offert le stage comme cadeau d'anniversaire anticipé pour ses dix-huit ans. Elles espéraient obtenir leur licence de catégorie A au cours de l'été et, à terme, pouvoir pratiquer le parachutisme en formation à titre professionnel.

« Quelles sont les qualités nécessaires pour devenir un bon parachutiste ? » leur demandait encore le Retraité. La réponse était venue de Gro : « Il ne faut pas avoir le vertige ! Mais à part ça, je crois qu'on a toutes les quatre des qualités différentes, qui nous serviront quand on formera une équipe : Joni est intelligente, soigneuse et serviable. Kathrine n'abandonne jamais, son tempérament pourra nous être utile en compétition. Veslemøy, c'est la bonne humeur et l'enthousiasme incarnés, c'est peut-être elle qui est la plus accro. » Et Joni intervenait pour conclure : « Gro est une meneuse, elle vient d'assurer le rôle de déléguée des bacheliers, donc elle saura nous diriger ! »

Elles se tenaient côte à côte sur la photo : Kathrine la blonde, Gro la brune – à cet âge déjà, elle avait opté pour sa coupe courte et pratique – et Joni la rousse, avec de grands sourires. Mais Veslemøy, elle, ne souriait pas. Elle aussi était blonde, avec le regard noir. Elle semblait penser à une chose qui n'avait rien à voir, quelque chose de beaucoup moins amusant que le saut en parachute.

Cet air sombre à ce moment précis… Était-ce un hasard ?

Agnes, sans bouger de sa chaise, regarda par la fenêtre. Sur la table du balcon étaient restés un flacon de crème solaire, quelques journaux, un livre et une assiette pleine de miettes, tout un fatras que la clarté de la nuit estivale gardait bien visible.

Ces quatre filles, qui étaient restées amies depuis tout ce temps, se décriraient-elles de la même manière aujourd'hui ? s'interrogea Agnes. Ce serait intéressant à savoir. Les qualités mises en avant seraient-elles les mêmes, ou d'autres traits de caractère, d'autres forces et d'autres faiblesses auraient-ils repoussé les premières dans l'ombre ?

Quels honneurs et quelles cicatrices récoltait-on en l'espace de vingt ans ?

Elle-même était-elle devenue meilleure ou pire ?

Elle engouffra la dernière demi-tranche de pain et la mastiqua en lisant la suite de l'interview.

« Ces jeunes filles tout juste sorties du lycée se réjouissent d'avance de pouvoir suivre des yeux les parachutistes expérimentés venus du monde entier, qui exécuteront bientôt des acrobaties aériennes au-dessus de notre ville. L'occasion, peut-être, de flirter un peu. “Gro est la seule à avoir un petit ami, mais nous, on est des cœurs à prendre”, déclare Kathrine avec un sourire coquin. »

Sa lecture achevée, Agnes jeta un coup d'œil sur son téléphone et s'aperçut qu'elle avait reçu un SMS depuis près d'une heure.

Tu es debout ? Je peux t'appeler ? Pardon, si je te réveille. Joni.

Elle répondit tout de suite, s'excusant de ne pas avoir vu le message plus tôt, invita Joni à l'appeler si elle n'était pas encore couchée.

Vingt secondes plus tard, le téléphone sonnait. Joni parlait à voix basse, comme si elle craignait de réveiller quelqu'un tout près d'elle.

– Gro m'a dit qu'elle t'avait croisée au bar, commença-t-elle. Moi, je n'ai pas eu le courage d'y aller. C'était comment ?

– C'était… bien. Beaucoup de monde. Je crois que Kathrine a un peu trop bu. J'espère que ça a été.

Joni soupira.

– Se bourrer la gueule à une commémoration… Chacun réagit comme il peut, mais c'est du grand Cat, ça.

La chose ne semblait pas l'inquiéter.

– Vous parlez beaucoup de ce qui s'est passé ? enchaîna Agnes. Toi, Kathrine et Gro, je veux dire ?

– Bien trop peu. J'aurais pensé que le chagrin nous rapprocherait encore, mais en fait, j'ai à peine vu les deux autres depuis que tu es venue chez Cat, lundi. On dirait que la disparition de Veslemøy a cassé quelque chose entre nous. Gro regarde Steven d'un sale œil, et je crois qu'elle et Cat pensent toutes les deux qu'il y est pour quelque chose. Moi, je suis tiraillée, je ne sais pas trop quoi penser ni quoi faire. Il faut bien que quelqu'un les aide, lui et les enfants, non ? Ils n'ont personne d'autre.

Dans le petit silence qui suivit, Agnes guetta le bruit de pleurs éventuels.

– Et puis, j'ai su que vous aviez discuté, tous les deux, reprit Joni. C'est pour ça que je voulais t'appeler, en fait, pour te remercier. C'est très important qu'on soit plusieurs à lui faire confiance, y compris pour moi.

Je ne voulais pas choisir mon camp, pensa Agnes, et ce n'est pas non plus ce que j'ai fait. Mais elle n'en dit rien.

– Merci aussi d'être là, ajouta Joni. Quand je te parle… j'ai un peu l'impression de parler avec Veslemøy.

Agnes prit note de cette nouvelle ressemblance entre la victime du meurtre et sa propre personne. Manifestement, ils étaient plusieurs à l'avoir remarquée.

– Tu crois qu'elle était heureuse ? glissa-t-elle. Veslemøy, je veux dire ?

Joni, à l'autre bout du fil, soufflait pesamment.

– Heureuse… Est-ce qu'une de nous peut dire qu'elle l'est vraiment ?

MERCREDI

Se réveiller avec un mal de crâne assourdissant après avoir bu trois bières sans alcool, c'était quand même un comble.

Agnes aurait préféré avoir la gueule de bois. Elle aurait volontiers consacré quelques heures à refaire surface, jusqu'à être capable de s'accorder un cheeseburger dégoulinant de graisse à midi. Pas une de ces petites variantes hors de prix inventées pour les hipsters, ni ce malentendu de dix centimètres d'épaisseur que sont les boulettes de viande coincées entre deux tranches de pain, à manger avec une fourchette et un couteau. Non. L'une des joies de son retour à Voss avait été de redécouvrir le bon vieux fast-food, cette institution archi-norvégienne, paradoxalement, où les burgers doublaient de poids une fois nappés de sauce orange pâle venue d'un seau suspendu au plafond. Bien sûr, des échoppes de ce genre, il y en avait aussi à Oslo, mais ça faisait plus vulgaire, à moins qu'il ne soit tard dans la nuit. Fredrik n'y aurait jamais mis les pieds, ni là-bas ni ici.

Après avoir regardé l'heure, elle décida de se faire un sandwich toasté pour le petit déjeuner. Elle sortit deux tranches de pain de mie prétranché – celui que Fredrik disait contenir plus d'air que de blé – et les beurra chacune d'un côté. L'autre face se vit appliquer une fine couche de mayonnaise, qui ne manqua pas de coller à la planche pendant qu'Agnes garnissait ses tartines de fromage Norvegia extra affiné. Un peu de nettoyage était inévitable quand elle se préparait son *grilled cheese* à l'américaine, visant un effet gras maximal. Elle transféra les deux tartines dans la poêle, et tandis qu'elle attendait de voir le fromage fondre, elle pensa à cette femme journaliste qui expliquait dans un podcast qu'elle commençait toujours à travailler avant d'avoir pris son petit déjeuner, de manière à être « affamée d'une autre manière », autrement dit offensive et concentrée. D'après elle, « on ne fait pas une interview importante juste après avoir mangé un gros steak ». Agnes avait aussitôt testé la méthode et était allée au bureau sans manger. Avant même la fin de la conférence de rédaction, elle avait agressé un collègue et son estomac s'était mis à gargouiller si fort qu'elle avait fini par se lever pour rentrer chez elle.

Elle superposa les tartines, appuya légèrement dessus du bout de la spatule, jusqu'à ce que le fromage suinte entre les deux couches. Au moment où elle retournait son sandwich pour obtenir le même croustillant doré des deux côtés, elle entendit la douche se mettre en marche à l'étage.

L'horloge de la cuisinière indiquait sept heures vingt-trois.

Fredrik fermerait le mitigeur exactement deux minutes plus tard.

Agnes se servit son sandwich, se versa un grand verre de jus de pomme et s'assit devant le plan de travail.

À l'instant où elle entama son petit déjeuner à pleines dents, son ventre cessa de crier famine.

Sept heures vingt-cinq.

– Alors, c'était comment hier soir ?

Fredrik sentait le propre, garanti sans parfum. Le mal de crâne, qui était en voie de se dissoudre dans le fromage fondu, déferla de nouveau.

– Comment c'était ? J'ai parlé avec la moitié de la ville, et je ne suis pas plus avancée.

– Personne ne s'attend à ce que ce soit toi qui résolves l'affaire, répondit Fredrik en lui frôlant la joue d'une caresse avant d'attraper la cafetière italienne et le sachet de café moulu qu'il était allé chercher exprès à Bergen. Tu n'es pas la Miss Marple du coin.

Quelque chose se brisa brusquement au fond d'elle.

– Mais bordel, qu'est-ce que tu en sais de ce que je suis ou non ? rugit-elle avec une pluie de jus de pomme qui fit reculer Fredrik vers le frigo.

Il mima la défense, mains en l'air. Puis il prit un air grave.

– Désolé, je ne voulais pas te blesser. Qu'est-ce qui te prend ?

Elle ne répondit pas, se concentra plutôt sur sa bouchée.

Un sourire niais apparut soudain sur le visage de Fredrik.

– Les hormones ? suggéra-t-il.

Agnes sortit d'un pas martial de la cuisine, monta l'escalier, s'enferma dans la salle de bains.

Et une fois sous la douche, elle y resta vingt bonnes minutes.

La salle de bains s'était transformée en sauna. Elle ouvrit la fenêtre en grand, essuya le miroir embué pour y découvrir son visage rouge carmin. Elle n'était pas toujours juste avec Fredrik, elle en avait conscience. Mais cette attention permanente, pleine de bonne volonté, commençait à produire un effet inverse. Elle avait honte de se l'avouer, mais elle pensait souvent qu'il n'était pas ici à sa place. Fredrik Johannes Dahl, qui avait passé son enfance dans une maison à Asker, rien que ça, avant de devenir un praticien respecté et compétent au CHU d'Oslo, service de chirurgie plastique et reconstructrice, s'était récemment révélé terriblement empoté. Il n'avait jamais taillé un groseillier ni repeint une pièce, il était si peu bricoleur qu'elle devait convoquer son père pour accrocher au mur la moindre étagère. Et celui-ci avait beau prétendre que donner un coup de main lui faisait plaisir, Agnes avait lu dans son regard que son gendre le décevait. Peut-être lui faisait-il même un peu honte. Elle, elle avait honte, en tout cas. Jamais elle n'aurait pensé que ce genre de choses pouvaient avoir de l'importance, mais dans ce pays peuplé de gros bras et de fils de paysans, l'incompétence de Fredrik en travaux manuels était devenue flagrante.

Tout en sachant pertinemment qu'Agnes avait grandi dans un simple lotissement, sa belle-mère continuait ses plaisanteries sur le thème « mon fils m'a abandonnée pour une fille de propriétaires terriens de l'Ouest ». Elle n'avait jamais exprimé directement ce qu'elle pensait de leur déménagement, mais Agnes savait qu'elle se félicitait de leur couple. Il y avait longtemps qu'elle avait laissé dans le placard de la salle de bains attenante à la chambre d'amis plusieurs petits bodies de teintes unisexes, beiges et gris, joliment pliés et bien en vue.

Ils avaient cru que la chose viendrait d'elle-même. Il lui était arrivé si souvent, aux alentours de ses vingt ans, d'avoir peur d'être enceinte, qu'elle avait ressenti une vraie euphorie en flanquant à la poubelle ses plaquettes de pilules. Elle avait d'abord pensé que tout devait être bien réfléchi, qu'il était important de pouvoir se rappeler l'instant précis où ils auraient conçu ensemble une nouvelle vie. Petit à petit, ils avaient laissé tomber l'ambiance bougies-musique romantique, et s'étaient mis à copuler en rigolant entre deux épisodes d'une série télé. C'était un projet commun, à l'objectif concret, un projet plein d'espoir et de suspense qu'ils étaient seuls à partager.

Mais plusieurs mois s'étaient écoulés sans résultat, et le cœur n'y était plus.

Ne restait plus au programme que des parties de jambes en l'air sans conviction, doublées d'une idée fixe qui, de plus en plus, semblait l'obséder, elle seule. Bien sûr qu'il avait envie d'être père, l'argument avait beaucoup pesé quand ils avaient quitté Oslo, mais ce n'était pas son utérus qui était en panne. Ce n'était pas à lui de repérer le jour de l'ovulation, de veiller à ne rien boire ni manger qui puisse réduire sa fertilité, ou augmenter le risque de fausse couche. Et ce n'était pas lui qui devait incliner la tête avec un beau sourire, chaque fois qu'un voisin ou quelqu'un qu'elle croisait au supermarché lui demandait à mots couverts s'il n'y aurait pas un de ces jours des petits trolls sous leur toit. La fin justifiait les moyens, avaient-ils décidé d'un commun accord, mais le but qui paraissait si proche s'éloignait d'autant. Chaque mois se divisait désormais en deux parties : une période relativement détendue durant laquelle elle espérait, une fois derrière elle l'ovulation et les gros câlins, puis une seconde, pénible, de plus en plus lassante, qui commençait lorsque ses règles revenaient avec leur ponctualité de toujours.

Un message retentit sur son téléphone. C'était Ingeborg la Féconde : *J'ai ressorti d'autres vieilles photos hier soir*, écrivait-elle. *J'ai trouvé quelque chose qui devrait peut-être t'intéresser.*

Agnes regarda l'heure : trop tard pour passer la voir en coup de vent avant le boulot. Si elle ne voulait pas louper la conférence de rédaction, elle n'aurait même pas le temps de terminer son petit déjeuner. Fredrik était parti pour l'hôpital pendant qu'elle traînait sous la douche. Elle emballa le reste de son sandwich dans une feuille de papier alu, l'idée de pouvoir le finir tranquillement au bureau la réjouissant d'avance.

À peine la conférence de rédaction achevée, le patron convoqua en réunion le « groupe du meurtre au parachute ».

Agnes n'était pas au courant de son existence, mais sachant que la veille, pendant qu'elle tournait en rond, l'intérimaire avait pondu des articles pour le site et la version papier, au moins, elles étaient deux. Elle n'avait eu le temps de lire aucun de ces textes. Un rapide coup d'œil lui apprit qu'ils ne contenaient que la version officielle émanant de la police. Autrement dit, rien.

Frida Grådal pouvait apporter au journal tout le sang neuf du monde, il y avait de quoi s'énerver qu'on ait chargé cette demi-portion sortie de Bordalen, une vallée de ploucs, avec son allure de garçon manqué, de tenir la population au courant des évolutions de l'affaire.

Sa surprise s'accrut encore quand elle entendit le ton que prenait la jeune fille :

– Tu as trouvé quelque chose ?

– Et toi ? répliqua Agnes.

– L'une de vous a-t-elle découvert quelque chose ? intervint Eskildsen en haussant les sourcils.

Agnes lança à Frida un regard censé lui signifier qu'elle avait au moins dix ans de plus qu'elle dans le métier, et ne se laissait pas impressionner par les gamines aussi dégourdies soient-elles en numérique.

Puis elle passa au rapport.

Elle évoqua les problèmes psychologiques de Veslemøy Liland, son père violent qui avait disparu dans la nature, sa grand-mère sénile qui avait mentionné quelqu'un de « pas gentil ». Elle parla du communiqué de presse concernant la Semaine des sports extrêmes, expliqua comment s'y prendre pour saboter un parachute, précisa que les voiles de réserve étaient scellées par un plombage portant des initiales. Elle raconta même que Veslemøy et Steven s'étaient vraisemblablement disputés la veille du meurtre.

Elle ne garda pour elle qu'un seul détail : l'épilepsie de Veslemøy.

Plus elle en disait, plus elle prenait conscience de la quantité d'informations qu'elle avait récoltées. Pour la première fois depuis longtemps, elle en eut des fourmis dans les jambes, ses jambes de journaliste qu'elle ne croyait plus capables d'avancer comme il faut.

Eskildsen sortit de sa bouche le stylo qu'il avait suçoté tout le temps de son exposé.

– Je crois qu'on va s'en tenir aux éléments officiels de source policière, déclara-t-il.

Elle se tourna vers lui. Il avait une tache de café sur sa poche poitrine. Or elle ne pouvait pas dater de ce matin : il n'avait pas pris de café pendant la conférence. Il aurait pu la voir en s'habillant, non ? Pas foutu de sortir une chemise propre pour aller au boulot, le rédacteur ? Quel manque de dignité.

– On continue comme hier. Tu restes en contact avec les flics et tu nous bricoles ce qu'il faut pour l'édition de jeudi, dit-il à Frida qui tripotait continuellement son téléphone sans s'attirer de commentaire.

Puis il regarda Agnes.

– Bon travail, Tveit, mais une bonne partie de ce que tu nous as rapporté fait un peu roman de gare. Ça intéresserait peut-être ton ancien employeur, mais pas nous. Tu pourras nous écrire le compte rendu des obsèques demain, mais d'ici ce soir, j'ai besoin de toi pour autre chose. Le FBK Voss. Match de sélection.

Elle ne répondit pas et évita son regard, les yeux ostensiblement rivés sur la tache de café.

De retour dans son bureau, devant un écran qu'elle fixait sans le voir, elle sentit peser un épais nuage d'ambiguïtés au-dessus de sa tête. Soulagée ? Vexée ? Furieuse ? Lâcher prise lui ferait du bien, lui disait son cerveau, elle pourrait retourner à la routine somnolente, se concentrer sur ce qui comptait vraiment, ce qui l'avait fait revenir à Voss. Mais tout laisser tomber à ce stade, ce serait pure folie, protestaient ses tripes.

Le cerveau l'emporta.

Le match de foot, martelait-il.

Le foot, c'est génial. Même si elle ne s'était toujours pas donné la peine d'apprendre la règle du hors-jeu et quelques autres détails fondamentaux. Elle n'aurait qu'à appeler Viktor pour lui demander de l'accompagner, aujourd'hui encore. La dernière fois qu'elle avait dû jouer les équilibristes sur une mission de reporter sportif, il avait accepté d'être son commentateur personnel. Elle avait peur de se planter, quand il s'agissait de foot les lecteurs scrutaient les articles à la loupe. Mais grâce à l'aide de Viktor, tout s'était bien passé. Il lui avait expliqué les actions de jeu, qui faisait quoi. Elle avait pris note de tout, avant de s'occuper seule de l'interview pour la rubrique « Vos impressions », n'importe quel débile y serait arrivé.

Quand elle sortit son portable de son sac pour l'appeler, elle s'aperçut qu'elle n'avait pas répondu au SMS d'Ingeborg. Elle tapa rapidement : *Pas la peine, je n'ai plus rien à écrire sur le sujet.*

Une minute plus tard, elle changea d'avis, curieuse de voir ce qui avait attiré l'œil d'Ingeborg. Elle devait au moins ça à ses tripes. Et rater pareille occasion de dénoncer la lâcheté des rédacteurs en chef de quotidiens, ce serait dommage.

Elle effaça son brouillon et écrivit : *Je passerai à 17 h.*

Cette fois, il n'y avait personne sur le banc du jardin.

Mais sur la table surmontée de plantes vertes, une tartine de confiture à moitié mangée baignait dans une mare de jus de fruits. Trois abeilles s'y étaient invitées.

Agnes passa le seuil de la terrasse et trouva Ingeborg trottinant dans sa cuisine en sous-vêtements, un bébé hurlant dans les bras et une expression défaite sur le visage.

– Je ne sais pas ce qui lui arrive, dit-elle. Elle s'est transformée en monstre pendant le petit déjeuner, et voilà qu'elle ne veut pas dormir. Tu peux me la prendre ? Je vais bientôt me pisser dessus.

Elle refila le paquet à son amie, qui l'attrapa quasiment au vol, et elle se rua vers les toilettes. Agnes, figée sur place, tenait à bout de bras le bébé. Elle sentait le lait et le pet, cette petite. La porter faisait un effet bizarre, artificiel, comme si Agnes découvrait soudain à quoi ressemblait un nourrisson. Elle prit conscience qu'elle l'avait à peine approchée, alors qu'elle passait son temps chez Ingeborg. Mais subitement, les pleurs cessèrent, comme dans un film.

Quand Ingeborg réapparut, sa fille dormait gentiment dans son berceau.

– Tu déconnes ? s'exclama-t-elle.

Agnes haussa les épaules.

– Qu'est-ce que tu voulais me montrer ?

Ingeborg enfila un T-shirt et un pantalon de jogging, et elles s'installèrent sur le canapé, avec un double cortado et un album photo placé entre elles deux. Celui de l'année du bac, le dernier qu'elles avaient regardé. Ingeborg parcourut les pages à un rythme accéléré, s'arrêta peu après la moitié et désigna la photo de trois garçons dont Agnes se rappelait à peine. Ils faisaient les cornes du diable vers l'objectif en tirant la langue.

– Qu'est-ce qu'ils ont de spécial ? demanda Agnes.

– Rien. Regarde au second plan, répondit Ingeborg.

Derrière l'épaule de l'un d'eux, un peu plus loin dans les bois, deux autres jeunes se tenaient enlacés.

– Kathrine et son mec. Vegard Saue, non ? Qu'est-ce qu'il y a de si bizarre, ils étaient ensemble depuis la seconde, non ?

– Oui. Moi non plus je n'ai pas réagi tout de suite. Jusqu'à ce que je m'aperçoive que ce n'était pas Cat, là, avec Vegard. C'est Veslemøy.

Agnes plissa les yeux sur le vieux cliché argentique développé chez le photographe du centre-ville. Les deux filles se ressemblaient pas mal, à l'époque, et quand elles avaient les cheveux tirés, les reconnaître était difficile. Elle aurait juré que c'était Kathrine.

Puis elle remarqua le pull.

Elle distingua un grand F d'un rose éclatant, suivi d'un R de la même couleur. Les deux premières lettres de « FREEDOM ».

– Elles pourraient avoir échangé leurs pulls au cours de la soirée, dit-elle.

– Oui, c'est sûr, répondit Ingeborg. En même temps, tu sais comme moi que Veslemøy était fofolle, à l'époque. Je ne veux pas dire du mal de quelqu'un de ma famille, hein, mais ça n'a rien d'invraisemblable qu'elle ait fait une connerie de ce genre quand elle était bourrée.

– Et si c'était le cas, qu'est-ce qu'il faudrait en conclure ? Que Kathrine a descendu Veslemøy parce qu'elle a embrassé son mec de l'époque, un soir, il y a vingt ans ?

– Pense à la fille qu'elle avait tabassée, là…, lui rappela Ingeborg.

Cet épisode avait dû se dérouler l'année précédente, estimait Agnes.

– C'est peut-être un peu tiré par les cheveux, reconnut Ingeborg. Mais si c'est bien Veslemøy sur la photo, ça montre au moins que tout n'était pas si net entre les deux filles, non ? Je ne sais pas, je voulais juste te montrer. En tombant là-dessus, je me suis sentie aussi clairvoyante qu'un détective privé.

– De toute façon, je n'ai plus à fouiner dans cette affaire, dit Agnes avant d'avaler sa dernière gorgée de café. Mais j'aime bien parler du bon vieux temps avec toi. Même si je me félicite de ne plus avoir dix-huit ans.

Ingeborg lança un regard vers le berceau, d'où montaient de petits grincements susceptibles de dégénérer d'un instant à l'autre en cris à pleins poumons.

– Je ne suis pas sûre d'être d'accord avec toi.

Quand elle pénétra dans les locaux du journal, Agnes était si profondément plongée dans ses pensées qu'elle faillit rentrer dans la personne qui en sortait.

Joni lui sourit sous sa masse de boucles, qui avaient ce matin un tombant plus souple et moins rebelle. Elle venait peut-être de faire un shampooing. Un fin bandeau ornait son front, accentuant son look hippie.

– Salut ! Pardon, j'étais ailleurs, s'excusa-t-elle.

– C'est moi qui suis dans la lune, répondit Agnes. Tu passais pour discuter ?

– Non, moins agréable. Je suis venue apporter le faire-part de décès.

Elle avait à la main un classeur en plastique transparent contenant une pochette violette remplie de papiers. Agnes s'abstint de lui faire remarquer qu'on pouvait envoyer ce genre de choses par mail.

– Comment vas-tu, d'ailleurs ? lui demanda-t-elle, constatant que malgré son sourire Joni avait les traits aussi tirés que la dernière fois. Je ne t'ai même pas demandé hier.

Joni secoua la tête.

– Ça va te sembler cruel, je sais que je devrais être effrayée, en colère, inquiète, révoltée, mais je dois avouer que je n'ai qu'une hâte : que l'enterrement soit passé. J'appréhende affreusement, et j'ai envie de rentrer chez moi. Ça fait trop mal d'être ici. En plus, les enfants sont impatients, mon mari aussi. J'avais prévu de repartir dimanche soir, et j'avais un colloque lundi, donc ça commence à être compliqué, là-bas aussi.

– Ma pauvre, ça fait beaucoup. Mais tant que tu es là, je peux t'offrir un petit café de la machine ?

– Oui, ça m'ira très bien.

Agnes se précipita dans l'escalier, alla droit vers le distributeur, remplit deux gobelets en carton et les redescendit prudemment. Puis elle emmena Joni à l'autre bout du bâtiment. Elles s'installèrent sur un banc avec vue sur le Vangsvatnet et restèrent assises un moment sans rien dire. Le silence ne les gênait pas.

– Ta famille va venir à l'enterrement ? finit par demander Agnes.

– Je leur ai dit que ce n'était pas la peine. C'est curieux, je ne sais pas vraiment pourquoi, mais ma vie ici a toujours été séparée de celle à Oslo. Mes parents habitent à Modalen, c'est là-bas que j'emmène les enfants quand je suis dans la région.

– Ils n'ont pas commencé à réclamer de sauter en parachute ?

– Ils en ont parlé, si, mais je doute que leur père les laisse s'inscrire après ce qui s'est passé. C'est un vrai papa poule. Il doit être soulagé d'avoir une bonne raison pour refuser, maintenant. Même ici, les critiques sont de retour contre les sports extrêmes et nous qui les pratiquons, ça fuse de partout. Veslemøy aurait détesté servir d'exemple dissuasif… Vraiment.

Joni savait-elle que Veslemøy était épileptique ? Agnes hésitait à le lui demander. Pour l'instant, mieux valait ne pas lui en infliger davantage.

– Je comprends, se contenta-t-elle de répondre. J'espère que les flics avancent sur l'enquête. D'ailleurs, tu y as réfléchi, toi ? Qui aurait pu avoir intérêt à la tuer ? Et de cette manière-là ?

Joni s'acharnait du bout des doigts sur le bord de son gobelet. Elle avait les ongles rongés, presque jusqu'au sang.

– La police m'a posé la même question. Aucune idée. Tout ce que je sais, c'est que Veslemøy avait tendance à tirer le mauvais numéro.

– D'après Birger Flakne, ça doit être un fou, dit Agnes.

– Ou une folle.

Agnes s'apprêtait à lui demander ce qu'elle voulait dire, quand Joni reçut un appel.

– C'est le boulot, j'ai bien peur de devoir répondre, mais on se reparle plus tard ?

Une fois seule, Agnes s'attarda sur le banc. Une feuille A4 était restée là, tombée du classeur de Joni, sans doute.

« Cher Steven », avait-elle écrit tout en haut.

Et plus rien.

Agnes mit la touche finale à un papier pour les pages culturelles sur les premiers artistes annoncés au programme du prochain Vossa Jazz, l'une des manifestations annuelles locales qui la faisaient vibrer. Puis elle se rendit sur le site de *VG*. Pour le moment, il n'y avait qu'un seul article sur les événements de Voss, rédigé par un journaliste d'Oslo qui évoquait des affaires similaires, avec des liens vers ce que le journal avait écrit à l'époque.

La première remontait à 2003, dans une ville du sud de l'Angleterre et, tout comme pour Veslemøy, on avait commencé par croire à un tragique accident. Matthew Carr, vingt-deux ans, s'était jeté d'un avion à 13 000 pieds d'altitude, « comme tant de fois auparavant », à ceci près que ni son parachute ni la voile de réserve ne s'étaient ouverts et qu'il s'était précipité dans la mort. « Cependant, la police britannique n'a pas mis longtemps à découvrir qu'il s'agissait d'un meurtre », lut-elle. On avait interrogé des centaines de personnes, dont plusieurs camarades de Carr, qui fréquentaient la même école militaire et la même université que lui. Les enquêteurs avaient aussi fait appel à un expert en parachutisme, qui leur avait apporté sa connaissance du milieu et des éléments techniques précis. Trois hommes avaient été appréhendés, puis relâchés, et rien n'était dit du possible mobile. Agnes, curieuse, ouvrit un nouvel onglet, chercha « Matthew Carr + murder ». Une série d'articles apparut concernant l'affaire restée mystérieuse. Au bout de dix mois d'enquête, la police en était arrivée à une conclusion singulière : la victime aurait saboté son propre parachute. Les traces d'ADN décelées sur son équipement ainsi qu'une paire de ciseaux retrouvée dans sa voiture et ayant servi à endommager les deux parachutes étaient considérées comme la preuve que Carr avait été le seul à les manipuler, sans intervention d'une tierce personne. On en avait donc déduit qu'il s'agissait d'un suicide.

Avait-on réalisé des relevés d'ADN sur le parachute de Veslemøy Liland ? Sans doute, se dit Agnes, il faudrait poser la question à Viktor. De toute façon, les résultats des analyses n'arriveraient pas avant un certain temps. En attendant, on pouvait peut-être admettre que Veslemøy, elle aussi, ait orchestré son suicide de la manière la plus spectaculaire et absurde qui soit...

Alors qu'elle s'efforçait d'imaginer le scénario, on frappa à la porte. Le Retraité pointa le nez dans son bureau.

– C'est l'heure de la pause déjeuner ?

Elle acquiesça, sortit les restes collants de son sandwich au fromage de la pochette en plastique qu'elle avait glissée dans son sac, mais elle préféra les manger devant son écran, en continuant à lire l'article de *VG*. Il s'agissait maintenant d'une autre affaire, datant de 2007, où le meurtre était avéré. « Elles aimaient le même homme, une seule des deux a survécu au saut de 4 000 mètres », résumait-on. Un vrai crime passionnel, avait estimé la police belge après avoir conclu que Mila Visser avait assassiné Tess de Vries, mère de deux enfants. Toutes deux avaient une liaison avec un parachutiste dont on ne citait que le prénom, un certain Luuk. Le drame avait eu lieu le jour où les trois protagonistes devaient sauter en étoile avec un quatrième. Tess de Vries s'était écrasée au sol, aucun de ses parachutes ne s'étant ouvert. Au bout de deux mois d'enquête, son amie avait été arrêtée.

Et dire qu'Eskildsen qualifiait de roman de gare les circonstances du meurtre de Veslemøy Liland, pensa Agnes la bouche pleine, jetant un regard indigné vers le bureau du rédacteur.

Un communiqué de presse de la police arriva soudain : la Kripos avait saisi des éléments matériels et électroniques recueillis au domicile de Veslemøy Liland et sur son téléphone portable.

Sur un coup de tête, elle appela Viktor.

– Agnes, je ne peux pas te refiler toutes les infos, protesta-t-il. On va me foutre à la porte.

– Rassure-toi, je ne pourrai rien en faire, Eskildsen veut que je m'en tienne à la version officielle des faits.

– C'est un homme sage. Mais de toute façon, je n'ai pas encore vu le rapport des données téléphoniques, si c'est ça que tu cherches à savoir. D'ici à ce qu'on ait les résultats, ça va prendre quelques jours.

– OK, si tu me promets de me tenir au courant, tu pourras m'accompagner au match de ce soir que je dois couvrir.

– Je ne promets rien du tout.

– D'accord. Mais tu viendras quand même, dis ?

– Tu ne crois pas que j'ai assez à faire comme ça ?

– Allez…

– Je vais voir avec Gro.

Le *Dagbladet* avait choisi d'intituler son scoop : « VESLEMØY ÉTAIT COMME UNE FILLE POUR NOUS ». En dessous, un couple d'âge mûr regardait droit vers l'objectif, l'air grave et le teint blême. Agnes ne connaissait pas le nom du signataire, qui d'ailleurs n'avait pas d'adresse mail au journal. Le directeur des reportages avait dû mettre le grappin sur un étudiant australien et l'envoyer trouver les parents de Steven Smith, paria-t-elle. Le quotidien norvégien avait déjà fait appel à des étudiants locaux, ils pullulaient sur la côte Est, et elle doutait que le *Dagbladet* ait les moyens de dépêcher son personnel en Nouvelle-Zélande.

C'était autre chose quand elle avait commencé dans le métier. Être assez vieille pour pouvoir parler des médias du bon vieux temps la faisait rager, mais une chose était sûre : ce n'était pas du tout pareil. À l'époque, les journaux avaient de l'argent. On lui faisait parcourir la moitié du globe pour une seule interview. Certes, au *Dagbladet*, la débâcle était déjà amorcée. Elle n'oublierait jamais le jour où le directeur des reportages de *VG* avait appris qu'elle avait passé un entretien chez le concurrent. Il avait posé ses santiags sur le bureau et lancé : « Tu as vraiment envie de couler avec le *Titanic*, alors que tu pourrais voguer sur le *World* ? »

Elle avait opté pour la survie, et peu de temps après s'était vu offrir un job fixe.

Le titre du jour au *Dagbladet* accrochait l'œil, pas de doute, mais les beaux-parents de Veslemøy n'avaient rien d'intéressant à dire, ils n'exprimaient que leur tristesse d'être si loin de leur fils et de leurs petits-enfants.

Elle passa en revue quelques autres sites, aucun ne lui apprit quoi que ce soit de nouveau. Et soudain, Agnes réalisa qu'elle détenait sans doute plus d'infos que les journalistes de la presse nationale.

Mais manque de chance, elle ne pouvait rien révéler de ce qu'elle savait.

Lorsqu'elle pénétra dans la bruyante salle d'impression, l'odeur de l'encre lui picota les narines.

Toutes ces machines installées dans les sous-sols du journal, c'était pratique si on était trop impatient de voir sa prose imprimée pour attendre le lendemain, ou simplement nostalgique au point d'aimer le contact du papier journal encore chaud. Chaque fois qu'elle s'emparait d'un exemplaire tout juste sorti de la presse, Agnes avait le sentiment de faire partie de quelque chose de grand, d'être en communauté d'esprit avec les hommes et femmes du métier qui l'avaient précédée, de simples individus qui avaient fait tomber des présidents et lancé des révolutions, comme ceux qui travaillaient au *New York Times* ou au *Washington Post*, des gens qu'elle avait vus à la télévision et admirés. Au point d'écrire, à douze ans, dans un devoir de classe, qu'elle voulait devenir « reportère ».

Dans ce cas, il va falloir travailler ton orthographe, avait ironisé le prof en marge.

Elle en était à la moitié de *Peur*, le dernier livre de Bob Woodward – le journaliste du Watergate –, sur Donald Trump et le chaos qui régnait à Washington. Woodward utilisait depuis toujours la même méthode, à savoir le recours à des sources anonymes. Il racontait qu'il commençait toutes ses interviews en disant : « J'ai besoin de votre aide. » Ces quelques mots étaient, selon lui, les plus utiles qu'il ait jamais prononcés, tant du point de vue journalistique qu'en termes de relations humaines. Il estimait aussi que le meilleur moyen pour trouver un bon sujet était « d'avancer lentement vers son but, les fesses en l'air et le nez au ras du sol ».

Elle se voyait encore descendre vers le kiosque du quartier de Tøyen, un gobelet de café à la main, ce samedi matin où elle avait contemplé pour la première fois l'article qu'elle venait d'écrire brillant de mille feux sur le présentoir à journaux. Il y avait longtemps qu'elle ne ressentait plus cette joie fébrile. Mais puisqu'il lui restait un peu de temps avant le match, elle était curieuse de savoir comment la maison couvrait l'affaire criminelle. L'article faisait la une, même s'il ne racontait rien de nouveau. « La police travaille sur plusieurs hypothèses », assurait le titre, pour le moins plat. Pas de quoi en mettre plein la vue à Bob Woodward. À l'intérieur du journal, on découvrait une interview de l'enquêteuse de la Kripos, laquelle déclarait effectivement qu'ils travaillaient sur plusieurs éventualités. Mais qu'elle ne souhaitait rien dévoiler. Et qu'elle espérait que l'autopsie et les analyses techniques leur fourniraient plus de réponses.

Agnes n'avait pas pensé à l'autopsie. Auraient-ils constaté l'épilepsie ?

Probablement pas.

Elle n'avait pas entendu prononcer le mot depuis sa conversation avec Steven.

Mais avait-il dit vrai ?

Elle feuilleta rapidement le reste du numéro du jeudi, s'apprêta à le fourrer dans son sac, mais suspendit son geste. L'un des visages entrevus sur ces pages lui laissait une impression de déjà-vu. Rien d'exceptionnel, il s'agissait probablement d'une de ces semi-connaissances qu'elle croisait constamment en ville, mais laissant sa curiosité la piquer, elle rouvrit le journal.

Elle le feuilleta de nouveau, plus lentement cette fois, et parvenue au milieu haussa les sourcils.

Sur la page de droite, une grande photo en buste illustrait le gros titre, le portrait d'un homme sérieux, en costume-cravate, posant près du grand panneau « VOSS » planté sur la pelouse de la maison de la culture. Il avait la mâchoire carrée et des cheveux blonds frisottants. Malgré quelques kilos de plus, il restait aisément reconnaissable.

L'interview, classée dans la rubrique « Nos estivants », était intitulée « La loi de son côté », et introduite comme suit :

« Après dix ans d'exercice dans un cabinet d'avocats, Vegard Saue (40 ans) vient d'être nommé procureur à Oslo. Avant d'endosser cette prestigieuse fonction, il profite de ses vacances auprès des siens dans notre ville. »

Le texte et la photo étaient signés Frida Grådal. La petite intérimaire n'officiant au *Hordaland* que depuis deux semaines et des poussières, l'interview devait être toute récente.

Inutile de lire le message de Viktor pour savoir ce qu'il avait à dire : il aurait « quelques minutes de retard ». Elle se gara près de l'emplacement de la baraque à saucisses du pont, sortit de la voiture, s'appuya contre la carrosserie et fit bronzette un instant, les yeux plissés vers le soleil.

En apercevant Tor Erik Åkervold qui sortait du supermarché un peu plus loin dans la rue, elle se réfugia en vitesse derrière sa portière. Un subit élan de gratitude envers Eskildsen s'empara d'elle : elle n'était plus en concurrence avec l'insubmersible *VG*. Jamais elle ne l'aurait reconnu haut et fort, mais force était de constater qu'il lui manquait certaines qualités élémentaires pour les enquêtes criminelles. Pour plus d'une raison, elle aurait eu du mal à supporter d'être talonnée par ce type.

Elle ferma un instant les paupières, sursauta quand on frappa sans ménagement contre la vitre. Elle se retourna avec agacement, prête à engueuler Viktor, mais en levant les yeux elle tomba droit sur le sourire immaculé de Ken. Åkervold ouvrit la portière et se laissa choir sur le siège passager.

– Alors, comment ça va, mademoiselle ? s'exclama-t-il. On a déjà réussi à faire parler quelqu'un ? Ou on se contente d'espionner depuis sa voiture ?

Elle examina son ancien collègue. Un journaliste de ce genre ne devrait pas ressembler à une poupée en plastique made in USA, mais à un bonhomme crasseux, malodorant et en surpoids.

– En fait, je dois couvrir le match de foot de ce soir, répondit-elle.

– Capital, ce match, ironisa-t-il. Le FBK Voss contre l'OS 2. Dix-huitième place en quatrième division. Un vrai thriller. Il ne vous restera plus une minute ni une ligne pour écrire sur le meurtre.

Åkervold se racla la gorge, puis se cala contre l'appuie-tête, se gardant de sortir un autre commentaire acerbe. Manifestement, la tactique anti-abrutis d'Agnes marquait un point.

– J'avoue que je n'ai pas beaucoup de munitions moi-même, pour l'instant, dit-il. Il y avait très peu de traces sur les restes du matériel, surtout que le plombage a dû foutre le camp à l'autre bout du lac avec les parachutes.

Elle opina, comme si elle était parvenue à la même conclusion, et se sentit idiote d'avoir cherché le plombage dans l'herbe.

– J'attends qu'on mette ce type en examen et je saute dans l'avion pour l'Italie avec ma famille, déclara-t-il. Mais tiens, ça te dirait de prendre une petite bière avant mon départ ?

– Je ne crois pas que ce soit une très bonne idée, Tor Erik.

À peine était-il ressorti de la voiture que Viktor prenait sa place avec un regard interrogateur.

– Ne me pose pas de questions, trancha-t-elle. Tu prends ton rôle de reporter sportif au sérieux, à ce que je vois, ajouta-t-elle en constatant qu'il était en jogging.

– Il était temps que je sorte un peu de l'uniforme, je n'ai fait quasiment que bosser depuis dimanche.

– Ça avance, de votre côté ?

– J'ai affaire à qui, là ? La journaliste cynique ou ma meilleure amie ?

– Ta meilleure amie. Je n'ai pas le droit d'écrire quoi que ce soit, tu sais bien.

– Dans ce cas, je peux t'avouer que ça se passe très mal.

– Pourquoi ?

– Parce que Steven Smith n'est pas près de cracher le morceau, et que la Kripos continue à lui mettre la pression. Il a l'air complètement désespéré.

– Ils ont vérifié s'il y avait un rapport entre le bandage qu'il a sur la main et le coquard de Birger Flakne ?

– Pas qu'un peu. Smith prétend qu'il s'est brûlé avec sa cuisinière, Flakne nous serine une histoire de balai. Pas bien crédible, ni pour l'un ni pour l'autre.

Avaient-ils d'autres éléments concernant le parachute ? continua Agnes, et Viktor lui raconta que l'équipement de Veslemøy Liland n'était pas resté plus de dix minutes dans les locaux du club, ce que les experts de Bergen considéraient comme trop peu pour avoir le temps d'ouvrir un parachute, couper les suspentes et tout remballer.

Dix minutes, c'était aussi nettement moins que ce que Flakne estimait, pensa Agnes.

– Donc il semblerait que le parachute ait été saboté à l'avance, dit Viktor.

– Elle le gardait où, d'habitude ?

– Chez elle, dans un placard. Il y avait les empreintes de Steven sur le parachute. Mais celles de Gro, de Joni et de Cat aussi. Ça n'a rien d'étonnant, ils s'entraident au moment d'enfiler le bazar. On n'a pas trouvé d'autres empreintes, ce qui veut peut-être dire tout bêtement que le tueur a été assez malin pour mettre des gants.

Il soupira.

– La Kripos ne veut pas renoncer à la culpabilité de Steven, mais moi je pense qu'on devrait envisager sérieusement d'autres hypothèses.

– À savoir ?

– Agnes, c'est mon job.

– D'accord.

Elle fit démarrer le moteur et sortit du parking en marche arrière.

– Tu sais quoi, dit-elle à son vieil ami avec un sourire qui venait du cœur, finalement, tu n'es pas si mal, comme flic.

– Commentateur sportif, je te prie.

Elle était capable de se laisser entraîner par une Coupe du monde, peut-être même un championnat d'Europe, il lui était arrivé de rester plantée devant la télé et d'applaudir les équipes nationales de pays qu'elle n'aurait pas su situer sur une carte. Mais le foot norvégien, elle ne se l'infligeait que pour faire plaisir à Fredrik. En gentille petite femme amoureuse, elle était restée assise sur le canapé à regarder dans le vide pendant d'innombrables matchs de sélection.

Quatrième division, à Voss, dans un stade clairsemé : même Fredrik aurait trouvé qu'elle tombait bien bas.

Heureusement, Viktor était là. Seul problème : il prenait le match tellement au sérieux qu'il refusait de parler d'autre chose que de contre-attaques et de replis défensifs.

Installée tout en haut, au milieu de la petite tribune, elle regardait ces installations sportives où elle-même s'était démenée quand elle était plus jeune. C'était sans plaisir qu'elle repensait aux olympiades de l'école, elle appréhendait toujours le soixante mètres et le test de Cooper. Non qu'elle ait été paresseuse, ni en mauvaise condition physique, mais l'idée de devoir fournir une prestation la rendait si nerveuse qu'il lui arrivait de ne pas en dormir la nuit précédente.

Juste derrière le terrain de foot commençait l'aire de Prestegardsmoen, qui s'étendait jusqu'au lac, avec son lacis de sentiers entre de grands arbres. Elle avait un jour entendu dire qu'on y comptait cent quarante espèces d'oiseaux. Il lui était arrivé plusieurs fois de s'attarder sous les frondaisons, allongée sur le dos, en tentant de distinguer leurs chants.

Elle se demanda si Voss risquait de perdre sa réputation de « paradis naturel », de « Mecque des sports extrêmes » et « d'eldorado du ski », pour devenir « la ville du meurtre au parachute ». Il y avait tant d'exemples de petites communes qui n'avaient pas réussi à se défaire d'une image de ce type, des endroits où avaient eu lieu des enlèvements d'enfants, des patelins où monsieur le maire avait tripoté des petites filles. On n'oubliait jamais ce genre de choses.

Ses yeux tombèrent soudain sur deux petits garçons du même âge, habillés de la même façon, qui avançaient en équilibre instable sur une allée gravillonnée. Elle commença par se demander s'ils étaient seuls, mais un peu en arrière venaient Steven Smith et une femme, marchant tout près l'un de l'autre. Même à cette distance, la chevelure rousse était reconnaissable.

Agnes suivit la fin du match avec encore moins d'attention qu'avant la mi-temps. L'arbitre siffla et les maigres applaudissements du rare public local l'arrachèrent à ses pensées.

– On a gagné ?

– Un à un, répondit Viktor. Maintenant, n'oublie pas tes interviews d'après match. Demande au capitaine s'il trouve que la formation 4-4-2 fonctionne de manière optimale, et pourquoi il n'a jamais profité de la possibilité de coucher avec Agnes Tveit en personne.

De qui parlait-il ? Elle scruta la pelouse, les yeux plissés. Les joueurs du FBK Voss, en marche vers les vestiaires, avançaient dans leur direction. Quand elle comprit qui portait le bandeau de capitaine autour du bras, elle se crut la cible d'un tacle glissé.

Il n'y avait pas de doute, même si elle ne l'avait pas revu depuis une éternité. Alexander Kosanovic, le Bosniaque aux cheveux châtains qui jouait de la guitare, le seul qui lui ait jamais donné les jambes en coton. Mon Dieu.

Il leva sa bouteille d'eau, s'en versa un peu sur la tête pour se rafraîchir. Agnes sentit son ventre se nouer, presque autant qu'à l'époque chaque fois qu'il était dans les parages. Comme si tout ce qui était arrivé entre-temps n'avait pas existé.

– Viktor, chuchota-t-elle. Mais c'est Alexander.

– Je sais. Je pensais que tu t'en étais aperçue depuis longtemps. Je l'ai croisé en ville l'autre jour, il habite à Evanger.

– À Evanger ? Et tu ne m'as rien dit ?

Viktor se retourna vers elle, les sourcils froncés.

– Pourquoi je t'aurais dit quelque chose ?

– *Parce que c'est Alexander !*

Elle lui lança un regard noir, puis lui prit des mains son bloc-notes, s'empara de son appareil reflex et descendit lentement de la tribune, tout en s'assurant du regard que le capitaine de l'équipe était toujours là-bas, près du cabanon qui servait de vestiaire.

Viktor se trompait s'il croyait qu'elle n'avait été amoureuse d'Alexander que pendant ses années de lycée. Il lui était arrivé de penser à lui très souvent par la suite, et même de parler de lui alors qu'elle avait largement plus de vingt ans, tant et si bien qu'Ingeborg avait fini par lui demander une fois si elle se remettrait un jour d'avoir manqué sa chance avec lui. Elle ne l'avait jamais *eu*, mais n'en avait pas été loin. Elle se souvenait de la douceur de ses lèvres charnues et de son parfum, qu'elle reconnaissait encore. Elle se surprenait de temps en temps à suivre à la trace dans les magasins ou les bars des hommes qui portaient le même. Elle se rappelait aussi comme il avait éveillé le désir en elle. Si son père ne lui avait pas interdit d'aller chez lui ce jour-là, il aurait été *le tout premier*. Aujourd'hui encore, elle le regrettait. À défaut, elle avait assouvi ses fantasmes toute seule dans sa chambre.

Voilà sans doute pourquoi il n'avait jamais vraiment quitté ses pensées.

Alexander ne l'avait pas encore remarquée. Elle lui tapota l'épaule du bout du doigt. Quand il se retourna, elle retrouva l'odeur qu'elle lui connaissait depuis toujours et qui peut-être, finalement, n'avait rien à voir avec un parfum en flacon. Celle de son corps, tout simplement.

– Waouh ! s'écria-t-il en l'attirant contre son maillot de foot trempé de sueur.

Elle se retrouva le nez plongé au creux de son cou, impossible d'y rester, mais aucune envie de s'écarter.

– Tu n'as pas du tout changé ! Qu'est-ce que tu fais ici ? lui demanda-t-il.

Elle recula d'un pas, et comme une idiote se saisit de son appareil photo et de son carnet.

– Je suis venue parler avec toi du 4-4-2.

Elle avait à son actif des interviews de personnalités connues dans le monde entier, membres de familles royales et politiciens notoires, des portraits d'acteurs et de rock-stars, mais de mémoire, Agnes n'avait jamais rougi autant qu'en interrogeant ce footballeur de quatrième division. Elle en avait encore honte, longtemps après être rentrée chez elle. Elle avait pourtant deux décennies de plus et davantage de jugeote qu'à l'époque de leur rencontre. Elle était devenue une femme adulte, qui avait *vécu*. Et pourtant, elle se comportait comme une idiote de quatorze ans. Si ça n'avait rien donné entre eux, la raison en était toute simple : comment rester cool et réfléchir de manière cohérente, quand l'autre déclenchait chez vous une telle réaction physique ? Lorsque Alexander lui avait raconté en quelques phrases qu'il avait travaillé pendant cinq ans dans la musique à Bruxelles, que sa femme, une Belge, venait d'ouvrir à Evanger une boulangerie bio spécialisée dans le pain au levain, et qu'ils avaient *trois* enfants, elle s'était retrouvée aussi niaise et timide qu'à l'époque. Préférant ne plus penser à Alexander Kosanovic, elle avala deux tranches de pain garnies de coleslaw, puis les trois quarts d'une tablette de chocolat pâtissier, avant de s'allonger sur le canapé.

C'est alors seulement que lui revint en tête la curieuse promenade familiale dont elle avait été témoin. Ni la meilleure amie de Veslemøy ni son mari ne semblaient craindre les ragots. Joni passait vraiment beaucoup de temps avec Steven et ses deux fils. De quoi éveiller les soupçons de pas mal de monde.

Elle-même n'en aurait-elle pas fait autant à sa place ? Si c'était Ingeborg qui était morte, et en admettant qu'elle laisse derrière elle un veuf éploré, elle aurait sûrement voulu soutenir le pauvre homme.

Puis elle se souvint de ce que Gro lui avait glissé au Trois Frères : d'autres personnes pouvaient être en danger.

Agnes se sentait d'humeur inquisitrice et agitée, se prélasser sur un divan dans ces conditions était absurde, mais elle se força à allumer la télé. Ironie du sort : l'émission quotidienne de NRK sur la Semaine des sports extrêmes venait de commencer. On n'avait donc pas annulé les retransmissions télévisées, après tout ce qui s'était passé ? s'étonna-t-elle. Le dispositif autour de ce genre de production devait être trop lourd pour qu'on puisse facilement modifier les programmes. Et puis, mis à part le volet parachutisme, le festival se déroulait normalement, il y avait donc largement assez de matière.

Le cameraman qui filmait le présentateur au sommet d'une paroi rocheuse tourna l'objectif vers la vallée, pour montrer aux téléspectateurs, assis chez eux, la profondeur du précipice. Ce devait être du côté de Nåli. L'hypothèse fut confirmée par la voix de Birger Flakne, interviewé hors champ. La caméra retourna vite sur le directeur du festival, qui affichait un air léger et satisfait. Bien trop, pour quelqu'un qui était à la tête d'une manifestation touchée par un meurtre, estima Agnes. Il parlait avec enthousiasme de Nåli, cette impressionnante paroi dotée d'une climatisation naturelle, sachant que la zone autour du village de Bolstadøyri – près d'Evanger, où se trouvait Alexander – était réputée parmi les plus humides au monde.

– Alors qu'ici, il fait toujours sec, expliquait-il. C'est à peine croyable, mais la pente est si raide que la pluie ne l'atteint pas. En plus, Nåli capte toujours les rayons solaires, même par temps couvert.

L'année précédente, un base-jumper s'était retrouvé coincé à soixante-dix mètres de hauteur, agrippé à un rebord rocheux pendant cinq heures, en attendant que le centre de secours régional de Sola envoie un hélicoptère et un groupe d'alpinistes à la base de saut de Nåli. Les alpinistes avaient dû préparer longuement leur intervention pour le faire descendre de son perchoir, tant la mission était dangereuse. Rien d'étonnant à ce qu'on ait interdit le base-jump à partir du Trollveggen, s'était dit Agnes ce jour-là. Elle imaginait à quel point le pauvre type avait dû à la fois être soulagé et se sentir con, quand on l'avait tiré de là.

À présent, la caméra glissait vers l'arête de la montagne, d'où deux nouveaux optimistes comptaient se précipiter.

L'objectif intercepta au passage l'image d'un autre homme en combinaison ailée, qui s'empressa de sortir du champ. Comme il ne portait pas de casque, Agnes repéra ses bouclettes.

Elle plissa les paupières. Peut-être ne l'aurait-elle pas reconnu si elle n'avait pas regardé plusieurs photos de lui le jour même.

Aucun doute.

C'était Vegard Saue.

La sonnerie de son téléphone la fit sursauter. Elle hésita une seconde à décrocher en voyant s'afficher le nom de Steven Smith. Avoir des échanges quotidiens avec ce personnage n'était pas son vœu le plus cher, après tout, si la police s'intéressait à lui, ce n'était pas pour rien.

– On peut se parler ? lui demanda Smith sans même un bonjour.

– Si ça ne prend pas trop de temps, répondit-elle. J'ai du boulot.

– Et tu regardes la télé ?

Elle se leva d'un bond du canapé, le cœur battant.

Son regard courut de la fenêtre à la porte donnant sur la véranda. Il y avait une silhouette, près du prunier.

Il était là et la fixait.

Putain.

Est-ce que la porte extérieure était fermée ? Et celle de la véranda ?

Pour une fois qu'elle avait besoin de Fredrik à la maison, il était au travail.

– Je ne voulais pas te faire peur, s'excusa Smith au téléphone en lui faisant gauchement signe de la main. J'aurais peut-être dû appeler avant.

– Tu aurais dû t'abstenir de débarquer chez moi, répliqua-t-elle.

Elle avait la voix dure, tendue de peur.

– Je peux entrer ?

Dans tes rêves.

– Je sors.

Elle sentit son pouls s'accélérer, glissa ses pieds dans ses sandales, ouvrit la porte de la véranda. Quel genre de mec se postait devant la maison des gens pour les mater ?

Le genre arrosé à l'eau-de-vie, constata-t-elle à distance, d'après l'odeur.

Elle notait maintenant qu'il avait l'œil en berne et ressemblait plus encore que la fois précédente à un poisson des grandes profondeurs. Il avait du mal à tenir debout. Le père de famille aux douces manières rencontré rue Miltzowgata n'était plus que l'ombre de lui-même. Comment avait-il réussi à se défoncer autant en si peu de temps, depuis qu'elle l'avait vu se promener avec Joni et les enfants sous les arbres de Prestegardsmoen ?

– Tu as trouvé quelque chose ? lui demanda-t-il comme si elle était sa complice dans un jeu d'enquête pour gamins.

Elle lui lança un regard qui dissimulait mal son mépris, et s'en rendit compte.

– Steven, demain tu dois enterrer la mère de tes enfants. Je pense que tu ferais mieux de rentrer chez toi et de dormir. Et puis, je t'ai dit que je t'aiderais, mais je ne peux pas être ton détective privé. J'ai un métier. Tu devrais plutôt compter sur la police pour faire le sien. Bonne nuit.

Elle tourna les talons et retourna vers la maison. Mais fut stoppée dans son élan quand il l'attrapa brutalement par le bras.

– Je n'ai pas le temps, dit Steven Smith sans desserrer sa prise.

Il lui faisait mal. Elle le regarda, choquée. Il avait les yeux noirs et le regard trouble.

Un court instant, la terreur la paralysa.

Puis elle dégagea son bras et courut se réfugier à l'intérieur.

JEUDI

Un ciel lourd de menaces pesait sur les montagnes quand Agnes passa la porte du *Hordaland*. La pluie annonçait son retour, elle semblait se déchaîner déjà à l'intérieur des cumulus, ce n'était qu'une question d'heures avant qu'elle ne s'abatte sur la ville.

Elle laissa tomber son sac à sa place attitrée et se dirigea vers le bureau d'Eskildsen.

Frida Grådal était assise dans la pièce vide et buvait du thé. Les gens qui ne prennent pas de café le matin ne sont pas fiables, pensa encore une fois Agnes. Elle vouait la même méfiance à ceux qui prétendaient ne jamais regarder la télé. Un coup d'œil à la pendule lui révéla qu'elle avait cinq minutes d'avance. Son corps, ces temps-ci, avait décidément du mal à trouver le rythme. Au réveil, après avoir dormi d'un sommeil léger toute la nuit, elle s'était crue en retard. En tâtant son bras droit, elle avait découvert, au ras de la manche de son T-shirt, une belle ecchymose qui était apparue à la suite de la visite de Steven.

– Tu fais tes études où, au fait ? s'enquit-elle.

Retourner dans son propre bureau n'avait pas de sens, ou elle finirait par être en retard pour de bon.

– À l'OsloMet, répondit l'intérimaire. Je suis en dernière année. Tu es aussi passée par là, j'imagine ? Sauf que ça s'appelait sans doute encore Institut universitaire d'Oslo ?

Agnes décida rapidement de ne pas la détromper, inutile de lui dire que ses notes au lycée étaient loin d'être assez bonnes pour lui permettre d'intégrer le cursus de journalisme, à une époque où les places étaient chères. Heureusement qu'on pouvait entrer dans le métier par la petite porte. Dans ce contexte précis, elle aimait se voir en vieux renard, faire partie de ceux qui estiment plus important d'apprendre par la pratique plutôt que dans les livres. Ceux qui avaient fréquenté l'école de la vie – dans son cas personnel, une école privée pendant quelques années.

– Les étudiants ne doivent pas être très optimistes en ce moment, avança Agnes. Ça va être de plus en plus difficile de trouver un emploi fixe, vu que le secteur des médias se casse la gueule.

– Peut-être, répondit Frida. Mais je n'ai pas tant que ça envie de me fixer. J'écris un peu dans le *Morgenbladet*, mais à côté, je travaille sur une pièce de théâtre pour laquelle j'ai obtenu le prix de la Libre Parole, et il me faut aussi du temps pour mon blog. Grâce aux annonces publicitaires, j'ai eu la chance d'échapper à un prêt étudiant.

Agnes choisit d'approfondir ce dernier détail. Imaginer cette petite souris en blogueuse, il y avait de quoi rigoler.

– Tu te fais de l'argent en parlant de fringues, ce genre de trucs ?

– Haha ! Ça aurait l'air de quoi ? Regarde-moi ! s'exclama Frida en écartant les bras.

Sa robe marron, spécialement mémère, avait l'air de sortir d'une armoire de famille, mais Agnes n'aurait pas été surprise que ce soit le look le plus cool que puisse adopter une fille de vingt ans et des poussières.

– Je ne m'intéresse pas à la mode, non. Ce qui me branche, ce sont les tendances sur les réseaux sociaux, le progrès technologique, et ces derniers temps, j'ai commencé à me pencher sur l'intelligence artificielle. Mes annonceurs, en général, sont des éditeurs de logiciels et des boîtes informatiques.

Agnes sentit son humeur s'aigrir. Pourquoi diable fallait-il que cette Frida vienne bosser chez eux, si elle avait tant d'autres ressources ? Mais alors qu'elle s'apprêtait à lui poser la question, Eskildsen apparut sur le seuil, son blouson de cuir élimé sur l'épaule. Agnes ne se souvenait pas de l'avoir jamais vu en chemise. Il eut l'air étonné de les trouver ensemble.

– Vous tombez bien, dit-il sans même leur dire bonjour. Le photographe s'est encore fait porter pâle jusqu'à la fin de la semaine, un truc à la hanche, ou un problème respiratoire. Du coup, je me demandais si vous pourriez aller toutes les deux aux obsèques de Liland. De toute façon, tu prends de meilleures photos que lui, Frida.

Elle lui répondit en opinant.

L'aigreur d'Agnes empira encore.

– Ça reste entre nous, bien sûr, ajouta Eskildsen. Il n'est pas question de blesser l'ego de quiconque. Mais... vous ne seriez pas en train de nous mitonner quelque chose, toutes les deux ? Aurions-nous une nouvelle équipe spéciale *future stories* ?

L'intérimaire était sortie, Agnes s'arrêta dans l'encadrement de la porte et montra du doigt le journal du jour, que le rédacteur en chef avait posé sur son bureau en entrant.

– Tu savais que le nouveau procureur d'Oslo était sorti avec une des amies de Veslemøy, dans sa jeunesse ?

– Ah oui ? Et en quoi ça nous concerne ?

Elle haussa les épaules.

– Ça me paraît un peu... *dissonant* de publier une interview de lui quelques jours seulement après le meurtre. Lui non plus ne doit pas trouver ça très agréable. Je veux dire, deux anciens camarades, un qui réussit tout et l'autre qui se fait tuer…

– Tveit… Franchement. Tu es à Voss, maintenant. Si on devait explorer les anciennes amours des uns et des autres sur tous les sujets qu'on traite, on passerait notre vie au boulot. C'est possible que Vegard ait traîné dans les mêmes cercles que Veslemøy quand ils étaient jeunes. Mais maintenant, il est casé pour de bon, avec une fille du Nord. J'étais à son mariage l'année dernière. Cérémonie à la cathédrale de la Mer de Glace, à Tromsø. Superbe.

– Vous êtes apparentés ?

Si oui, ce ne serait pas la première fois qu'Eskildsen aurait fait de la place dans les colonnes du journal pour ses proches. Sa femme, qui dirigeait la chorale locale, ainsi que leurs enfants avaient eu plus souvent qu'à leur tour les honneurs du *Hordaland*.

– C'est le fils de ma belle-sœur, marmonna-t-il tout en chaussant ses lunettes et en tapant d'un index concentré sur son clavier pour se connecter.

– Il fait du base-jump, non ?

– Possible, il a dû se lancer récemment dans ce genre de conneries.

– Bizarre qu'il n'en ait rien dit pendant l'interview.

Eskildsen la regarda par-dessus ses lunettes.

– Tu n'étais pas censée couvrir un enterrement ?

Joni Farestveit se tenait inclinée au-dessus du cercueil de sa meilleure amie, une rose blanche à la main.

Seuls ceux qui l'observaient de près, comme Agnes, s'apercevaient sans doute qu'elle serrait très fort la longue tige épineuse, l'écrasait entre ses doigts à s'en faire rougir la peau. Ce que tous pouvaient voir, c'était le tremblement qui lui secouait le dos, et la façon prudente mais déterminée dont Kathrine Bøe et Gro Skutle lui prenaient chacune un bras pour la reconduire vers les places qui leur étaient réservées, au deuxième rang de l'église bondée.

Joni resta prostrée, les mains sur les genoux et le regard à terre. Elle portait une robe qu'Agnes avait l'impression d'avoir déjà vue quelque part, parsemée de petites fleurs violettes et dont la coupe années soixante-dix lui seyait à merveille.

Quand les cloches retentirent, Agnes, debout dans la nef, se redressa puis porta son regard là-haut, vers les anges, comme elle le faisait depuis toujours.

La fresque, qui couvrait tout le plafond de l'église de sa beauté massive, l'avait aidée à tuer l'ennui lors des offices obligatoires de préparation à la confirmation, tôt le dimanche, il y avait de cela la moitié d'une vie. Agnes s'était souvent dit qu'elle se marierait ici, sous ces arcades ailées. Mais Fredrik n'étant pas membre de l'Église luthérienne, inutile d'y songer. De toute façon, il ne lui demanderait certainement pas de l'épouser, il n'était pas fan de ce genre de « cérémonies sans originalité », avait-il déclaré un jour. Ça ne comptait pas tant que ça pour elle non plus, avait-elle affirmé, tout en répliquant intérieurement que, dans d'autres domaines, l'originalité n'étouffait pas Fredrik. Au lit, la position du missionnaire dominait largement, pour dire les choses crûment, et bien longtemps avant qu'ils ne se lancent dans leurs épuisantes tentatives de conception.

L'épisode de la terrasse avait fait exception. Ce devait être un an tout au plus après leur rencontre. Ils étaient invités à une pendaison de crémaillère, dans le nouvel appartement d'un ami de Fredrik. Tard dans la soirée, alors qu'elle était allée dans la cuisine ouvrir une nouvelle bouteille de vin, il avait surgi brusquement derrière elle. « Viens », lui avait-il chuchoté, et elle avait d'abord cru qu'il était contrarié pour une raison ou une autre, mais il l'avait entraînée dans le couloir, lui avait fait monter l'escalier jusqu'à la terrasse, sur le toit de l'immeuble. On était fin octobre, le froid lui avait tout de suite glacé les tétons sous sa robe trop légère mais, assise sur ses genoux sur une chaise couverte de gelée blanche, elle n'avait aucune envie qu'il arrête. C'était la première fois qu'elle le sentait aussi excité, elle ne se rappelait pas non plus l'avoir jamais été autant. Durant le reste de la soirée, il l'avait à peine regardée, comme s'il avait honte, se disait-elle, étrange impression, et jamais ils n'en avaient reparlé.

L'orgue l'arracha à ces pensées pécheresses. Dieu du ciel, ce qu'elle pouvait détester cet instrument. S'il arrivait un jour qu'elle remonte l'allée centrale pour se faire passer la bague au doigt devant cet autel, ce serait au son des violons.

« Un jour viendra où se lèvera la brume », promettait le cantique suivant. Les métaphores aériennes et météorologiques du texte étaient-elles censées évoquer le parachutisme ? se demanda

Agnes. D'ailleurs, qui avait choisi les chants et les lectures des obsèques ? Ce devait être Steven, ou les amies de Veslemøy, ou peut-être la pasteure ? Quand Agnes avait fait sa confirmation, Ragnhild Therese Kyte était une catéchiste fraîchement diplômée, une toute jeune femme étonnamment cool pour un tel rôle. Les adolescents adoraient qu'elle pratique le rafting en parallèle avec ses études de théologie. Depuis, elle était devenue une ecclésiastique fiable et expérimentée, faisait l'effet d'une digne représentante de l'Église. Et puisqu'elle était restée active dans le Voss Rafting Club, elle était tout à fait à sa place pour prendre en charge l'enterrement de Veslemøy Liland.

Les dernières notes d'orgue se turent et un silence absolu tomba sur l'assistance. Agnes entendit le plancher grincer quand Steven Smith parcourut les quelques mètres entre le premier banc et le pupitre. Le micro capta des bruissements de papier et un raclement de gorge. Steven, vêtu d'un costume aux manches froissées qui semblait avoir été longtemps entreposé dans un carton, ne regarda pas tous ces gens qui s'étaient rassemblés pour le dernier adieu à Veslemøy. Les yeux rivés sur son texte, il prit une grande respiration, puis commença à lire :

« *If you are lucky, you meet someone who takes your breath away*[1]. »

Agnes revit aussitôt le corps sans vie dans l'herbe.

« C'est ce qui m'est arrivé. Je n'avais que vingt ans quand je suis venu pour la première fois à Voss et que j'ai rencontré cette fille si belle et courageuse. J'ai su presque au premier instant que c'était toi. Que ce serait toujours toi. »

Steven se retourna vers le cercueil, juste à côté.

---

1. En anglais : « Quand on de la chance, on rencontre un jour quelqu'un qui vous coupe le souffle. »

« Parce que c'est toi qui m'as appris à respirer avec le ventre, *my dear.* C'est toi qui as rempli mes jours d'oxygène. Tu as donné vie à nos garçons, et tu seras toujours avec nous, dans le vent, dans l'espace, *like a breath of fresh air that will never disappear*[1]. »

Agnes ne s'attendait vraiment pas à être émue. Pas après ce qui s'était passé la veille. Quelques grosses larmes tombèrent subitement sur la première feuille de son bloc, mouillant le papier et faisant couler l'encre des quelques lettres qu'elle y avait tracées. Frida se tenait juste un peu plus loin, avec un imposant appareil photo autour du cou, qui la faisait paraître encore plus petite. Agnes la considéra en haussant les sourcils. Puis elle se força à penser à la poigne de Steven autour de son bras, et ses larmes séchèrent immédiatement.

« Mon cœur est lourd de chagrin mais aussi plein de gratitude. Nous avons très peu de famille par ici, alors je suis particulièrement reconnaissant envers les amies de Veslemøy, toujours prêtes à l'aider et qui m'ont aidé moi, cette semaine. Merci mille fois. Et merci aussi à ceux du club de parachutisme, si importants pour la femme de ma vie et qui m'ont montré qu'elle aussi était très importante pour eux. Nous continuerons ensemble à voler dans les airs où ton esprit planera, Vesla, et… »

Cette fois, Steven leva les yeux vers son auditoire.

Son corps marqua soudain un sursaut. Il fixait quelque chose – ou quelqu'un – et ne baissait plus les paupières mais son regard était dur, dirigé droit devant lui.

« *And make sure that whoever took your life, will get their punishment*[2]. »

---

1. « Comme un souffle d'air frais qui sera toujours là. »

2. « Et nous ferons en sorte que le responsable de ta mort, quel qu'il soit, soit puni. »

Un frisson s'empara d'Agnes, malgré l'atmosphère surpeuplée.

Juste après, elle entendit qu'on franchissait la porte de l'église.

Quelqu'un avait dû arriver en retard, ou partir en avance.

« Je n'ai pas toujours été un compagnon comme il faut, continuait Steven. Ni même un homme comme il faut. Mais j'espère que tu te sentais aimée et protégée. Car je t'ai toujours aimée plus que la vie même. Je ne cesserai jamais de veiller sur toi, et je promets de continuer à respirer pour toi et nos enfants. »

Après s'être incliné profondément devant le cercueil, restant de longues secondes ployé au-dessus des couronnes de fleurs, il regagna sa place tête baissée. Il s'assit entre ses fils, vêtus de petits costumes sombres identiques. Ils se montraient d'une sagesse impressionnante. Peut-être ne comprenaient-ils pas ce qui se passait. À moins qu'ils n'aient senti d'instinct que le moment aurait été mal choisi pour chahuter.

Agnes plongea de nouveau le regard vers les trois filles au deuxième rang, leurs têtes alignées, la blonde, la brune, la rousse. Et soudain, elle se souvint pourquoi la robe de Joni lui disait quelque chose. Elle ressemblait étrangement à celle que portait la mère de Veslemøy sur le portrait exposé rue Miltzowgata.

Le temps typique de l'Ouest norvégien faisait un retour en force.

Des trombes s'abattaient sur l'église, comme si un sadique, perché sur le toit avec des seaux d'eau, s'amusait à arroser les gens. Les pauvres garçons qui portaient le cercueil n'avaient pas la moindre chance d'y échapper. À peine étaient-ils sortis du porche que Steven Smith, Birger Flakne et les quatre autres types chargés de conduire Velsemøy Liland jusqu'à sa dernière demeure se retrouvèrent trempés jusqu'aux os.

Agnes était restée en retrait, sous son parapluie à pois verts fort peu de circonstance, tandis que le cortège se dirigeait vers la zone piétonne, passait devant les cars de touristes et descendait l'allée en un long ruban ininterrompu. Sous l'un des parapluies les plus grands, fermant la marche, se trouvait Dagny Berge, la grand-mère de Veslemøy, en fauteuil roulant. Elle paraissait encore plus vieille dans ce cadre, au milieu des gens, même si ses cheveux blancs avaient l'air d'avoir été apprêtés pour l'occasion. Elle semblait totalement perdue, regardait sans cesse à droite, à gauche, comme si elle ne comprenait pas où elle se trouvait, ni ce que tous ces gens faisaient ici.

Agnes, qui comptait pourtant fuir ce temps de chien et retourner au plus vite au journal, se mit à suivre la procession.

Elle marchait juste derrière Dagny Berge et remarqua que l'homme préposé au fauteuil paraissait trop âgé pour être un infirmier de la maison de retraite. Il ne parlait pas avec la vieille dame, qui semblait d'ailleurs ignorer qui la poussait. Lui regardait droit devant, avec gravité. Agnes nota qu'il arborait ce nez rouge et enflé des alcooliques invétérés, mais il avait aussi quelque chose de solaire, que servaient des yeux d'un bleu éclatant.

Était-ce Oddmund Liland ? Dans ce cas, pourquoi restait-il derrière au lieu de se tenir au plus près du cercueil ? Bizarre… Ou peut-être pas. S'il s'avérait que Veslemøy et lui avaient perdu tout contact, il était naturel qu'il se cantonne à l'arrière-plan, sans doute. Sa fille n'aurait sans doute pas aimé qu'il réapparaisse soudain le jour de ses obsèques pour venir redorer son blason.

– Mes condoléances, lâcha Agnes avant d'avoir eu le temps de se raviser.

Dagny Berge et l'inconnu se tournèrent tous deux vers elle.

– J'étais une amie de Veslemøy, je voulais juste vous dire que je trouve affreux ce qui est arrivé.

Le regret la saisit immédiatement. Qu'est-ce qui lui prenait ? La vieille dame savait qu'elle était journaliste, puisqu'elle lui avait rendu visite quelques jours plus tôt. Sauf qu'elle n'avait pas du tout l'air de la reconnaître, se contentant de lui sourire, tandis que l'homme, la mine imperturbable, lui murmurait un remerciement en continuant sa marche vers le cimetière.

Agnes s'arrêta sous la pluie diluvienne et les regarda s'éloigner.

C'est alors qu'elle remarqua Sigmund Storedal, Viktor et deux autres agents en uniforme postés sous des parapluies devant leurs voitures de service, à proximité du cimetière.

Ils attendaient quoi ? Qui ?

Elle tenta d'intercepter le regard de Viktor. Il ne la voyait pas, ou faisait semblant.

Agnes appuya sur « Envoyer » et s'enfonça dans son fauteuil de bureau, contente de son texte. Elle n'avait pas eu besoin d'en rajouter dans les émotions, contrairement à son habitude quand elle couvrait un enterrement. Non, elle n'avait pas eu à exagérer quoi que ce soit.

Le discours de Steven Smith, en soi, était suffisant pour attirer l'attention.

Elle fut surprise de constater que son article n'avait pas mis plus de quelques minutes pour paraître en ligne, pour une fois. Elle décida de relire sa production une fois encore, mais s'interrompit avant la fin : un message du commissariat venait d'apparaître dans sa boîte de réception.

La police donnerait une nouvelle conférence de presse au cours de l'après-midi.

Ils avaient sûrement arrêté quelqu'un. Voilà sans doute ce que mijotait le groupe d'uniformes près du cimetière.

Elle se jeta sur le numéro de Viktor, mais tomba directement sur son répondeur.

Il s'était passé quelque chose, à coup sûr.

Une partie d'elle-même espérait vivement qu'ils aient coffré Steven Smith.

Des deux côtés de l'église, les rues s'étaient vidées.

Le goudron avait commencé à sécher, mais sur la terrasse du Trois Frères, les meubles étaient encore dégoulinants et les parasols pleuraient à chaudes larmes. Sous l'un d'eux était assis un individu solitaire qu'Agnes reconnut tout de suite. L'homme qui poussait le fauteuil de Dagny Berge, tout à l'heure. Il portait toujours son costume sombre, mais s'était affublé d'une casquette, comme pour se protéger de la pluie qui pourtant avait cessé. Devant lui était posée une pinte de bière. Il ne leva pas les yeux à son passage.

Elle avait encore quelques heures devant elle avant d'interviewer le spécialiste d'histoire locale le plus en vue et le plus prétentieux de la ville, alors autant en profiter pour faire une course aux heures creuses.

Assez ironiquement, la pharmacie proposait en promotion trois tests de grossesse pour le prix de deux. Une louable initiative pour soulager financièrement les couples qui devaient s'y reprendre à de multiples reprises, ou un terrible manque de tact ? Agnes se le demandait. Elle attrapa trois boîtes et se glissa dans la queue.

– Suspense, suspense, chuchota la dame de la caisse au moment où elle s'apprêtait à payer.

Agnes rencontra le sourire d'une fille dont le surpoids, sous sa blouse blanche, n'avait pas varié depuis le collège.

Dieu que l'anonymat de la capitale lui manquait.

– Je paie par carte, annonça-t-elle d'un ton aussi aimable que possible.

En fourrant les boîtes et le ticket de caisse dans un sac en plastique, la pharmacienne semblait sur le point d'exploser.

– Les premières urines du matin, surtout ! gazouilla-t-elle dans le dos de la cliente qui se dirigeait déjà vers la porte.

Alors qu'elle allait de nouveau passer son chemin devant le Trois Frères, Agnes changea d'avis et s'arrêta. Elle s'approcha de l'homme, qui n'avait pas bougé et fixait toujours le contenu de son verre. Il ne leva les yeux que quand elle fut devant lui.

– Une amie de Veslemøy, c'est ça ?

– Oui, mentit Agnes en tirant une chaise pour s'asseoir, se trempant le postérieur. Et vous êtes son papa ? demanda-t-elle à son tour.

Il sembla pris de court par le mot « papa », mais une fois ingurgitée une bonne gorgée de bière, il acquiesça lentement.

– Sur le papier, répondit-il. Mais Vesla n'a jamais dû me voir comme son père. Pour elle, j'étais juste un salaud.

Oddmund Liland gardait une main autour de sa pinte. Une main couverte de cicatrices de toutes tailles, qui, en son temps, avait dû travailler dur. Et cogner dur aussi, d'après ce qu'Agnes avait entendu dire. À voir son regard voilé, il ne devait pas en être à la première bière de la journée, se dit-elle, en jetant un coup d'œil discret à son téléphone à l'intérieur de son sac. Quatorze heures. La cérémonie s'était terminée peu avant onze heures, il était peut-être sur cette terrasse depuis. Sans doute aurait-il mieux valu s'en aller et le laisser tranquille, personne ne l'avait chargée de fouiner.

– Vous étiez méchant ?

– Avec sa mère, je l'admets. Mais pas avec Vesla, et elle était tellement tendre envers moi... Elle veillait à ce que je ne picole pas trop et que j'aille au boulot, tant que j'en avais un. Elle était adorable, c'est sûr.

– Mais vous avez quand même perdu contact ?

– Ses problèmes de nerfs...

– Après la mort de sa mère ?

Une si bonne amie de sa fille devrait savoir ce genre de choses, signifia Liland dans un regard, mais il reprit une gorgée de bière et parut oublier ce détail.

– Environ, oui. Quand elle était au lycée, ou juste après, qu'est-ce que j'en sais, bordel. Au début, je croyais que c'était parce que je buvais, mais il devait y avoir autre chose, je ne la reconnaissais plus. Un jour elle était terrorisée, le lendemain au fond du trou. Elle s'est métamorphosée subitement, ou presque. Quand sa mère est partie, elle n'a plus voulu me voir. Elle a emménagé chez ma mère, et coupé les ponts avec moi.

– Et qu'est-ce que vous avez fait ?

La mort passa dans ses yeux.

– Comme n'importe quel salaud, je me suis barré.

Gro Skutle avait perdu un peu de son allure de Mère de la Nation.

Elle fumait sur le porche, toujours habillée en noir, mais sa coiffure d'ordinaire bien lisse s'autorisait quelques petites mèches rebelles. Agnes était un peu choquée de cette dépendance à la nicotine, elle si raisonnable en matière de tabac, presque trop sage.

Elle avait commencé par appeler plusieurs fois Joni, en vain, puis avait hésité un instant avant de composer le numéro de Gro. La femme de Viktor devait la trouver collante. Le ton de sa réponse avait confirmé cette intuition, mais Gro n'en avait pas moins accepté qu'Agnes passe la voir en coup de vent avant le retour de la petite à la maison. À présent, elle tirait de longues bouffées sur sa cigarette pendant que le pot de colle lui résumait la conversation qu'il venait d'avoir avec Oddmund Liland.

– Heureusement qu'elle a foutu ce salopard à la porte. Il lui tapait dessus, et peut-être même sur Veslemøy, va savoir. Ça m'a indignée de le voir à l'enterrement, pour tout te dire, j'ai été à deux doigts de l'engueuler et de partir. Heureusement qu'on n'a pas organisé de pot après la cérémonie, il se serait incrusté. Avec un père pareil, tu m'étonnes que Veslemøy avait besoin de trucs pour traverser les périodes d'examen et tout le reste.

– De trucs ? répéta Agnes.

De la drogue, voilà ce que Gro sous-entendait certainement, mais Agnes se gardait de prendre cette supposition pour une évidence. Elle avait si peu d'expérience en la matière qu'il lui était arrivé, un soir de concert, de croire qu'on lui proposait du shit alors qu'on voulait simplement lui vendre des bouchons d'oreilles.

Gro avait l'air de regretter d'en avoir trop dit, mais après un instant d'hésitation, elle se décida à s'expliquer.

– N'écris pas quoi que ce soit là-dessus, hein. Ces années-là, beaucoup de gens fumaient des pétards autour de nous, mais Veslemøy est allée un peu trop loin. Je me souviens de l'été après le bac, elle passait un temps fou dans sa chambre, chez sa grand-mère, à fumer en pleine journée, et elle s'est mise à traîner avec ceux qui en prenaient plus que la moyenne. Tant mieux si elle s'est fait pincer, en fait, parce que ça aurait pu déraper, j'en ai peur.

– Elle s'est fait pincer ?

– Oui, le soir de la grande razzia au Park Hotel, tu ne te rappelles pas ?

Agnes s'en souvenait, bien sûr. Elle-même avait avalé ce soir-là des cocktails en petites bouteilles, en quantité si importante qu'elle en avait vomi les trois quarts alors qu'on n'en était qu'au début des réjouissances. Elle avait retrouvé sa lucidité à une vitesse incroyable quand les uniformes avaient fait irruption dans la discothèque de l'hôtel. Agnes, qui n'avait pas l'âge légal pour se trouver entre ces murs, redoutait par-dessus tout qu'on lui demande ses papiers, et elle s'était arrangée pour s'échapper à la première occasion. Après coup, des rumeurs avaient couru sur ceux qui s'étaient fait prendre, mais elle s'en souvenait à peine. Des garçons plus âgés, dont on avait peur et qu'on appelait les « junkies ».

Jamais elle n'aurait pu soupçonner que Veslemøy Liland en était.

– Elle n'avait que quelques grammes de beuh sur elle, continua Gro, elle s'en est tirée avec une amende, mais ça la foutait mal.

Elle regarda Agnes d'un air las, tripotant son grain de beauté du bout du doigt qui tenait sa cigarette, au risque de se brûler.

Son regard se fit subitement plus acéré.

– Tu crois qu'il pourrait y avoir un lien avec le meurtre ? demanda-t-elle. Veslemøy ne fréquentait plus ces milieux-là, à ce que je sais.

– Je ne crois rien, j'essaie juste de comprendre qui elle était, aux différents moments de sa vie.

– En tout cas, Veslemøy n'avait rien d'une idiote, ajouta Gro en écrasant son mégot dans un pot de fleurs. Elle a été assez maligne pour convaincre sa grand-mère de modifier son testament, afin que son vieil ivrogne de père soit plus ou moins déshérité.

Comme elle redescendait la route en lacets de Bavallen, la pluie se remit à crépiter sur le pare-brise. D'après le thermomètre du tableau de bord, la température avait chuté de moitié depuis la veille.

Treize degrés.

On aurait pu être en janvier. Les saisons, dans cette partie du pays, n'étaient rien d'autre que quatre serviteurs infidèles.

Elle enfila les écouteurs de son kit mains libres et appela Viktor. Cette fois, il décrocha.

– Qu'est-ce qui va se dire à cette conférence de presse ? lui demanda-t-elle.

– Rien dont tu aies besoin de te préoccuper, puisque tu n'es plus chargée de couvrir l'affaire.

– Je peux toujours parler des infos officielles. C'en sera une, et je voudrais bien l'avoir avant les autres.

– Désolé, mais cette fois, tu vas devoir attendre. La chef de la Kripos a compris qu'on était potes, et ça ne lui plaît pas. Si le *Hordaland* est le premier à sortir les nouvelles du jour, ils sauront facilement d'où vient la fuite.

– D'accord, je ne t'embêterai plus. Si tu veux bien vérifier un petit truc pour moi.

– Quel petit truc ?

– Le casier de Veslemøy Liland.

– Mais pour ça, il faudrait que je consulte le registre des affaires pénales, qui n'est pas accessible à tout le monde, et la Krip...

– Je me demandais juste s'il y aurait quelque chose sur une détention de stupéfiants.

– Hein ? lança-t-il, avant de se reprendre et de baisser le ton. Pourquoi tu crois qu'elle trempait là-dedans ?

De toute évidence, la communication entre Viktor et Gro n'était pas géniale dans leur salon design, pensa Agnes, constatation qui lui faisait plaisir, devait-elle bien avouer.

– Il paraît qu'elle s'est fait choper un jour avec quelques grammes de weed.

– Attends un peu, dit-il avec un soupir.

Agnes l'entendit marcher sur le lino du commissariat.

– Quelqu'un a déjà dû se pencher là-dessus, reprit-il. Mais personne ne m'a rien dit.

Elle imagina Viktor, les cheveux gras et en bataille. Son hygiène corporelle avait dû subir une nette dégradation ces derniers jours. Tandis qu'il essayait laborieusement de se connecter en pestant après avoir tapé plusieurs fois un mauvais mot de passe, Agnes pensa une fois de plus qu'il aurait été plus heureux à passer ses journées à retourner la terre.

– C'est la meilleure, putain ! lâcha-t-il sans qu'elle sache au juste s'il parlait tout seul ou s'adressait à elle. En effet, elle s'est fait pincer. En juillet 1998, Veslemøy Liland s'est pris une amende de trois mille couronnes. On avait trouvé sur elle huit grammes de cannabis. Qui a bien pu te raconter ça ?

– Va savoir.

Elle comptait enchaîner sur un commentaire sarcastique lui conseillant de causer davantage avec sa femme, mais Viktor, à l'autre bout du fil, se taisait soudain.

Or le mutisme, chez lui, était rare.

– Hmm, fit-il enfin.

– Quoi ?

Elle l'entendit fermer une porte.

– Je ne devrais sans doute pas te le dire, mais je vois autre chose dont personne ne m'a parlé. Un mois avant cette affaire, elle avait fait elle-même une déposition au commissariat.

Après le déluge des heures précédentes, la Vosso roulait des eaux abondantes. Agnes, sous son parapluie, suivit les caprices d'un rapide aussi loin que portait son regard, puis posa les yeux sur un autre segment de la rivière. Au-delà se tenaient deux vieux en veste et pantalon cirés, un de ces couples qui font la même sempiternelle promenade jour après jour, quel que soit le temps. Main dans la main, ils se taisaient, comme ils devaient le faire la majeure partie du temps, sans embarras. Eux aussi regardaient l'eau.

Un rayon de soleil perça soudain entre les nuages gris sombre et, en l'espace de quelques secondes, un arc-en-ciel apparut juste au-dessus de leurs têtes. Les deux promeneurs levèrent les yeux, l'index pointé vers le ciel. Agnes perçut la beauté de cet instant un peu magique.

Mais en son for intérieur, l'inquiétude faisait rage.

Heureusement, Ingeborg ne mit pas longtemps à répondre.

– C'est moi, dit Agnes. S'il te plaît, tu pourrais vérifier s'il y a une date sur la photo que tu as trouvée dans ton album, celle où on voit Kathrine ou Veslemøy avec Vegard ?

– À ton service, donne-moi deux minutes, commissaire. Tu n'as qu'à parler au bébé, en attendant.

Un bruit sourd : Ingeborg avait dû poser son téléphone par terre. Agnes n'ouvrit pas la bouche, mais entendit babiller dans le combiné, et de nouveau, elle se sentit toute remuée. Parler avec les bébés procédait peut-être d'une forme de communication d'un autre type.

– Pourquoi n'y a-t-il plus de date au dos des photos ? C'était génial ! lança Ingeborg une fois de retour. Celle-ci a été prise le 16 mai 1998. Et c'est bien Veslemøy, j'en mettrais ma main au feu. Maintenant que je suis devenue ton assistante clandestine, je veux savoir pourquoi tu te posais cette question. Tu es Batman et je suis Robin.

– OK, répondit Agnes. Mais promets-moi de ne le dire à personne.

– Même pas à mes cousines de troisième degré ? Et merde... Voyons, Agnes, tu sais bien qu'en matière de vie sociale, dans ce trou, tu es jusqu'à présent l'une de mes seules ressources. Si je voulais ragoter, ce serait avec qui ? Et je n'en ai même pas envie. Allez, raconte.

– Veslemøy a porté plainte contre Vegard pour viol le lendemain du jour où cette photo a été prise.

– Putain.

Ingeborg se tut un instant.

– Est-ce que ça veut dire que ma photo pourrait servir de pièce à conviction ? demanda-t-elle. Au fait, tu as vu que Vegard Saue était dans le journal aujourd'hui ?

– Oui, j'ai vu. Et non, ta photo ne prouve sûrement pas qu'il l'ait violée. Mais ça montre en tout cas qu'il y a eu rapprochement physique entre eux, sous une forme ou une autre. De toute façon, la plainte a été classée sans suite.

Agnes avait beau ne pas savoir grand-chose en matière de droit pénal, un point était clair dans son esprit : quand on classait une affaire de viol, c'était en général parce que la police ne pouvait prouver les faits. Dans le dossier de Veslemøy, le défaut de preuve était justement invoqué comme motif du classement.

Ce qui pouvait signifier que l'examen médical effectué après le dépôt de plainte ne révélait pas de présence de sperme, ou que trop de temps s'était écoulé entre l'agression et la recherche des preuves. Cette seconde hypothèse n'était sans doute pas la bonne, puisque le viol présumé avait été dénoncé dès le lendemain de la scène qui figurait sur cette photo, dans l'album d'Ingeborg. Et s'il avait eu lieu avant, Veslemøy n'aurait sans doute pas approché Vegard d'aussi près ce soir-là.

Ingeborg exprima tout haut ce qu'Agnes pensait tout bas :

– En regardant la photo, là, je manque peut-être de solidarité envers les femmes de tous les âges et de tous les coins du monde, mais elle m'a l'air vachement consentante.

– Certes, fit Agnes. Mais il ne vaut mieux pas se baser sur l'avis d'une gérante d'hôtel. Et puis, il a pu se passer des tas de choses après la photo. La nuit est longue. En tout cas, je serais curieuse de savoir pourquoi on a classé la plainte sans suite. S'ils avaient couché ensemble, l'examen aurait dû au moins le prouver. Mais ça s'est sans doute joué parole contre parole.

– Peut-être que Veslemøy n'osait pas dire à Cat qu'elle lui avait piqué son mec. Du coup, elle aurait inventé cette histoire ?

– Ce qui ferait d'elle une cinglée. J'ai du mal à le croire. Mais ce qui est bizarre, c'est que je n'ai aucun souvenir d'avoir entendu des rumeurs de viol. Ça te dit quelque chose, toi ?

– Non. Mais comme toutes les deux on se faisait une fierté d'être à contre-courant, on n'était pas de celles à qui on vient raconter les ragots. En tout cas, une conclusion s'impose, mon cher Batman, déclara Ingeborg : Qu'on l'ait violée à dix-neuf ans ou qu'elle ait été assez tarée pour dénoncer un viol qui n'avait pas eu lieu, il ne faut plus s'étonner que Veslemøy ait eu des « petits problèmes de nerfs ».

Agnes arriva en retard pour l'interview du spécialiste d'histoire locale. Comme elle voulait éviter de tourner en rond dans le quartier pour trouver où se garer, elle laissa sa voiture sur le premier parking venu, traversa en vitesse le passage piéton alors que le feu était encore rouge, tourna à gauche vers le magasin de sport et longea la rue Vangsgata en trottinant. Elle monta quatre à quatre le petit escalier menant au café Ringheim, qu'on avait rebaptisé à une certaine époque Le Ringside, plus branché, avant que son propriétaire ne fasse machine arrière. D'après la pendule, elle n'avait pas fait attendre le fameux historien plus d'un quart d'heure, mais à voir l'expression de son visage, on aurait pu croire que l'homme attablé près de la fenêtre poireautait là depuis des heures.

Ce n'était pas la première fois qu'elle le rencontrait, il sortait un bouquin tous les ans, et ses apparitions dans les colonnes du *Hordaland* auraient mérité une carte de fidélité. Ses livres avaient l'air de bien se vendre, c'était donc un « bon sujet », estimait Eskildsen. À l'arrivée d'Agnes, la dernière production du bonhomme était posée sur la table. Il devait penser que la journaliste voudrait la classique photo du créateur exhibant sa création à des fins publicitaires.

– Vous n'êtes pas près de prendre votre retraite, on dirait ? lança-t-elle pour tenter d'alléger l'atmosphère, aussi tiédasse que devait l'être la tasse de café à demi vide devant lui.

Et elle se souvint que ce monsieur avait l'habitude d'arriver dix minutes à l'avance.

– Une petite brioche à la cannelle tout juste sortie du four, ça vous dit ? enchaîna-t-elle.

Elle savait que les viennoiseries étaient son péché mignon. À la seconde où il se laissa faire, elle se releva pour aller au comptoir. Son propre estomac criant famine, elle posa sur son plateau un gros sandwich aux œufs bien garni de mayonnaise, attrapa un Coca, s'empressa de payer et retourna jusqu'à la table.

L'historien la regarda, les sourcils levés.

– Oh pardon !

Elle se hâta de retourner acheter la brioche.

Cette fois, plusieurs personnes faisaient la queue devant elle. Tout en patientant, elle adressa un signe de tête à Eskildsen. Il était assis à sa place habituelle, avec le reste de la bande qu'elle surnommait le Club des patriarches : le maire, l'ancien commissaire, qu'on appelait père Poulet quand elle était petite, et une poignée d'autres types chenus. Elle savait que l'un d'eux avait été autrefois conseiller juridique de la police à Bergen. Ces roitelets d'hier et d'aujourd'hui, aux idées novatrices, se retrouvaient au café plusieurs fois par semaine, occupant systématiquement la table la plus grande à côté de la caisse, habitude qu'Agnes trouvait à la fois vieux jeu, un brin attendrissante et légèrement provocatrice. Elle se demanda de quoi ils parlaient, s'ils discutaient politique ou des dernières rumeurs. Viktor aurait-il un jour ses entrées dans une confrérie locale de ce genre ? Et elle-même ? Jusqu'à présent, aucune femme n'y avait été admise. Elle nota que le commissaire

Storedal, qui en était lui aussi, manquait au rendez-vous ce jour-là. Ces temps-ci, il avait autre chose à faire.

La queue avançait lentement, elle croisa le regard de l'historien et leva démonstrativement les yeux au ciel. Puis elle sortit son téléphone et chercha dans l'annuaire le numéro de Kathrine Bøe. Il n'y avait qu'une seule personne de ce nom à Voss, aussi appuya-t-elle immédiatement sur la petite icône au téléphone vert, pour le regretter aussitôt. Elle repoussa un sentiment déplaisant. Cette histoire pouvait être importante. À force d'interviewer des célébrités, elle avait appris que les événements survenus dans les années si sensibles de la jeunesse pouvaient peser sur le reste d'une existence.

C'était une évidence dans le cas d'une plainte pour viol.

Que pourrait lui en dire Kathrine ?

La sonnerie n'en finissait pas, sans déboucher sur le répondeur. Une voix stridente retentit tout à coup derrière le comptoir :

– Trente-deux couronnes ! lança la voix, se répétant sans doute.

Agnes raccrocha, paya, se dépêcha de retourner à la table de l'historien.

– Où en étions-nous ? dit-elle en posant l'assiette devant son interlocuteur.

– Nous n'avions pas commencé, répondit-il avec aigreur.

Sa voix, se dit-elle soudain, ressemblait étrangement à celle de l'auteur de l'appel anonyme au journal, qui réclamait la suppression de la Semaine des sports extrêmes.

De retour au bureau, elle ne ralluma pas son ordinateur, mais examina longuement son reflet dans l'écran noir. Elle avait l'air fatiguée. Et elle l'était, aussi bien mentalement que physiquement. L'interview qu'elle venait de réaliser sur les six cents pages consacrées au lycée de Voss en avait encore rajouté une couche. Même si le sujet l'intéressait plutôt, puisqu'elle avait elle-même fréquenté l'établissement en question, elle n'avait absolument pas l'énergie de se plonger là-dedans. Elle avait fait son travail en mode pilote automatique, avec un faux enthousiasme si convaincant que le vieux, tout ragaillardi, n'avait même pas protesté lorsqu'elle avait mis fin à la séance au bout de vingt minutes, sous prétexte qu'il leur fallait du temps pour les photos. Elle l'avait traîné derrière elle à travers tout le quartier, lui faisant monter la côte jusqu'au gymnase, à deux pas de là où elle était garée. Quand ils avaient pris congé, le bonhomme avait l'air satisfait, et elle pouvait attendre jusqu'au lendemain pour imprimer son article, puisqu'il ne passerait sous presse que pour l'édition du samedi.

Kathrine ne l'avait pas encore rappelée. Comme il lui restait une demi-heure avant le début de la conférence de presse, elle attrapa le bouquin sur le lycée de Voss et le laissa tomber sur ses genoux. Elle n'avait pas osé refuser ce pavé que l'historien avait tenu à lui offrir. En le feuilletant rapidement, elle constata que le livre avait au moins l'intérêt d'être richement illustré. Aux vieilles photos en noir et blanc d'élèves et de professeurs endimanchés et alignés en rangs d'oignons, succédaient de ternes clichés en couleurs des années soixante-dix et quatre-vingt, puis quelques pages aux images plus nettes et aux teintes plus vives. Elle s'arrêta sur le chapitre intitulé « Le lycée de Voss de 1990 à nos jours », tourna les pages à la recherche de visages connus. Sur l'une des photos, un grand et beau garçon parlait au micro sur une scène dressée dans le gymnase. La légende situait le discours en juin 1998, avec le commentaire suivant : « Le président du conseil des lycéens, Vegard Saue, remercie les élèves et leurs professeurs pour les trois belles années passées dans l'établissement. »

Agnes mit la main sur la souris, réveilla son ordinateur et écrivit le nom de Vegard Saue dans la barre de recherche de Facebook. Trois personnages apparurent, dont deux hommes âgés et un troisième qu'elle reconnut rapidement. Il était domicilié à Oslo, mais avait fait ses études à l'université de Tromsø. Là s'arrêtait ce qu'elle put apprendre de lui. Pour le reste, le profil était verrouillé.

Son téléphone sonnait : 56-53, lut-elle, le numéro de l'hôpital. Ce devait être Fredrik.

– Allô, Kathrine Bøe à l'appareil. Vous avez essayé de me joindre ?

Agnes perçut dans le ton de ce préambule autant d'inquiétude que de méfiance.

– Oui, bonjour, c'est Agnes Tveit du *Hordaland*... Je me demandais si tu aurais le temps de discuter un peu. Je ne pensais pas que tu serais au travail aujourd'hui.

D'une voix moins pincée, peut-être soulagée, Kathrine répondit qu'elle prendrait sa pause d'ici une heure. Elle n'avait rien contre une petite conversation, à condition qu'Agnes vienne sur place.

Pourvu que la conférence de presse se termine avant, pensa la journaliste. Elles convinrent de se retrouver à la cantine de l'hôpital. Agnes prit ses clefs de voiture et son sac, s'apprêta à partir, mais s'arrêta sur le seuil pour revenir à son bureau. Une petite vérification rapide s'imposait. Elle retourna sur Facebook, cliqua sur les « amis » de Vegard Saue. Elle et lui en avaient dix en commun, tous originaires de Voss. Ingeborg en faisait partie.

Robin était plus actif que Batman sur les réseaux sociaux – une chance.

Elle se casa tant bien que mal sur l'une des rares places restées vacantes dans le bureau du commissaire. Cette deuxième conférence de presse avait attiré encore plus de monde que la précédente, ce qui était fort compréhensible maintenant qu'il ne faisait aucun doute que l'accident spectaculaire dont Veslemøy Liland avait été victime était un meurtre. Une fois de plus, Agnes dut chasser de son esprit l'image de la jeune femme gisant dans l'herbe, de ce visage dont seule une moitié était détruite, quand l'autre avait gardé toute sa beauté.

L'enquêteuse de la Kripos était déjà assise face à l'assistance, à côté de Storedal. Agnes lui donnait un peu plus de cinquante ans. Elle était lourdement maquillée, avait le front ridé et le regard perçant.

Storedal souhaita la bienvenue à tout le monde avant de présenter sa collègue et de lui passer la parole. Elle non plus ne perdit pas son temps en préambules inutiles.

– Le district de police de la région a interpellé aujourd'hui un homme d'une quarantaine d'années sous le chef d'accusation de meurtre sur la personne de Veslemøy Liland, annonça-t-elle d'une voix monocorde. Cet homme a été appréhendé hors de son domicile peu avant quatorze heures, et l'arrestation s'est déroulée sans difficulté. Il nie les faits. Pour l'heure, nous ne souhaitons préciser ni sa nationalité ni sa relation à la victime.

Comme si quelqu'un dans la pièce, et même dans tout Voss, n'avait pas compris qu'il s'agissait de Steven Smith.

Ils lui avaient mis la main dessus à la sortie du cimetière.

– L'inculpation s'appuie sur un certain nombre de propos tenus par cet homme au cours de son interrogatoire, auxquels sont venues s'ajouter des données électroniques découvertes sur le téléphone portable de la victime. L'intéressé sera déféré au parquet de Bergen en fin de journée, en vue de sa mise en détention provisoire.

Avec ses cheveux clairs et sa blouse blanche, Cat Bøe se fondait presque dans la pâleur des murs de l'hôpital.

Tout en ayant gardé quelque chose de sévère, elle avait beaucoup changé depuis l'époque où elle était capable de tabasser une camarade de classe en pleine cour d'école. C'était encore plus manifeste à cet instant précis, sans *snus* sous la lèvre et alors que le tigre tatoué sur son bras restait tapi sous ses vêtements. Telle qu'elle apparaissait là, elle aurait pu tenir le rôle principal dans une série médicale : la jeune femme impassible et idéaliste dont la main sûre et l'autorité naturelle parviennent à guérir les enfants, et qui a toujours une parole bienveillante au moment de les renvoyer à leur famille. L'héroïne qui, après une garde de vingt heures, rentre chez elle, troque la blouse blanche contre une chemise de nuit en soie, se blottit sur l'épaule de son Dr Love et entreprend de lire de la littérature médicale sur l'oreiller, jusqu'à ce qu'un baiser sur l'oreille l'incite à fermer son livre, ôter ses grosses lunettes de lecture et faire l'amour passionnément.

– Je n'étais pas censée travailler aujourd'hui, mais il y a tellement de malades et de gens en congé dans le service que j'ai pris mon tour de garde. Et finalement, ça fait du bien de penser à autre chose, dit-elle. Il y a du nouveau ?

En s'asseyant, elle garda les mains dans les poches de sa blouse. Elle jeta un regard circulaire dans la pièce, comme guettant quelqu'un, tel un chat à l'affût du danger. Agnes lui tendit le gobelet de café qu'elle était allée prendre à la machine, et la première gorgée que Cat avala sembla lui apporter un peu d'apaisement physique. Elle sortit une petite boîte de sa poche, l'ouvrit et s'offrit une pincée de tabac – vice apparemment toléré à l'hôpital pendant les pauses.

Agnes décida de ne pas lui parler immédiatement de l'inculpation de Steven.

– Je voulais juste bavarder un peu. Me faire une idée plus précise du contexte de tout ça.

Cat acquiesça. Le soulagement était cette fois plus palpable.

– Bien sûr. Et d'ailleurs, excuse-moi d'avoir été aussi agressive l'autre jour au bar, dit-elle. Je ne voulais pas... mettre en doute ta... compétence professionnelle. Mais j'étais tellement triste, épuisée et déprimée...

Et saoule, pensa Agnes.

– Parler à des journalistes, c'est vraiment la dernière chose dont j'avais besoin ce soir-là. Enfin, maintenant je sais que tu n'es pas une journaliste de ce genre.

Agnes se demanda à quel type de journaliste elle l'assimilait au juste, mais ce n'était pas le moment de lui poser la question.

– En fait, tu as l'air de quelqu'un avec qui on peut parler, continua Kathrine. C'est aussi l'avis des autres. Gro trouvait juste qu'elle t'en avait un peu trop dit ce matin, elle avait peur de t'avoir donné une image trop négative de Veslemøy et de nous toutes. J'espère que ce n'est pas le cas.

Elle lui adressa un regard qu'Agnes ne sut interpréter.

– Pas du tout. J'ai juste eu l'impression que Veslemøy n'a pas eu la vie facile. Quand elle était plus jeune, en tout cas.

– Elle n'a pas eu la vie facile, non, confirma Kathrine, cette fois avec cette expression douce propre aux médecins et dont elle devait faire souvent usage pour calmer ses patients. Mais elle a toujours été très forte.

– De quelle manière ?

– De toutes les manières possibles et imaginables. On n'avait jamais besoin de l'accompagner nulle part, elle partait en montagne faire du ski toute seule, et ça depuis l'école. Ses parents étaient tellement absents, pour des tas des raisons, sa mère malade et même alitée des années avant de mourir, et son père… Bref, tu connais l'histoire, si j'ai bien compris. Du coup, Veslemøy tenait à être très présente pour ses enfants.

Et le parachutisme ? Et l'épilepsie ? pensa Agnes sans rien dire.

– Tu n'en as pas, toi, des enfants ? lui demanda-t-elle.

Kathrine secoua la tête.

– Ça ne s'est pas fait. Pendant des années, c'était exclu. Mes études ont duré tellement longtemps, d'abord les six ans de médecine, ensuite la spécialité tout en travaillant au CHU de Bergen. À cette époque-là, me mettre des gamins sur le dos, c'était hors de question.

Elle se tut, mais Agnes laissant s'installer le silence, elle ne tarda pas à continuer son récit.

– En fait, j'ai eu une relation à distance avec quelqu'un pendant des années, et petit à petit, j'ai commencé à avoir envie de fonder une famille. Comme ça m'occupait l'esprit de plus en plus, j'ai fini par lui dire clairement que je voulais un enfant. Malheureusement, lui n'en voulait pas. On a rompu, et il a fait un gosse à une autre cinq minutes après. Voilà ce qui s'est passé, conclut-elle. Et vu la tournure des choses, c'est très bien comme ça. Des enfants, de toute façon, j'en vois défiler à l'hôpital.

Cette version vulnérable de Cat plaisait bien plus à Agnes que l'insolente buveuse de gin.

– Et pourquoi es-tu revenue à Voss ?

– À cause des vieux – c'est ce qui nous fait revenir tous, non ? Pendant plusieurs années, je me suis occupée d'un oncle qui habitait Bergen, et ensuite c'est ma mère qui a eu besoin d'aide. J'ai commencé par faire la navette pendant un certain temps, mais c'est devenu épuisant en plus du boulot, donc j'ai fini par lui donner priorité. Je n'aurais jamais cru que je réaménagerais un jour dans la maison de mon enfance, mais voilà, je me retrouve au-dessus de chez ma vieille maman. Et les mecs ne se bousculent pas au portillon. Mais dis, s'interrompit-elle en regardant soudain sa montre, je n'ai qu'une demi-heure de pause, et j'imagine que tu n'es pas là pour m'entendre radoter sur ma pathétique existence ?

– Je t'écouterais volontiers plus longtemps, répondit Agnes, et elle était sincère. Mais oui, je suis venue te demander autre chose. Je me posais une question qui n'a sans doute pas d'intérêt, car ça remonte à loin. Mais dans une affaire pareille, tout peut compter et... En fait, j'ai regardé un vieil album et je suis tombée sur des photos de l'été de votre bac.

Elle vit Kathrine froncer les sourcils. Merde, elle n'aurait pas dû aborder le sujet de cette manière. Il aurait mieux valu évoquer le viol directement.

– Et sur une des photos, continua-t-elle, j'ai vu... enfin, on aurait dit que Veslemøy et Vegard...

Elle n'eut pas besoin d'en dire davantage pour voir blêmir le visage de Kathrine qui sembla devenir plus blanc que sa blouse.

– Est-ce qu'il s'est passé... quelque chose, alors que Vegard et toi étiez ensemble ?

– Cette histoire, tu sais, je n'y ai pas pensé depuis des années, répondit-elle en tripotant sa boîte de *snus*. Mais quand ça me revient, je suis toujours aussi furieuse.

– Normal.

– Mon copain et ma meilleure amie, tu vois le truc ! D'accord, on était jeunes et sûrement beaucoup trop bourrés, mais pour moi c'était une trahison – et pas de celles qui vous laissent une légère égratignure. Tu comprends, maintenant ? J'ai une fâcheuse tendance à être le dindon de la farce.

Elle eut un éclat de rire bref et sans joie, assez déstabilisant.

– Comment as-tu appris ce qui s'était passé ? lui demanda Agnes.

– Veslemøy me l'a dit quelques jours après, répondit Kathrine. J'ai largué Vegard le jour même. Veslemøy et moi, on n'en a plus jamais reparlé.

– Vraiment ? Et pourquoi ?

– Parce que j'ai évité le sujet, par lâcheté et par faiblesse. J'attendais qu'elle vienne spontanément m'en dire plus, qu'elle me renouvelle ses excuses, et je me disais que si elle ne se décidait pas je me confronterais à elle quand j'en aurais le courage. Mais elle a perdu sa mère, et aucune des deux n'a pris l'initiative. Personne n'en a jamais rien su. Veslemøy devait avoir trop honte pour raconter ça aux autres.

Agnes se sentait perplexe.

Kathrine ignorait donc que Veslemøy était allée voir la police ?

Il y aurait eu viol, et elle n'en aurait rien dit à son amie ?

Agnes se souvint tout à coup de l'interview des trois jeunes participantes à la Semaine des sports extrêmes, faite par le Retraité. Ce devait être un mois à peine après les festivités du bac. Kathrine y parlait de Veslemøy en termes élogieux, ce qui paraissait étrange compte tenu de ce qui s'était passé.

Mais bien entendu, Cat avait pu jouer la comédie. Le Retraité n'y aurait vu que du feu.

– Comment tu as fait pour rester amie avec Veslemøy, dans tout ça ? s'enquit Agnes. Ce truc refoulé a dû vous rester en travers de la gorge pendant des années, non ?

– J'ai décidé de tourner la page. Veslemøy était plus importante à mes yeux que les conneries de la fin du lycée.

– Tu sais s'ils ont gardé des relations ensuite ?

– Qui ça ? Vegard et Veslemøy ?

Au moment où Kathrine prononçait ces mots, une ombre passa dans son regard, le teintant d'une nuance qui ressemblait à la peur.

– Je n'en sais rien, répondit-elle. Mais il est temps que je m'en aille. Autre chose ?

Agnes opina.

– Je sors d'une conférence de presse de la police : ils ont inculpé quelqu'un.

Kathrine, visiblement sous le choc mais gardant la face, s'empara des deux gobelets vides pour les déposer dans le panier en plastique bleu. En traversant la cantine, le Dr Bøe sembla planer comme un ange, et Agnes, soudain nauséeuse, fut surprise de l'effet que produisait sur elle cette vision.

Elle n'avait pas osé aborder la question qui l'avait pourtant amenée ici, subitement incapable d'évoquer le viol présumé et de creuser davantage dans le passé, par crainte de la réaction de Kathrine. D'autant qu'elle ne voyait pas le lien entre un épisode survenu vingt ans auparavant et l'affaire qu'elle cherchait à élucider.

Pourtant, sa curiosité était aussi vive qu'en arrivant. Peut-être même attisée par l'échange avec Kathrine.

Elle avait raté l'occasion de l'interroger, mais il restait un interlocuteur potentiel. En un éclair, elle se décida, pour éviter de tergiverser. Elle sortit son téléphone, composa le numéro de mémoire et, tout en attendant la sonnerie, essaya de repousser le trac, la peur des conséquences possibles de son appel, et la pensée même qu'elle n'avait aucune idée de ce qu'elle allait dire.

– Allô, vous êtes sur haut-parleur, dit une voix masculine, et Agnes entendit un gamin chanter une comptine.

Trop tard pour reculer.

– Vous êtes bien Vegard Saue ?

– C'est ça. Désolé pour le bruit, je suis au volant. C'est à propos de quoi ?

En déclinant son nom, elle sentit le sang lui affluer au visage. À peine eut-elle prononcé celui de Veslemøy Liland qu'elle entendit la voiture s'arrêter brusquement.

– Ne quittez pas, lança Vegard Saue.

Il claqua la portière derrière lui.

– Vous disiez ?

Impossible de battre en retraite, alors autant y aller franchement.

– Je me demandais si vous aviez été en contact avec Veslemøy après la plainte pour viol qu'elle a déposée contre vous au printemps 1998.

Le silence dura. Au point qu'elle commença à espérer une confession. Grossière erreur.

Les hurlements l'obligèrent à écarter son téléphone de l'oreille.

– Vous vous prenez pour qui, bordel ? Qu'est-ce qui vous autorise à exhumer de vieilles accusations qui n'ont jamais donné lieu à un procès, ni même à une inculpation ? Cette histoire aurait pu détruire ma vie, vous comprenez ? Sans parler de ma carrière… Mais je ne laisserai pas ce putain de bled me causer encore des emmerdes !

Plus Saue braillait, plus Agnes retrouvait son calme, contrairement à ce qui se passait habituellement quand elle se disputait avec Fredrik.

À voir la réaction de ce type, elle ne devait pas être la première à le solliciter sur le sujet. La police avait déjà dû l'appeler. Comme il ne manifestait pas l'intention d'ajouter quoi que ce soit au bout de sa gueulante, elle s'excusa de l'avoir dérangé, lui dit au revoir et raccrocha.

Si les accusations étaient infondées, on pouvait comprendre son énervement. Mais les gens ne réagissaient-ils pas d'autant plus fort qu'ils se sentaient coupables ?

En tout cas, il ne pourrait pas l'empêcher de fouiller sur Internet. Première constatation frappante, une fois ouvert le profil Facebook d'Ingeborg : quelques années auparavant, Vegard Saue avait bombardé ses amis de photos d'un bel enfant aux cheveux bruns, qui en voudrait peut-être un jour à son père de l'avoir exposé nu à la face du monde. Deuxièmement : les gens de Voss étaient étonnamment rares dans les images qu'il publiait. Agnes s'apprêtait à refermer la page, quand elle repéra un visage connu. Eskildsen, droit comme un i dans son smoking, se tenait derrière Vegard Saue en marié au milieu des autres membres de la famille. En examinant de près une autre photo de groupe intitulée « Réunion 2008 » et sur laquelle Vegard Saue était marqué d'un trait de stylo, elle vit apparaître, mais non elle ne rêvait pas, quelqu'un qu'elle connaissait encore mieux.

Nom de Dieu, Viktor s'était-il vraiment rendu à la fête des dix ans du bac, lui qui avait dédaigné toutes les festivités à l'époque ? Il n'avait pas dû s'en vanter. Elle composa aussitôt son numéro.

– J'avais complètement oublié, lui répondit-il. Mais oui, effectivement, on a passé un super moment.

– Tu te souviens si tu as parlé avec Vegard Saue, ce soir-là ?

– Oui. Il était étudiant en droit à Tromsø. Sympa, comme mec. Je n'arrive toujours pas à comprendre qu'il ait pu être accusé de viol.

– Tu sais s'il a eu droit à un interrogatoire ces jours-ci ?

– Monsieur le procureur est passé rapidement au commissariat, mais c'était juste pour nous rappeler qu'en vertu du Code de procédure pénale, paragraphe 230, la police ne peut pas ordonner à quelqu'un de fournir des explications. Et il a tout à fait raison. Ce n'est pas la peine d'en faire toute une histoire, et je comprends parfaitement que dans sa position ça serait gênant de se retrouver impliqué dans une affaire de meurtre à cause d'une plainte antédiluvienne.

Elle s'apprêtait à se lever pour quitter la cantine de l'hôpital quand elle vit arriver un jeune homme poussant devant lui une sorte de boîte en plastique transparent montée sur roues. Elle ne comprit pas tout de suite ce qui se trouvait à l'intérieur, n'y discernant qu'un tas de couvertures. Un employé de l'hôpital ? se demanda-t-elle, mais il ne portait pas l'uniforme hospitalier et avait les joues en feu. Puis elle distingua un minuscule bonnet bleu ciel qui émergeait à l'une des extrémités de la boîte. Il ne pouvait pas avoir plus de vingt-quatre heures, ce nouveau-né. Et le père, presque imberbe, avait aussi l'air d'un bébé. Le petit frère d'une de ses camarades de classe ? soupçonna-t-elle. Il avait l'air de ne pas savoir où se mettre, ni quoi faire du petit, jetait des coups d'œil pleins de convoitise vers les plats chauds exposés sur le comptoir, puis regardait de nouveau la boîte en plastique, sans bouger d'un pouce.

– Je peux le surveiller pendant que vous allez vous chercher à manger, si vous voulez, proposa Agnes.

Le jeune homme lui répondit avec une mine hésitante.

– Vous pourriez ? C'est… autorisé ?

– Je promets de ne pas me barrer avec, lâcha-t-elle en souriant, regrettant aussitôt une plaisanterie qui semblait l'inquiéter plus encore. Mais allez-y, le pressa-t-elle. Le comptoir est à dix mètres, vous pourrez me faire coucou de la main tout du long.

– OK, merci.

Il lui adressa un sourire plein de gratitude avant d'embrasser sur le front le nourrisson endormi et de se hâter vers les boulettes de viande.

Elle le reconnaissait, maintenant. C'était le petit dernier de la fratrie d'une fille dont elle avait perdu la trace depuis longtemps. Agnes se souvenait qu'il était né l'année de leur troisième, après le divorce des parents de sa camarade, la mère ayant refait sa vie. Elle ne se rappelait plus son nom, mais il ne pouvait pas avoir beaucoup plus de vingt ans. Devenir père au sortir de la puberté, c'était donc possible. Elle-même, à cet âge-là, n'avait pas l'ombre d'un gène maternel.

– Agnes ?

Fredrik arrivait droit sur sa table, avec un regard perplexe qui alternait entre elle et le nourrisson dans sa boîte à roulettes.

– Qu'est-ce que tu fais là ? lui demanda-t-elle.

– Je bosse.

– Ah oui, c'est vrai !

– Et toi, qu'est-ce que tu fais là ?

– Du baby-sitting. Je n'avais encore jamais été aussi près du but.

Il n'eut pas l'air d'apprécier la blague. Au même instant réapparut le gamin stressé, avec une assiette bien garnie et une bouteille de soda en équilibre sur un plateau. Il posa le tout sur la table d'à côté avant de venir récupérer son fils.

– Merci beaucoup, c'était super gentil, dit-il avant de se jeter sur son assiette.

Comme le bébé se réveillait, son ado de père mit les bouchées doubles pour pouvoir quitter les lieux au plus vite.

– À propos, reprit Fredrik avec un regard interrogateur en s'asseyant à sa table pour continuer en chuchotant, tu… tu as eu tes règles, ce mois-ci ? Comme tu ne m'as rien dit, je me demandais.

– Pas encore.

Elle vit se lever une aube d'espoir dans l'œil de Fredrik. Elle ne lui dit pas qu'elle avait quatre jours de retard, ni que trois tests de grossesse attendaient dans leur emballage, dans le placard de la salle de bains. Il portait des Crocs, remarqua-t-elle, du genre qu'on voyait sur les enfants à l'école maternelle. Difficile de faire moins sexy.

– Bon, mais qu'est-ce que tu fais ici, en vrai ? lui demanda-t-il.

– Je viens d'avoir une petite conversation avec quelqu'un à propos d'une affaire, répondit-elle.

Et elle pensa : Pourvu qu'il ne m'en demande pas plus.

– Pas une affaire qu'on t'a demandé de laisser de côté, je suppose ?

Il soutenait son regard. Elle savait qu'il la perçait à jour quand elle mentait. Elle préféra donc ne rien dire, se contenta de se taire. Il s'appuya au dossier de sa chaise, croisa les bras et hocha doucement la tête.

– Tiens donc, Agnes Tveit prend des initiatives… Impressionnant. Mais ne fais pas de bêtises, OK ? Il y a une enquête criminelle en cours, je te rappelle. On ne déconne pas avec ce genre de trucs.

– Qui te dit que je déconne ?

– Personne, s'empressa-t-il de répondre, craignant visiblement une nouvelle explosion. Mais je sais que tu es venue voir Cat, je viens de la croiser dans le couloir. Ça ne t'a pas échappé qu'on était collègues ?

Elle se pencha vers lui.

– Qu'est-ce que tu penses d'elle, au fait ?

– On dirait que je vais enfin pouvoir servir à quelque chose…, ironisa Fredrik avec un sourire. Eh bien, que te dire ? Kathrine est compétente, très compétente. On a beaucoup parlé des grands hôpitaux, ça nous manque, à tous les deux.

– C'était sympa de sa part de quitter Bergen pour venir s'occuper de sa mère.

– C'est ça qu'elle t'a dit ?

– Quoi, ce n'est pas vrai ?

– Si, certainement.

– Vas-y, raconte ce que tu sais.

– *Sorry*, devoir de réserve, répondit Fredrik en mimant un tour de clef devant sa bouche.

Agnes poussa un gros soupir.

– Autrement dit, tu ne sers à rien.

Vous voulez venir dîner ! lui écrivait son père. Son SMS était aussi ponctué d'un chat qui riait aux larmes. Agnes avait appris à ignorer le goût paternel pour les points d'exclamation et le recours farfelu à des smileys très rarement en phase avec le contenu du message. Il semblait chaque fois en choisir un au hasard. Il pouvait ainsi lui écrire : *Très bon, ton article d'aujourd'hui !* en y ajoutant un visage en colère, ou *Toujours enrhumée ?* avec une danseuse. Quand son père avait découvert ces petits éléments graphiques dont il pouvait agrémenter ses textos, elle avait commencé par passer pas mal de temps à tenter d'interpréter la relation entre le texte et l'image. Puis elle s'était rendu compte que leur combinaison relevait du chaos. Décidément, il valait mieux éviter de laisser des gens de plus de soixante ans dans la nature avec des téléphones portables.

Fredrik bosse, mais je viens, avait-elle répondu, sans smiley.

L'invitation tombait à pic.

Elle avait une faim de loup, encore un coup d'hypoglycémie.

Et elle avait des questions à poser à ses parents.

Au moment où elle se garait dans la pente au pied de la maison de son enfance, les nuages sombres s'étaient de nouveau effacés devant un soleil brûlant. Son père était assis sur l'escalier, torse nu et en short. Pour qu'il laisse à découvert les jambes glabres dont elle se moquait toujours, il lui fallait, comme à l'instant présent, une chaleur digne des tropiques. Il avait l'air de l'attendre. Par la porte d'entrée entrebâillée filtrait un fumet de ragoût.

– Comment vas-tu, ma petite fille ? lui demanda-t-il en se poussant pour lui faire de la place sur l'escalier.

– Ça va bien. J'ai beaucoup de boulot. D'ailleurs, avant que les odeurs de cuisine ne m'aient complètement hypnotisée, j'ai une question : qui était commissaire en 1998 ?

– En 1998, tu dis ? C'était Svein, là, répondit-il. Svein Vatle, qui habite dans la maison marron à côté de l'école.

– Tu veux dire père Poulet ?

– Ça doit faire un bout de temps qu'on ne l'appelle plus comme ça, il faudrait plutôt dire grand-père Poulet, maintenant. Bref, Svein, quoi. Il y a bien dix ou douze ans qu'il a pris sa retraite, mais il vient au bowling tous les mois, même s'il n'est pas loin des quatre-vingts ans.

Elle irait voir juste après si le vieil homme était chez lui. Mais avant : manger.

– On rentre ? dit-elle.

– Oui. Il y a juste une chose dont je voudrais te parler.

Il n'en fallait pas plus pour l'inquiéter, comme chaque fois que quelqu'un réclamait de « parler avec elle » : il était rare que ce soit d'un sujet réjouissant.

– As-tu remarqué que ta mère toussait pas mal, depuis un certain temps ?

– Et comment. Je lui ai dit qu'il était urgent d'aller voir le médecin, qu'il s'occupe de sa bronchite, elle a besoin d'antibiotiques, c'est évident. Elle tousse comme un phoque.

Agnes s'était appliquée à garder un ton léger, voyant que son père s'était brusquement assombri. Il avait l'air maintenant d'hésiter à reprendre la parole.

– Qu'est-ce qu'il y a, papa ?

Au regard qu'il lui renvoya, elle sentit son inquiétude se transformer en panique.

– Elle y est allée. Chez le médecin, je veux dire. Ce n'est pas juste une bronchite. On lui a fait une radio des poumons pour voir si ça pouvait être une pneumonie.

Elle eut soudain froid sous son T-shirt : s'il le disait de cette manière, c'est que ce n'était pas non plus juste une pneumonie.

– Et là, reprit-il, ils ont vu une tumeur dans un de ses poumons.

Elle fixa son père.

– Une tumeur, répéta-t-elle. Dans un poumon.

Il confirma d'un signe de tête.

– Elle ne voulait pas que tu le saches tout de suite, pas avant d'être passée au scanner. Et qu'on lui ait donné… le pronostic.

Agnes pensa à sa mère, dans la cuisine, en train de lui beurrer des tartines.

– Attends, tu es en train d'essayer de me dire que maman a un cancer du poumon ?

Elle fut brusquement prise d'une envie de rire, un rire qui lui arrachait la gorge. Sa mère, qu'elle n'avait jamais vue tirer sur une cigarette. Et qui était entrée en fureur le jour où elle avait pris Agnes en flagrant délit, planquée, la clope au bec, derrière la maison.

Sérieusement…

Les militants antitabac n'ont pas de cancer du poumon.

– Crois-moi, ma fille, je voudrais bien que ce ne soit pas vrai.

Son père la regarda, les yeux brillants de larmes.

– Non, fit-elle, car elle n'y croyait pas, elle ne voulait pas y croire.

– Comme je t'ai dit, elle ne veut pas t'en parler, et elle ne sait pas que je l'ai fait. Mais moi, je voulais que tu le saches dès maintenant. Pour que tu n'aies pas à te poser de questions. Et que tu sois préparée à… ce qui pourrait arriver.

Ce qui pourrait arriver.

La diapo qui montrait une grand-mère préparant des biscuits de Noël avec ses petits-enfants glissa brusquement, éjectée par une autre où l'on voyait les mêmes enfants au chevet d'une vieille dame mourante. La mamie en forme qui irait chercher les petits à la crèche disparut à son tour, remplacée par un cercueil qu'on mettait en terre.

Le visage bronzé de sa mère apparut à la porte, tout sourire.

– Qu'est-ce que vous faites là ? Venez vite manger le ragoût tant qu'il est chaud !

Agnes hocha la tête.

Elle s'empressa d'aller aux toilettes se laver les mains. Et pleurer.

La maison de père Poulet avait une allure sympathique qui correspondait à l'image qu'Agnes avait gardée de son propriétaire.

Arrivée à quelques pas de la porte, elle fut obligée de faire un tour supplémentaire, décrivit une grande boucle dans le quartier, le temps de sécher ses yeux mouillés.

Tout le temps du repas, elle avait piqué du nez dans son énorme assiette, sans rien dire. Non par respect pour ce mutisme idiot que sa mère avait exigé, mais parce qu'elle-même ne se sentait pas le courage de parler. De rendre la chose plus réelle.

Jamais elle n'aurait cru possible que sa mère puisse tomber malade. Le scénario redouté, durant toutes ces années où elle habitait Oslo et n'imaginait pas vivre ailleurs, c'était que la maladie frappe son père. Et que sa mère se retrouve seule. Et encore, cette perspective lui paraissait bien lointaine, elle n'aurait pas eu à prendre de décision avant de longues années. Ses parents étaient de jeunes retraités en pleine forme, qui partaient en montagne tous les week-ends, six mois sur douze, pour faire du kayak sur le lac près de leur chalet. Tous deux étaient sportifs, avec ce physique sec et noueux que l'exercice donne aux gens d'âge mûr.

Le cancer du poumon, ce n'était pas pour les sexagénaires minces et musclés, adeptes du kayak.

Elle s'était arrêtée en pleine rue pour sortir son téléphone, et avait cherché « cancer du poumon + non-fumeurs ».

Quinze à vingt pour cent des cas répertoriés dans le monde occidental n'étaient pas associés à la consommation de tabac, apprit-elle.

Un peu plus de quatorze pour cent des malades de sexe féminin survivaient plus de cinq ans à la maladie, lut-elle encore.

Le sentiment de voir s'écrouler tout ce qu'elle avait dans la vie la submergea si brutalement qu'elle ne se sentit pas capable de l'intégrer. Elle se ressaisit, essuya ses larmes, retourna jusqu'à la maison marron, et faute de trouver une sonnette frappa un peu trop fort.

Personne ne se présenta à la porte, mais quand elle eut contourné la maison et jeté un œil dans le jardin verdoyant, elle y découvrit un vieux monsieur en train de lire le *Bergens Tidende* assis sous un pommier, coiffé d'un chapeau de paille qui l'abritait du soleil du soir. Quelle classe, se dit-elle. Cette vision était en tout point paradisiaque, comme une photo publicitaire pour l'épargne-retraite. Voilà à quoi devait ressembler la vieillesse de ses parents.

– Excusez-moi, monsieur ! lança-t-elle haut et fort à travers les piquets de la clôture, au cas où il serait dur d'oreille. Vous êtes bien Svein Vatle ?

– C'est mon nom, oui, n'allez pas me le chaparder ! répondit l'homme joyeusement en soulevant son chapeau comme un gentleman d'une époque révolue. Et à qui ai-je l'honneur, mademoiselle ?

Quand elle était petite, père Poulet était venu plusieurs fois faire une intervention à l'école, pour leur apprendre à bien se servir des casques et des catadioptres, et surtout leur dire de ne pas toucher à la drogue.

– Je m'appelle Agnes Tveit, répondit-elle. Je suis la fille de...

– La p'tite Tveit, ma parole ! l'interrompit-il. Bon sang ! C'est que tu as poussé depuis la fois où tu es venue nous vendre des billets de tombola que tu avais fabriqués, en prétendant que c'était pour le club de gym ! Ha ha, celle-là, je ne suis pas près de l'oublier ! Tu es devenue journaliste, à ce que je vois ? Sache que j'ai lu tes articles, aussi bien dans *VG* que dans notre feuille de chou. Eskildsen a trouvé le bon filon en t'embauchant.

Le vieux commissaire lisant les nouvelles de la presse people, c'était surprenant, mais elle fut ravie d'entendre que quelqu'un rendait enfin honneur à sa carrière : un rayon de soleil traversa la noirceur du jour. Elle eut envie de lui faire la bise.

Vatle se leva et lui désigna la barrière, près de la boîte à lettres.

– Entre, viens prendre un petit rafraîchissement, lui dit-il. C'est professionnel, cette visite ?

– En un sens, répondit-elle. J'aurais juste quelques questions à vous poser.

Svein Vatle tira à son intention une chaise de jardin, puis lui versa de l'eau d'une carafe contenant de petits glaçons, remplissant tant le verre qu'il déborda un peu sur la toile cirée. Après quoi, il se pencha au-dessus de la table.

– Vas-y. S'il y a quelque chose qu'un vieux de la vieille comme moi puisse faire pour t'aider, ça sera avec plaisir. C'est le meurtre au parachute qui te préoccupe ? Je suis ça de près depuis une semaine.

– Ça pourrait avoir quelque chose à voir, mais peut-être pas, répondit-elle. Vous allez peut-être trouver bizarre que je ressorte une vieille affaire comme ça, mais je me demandais si vous vous souveniez d'avoir reçu une plainte pour viol le 17 mai 1998 ?

Elle aurait juré que le verre de Vatle s'était arrêté net devant sa bouche, au moment où il s'apprêtait à boire.

– Malheureusement, je ne peux pas faire de commentaires sur des dossiers classés. Même à la retraite, je suis toujours astreint au secret professionnel, déclara-t-il avec la mine et l'autorité d'un membre de la police qui en sait beaucoup – rôle qui devait lui manquer, là, sous son pommier, devina Agnes. Mais maintenant que tu le dis, reprit-il, il est possible qu'on ait eu une plainte de ce type le jour de la fête nationale. Et sauf erreur, je crois qu'on avait classé l'affaire sans suite.

Agnes eut soudain l'impression de se trouver dans la salle de réunion d'un commissariat, plutôt que dans le jardin d'un vieux monsieur.

– Oui, elle a été classée sans suite, dit-elle. Au vu de l'état des preuves, d'après ce que j'ai lu dans le registre. Du coup, je me demandais la raison de cette décision, et pourquoi on n'avait pas indiqué où les preuves avaient été conservées.

– Les preuves, elles n'existent plus, rétorqua Vatle. Quand une affaire est terminée, que ce soit après un procès ou un classement sans suite, en règle générale on jette les pièces à conviction, ou on les détruit.

– Ah bon ? Drôle de pratique, non ?

– Tu n'es pas la seule à le dire. En fait, c'est légal, mais certains pensent que ça compromet la sécurité juridique. Car ça rend plus difficile la réouverture d'une affaire à terme, par exemple.

– Vous vous rappelez pourquoi celle-ci a été classée ?

Vatle eut un sourire.

– Les bons journalistes ont plus d'un tour dans leur sac, observa-t-il. Je voudrais bien pouvoir te rendre service, mais d'une part il y a le secret professionnel, et de l'autre mon âge. Les détails de ce genre me sont sortis de la mémoire depuis belle lurette. Mais d'après ce qui se passe en général, il me paraîtrait vraisemblable que la plainte ait été retirée.

– Pourquoi ? Ça arrivait souvent, à votre époque, que les gens reviennent sur leur déclaration à la police ?

– Souvent, peut-être pas. Mais de temps en temps. Surtout dans les histoires d'agressions sexuelles. Beaucoup avaient des regrets après avoir porté plainte. Je ne peux rien te répondre de précis sur l'affaire en question, mais ce qu'on constate fréquemment, c'est que les jeunes filles ont tendance à raconter n'importe quoi. Il faut dire que la plupart du temps de grosses quantités d'alcool ont été absorbées. Une fois dessaoulées, ces demoiselles se rendent compte que, s'il est arrivé quelque chose, c'est parce qu'elles l'ont bien voulu. Alors elles réfléchissent et finalement elles renoncent à exposer le garçon à la vindicte populaire.

Agnes s'était entamé la lèvre à force de la mordre pendant sa demi-heure de visite chez père Poulet, ce vieux monsieur par ailleurs si aimable. Svein Vatle, à l'époque où il travaillait, devait être moins réac que sur ses vieux jours, fallait-il espérer. Mais elle aurait parié qu'à l'heure actuelle, ni l'immigration ni le retour à la vie professionnelle des jeunes mamans ne devaient susciter chez lui beaucoup d'enthousiasme.

Elle se sentait d'une humeur bizarre, faite à la fois d'appréhension après ce que lui avait confié son père et, pour le reste, d'une curiosité croissante pour la personne de Veslemøy Liland.

Agnes doutait que celle-ci ait porté plainte contre Vegard Saue pour se rétracter ensuite.

Elle comprenait très bien néanmoins que les femmes agressées ne supportent pas que le traitement de leur plainte s'éternise, et finissent par se décourager face à l'épreuve de la procédure judiciaire à venir. Les affaires de viol n'étaient jamais instruites aussi rapidement qu'il l'aurait fallu. Elle avait lu quelque part que la police disposait d'un délai de cent trente jours pour les élucider, règle rarement respectée. Quelques années auparavant, la moyenne constatée était de deux cent sept jours. Plus de six mois. C'était beaucoup trop.

Et pourtant, son intuition lui disait que dans le cas de Veslemøy Liland quelque chose ne collait pas.

Quelqu'un devait bien en savoir davantage sur cette histoire, non ?

Elle était encore dans sa voiture quand elle envoya un SMS à Viktor, lui demandant de vérifier si le commissaire Svein Vatle était de garde le 17 mai 1998.

La réponse ne tarda pas : *Non, c'était le commissaire adjoint, qui s'appelait Torgeir Tveiterås. Mais tu ne devais pas lâcher l'affaire ?*

L'annuaire électronique ne connaissait aucun Torgeir Tveiterås domicilié à Voss. Mais Agnes vit apparaître un numéro de téléphone fixe correspondant à ce nom, dans la commune d'Askøy, près de Bergen.

La sonnerie retentit plus d'une minute dans le vide. Agnes persévéra patiemment. Il se pouvait que le vieux commissaire adjoint ait du mal à marcher, qu'il lui faille un temps fou pour traverser le salon et rejoindre l'endroit du couloir où se trouvait probablement la « chaise du téléphone ».

Elle entendit subitement un raclement de gorge, mais dut attendre encore un peu avant que l'intéressé se présente :

– Tveiterås.

Cet unique mot fut suivi d'un nouveau toussotement. La voix n'avait pas dû servir de la journée.

– Bonjour, je m'appelle Agnes Tveit, je travaille au *Hordaland*, à Voss.

– Bonjour.

– Je suis journaliste et je couvre l'affaire du meurtre d'une parachutiste, mentit-elle. Je me demandais si je pourrais vous poser quelques questions annexes sur un fait divers qui s'est déroulé à l'époque où vous étiez commissaire adjoint. Il s'agit d'une plainte pour viol que la défunte, Veslemøy Liland, a déposée en 1998, vraisemblablement un jour où vous étiez de garde. Peut-être avez-vous des souvenirs concernant cette affaire, et pourriez-vous me dire pour quelle raison elle a été classée sans suite ?

Nouveau raclement de gorge. Court silence.

– La raison, dit-il. Je ne peux pas me prononcer là-dessus.

– Vous ne pouvez pas me dire si la plainte a été retirée ?

– Oui, si, maintenant que vous le dites, c'est ce qui a dû se passer, assura son interlocuteur.

– Mais pourriez-vous m'en d…

– Merci pour votre appel. Et bonne chance pour votre travail.

Cette petite tache violette au plafond, de la taille d'une pièce de monnaie, l'agaçait depuis le jour où ils étaient entrés dans la maison. Une mouche écrasée ? Du vin rouge ? Du sang ? Beurk. Agnes la regardait fixement. Il faudrait qu'elle se décide à l'enlever. Avec ces nuits d'été trop claires, rester spéculer sur cette saleté pendant des heures, c'était bien la dernière chose qu'il lui fallait.

Fredrik, à côté d'elle, faisait un bruit de tous les diables, à peine supportable. Le son de la satisfaction, pensa-t-elle, le ronflement de qui n'a dans l'existence que des problèmes aisément surmontables et peut dormir à poings fermés, sans tenir compte de son entourage.

Elle envisagea d'aller se coucher sur le canapé avant de devenir agressive, mais se rappela soudain qu'ils avaient remplacé leurs deux couettes simples par une double, énorme, achetée au moment de l'emménagement. Cette décision avait fait mourir de rire Viktor, il leur avait donné un mois pour se débarrasser de leur acquisition, mais Agnes avait insisté en affirmant que Fredrik et elle étaient de tempérament plus passionné qu'il ne l'imaginait.

Après avoir caressé l'idée d'aller chercher des ciseaux pour couper la couette en deux et mettre fin une fois pour toutes à ce romantisme de surface, elle préféra se munir du casque antibruit dont elle se servait en avion. Il était trop grand, ce qui l'obligeait à rester couchée sur le dos, mais le dispositif s'avérait assez efficace contre le tapage nocturne de son conjoint.

Elle avait le souvenir d'une situation similaire, dans leur appartement d'Oslo, la nuit où ils avaient décidé de partir pour Voss. Quand elle avait évoqué la question, Fredrik avait commencé par émettre de douces protestations.

– On pourrait très bien rester ici un an ou deux, et ne déménager que quand le plus grand ira à la maternelle, ou quelque chose comme ça ? avait-il proposé.

Il connaissait plusieurs couples qui avaient fait ce choix, car on n'avait besoin d'un carré d'herbe devant la fenêtre du salon qu'à partir du moment où les petits commençaient à crapahuter tout seuls. Mais elle avait pris sa décision. Brusquement, elle se sentait prête pour la vie de mère, maintenant, tout de suite. Le grand air de l'Ouest ne pourrait qu'aider à la conception, elle en était sûre. De plus, c'était le bon moment pour réclamer un pactole de départ. Mais elle n'avait pas évoqué ce dernier argument décisif.

Et il avait dit oui, comme s'il avait peur de la perdre dans le cas contraire. Après quoi il s'était endormi et s'était mis à ronfler avec autant d'insouciance que d'habitude.

Tout comme cette nuit-là, l'insomnie serait inévitable.

Elle avait la tête si pleine qu'elle n'essayait même pas de fermer les yeux.

Elle pensait à sa mère.

Elle pensait à Veslemøy Liland, au cancer qui avait frappé leurs mères à toutes deux, encore un point commun.

Elle pensait à l'enquête.

Demain matin, elle irait trouver Eskildsen et lui déballerait toutes ces nouvelles informations, tout ce qu'elle avait réussi ou non à apprendre. En espérant qu'il changerait d'avis sur la manière dont ils devaient couvrir l'affaire.

Elle avait aussi autre chose de prévu en se levant, se souvint-elle, et au même moment elle sursauta, les ronflements ayant atteint un palier supplémentaire.

Un instant, elle s'imagina s'armer de son oreiller et le maintenir fermement sur la bouche tonitruante de son compagnon.

Puis elle recommença à fixer la tache au plafond, sans trouver le sommeil.

Elle regarda l'heure. Bientôt minuit. Elle hésita une seconde, puis envoya un SMS à Joni, lui demandant si elle était réveillée.

Elle enfila le peignoir rouge tout usé que sa mère lui avait donné et s'assit sur le canapé. Le tissu éponge était encore imprégné de son parfum. D'ordinaire, Agnes trouvait désagréable de ne pas avoir lavé le peignoir avant de l'utiliser. Dans le principe, cette négligence revenait à porter directement sur le corps une serviette de toilette utilisée par quelqu'un d'autre.

Mais cette fois, le parfum de sa mère lui arracha des sanglots silencieux.

Le téléphone, qu'elle avait mis en vibreur pour ne pas réveiller Fredrik, se manifesta dans sa main. Elle se sécha les yeux, se redressa un peu.

– Salut, murmura Joni à l'autre bout du fil. *Nuits blanches à Voss ?*

– Oui. Toi aussi ?

– Toutes les nuits.

– Tu t'occupes de nouveau des jumeaux, j'imagine ?

– Oui. Ils sont adorables, mais c'est déprimant d'être ici, avec eux. Ils réclament papa et maman à longueur de journée, les pauvres. Et je ne sais pas ce que je dois leur raconter. Mais… il y a un problème ?

– Dis-moi honnêtement si tu trouves que je fouine trop, mais dans mon lit, je pensais à un truc, et je voulais te demander…

– Vas-y.

Agnes décida de se jeter à l'eau.

– Tu étais au courant que Veslemøy avait porté plainte pour viol contre Vegard Saue ?

Quelques secondes passèrent.

– Quoi ? s'exclama Joni.

– C'est un fait. Elle est allée voir la police pour porter plainte le 17 mai 1998.

– Putain ! Mais comment ça se fait que je ne l'aie jamais su ? lança-t-elle à pleine voix dans le téléphone. Pauvre, pauvre Veslemøy.

– L'affaire a été classée sans suite. Certains flics de l'époque m'ont fait comprendre à mi-mots qu'elle s'était rétractée. Et j'ai appelé Vegard, qui m'a dit que la plainte était infondée.

Joni baissa le ton.

– Sans blague. Je connaissais Veslemøy mieux que personne, jamais elle n'aurait dénoncé quelqu'un à la police si elle n'avait pas eu de bonnes raisons de le faire.

Elle se tut de nouveau, réfléchissant à quelque chose.

– Maintenant, je comprends pourquoi elle a aussi mal réagi quand elle a entendu dire que Saue avait été nommé procureur d'Oslo, marmonna-t-elle au bout d'un moment. C'était au printemps, on bavardait au téléphone, et tout à coup, je n'ai rien compris mais elle a juré qu'elle allait appeler le journaliste qui l'avait interviewé pour lui expliquer quel genre de type c'était. Elle a ajouté qu'elle m'en dirait plus un autre jour.

Pour la troisième fois au cours de cette courte conversation, Joni laissa passer un silence.

– Il faut que je parle à Kathrine, finit-elle par déclarer.
– De la plainte pour viol ?
– Oui. Et du fait que quelqu'un a vu Vegard Saue sortir de chez elle hier.

VENDREDI

Il régnait un tel silence dans la maison qu'on entendait la pluie battre les gouttières.

Trop pressée pour prendre le temps de frotter ses paupières lourdes de sommeil, Agnes déchira l'emballage plastique du test, l'arracha, ôta le bouchon et soupira d'aise quand elle put enfin délester sa vessie. Après tant d'essais, elle connaissait le rituel : lâcher une première miction avant de placer le dispositif sous le jet d'urine, puis l'y laisser le nombre de secondes précis indiqué sur le carton.

Si la pharmacienne avait su ! Agnes était si rompue à l'exercice qu'elle aurait pu enseigner l'art du test de grossesse.

Le seul point défaillant, c'était le résultat.

Treize traits, aucune croix. Jusqu'ici, c'était son triste score.

Assise sur la cuvette, elle se força à ne pas regarder tout de suite. La petite fenêtre de la salle de bains était la seule ouverture de la maison côté est, donnant sur la vue qu'elle aurait voulu avoir de partout. Elle ne lâchait pas des yeux le sommet du Horndalsnuten, où la neige restait présente toute l'année, et qui dominait le centre-ville de son imposante silhouette. À cet instant, la montagne disparaissait presque dans la brume accrochée à la verdure telle une épaisse fumée maléfique. On aurait pu croire à un incendie derrière les collines.

Elle recouvrait aussi la totalité du lac, et comme un plafond trop bas rendait la ville un rien plus oppressante.

Le cœur d'Agnes battait vite et plus fort.

D'ici quelques secondes, l'avenir pourrait prendre une autre couleur, une autre saveur, une autre senteur. Elle aurait peut-être un sujet de préoccupation nouveau, autre que le cancer de sa mère et une affaire de meurtre.

Elle inspira à fond, expira lentement par la bouche.

Puis elle leva le bâtonnet.

Le minuscule écran affichait un trait rouge, pour la quatorzième fois.

Sans bouger, Agnes attendit encore un peu l'apparition du second trait, qui croiserait le premier. En vain. Comme toujours.

Et curieusement, un sentiment inattendu s'empara d'elle.

Elle était soulagée.

L'odeur du café se faufila sous la couette et la fit sortir de l'épaisse obscurité où elle avait fini par trouver refuge.

Elle n'avait pas la moindre idée de l'heure.

Fredrik posa prudemment le plateau sur le lit, en équilibre sur les jambes d'Agnes. Non seulement il s'était servi de la cafetière à piston, mais il lui avait préparé deux tartines de Nutella. Il la regarda en inclinant la tête de côté, et Agnes comprit qu'il avait dû voir le test dans la poubelle de la salle de bains.

« Désolé de ne pas t'avoir fait un bébé ce mois-ci non plus », disait ce petit déjeuner au lit.

Elle prit une gorgée de café en silence.

– Tu es déçue ? lui demanda Fredrik.

Je suis déçue pour toi, pensa-t-elle.

– Ça va, répondit-elle.

Il s'assit près d'elle, s'appuya contre la tête de lit.

– Il serait peut-être temps de commencer à penser à une autre option ? glissa-t-il. Ça fait un bon bout de temps, maintenant, on devrait voir ce qu'on peut faire pour t'aider.

Agnes se retourna lentement vers lui.

– M'aider ? Pourquoi ce serait forcément moi ?

– Pas forcément, répondit Fredrik. Mais il est quand même plus probable que le problème vienne de toi, vu que de mon côté… ça a déjà marché.

Le problème.

De mon côté, ça a déjà marché.

Elle entra en ébullition au-dessus de son café bouillant.

– JE RÊVE ! Ce n'est pas parce qu'ado tu as semé la petite graine que tes spermatozoïdes valent quelque chose aujourd'hui ! Putain, ça fait plus de vingt ans que ta pauvre copine de l'époque a dû se faire avorter ! rugit-elle.

Et dans un murmure, elle ajouta :

– Et vingt mille bouteilles de pinard.

– Qu'est-ce que tu dis ?

– Rien.

– Agnes…

– D'accord. Je trouve que tu bois trop. L'alcool tue les spermatozoïdes.

Il la regarda comme la dernière des imbéciles.

– C'est ce que j'ai lu !

– Premièrement, c'est un mythe, ça c'est *moi* qui l'ai lu. Et j'ose affirmer que mes lectures ont plus de poids scientifique que les tiennes. Les recherches les plus récentes concluent qu'il n'y a pas lieu de s'abstenir d'alcool, même quand on cherche à avoir un enfant, à ceci près, évidemment, qu'il vaut mieux éviter les grosses cuites. Ça concerne autant les femmes que les hommes, et d'ailleurs, je crois que tu as abusé plus souvent que moi, depuis un an. Je m'accorde quelques malheureux verres de vin certains soirs de la semaine, et tu insinues que je serais… en train de tomber dans l'alcoolisme !

– C'est toi qui le dis. Mais il y a aussi toute ton attitude ! Parfois, j'ai l'impression que tu t'en fous, tu as l'air tellement relax, le nez dans ton verre de rouge…

– J'y crois pas. Agnes, bordel, ça ne t'a pas effleurée que si j'ai besoin d'un verre de temps en temps, c'est parce que je ne m'en fous pas, justement ? Tu ne te dis jamais que tu m'as fait lâcher ma carrière de chirurgien à Oslo pour travailler aux urgences d'un petit hosto merdique, dans cette région pourrie où il flotte constamment, tout ça juste parce qu'on était censés avoir une famille ? Si tu veux me mettre les couilles sous pression, tu ne peux pas faire mieux ! Et avec ça je bouffe des noix, parce que c'est censé être bon pour la qualité spermatique, nom de Dieu. Des noix, moi qui ai horreur de ça ! Pendant que toi, tu es froide et distante comme c'est pas permis ! Il manquerait plus que ça, que je ne puisse pas me calmer avec un petit verre de vin. Il faut bien que je fasse quelque chose si je ne veux pas péter les plombs !

Fredrik ne se mettait pas souvent en colère, et il ne jurait presque jamais. Elle devait avouer que voir ce garçon bien élevé riposter, sortir un instant de ses gonds, ne lui déplaisait pas. Dans un scénario de film, ils en seraient sortis troublés l'un et l'autre, elle du spectacle, lui de sa propre fureur, et ils auraient fait l'amour comme des bêtes.

Le cinéma, à certains égards, était totalement irréaliste.

– Et toi, hein ? continua Fredrik sur un ton aigre, on ne peut pas dire que tu fasses des efforts surhumains pour préparer ton organisme à la grossesse. La dernière fois que je me suis informé sur le sujet, on mettait clairement en rapport la fertilité avec un mode de vie sain et une bonne forme physique. Quand est-ce que t'es montée la dernière fois sur un vélo d'appartement, ou sur un vélo tout court ? À quand remonte ton dernier jogging ? Pas loin d'un an ? Ou plutôt cinq ? Je doute que les mamans de tes forums à la con recommandent de se mettre en condition avec un régime burger-Coca-pop-corn, sans parler du fromage fondu au petit déjeuner. Je commencerais presque à te soupçonner de le faire exprès pour ne pas tomber enceinte. Et dans ce cas, qu'est-ce qu'on fout ici ?

Il était allé trop loin.

Rideau.

– Merci pour cette charmante conversation, dit-elle en engloutissant une tartine entière. Et aussi pour le Nutella, brailla-t-elle encore dans une explosion de projections. Excellent pour la fertilité !

La police les convoquait de nouveau, dès ce matin.

Agnes était encore triste, furieuse et en proie à divers autres sentiments qu'elle ne comprenait pas et n'avait aucune envie de tirer au clair. Il fallait qu'elle sorte de chez elle au plus vite. Elle décida de se rendre au commissariat sans prévenir Eskildsen.

La conférence allait commencer quand elle se faufila dans la pièce et s'assit sur le banc du fond. Quelques secondes plus tard, Åkervold vint s'asseoir juste à côté d'elle. Il lui effleura les seins du regard, et elle sentit un frisson de dégoût lui parcourir l'échine.

– Ces jours derniers sont apparus plusieurs éléments qui jettent un nouvel éclairage sur les circonstances de cette affaire, commença la chef de la Kripos. Mais pour des raisons liées au bon déroulement de l'enquête, poursuivait-elle, il serait encore prématuré de livrer des faits concrets concernant le portable de l'inculpé. Par ailleurs, la police s'apprête à émettre aujourd'hui un avis de recherche.

Agnes, étonnée, jeta un coup d'œil à Viktor, là-bas, tout devant, mais il fixait ses pieds, empoté comme un gamin de huit ans.

– Notre but est d'entrer en contact avec la personne recherchée ou d'obtenir des informations à son sujet. Il s'agit d'un homme de nationalité norvégienne, âgé d'une vingtaine d'années, qui était présent dans le Cessna dimanche dernier. Sa participation au saut avait pour objectif de filmer les parachutistes en formation. Ni lui ni son équipement n'ont été revus depuis, conclut l'enquêteuse.

Agnes parcourut la salle des yeux, à l'affût des réactions des autres journalistes. Quoi ? Les flics venaient de découvrir qu'il y avait un passager de plus dans l'avion, qui se serait volatilisé ? Est-ce qu'on pouvait imaginer suspect plus évident que ce type marqué au front ?

– Incroyable, prononça-t-elle en direction d'Åkervold une fois la séance levée.

– Ça t'étonne ? rétorqua-t-il.

– Oui, je dois le dire.

– Dans ce cas, je ne peux que te recommander de lire *VG*.

– Hein, tu as mis ça dans un papier ?

– Bien sûr.

– Mais quand ?

Åkervold regarda sa montre, sa mèche lui retomba sur le front.

– Eh bien, l'article est sorti il y a à peu près… une minute.

Agnes appuya si violemment sur l'accélérateur que la Polo démarra d'un bond.

La dispute avec Fredrik et ses accusations, les confidences de son père la veille, tout lui était tombé sur le dos comme une épaisse couche de crasse impossible à éliminer. Pour couronner le tout, Ken de chez *VG* avait réussi à l'humilier à nouveau, et plutôt deux fois qu'une. Elle était indignée, et ressentait le besoin de tirer parti de son indignation pour forcer Birger Flakne à s'expliquer. Petit à petit, les points dont le directeur du festival allait devoir répondre commençaient à s'accumuler. Et elle avait toujours en tête le sourire autosatisfait de Tor Erik Åkervold.

LOI DU SILENCE CHEZ LES PARACHUTISTES, titrait à présent *VG* en première page.

Un jeune parachutiste de Trondheim avait été recruté pour filmer le saut inaugural de la Semaine des sports extrêmes, en omettant de dire que son certificat avait expiré. Le festival risquant de gros ennuis pour ne pas avoir effectué les vérifications préalables, on l'avait prié de ne pas se présenter à la police puisqu'il assurait ne rien savoir de l'affaire.

Et de qui émanait cet ordre ?

De Birger Flakne.

Sur la photo illustrant l'interview, le jeune homme, assis sur une pierre, regardait gravement la piste de Bømoen. « Je regrette de ne pas être allé trouver la police immédiatement, déclarait-il. Avoir cédé à la pression qui a été exercée sur moi par la direction du festival m'attire les soupçons. Je suis innocent ! »

Åkervold avait aussi pu voir les images qu'il avait filmées pendant le saut. Images, écrivait le journaliste, qui ne pouvaient être publiées, « en raison de leur caractère choquant ».

VG critiquait Birger Flakne sans ménagement. Il ne l'avait pas volé.

Agnes arrêta brutalement sa voiture devant le bureau du festival, entra dans la tente et en ressortit aussi vite.

Il était temps de cuisiner le connard immature qui était censé diriger tout ce cirque.

Après le déluge des derniers jours, la cascade de Skervet montrait les muscles.

Agnes avait gardé depuis l'enfance le souvenir de s'être avancée au plus près de la chute d'eau et d'avoir savouré les yeux fermés la sensation des fines gouttelettes sur son visage. Voilà qui lui aurait fait un bien fou à la minute présente, mais elle n'avait pas le temps. D'ailleurs, avec la bruine persistante, l'effet n'aurait pas été le même. Elle s'arrêta près de la zone d'arrivée et remonta du regard la route en lacets.

Casqués, gantés et en combinaison intégrale, ils dévalaient la pente asphaltée, les genoux fléchis sur leurs planches à roulettes. De sales gosses, tous autant qu'ils étaient. Le longboard, encore un de ces sports classés « moins extrêmes », dont l'intérêt lui échappait, même si le décor où évoluaient ses adeptes était spectaculaire.

Agnes scruta les alentours et repéra Birger Flakne, assis sur une chaise de camping au bord du gouffre. Il venait d'avoir un échange avec un concurrent et se montrait hilare. La colère enflamma de nouveau la journaliste. Elle marcha d'un pas martial vers sa cible et se planta juste devant.

– Vous ne devriez pas être au commissariat ?

Flakne leva les yeux vers elle. Son ciré ouvert découvrait un sweat décoré du logo du Rafting Club de Voss surmonté du slogan « Plongez dans le grand bain ».

– Pardon ?

– C'est quoi, cette histoire ?

Elle tenta de déchiffrer ses traits, y chercha des signes de remords ou de mauvaise conscience, mais Birger Flakne était à peu près aussi expressif qu'un mouton.

– J'ai prévu d'aller voir la police à ce propos, si c'est le sens de votre question. Je me suis déjà excusé de n'avoir rien dit. C'était idiot de ma part.

– Aussi idiot que de cacher votre liaison avec Veslemøy Liland ?

Là, elle venait de prendre un gros risque, mais c'était une intuition qui la chatouillait depuis longtemps, et cette fois, le filtre avait sauté.

Flakne se leva précipitamment de sa chaise.

– Allons un peu plus loin.

Elle le suivit jusqu'à un banc installé face à la cascade. Quand le directeur du festival s'arrêta et se retourna vers elle, son expression avait radicalement changé.

– Comment savez-vous ?

Gagné.

– Aucune importance. Mais je parie que c'est l'une des raisons qui vous ont valu un bon coup de poing de Steven.

Flakne passa la main sur son crâne luisant.

– Il n'y avait pas de quoi, pourtant. Ça n'est arrivé que quelques fois, peu après leur retour. On n'était pas amoureux, ni rien. Juste contents de se revoir après si longtemps, la joie des retrouvailles est allée trop loin.

Tu parles d'une justification, pensa Agnes en continuant de le dévisager.

– Si je n'ai rien dit, c'est parce que c'était sans importance. Et parce que cette aventure n'a rien à voir avec sa mort.

– Comment vous pouvez le savoir ?

Il tarda un peu à répondre.

– OK. Je comprends que ça paraisse suspect, mais en fait j'ai déjà parlé à la police de notre... liaison. On ne m'a pas mis en taule. Je suis libre de mes mouvements, tout comme je le serai quand je me serai expliqué à propos de ce gamin de Trondheim. Alors qu'est-ce que vous me voulez ?

Oui, au fait, qu'est-ce qu'elle lui voulait ?

– Rien. Juste vous dire que vous êtes un imbécile, répondit-elle, et elle tourna les talons.

Soudain, un détail lui revint et elle fit volte-face.

– Et votre communiqué pour la presse internationale, hein ?

– Quoi ?

– Venez nous rejoindre dans la magnifique ville de Voss, annonçait le communiqué, *où vous n'avez jamais été aussi près de frôler la mort...*

Cette fois, Birger semblait surtout fier de lui.

– Je ne vois pas où est le problème.

– Le problème ? Un festival au bord de la faillite qui attire le monde avec un communiqué de ce genre, pour nous coller ensuite un meurtre le jour de l'ouverture, c'est plus que douteux, comme sens du commerce.

– D'accord, flagrant délit. Je reconnais avoir écrit cette ligne, admit-il. J'aurais mieux fait de travailler dans la com'. Ça m'aurait au moins évité les foudres de journalistes pathétiques qui se disent sérieuses mais qui sont surtout mal baisées.

– À la prochaine, Burger, lui lança-t-elle en s'en allant.

Agnes se sentait comme un de ces personnages de bande dessinée qui crachent de la fumée par les naseaux et les oreilles.

En se rasseyant dans sa voiture, elle tremblait de la tête aux pieds. Elle attrapa son sac resté sur le siège passager, entreprit de le fouiller frénétiquement à la recherche de chewing-gums ou de pastilles, n'importe quoi qui puisse chasser le goût écœurant qu'elle avait dans la bouche.

Ses doigts tombèrent sur un objet dont elle avait oublié l'existence. Une fois encore, elle y vit une sorte de signe, qui bien entendu n'en était pas un. Elle exhuma le bijou en or découvert dans l'herbe quelques jours plus tôt. Alors qu'elle restait assise là, ce petit cœur dans la paume, elle se souvint qu'au moment de sa visite à la maison de retraite, elle n'avait pas su se décider. Fallait-il le lui rendre, ou le confier à la police ? La tête ailleurs, elle n'avait fait ni l'un ni l'autre.

Il n'était encore que dix heures du matin.

Elle démarra en trombe, direction le centre-ville.

« Je préférerais me faire tirer comme un lapin que de finir ici », avait un jour déclaré sa mère.

Ce matin, Agnes la voyait sur tous les fauteuils, tous les divans, dans tous les visages émaciés de la maison de retraite.

Les vieux prenaient leur collation du milieu de matinée, des gâteaux saupoudrés de sucre accompagnaient le café. Contrairement à la fois précédente, ils étaient nombreux dans la salle de séjour. Les bavardages allaient bon train, autant qu'il est possible dans l'antichambre de la mort.

Dagny Berge était assise à l'écart, au fond de la pièce sur un siège inclinable, près d'un piano dont personne ne jouait. Sa main menait prudemment une petite cuillère de l'assiette vers sa bouche, mais avant d'arriver à bon port, elle se mit à trembler si fort que le contenu plongea sur les genoux de la vieille dame. Celle-ci ne s'en aperçut pas, et recommença l'opération avec ce degré de patience auquel seules parviennent les personnes lasses de vivre. Agnes regretta aussitôt d'être venue et décida de repartir au plus vite, lorsque la dame en rose qui lui avait parlé lors de sa précédente visite surgit devant elle.

– Ah, parfait, vous voilà, dit-elle.

Agnes lui répondit par un regard perplexe, cette femme devait la prendre pour une autre.

– Je pensais que vous viendriez hier, mais elle a dû se faire une raison et se dire que vous étiez occupée.

– Elle ?

– Oui, mais peut-être n'avez-vous pas eu le message de Mme Berge, hier ? On a appelé au *Hordaland* pour vous faire savoir qu'elle voulait bavarder avec vous, quand vous auriez le temps.

Agnes opina comme si le message lui avait été transmis.

– On est tombés sur une jeune femme qui nous a dit travailler au journal pour l'été, ajouta la femme.

Agnes dut se retenir de prononcer des mots qui n'avaient pas leur place dans une maison de retraite.

– Est-ce que Mme Berge a… l'esprit un peu plus clair ?

– Moui, comme d'habitude, ça va ça vient. Mais je crois qu'elle a compris que Veslemøy était morte, car on l'a entendue pleurer dans sa chambre, plusieurs fois. Heureusement, son fils Oddmund est passé pour la première fois depuis des années. Elle aura quand même eu un peu de réconfort.

– Vous savez de quoi elle voulait me parler ?

– Non, aucune idée, mais vous n'aurez qu'à le lui demander vous-même, dit-elle en l'emmenant vers la table où Dagny Berge était installée.

Bien qu'Agnes se soit assise dans le fauteuil en face du sien, de l'autre côté de la petite table carrée, la vieille ne s'aperçut pas de sa présence. Elle s'appliquait toujours à mener sa cuillère entre l'assiette et ses lèvres. Elle ne leva même pas les yeux quand la femme lui prit gentiment l'épaule, ramassa le morceau de gâteau tombé sur ses genoux et lui dit :

– La jeune journaliste est là.

Agnes se redressa, plus que curieuse de ce que pouvait vouloir lui raconter la grand-mère de Veslemøy. Elle se pencha vers elle, posa avec précaution le pendentif doré sur la table, près de l'assiette, au milieu des miettes.

– Je me suis dit que vous souhaiteriez peut-être récupérer ça.

Dagny Berge fixa le bijou posé devant elle. Puis elle la regarda.

– Veslemøy, c'est toi ?

Agnes eut envie de se cogner la tête sur la table.

Elle s'apprêtait à expliquer de nouveau qui elle était.

Mais à la dernière seconde, elle changea d'avis.

– Oui, mamie, c'est moi, chuchota-t-elle avant de jeter un coup d'œil autour d'elle.

Le visage qui lui faisait face s'éclaira et, comme par magie, Dagny Berge parut rajeunir de dix ans.

– C'est vraiment toi, Vesla ?

Agnes sentit son estomac se nouer, mais il était trop tard pour faire marche arrière.

– Comment vas-tu, mamie ?

– Je n'ai pas le moral. Ça ne va pas fort, répondit Dagny Berge. On a été vilaines avec lui ! dit-elle encore.

– De qui parles-tu ?

– C'est triste pour lui, ajouta-t-elle.

– Qui, mamie ? demanda Agnes. Tu veux dire papa ? Steven ? Birger ? Vegard Saue ?

– Le docteur !

– Quel docteur ?

Mais la vieille femme ne répondit pas. Elle s'attaqua de nouveau à son gâteau, lentement mais sûrement, en silence. Agnes hésitait entre déception et soulagement, mieux valait qu'elle sorte d'ici au plus vite.

Elle se leva pour partir.

– Ça ne me plaît pas que tu sois tombée, clama Dagny Berge d'une voix dure dans son dos. L'enfer attend les gens comme nous. Il ne faut pas que tu tombes, Vesla !

Brusquement, son corps sembla se raidir, puis elle se mit à agiter bras et jambes, et heurta sa tasse de café, qui se brisa en tombant par terre.

Elle avait le regard vide, et Agnes, désemparée, les bras ballants, se demanda ce qu'elle devait faire. Puis elle vit un infirmier arriver à grandes enjambées. Ignorant la flaque de café et les petits morceaux de porcelaine qui jonchaient le lino, il s'accroupit tranquillement devant la vieille pensionnaire.

– Les crises de Mme Berge passent en quelques minutes, en général, dit-il à l'intention d'Agnes. Son épilepsie n'est plus aussi sévère qu'avant. Mais il lui faut du calme, il vaudrait peut-être mieux que vous reveniez un autre jour.

Où es-tu ? Passe me voir dès que tu arrives, lui enjoignait un SMS d'Eskildsen.

Il avait aussi appelé plusieurs fois. L'heure de la pause déjeuner approchant, elle s'était attardée hors du bureau bien plus longtemps que prévu. Mais maintenant, aller parler au patron, ça tombait bien, elle pourrait lui soumettre tout ce qu'elle avait trouvé, et cela avant le brainstorming du vendredi midi. Avec un peu de chance, elle pourrait ensuite présenter devant Frida et les autres le nouveau projet du groupe « meurtre au parachute ».

Elle engloutit la moitié du salad bowl acheté à la station Esso et entra dans le bureau du patron avant d'avoir fini de mâcher.

– Bonjour, je suis désolée d'être…

– Qu'est-ce que tu crois, Tveit ?

Eskildsen était appuyé contre le dossier de son fauteuil derrière sa table de travail.

– Comment ça ? répondit-elle, la bouche encore pleine.

– Ne fais pas l'idiote, ça ne te va pas. Je ne t'avais pas donné la consigne claire et précise de t'en tenir à la version officielle de la police, sur cette affaire de meurtre ?

– Si, et c'est ce que j'ai fait. J'ai couvert les obsèques, comme tu me l'avais dem…

– Ce que je ne t'ai *pas* demandé, c'est de te balader en ville en jouant les fouille-merde, d'aller harceler les amis et les proches de Veslemøy Liland, et pour couronner le tout, de prétendre agir sur mes ordres ! Pour dire gentiment les choses, tu as outrepassé ta mission. Jouer aux journalistes de tabloïd pendant les heures de boulot, c'est d'abord de l'absentéisme injustifié, tu n'as pas été embauchée pour ça, ensuite c'est du mensonge, et enfin ça discrédite ton poste et ton boss par la même occasion !

Elle ne se rappelait pas l'avoir jamais vu aussi furieux. Le moment aurait été mal choisi pour lui demander qui avait cafté.

– Ça n'a pas nui à mon travail, se défendit-elle fermement sans hausser le ton. J'ai livré les articles que je m'étais engagée à écrire, tout en… explorant un peu les choses de mon côté. Et j'en ai découvert beaucoup ! Tout un tas ! Je suis sûre que si je t'imprimais mes notes et que je te disais avec qui j'ai parlé tu verrais ce qu'il en ressort, il se pourrait même qu'on puisse aider à résoudre cette affaire ! Tu ne rêves pas de diriger une entreprise de médias qui produise du concret ? lui lança-t-elle, cette fois d'une voix plus forte. Qui prenne au sérieux sa responsabilité vis-à-vis de la société ? Tu ne te verrais pas en patron d'un journal local qui ne serait pas soumis à la police, mais aurait son propre ordre du jour, et qui pourrait incarner à Voss le contre-pouvoir des médias, comme le veut le principe même de la liberté de la presse ?

Eskildsen, immobile, l'écouta finir sa tirade. Puis il remit ses lunettes.

– Décidément, tu as vécu trop longtemps à Oslo. Non seulement, ton jugement est biaisé, mais tu nous manques de respect, à moi et à tes collègues, et alors là, je te conseille de faire extrêmement attention, du moins si tu as l'intention de continuer à bosser chez nous.

Il se leva de son fauteuil et la regarda de haut.

– À partir de maintenant, tu m'arrêtes ces conneries et tu fais ce que je te dis. Sinon, tu peux prendre tes principes sous le bras, aller te faire foutre et retourner chez *VG*.

À son tour, elle se leva lentement, s'approcha du bureau et l'affronta comme un boxeur affronte son adversaire sur le ring.

– C'est peut-être ce que je vais faire, dit-elle. Peut-être bien, oui. Il se pourrait que la dernière chose qui compte dans ma vie, ce soit ton petit journal à chiottes.

Et elle sortit d'un pas déterminé.

Elle s'apprêtait à passer devant la gare sans s'arrêter, quand elle entendit l'annonce par la fenêtre ouverte de sa voiture. Le train express pour Oslo arriverait d'un instant à l'autre, voie 1. En un éclair, elle braqua à gauche, se rangea sur la première place disponible devant l'hôtel Fleischer, claqua la portière et se précipita.

Le train entra lentement en gare alors qu'elle trépignait d'impatience sur le quai. Elle monta à bord dès que la porte s'ouvrit, grillant la politesse à deux touristes asiatiques éberlués et un homme en fauteuil roulant, qui durent attendre pour descendre.

Elle ignora les regards des passagers, s'enfonça dans le fauteuil libre le plus proche, et tandis que le train repartait doucement elle lança haut et fort, bras croisés :

– Adieu, bled de merde !

Le plat de spaghettis « Fjordpasta » mitonnait dans le micro-ondes, derrière le comptoir. Agnes bouillait encore de rage lorsqu'elle prit place dans le wagon-restaurant, au moment où le train traversait la gare de Reimegrend sans s'arrêter.

Jamais, du haut de ses trente-neuf ans, elle ne s'était sentie aussi méprisée.

Mieux valait encore être sous la tutelle d'Åkervold qu'aux ordres d'un minable petit rédacteur en chef de province.

Mais comment avait-il su ? Frida Grådal l'avait-elle informé du coup de fil de la maison de retraite ?

Peu importe.

Elle avait déjà tiré un trait sur ce canard et ses employés.

Un signal se fit entendre, elle sortit son portable de sa poche.

Désolé pour tout à l'heure. J'espère que ça va mieux, que tu n'as pas trop le cafard. On peut en parler ce soir.

Dire qu'il ne lui était pas venu à l'esprit de prévenir Fredrik de son départ...

L'aiguillon de la mauvaise conscience se fit sentir. Mais il lui suffit de penser à ses Crocs, ses airs supérieurs, ses ricanements, ses ronflements, ses sempiternelles douches, ses dégustations de vin et à cette main qui voulait sans cesse lui caresser le dos, pour réaliser qu'elle avait aussi besoin de s'éloigner un peu de lui.

Elle retrouva peu à peu son calme en attendant son repas. Une chose était sûre : l'énervement n'avait pas émoussé sa curiosité, loin de là. Une fois son pouls redescendu à la normale, elle ouvrit son Mac et se connecta au réseau Wifi du train qui, pour une fois, semblait fonctionner.

« Ça ne me plaît pas que tu sois tombée. Il ne faut pas que tu tombes », avait dit Dagny Berge, réveillant chez Agnes l'écho de ce qu'elle avait entendu dire, ici ou là, à propos de l'épilepsie.

Elle commença par une simple recherche, tapant « épilepsie + chute », mais la plupart des résultats portaient sur une exposition intitulée « L'Art de tomber », organisée par la Ligue norvégienne contre l'épilepsie.

Elle ajouta : « enfer ».

Aussitôt apparut un article du *Quotidien des médecins* : « L'épilepsie en tant que stigmate – mal, sainteté ou folie ? »

Agnes savait que ce syndrome mystérieux avait été source de bien des mythes, mais elle ignorait qu'autrefois on parlait de « haut mal ».

Le terme de « haut mal » trouve son origine dans une croyance selon laquelle l'épileptique, en tombant à terre au cours de la crise, chuterait jusqu'en enfer où il affronterait le diable, lut-elle. *Cette désignation,* développait l'article, *s'appliquait aux crises tonico-cloniques généralisées, ou TCG, que l'on associe le plus souvent à l'épilepsie. Ce type de crises se décompose en deux phases : au cours de la première, dite phase tonique, la victime perd connaissance et ses membres se contractent. La respiration se bloque, phénomène souvent accompagné de cris. Le sujet en manque d'oxygène a le teint et le pourtour des lèvres cyanosés. Il est rare que la chute provoque des blessures graves.*

Sauf si on tombe de 3 000 mètres d'altitude, pensa Agnes.

L'épilepsie était donc inscrite dans le patrimoine génétique de Veslemøy Liland. À en croire les propos décousus de Dagny Berge, la vieille femme était au courant. Ce qui impliquait certainement que Veslemøy se savait malade bien avant d'en parler à Steven.

Par habitude, Agnes se rendit sur le site du journal local. En première page, elle trouva un lien vers son article sur la programmation du Vossa Jazz Festival, et deux autres vers les papiers qu'elle avait rédigés le week-end précédent, mais qui n'étaient pas encore parus. Le meurtre occupait une bonne part de la une, avec une grande photo en couleurs des obsèques. Pour prendre ce cliché panoramique, Frida avait dû monter dans la tribune et se poster à côté de l'organiste. On y voyait la pasteure et un cercueil blanc recouvert de fleurs, au pied de l'autel, faisant face à une foule sombre répartie de part et d'autre de la nef. Le tout produisait un bel effet de symétrie – la petite intérimaire avait du talent, reconnut Agnes à contrecœur.

Bip, fit le micro-ondes, et la femme derrière le comptoir vida le contenu de la boîte dans une assiette en carton, qu'elle posa aimablement devant sa cliente. Agnes se jeta sur la nourriture, mais les pâtes étaient brûlantes. Contrariée, elle lâcha sa fourchette. Alors qu'elle s'apprêtait à consulter un autre article, elle s'immobilisa, captivée par la photo de l'enterrement.

Quelque chose avait accroché son regard, mais quoi ?

Et soudain, un détail lui sauta aux yeux.

Parmi toutes ces personnes alignées sur les bancs, il y en avait une qui ne regardait pas droit devant elle, mais vers les portes de l'église, à l'opposé. Étant donné la distance à laquelle la photo avait été prise, ce n'était pas évident, pourtant Agnes croyait lire sur le visage de Kathrine Bøe la surprise, voire la peur. Qu'observait-elle ? Quelqu'un aurait-il fait irruption dans l'église à ce moment précis, ou en serait-il sorti ? Ce n'était peut-être que le grincement de la porte qui l'avait incitée à se retourner pendant l'éloge funèbre de Steven Smith. Mais qu'elle soit la seule de l'assemblée à regarder dans cette direction, c'était quand même étrange.

Stop, se dit Agnes. Évacuer cette tendance complotiste qui, depuis quelques jours, la poussait à fouiner dans les recoins. Ses recherches étaient vaines, puisque personne n'était prêt à l'écouter.

Personne à la rédaction, du moins.

Une pensée lui traversa soudain l'esprit.

C'était peut-être de la folie, mais une issue possible.

Quand son téléphone se mit à sonner, elle crut un instant qu'Eskildsen l'appelait pour s'excuser. En voyant s'afficher le nom de Viktor, elle ressentit une légère déception, mais surtout de la joie. Maintenant qu'elle avait besoin de lui pour discuter, elle ne lui tenait plus rigueur de ne pas avoir mentionné l'existence du photographe lors du saut des parachutistes. Elle avait juste besoin de se plaindre de cette journée désastreuse, lui raconter qu'elle avait sauté dans le premier train pour Oslo, lui confier qu'elle était perdue.

Mais il ne lui en laissa pas le loisir.

– J'ai un truc à te dire, déclara Viktor d'une voix curieusement calme. Ça doit rester entre nous, jure-le sur notre amitié.

– Mon Dieu, mais bien sûr. Raconte !

Viktor hésita un instant, avant de poursuivre :

– On m'a chargé d'examiner le journal d'appels du téléphone de la victime. Comme tu sais, Steven lui a envoyé des messages franchement louches qui auraient suffi à l'inculper pour meurtre, surtout qu'il a affirmé que tout était de sa faute. Mais il y a aussi deux autres numéros récurrents. Je les ai contrôlés tous les deux, et le premier, c'est celui de…

– Birger Flakne, compléta Agnes.

– Comment tu sais ?

Elle ne s'attendait pas à ce que Viktor soit aussi étonné.

– Et l'autre ? enchaîna-t-elle.

Le silence s'installa à l'autre bout du fil, avant que Viktor ne lâche :

– Papa.

– Oddmund Liland ?

– Non, Agnes. Henrik Vormedal. Mon père.

« Dans quelques minutes, nous entrerons en gare de Finse », annonça une voix asexuée dans les haut-parleurs, avec un accent de la capitale marqué.

Agnes se sentait désemparée. Elle n'avait pas eu le temps d'en demander plus à Viktor : il avait dû raccrocher, comme s'il regrettait subitement de l'avoir appelée. Le désespoir semblait lui avoir fait oublier qu'il était de la police et elle de la presse. Elle n'ébruiterait pas cette information, évidemment. Du moins pour le moment.

Tout ce qu'elle voulait, c'était retourner à Oslo, retrouver sa vie anonyme, loin de tout.

Pourtant, la curiosité la démangeait.

Et l'inquiétude grandissait.

Avec un peu de chance, le plan pourrait fonctionner.

Dieu qu'elle avait horreur des dégonflés, surtout à la tête d'un journal. Les hommes qui ne disent pas tout. Les mecs d'une manière générale. Et les femmes qui leur ressemblent.

Elle ingurgita deux cuillerées de spaghettis bolognaise encore brûlants. Le palais en feu, elle jura comme un charretier, s'attirant les regards de certains passagers. Elle se leva et attendit dans le couloir que le train s'arrête. Après avoir appuyé sur le bouton vert, elle hésita encore un instant.

Puis elle descendit.

Cinquante minutes d'attente avant le prochain train en direction de Bergen. Dans quelques semaines, le quai qui s'étirait au pied de l'hôtel Finse 1222 serait envahi de vélos plus coûteux les uns que les autres, mais aujourd'hui, un seul était rangé à côté du bâtiment. À voir comme il était trempé, son propriétaire n'avait pas pensé qu'il y aurait encore trop de neige en montagne pour pouvoir arpenter le Rallarvegen.

Quelques années plus tôt, Agnes avait interviewé le directeur de l'hôtel. Il avait évoqué juin comme un « drôle de mois ». À Finse, avait-il expliqué, il n'y avait que deux saisons, l'hiver et l'été – la période de l'année où le thermomètre descendait rarement en dessous de zéro, de juillet à la mi-septembre, voilà ce qu'on appelait les beaux jours. Juin, c'était le calme avant le rush : l'établissement fermait et les employés partaient en congé. Mais c'était aussi le moment où le fleuve près du barrage se libérait de son carcan de glace et où l'on entendait le bruissement de l'eau pour la première fois depuis octobre. Le mois où les mouettes réapparaissaient dans le ciel et, dans leur sillage, ces imbéciles qui leur tiraient dessus.

Agnes se surprit à regretter les hordes de touristes à deux roues : en haute saison, elle aurait pu entrer dans n'importe quel bar pour prendre un double cortado en attendant le train. Là, tout était fermé, elle n'avait plus qu'à poireauter sur l'un des bancs inconfortables de la gare.

Tenterait-elle un jour de pédaler le long du Rallarvegen ? Le parcours de Haugastøl à Flåm à vélo était l'un de ces terrains de jeu pour petits champions qui ne l'avaient jamais intéressée. Rien que l'idée d'être juchée sur une selle pendant des heures, sous un soleil cuisant ou une pluie battante, lui écorchait le postérieur.

Elle sortit son téléphone et se rendit sur le site des Pages jaunes pour y chercher un numéro qu'elle avait supprimé depuis longtemps.

Deux bonnes heures plus tard, Agnes était de retour à Voss, la ville de son enfance qu'elle avait cru plaquer pour la seconde fois. Elle laissa sa voiture à sa place et se hâta vers Vangen. Quand elle ouvrit enfin la porte du boui-boui, l'odeur de friture l'accueillit comme un vieil ami. Pourvu qu'elle ait le temps de grignoter quelque chose avant son rendez-vous.

Au-dessus du téléviseur accroché au mur étaient épinglés un maillot de Liverpool, un drapeau norvégien et un fanion affichant la fameuse devise : *Le monde est vaste, mais Voss est sans limites.* La formule avait été introduite à l'époque où quelqu'un, probablement un membre du conseil municipal, avait préféré au statut de « ville » la sympathique appellation de « bourg », mot qu'Agnes ne se rappelait pas avoir jamais entendu utiliser. Elle prit place sur l'un des tabourets de bar et commanda le hamburger sur lequel elle fantasmait depuis dix jours, l'estomac gargouillant déjà de plaisir. Son repas interrompu dans le train l'avait laissée sur sa faim.

À la télévision, le bulletin météo annonçait de fortes précipitations pour le lendemain. L'homme aux fourneaux, sans doute le tenancier du grill – en tout cas fidèle à son poste depuis toujours –, secoua la tête, les yeux rivés sur le poste.

– Pfff, fit-il. Le festival est maudit, décidément. On dirait bien que ça va encore tomber à l'eau. Dommage, ça avait si bien commencé.

Il décrocha son regard de l'écran pour le poser sur Agnes :

– Enfin, la météo, je veux dire… Pas le reste.

– Il y a beaucoup de parachutistes frustrés qui passent par ici ?

L'homme poussa un gros soupir. À près de soixante-dix ans, voire plus, il était de ces cuistots de la vieille école qui ne se séparent jamais de leur calot en papier.

– Ah ça, vous pouvez le dire. Et pas que les sportifs, les spectateurs aussi sont dégoûtés. Je vois bien que cette année le festival n'a pas été la grande fête que tout le monde attendait. Birger ne méritait pas ça.

Agnes se remémora sa conversation avec le directeur du festival, dans la matinée. Ce connard l'avait bien cherché, au contraire.

– Vous connaissez Flakne ? demanda-t-elle.

– Je crois bien que oui, répondit l'homme. C'est mon fils.

Une autre raison qui expliquait qu'on le surnomme « Burger », pensa Agnes. Mais dès qu'elle eut sous les yeux les cent soixante grammes de viande avec fromage et salade, le tout nappé de sauce entre deux pains, son agacement contre Flakne Junior s'envola.

– C'est sûr qu'il ne chôme pas en ce moment, commenta-t-elle pour clore le sujet avant de mordre dans son hamburger à pleines dents.

L'homme opina et reprit :

– Birger est une brute depuis tout gamin, quand il se faisait harceler par les autres. Il ne se laisse pas facilement abattre, c'est ça qui lui a permis d'arriver jusque-là. Honnêtement, je ne crois pas qu'il ait envie de reprendre mon business…

Tout en essuyant le comptoir avec un torchon, il poursuivit :

– Mais c'est sûr que cette histoire, c'est un sacré coup dur. Cette mort tragique c'est une chose, mais il y a en plus tous ces ragots qui racontent que le coupable serait quelqu'un du milieu, et tous ces articles sur les problèmes de fric du festival… Je ne sais pas si les gens comprennent à quel point tout ça c'est important pour lui. Et moi, je suis tellement fier de mon fiston que je n'arrive pas à le dire comme il faudrait. C'est son œuvre, ce festival, son bébé.

Il marqua une pause avant d'ajouter en marmonnant :

– Entre autres.

Ces derniers mots intriguèrent Agnes, mais elle se contenta de reprendre une bouchée. La sauce barbecue lui chatouillait la langue, le monde retrouvait son équilibre. Soudain, la clochette de la porte annonça l'arrivée d'un nouveau client. En un clin d'œil, l'homme retourna à la caisse et demanda avec son sourire légendaire :

– Qu'est-ce qui vous ferait plaisir aujourd'hui ?

– La même chose que madame, répondit Tor Erik Åkervold.

Tandis que son ancien collègue s'installait sur le tabouret voisin, Agnes regretta de ne pas lui avoir donné rendez-vous un quart d'heure plus tard, elle aurait eu le temps de manger tranquillement. Impossible de savourer son repas maintenant, il serait là à regarder la sauce suinter au coin de ses lèvres. Mais curieusement, il ne lui adressa pas un regard. Åkervold portait toute son attention sur la télévision. Les dernières informations défilaient sur un bandeau en haut de l'écran.

Sans prononcer un mot, ils regardèrent les titres se succéder : *Milliardaires norvégiens impliqués dans une affaire de fraude fiscale – Oslo : concert rock d'une star des ados, des débordements redoutés par la police ce week-end – Voss : Interview d'un père endeuillé par la mort de sa fille assassinée.*

– Non, mais je rêve ! s'écria Åkervold.

Agnes se tourna vers lui. Pouvaient-ils donc être d'accord pour une fois ? Pas plus qu'elle, il ne supportait l'idée que ce type, qui avait maltraité sa femme et probablement sa fille puis disparu de leur vie pendant vingt ans, puisse ainsi, aux heures de grande écoute sur la chaîne d'information la plus sérieuse du pays, raconter son récit inventé de toutes pièces.

– Poivrot de mes deux, murmura-t-il, les yeux toujours rivés sur l'écran. Tu m'avais promis une interview exclusive.

Agnes s'efforça en vain de retenir le rire sarcastique qui la démangeait. Elle lâcha un borborygme, eut l'air de tousser et d'éternuer à la fois, ou d'expulser un grain de maïs coincé dans sa gorge. Åkervold se retourna enfin.

– Comment ça va avec Fredrik ? demanda-t-il, le regard perçant.

Agnes sentit le contenu de son estomac se transformer en un gros bloc de glace.

– Ça va.

– Quand est-ce que tu m'invites à prendre le café chez vous ? J'aimerais bien le rencontrer. Il a sans doute beaucoup entendu parler de moi, non ?

Il avait un beau sourire, son regard était toujours aussi mauvais.

– Frerdrik n'est au courant de rien, et c'est très bien comme ça. C'était une autre époque.

– Moi, bizarrement, je m'en souviens comme si c'était hier.

Agnes chassa les images de sa tête. La fête de Noël dix-huit mois plus tôt, le baiser, le désir soudain, ces toilettes crasseuses et l'intense regret qui avait suivi. Le soir même, elle avait décidé de faire comme si rien ne s'était passé.

Åkervold laissa sur le comptoir le hamburger qu'on venait de lui apporter. Il s'essuya les doigts avec une serviette et sortit son téléphone.

– Faut que j'appelle Oslo.

– Attends, dit Agnes en prenant à son tour une serviette pour se tamponner les lèvres. Je veux qu'on bosse ensemble.

Il haussa les sourcils.

– Je veux qu'on écrive à quatre mains sur le meurtre de la parachutiste. Pour *VG*.

Au bout d'une demi-heure d'explications, Åkervold finit par la prendre au sérieux.

Après avoir cru à une plaisanterie, il avait soupçonné une stratégie pour lui soutirer des informations. Il avait fallu qu'elle lui expose tous les faits, qu'elle écrive sous ses yeux une lettre de démission formelle de son poste au *Hordaland* et qu'elle l'envoie aussitôt par mail à Eskildsen, pour que son ancien collègue réalise qu'elle voulait véritablement collaborer avec lui. Oui, elle comptait faire des piges pour son ancien employeur, un quotidien qui non seulement respectait ses compétences de journaliste, mais lui donnait la possibilité de raconter ce feuilleton.

À son grand étonnement, il accepta son offre. Il fallait juste demander au patron. Mais Agnes savait que c'était dans la poche.

Quand Åkervold disait « Go », personne ne le freinait.

À elle de jouer, maintenant.

Il suffisait de suivre les relents d'alcool.

Rien de surprenant à ce que personne ne s'installe aux tables alentour. Agnes trouva Oddmund Liland à l'endroit précis où elle l'avait laissé la fois précédente. Il portait la même casquette FK et le même costume usé qu'à l'enterrement.

Avait-il bu non-stop pendant deux jours ?

– Je n'ai rien à te dire, déclara-t-il dès qu'il l'aperçut. Une amie de Veslemøy, tu parles. Je ne suis peut-être qu'un vieil ivrogne, mais je ne laisserai jamais quelqu'un me mentir les yeux dans les yeux. Après, on s'étonne que les gens n'aient plus confiance en la presse.

– Excusez-moi, mais j'aimerais vous parler. L'interview que vous avez donnée à Åkervold n'est pas encore partie à l'impression. J'aurais besoin de votre aide sur un autre point, pour le même journal. Vous pouvez rester anonyme, si vous voulez.

– *VG* ? Je croyais que tu bossais pour le *Hordaland* ?

– Je suis pigiste. Et cette fois, je travaille pour *VG*.

Il ne répondit rien, l'observa d'un regard vide, avant de baisser les yeux sur son verre tout aussi vide.

– Et si je vous offrais une bière ?

Interviewer des témoins en état d'ébriété, les pousser à la consommation, ce n'était pas ces pratiques qu'on enseignait en école de journalisme. Bob Woodward aurait fait les gros yeux, mais tant pis.

Liland hocha la tête, le regard toujours rivé sur la table. Lorsqu'elle revint avec une bière bien fraîche, il en avala la moitié d'un trait. La mousse resta accrochée à ses lèvres.

– Vous saviez que Veslemøy était malade, n'est-ce pas ? demanda Agnes.

Il la toisa, penché sur son verre.

– Elle avait du mal à contrôler ses nerfs depuis la mort de sa mère.

– Je ne parle pas de ça, vous le savez bien, mais de son épilepsie. La maladie dont souffre aussi votre mère.

Il prit un air embarrassé, puis vida le reste de bière en une seule gorgée.

– Il m'en faut une autre, je crois.

Agnes soupira et retourna au comptoir.

– Là, fit-elle en posant bruyamment la pinte sur la table, faisant gicler quelques gouttes sur sa main. Je vous écoute.

Comme Agnes s'en doutait, Veslemøy avait menti à Steven : elle n'avait pas appris qu'elle était épileptique en Nouvelle-Zélande, mais bien avant, à l'époque où elle avait commencé à sauter en parachute.

C'est au lycée que le diagnostic avait été posé, expliqua Liland d'une voix bredouillante. Même si elle savait qu'elle avait une prédisposition héritée de sa grand-mère, la nouvelle avait été un choc. Surtout qu'elle venait juste de « mordre à ce foutu sport ». Lui avait toujours été contre l'idée qu'elle pratique le parachutisme. Et quand elle avait eu sa première crise, il s'était dit qu'au moins son épilepsie la forcerait à arrêter.

– Le toubib avait beau dire qu'il fallait laisser tomber tout ça, poursuivit-il en reposant son verre un instant, elle ne l'écoutait pas. Elle a toujours été très déterminée, cette petite. Mais pour pouvoir s'inscrire à un stage, elle avait besoin d'un certificat médical. Le médecin a refusé de lui en fournir un, et elle ne s'est pas laissé faire. Je crois qu'avec une de ses copines, elles l'ont menacé d'aller voir les flics.

– Les flics ? Qu'est-ce qu'il avait fait de mal ?

– Une affaire de drogue, je crois.

– Et il a obéi ?

– Non. Ce type avait une conscience professionnelle, faut croire. En tout cas, elles tenaient vraiment quelque chose contre lui car il a été radié, le Dr Vormedal, et il s'est empressé de quitter la région.

En entendant le nom du père de Viktor, Agnes eut la chair de poule.

– Comment vous savez toute cette histoire ? C'est Veslemøy qui vous l'a racontée ?

Liland, assez loquace jusque-là, se tut et baissa la tête. Il resta quelques secondes dans cette posture, étouffant plusieurs renvois, avant de reprendre d'un ton gêné :

– Elle ne m'a jamais rien raconté, j'ai lu tout ça dans son journal intime. Le problème, c'est qu'elle m'a pris en flagrant délit. Après, elle a cessé de me parler pour de bon. Et son journal, elle l'a brûlé, m'a dit ma mère plus tard.

Une centaine de pages contenant des preuves potentielles parties en fumée, pensa Agnes.

– Et le certificat médical, alors ? Veslemøy a pourtant continué le parachutisme…

– Oui, rien ne pouvait la retenir, répondit-il d'une voix fatiguée comme si l'alcool relâchait peu à peu son emprise. D'après ce que j'ai lu dans son journal, elle a imité la signature du médecin et elle a continué comme si de rien n'était. Ça fait des années que je me prépare à un drame. Un moment, j'ai même pensé la dénoncer, c'était un peu mon devoir de faire quelque chose pour qu'elle lâche cette lubie de fou furieux. En même temps, elle aimait tellement ça, j'ai compris que ça lui ferait plus de mal que tout ce que j'avais pu lui infliger. En fin de compte, je me suis résolu à ce qu'elle meure un jour, que la maladie finisse par l'emporter, qu'elle tombe en enfer, comme dit ma mère.

Liland plongea son regard bleu clair et luisant dans le sien.

– Mais jamais, même dans mes pires délires, je n'aurais imaginé que quelqu'un puisse l'assassiner.

Une pensée la traversa. Ces mots que Veslemøy émergeant de sa cuite avait marmonnés, quand Agnes l'avait réveillée dans la baignoire, ce soir-là, à la fête… « Personne ne m'arrêtera, il ne sait pas ce qu'il risque. »

Parlait-elle de Henrik Vormedal, le père de Viktor ?

Agnes appuya sur la sonnette de la porte qui jouxtait le club de gym, rue Vangsgata.

L'avantage, quand on vivait dans une petite ville, c'était qu'on n'avait pas besoin de prendre rendez-vous chez son médecin trois semaines à l'avance. Surtout quand le généraliste en question n'était autre que votre tante, qui non seulement vivait à deux pas de son cabinet, mais ne voyait aucun inconvénient à vous recevoir un vendredi soir, parce qu'elle était seule dans la vie et n'avait rien de mieux à faire.

– Mon Agnes, dit-elle tête penchée. Comme je suis contente de te voir. Je me suis fait du souci pour toi, tu sais.

– Je vais bien, mentit Agnes. C'est juste ce projet de bébé qui prend un peu plus de temps que prévu.

La vieille femme la regarda par-dessus ses lunettes.

– C'est bien ce qui m'inquiète. Tes parents se font aussi du mauvais sang, mais personne n'ose t'embêter. L'infertilité, c'est un sujet délicat.

L'infertilité. Même si elle n'était pas là pour se faire inspecter les ovaires, ce mot eut l'effet d'un coup de poing en plein ventre.

– Dis-moi, Agnes Tveit, as-tu vraiment envie de devenir maman ?

C'était ce qui s'appelait enfoncer le couteau dans la plaie.

– Comment ça ! Bien sûr que oui.

– Mais ma chérie, tu as trente-neuf ans. Pourquoi est-ce que tu n'es pas venue me voir plus tôt ? Tu ne sais pas qu'au bout d'un an, si ça ne marche pas, il faut faire des examens ? À ton âge, on n'a pas de temps à perdre. Tes chances de tomber enceinte diminuent chaque semaine, chaque jour et même chaque minute !

Existait-il plus mauvais médecin que cette femme ? se demanda Agnes.

– Et Fredrik ? répondit-elle.

Maintenant qu'elle était là, autant jouer le jeu.

– Eh bien ?

– Il ne devrait pas aussi… faire des examens ?

– Si, bien sûr. Mais c'est à lui de s'en occuper. Toi, tu dois penser à toi. À ton alimentation et à ton activité physique, j'entends. Tu ne m'as pas l'air d'avoir une excellente hygiène de vie, je me trompe ? Et puis, j'espère que tu n'es pas du genre à ravaler tes sentiments, ma petite…

Sans l'interrompre, Agnes attendit patiemment la fin du laïus sur la façon de « préparer au mieux le four à pain ».

La crémation, voilà tout ce que lui évoquait cette expression. Et elle pensa à sa mère. S'acharnerait-elle encore à lui expliquer qu'à sa mort elle voulait qu'on la brûle ? Agnes se demanda si le Dr Tveit était au courant de la maladie qui rongeait sa sœur. Elle n'avait pas la force de lui poser la question.

– Agnes ?

La femme en blouse blanche réapparut soudain devant elle, armée de ce qui ressemblait à un godemiché effroyablement disproportionné. Une sonde d'échographie, comprit-elle.

– Et si on jetait un œil à tes ovaires ?

Une fois déculottée, Agnes s'installa, jambes écartées, sur ce fauteuil de torture, comme des millions de femmes avant elle, des millions d'autres après. Était-il particulièrement gênant que cet examen soit réalisé par un membre de sa famille ? Aucune idée. De toute façon, sa visite n'était qu'un prétexte pour obtenir des informations. Mais subitement, elle regretta sa gynéco d'Oslo dont elle ignorait tout, jusqu'au prénom, et qu'elle se contentait d'appeler « docteur ».

– Dis, pourquoi est-ce que tu n'as jamais partagé ton cabinet avec quelqu'un d'autre après le départ du père de Viktor ?

Son interlocutrice, penchée sur un petit écran qu'elle s'efforçait d'allumer, commença par ne rien répondre. Quand le bon vieux message d'accueil *LOADING* apparut en lettres vertes, elle leva enfin la tête.

– Après tout ce bazar, je me suis dit que je pouvais aussi bien me débrouiller toute seule.

Elle avait un ton amer, l'air de parler de la vie en général.

– Quel genre de bazar, en fait ?

– Ce qui est arrivé à Henrik ? Oh, c'est une triste histoire.

– Mais qu'est-ce qui s'est passé ?

– Il a été radié de l'ordre, tu sais bien.

Peut-être qu'elle avait été au courant, mais Agnes avait oublié la raison de son départ. Il était rare que Viktor lui parle de son père.

Quand sa tante lui enfonça la longue sonde blanche entre les jambes, Agnes poussa un gémissement.

– Ça fait mal ?

– Ça va aller, assura Agnes, les yeux rivés au plafond. Pourquoi il a été radié ?

– Qui ça ?

– Vormedal !

– Ah… Une affaire de stupéfiants, apparemment.

– Il se droguait au boulot ?

– Il paraît, même si je n'ai jamais rien remarqué. Quelle cruche… Le problème, c'est que cette affaire m'est retombée dessus, ça s'est vite su dans toute la ville, qu'il y avait eu une saisie au cabinet.

Agnes sentit ses poils se hérisser. Sa tante pouvait-elle le voir, de sa place ?

– Donc Henrik Vormedal s'est fait choper avec des stups ?

Ni Oddmund Liland ni Viktor n'avaient jamais rien mentionné de tel.

– Ça a été tout un truc, répondit sa tante. Plusieurs de mes patients les plus âgés n'ont plus osé mettre un pied au cabinet. Ce que je peux comprendre. En soi, ce n'est pas le genre d'affaire qui inspire confiance.

– Et Vormedal, qu'est-ce qu'il est devenu ?

– Comme il n'avait plus le droit d'exercer dans la région, il a déménagé vers l'est, dans un patelin au beau milieu du Hallingdal. C'est marrant que tu me parles de lui, parce qu'il avait complètement disparu de la circulation, et il m'a passé un coup de fil, il n'y a pas longtemps.

– Ah bon ? Qu'est-ce qu'il voulait ?

– Oh, rien. Juste papoter, je crois. Après cette affaire, il n'a plus du tout pratiqué la médecine, et ça l'a beaucoup affecté, au moins autant que d'être séparé de son fils. Il m'a dit qu'il avait longtemps eu trop honte pour se montrer par ici, tout en jurant ses grands dieux qu'il n'avait jamais eu de problèmes de drogue. Classique, les gens ont souvent du mal à reconnaître leurs dépendances. Il avait l'air d'avoir beaucoup de rancœur, et quand je le lui ai fait remarquer, il n'a pas nié. Apparemment, ça a empiré avec la retraite. Quand on a un peu trop de temps pour réfléchir au passé…

Sa tante tournicotait le gros joujou tout en conversant.

– Il n'a pas été épargné par la vie, le pauvre Henrik. Quoi qu'il en soit, je suis contente qu'il soit revenu et qu'il ait repris contact avec sa famille. Et avec moi. À une époque, on… s'amusait bien tous les deux.

– Tu l'as revu ?

Une lueur passa derrière ses lunettes, mais elle resta impassible, le regard concentré sur l'écran, la bouche pincée, telle une adolescente qui voudrait parler de sa flamme, mais n'ose pas.

– D'abord, j'ai trouvé qu'il avait pris un coup de vieux, qu'il s'était un peu ratatiné. Mais ça n'a rien d'étonnant. Et crois-moi, il a toujours autant de charme.

Agnes s'efforça de chasser de son esprit l'image de sa tante et de Vordemal ensemble, deux corps fripés s'ébattant dans un lit.

– Mais cette saisie au cabinet, c'était quand ? demanda-t-elle. C'est bizarre que je ne m'en souvienne pas.

– Moi et les dates, tu sais… Il y a longtemps, plus de vingt ans, répondit sa tante toujours aussi absorbée. Mais pour parler de choses plus réjouissantes : il n'y a aucun souci à se faire, tu es tout à fait capable de tomber enceinte. D'après ce que je vois là, tu seras bientôt pleine comme un œuf !

Elle rit à sa propre plaisanterie, qu'elle réservait sans doute à toutes ses patientes, dès qu'elle en avait l'occasion.

Agnes s'empressa de se rhabiller.

– Super. Une dernière chose… Veslemøy Liland était de la patientèle de Vormedal ?

– Non, de la mienne.

Agnes sentit quelque chose s'éteindre au fond d'elle, jusqu'à ce que sa tante ajoute :

– Enfin, avant son départ, c'est lui qui la soignait, comme sa mère et sa grand-mère.

Elle fit rouler son fauteuil de bureau jusque devant sa nièce.

– Ne perds donc pas ton énergie à déterrer ces vieilles histoires. Concentre-toi plutôt sur ce qui est important, déclara-t-elle en lui tapotant le ventre. Ton four à pain !

Le demi-verre de vin tenait en équilibre instable sur l'accoudoir du canapé.

Cette fois, Fredrik ne s'était pas donné la peine de lui en proposer, même s'ils savaient tous les deux qu'Agnes n'était pas enceinte et qu'elle pouvait boire. Mais, épuisée comme elle était, elle n'allait pas se donner la peine de le lui faire remarquer.

Après avoir rédigé son mail destiné au rédacteur de l'édition du soir, elle avait cliqué sur la touche « Envoyer » en fermant les yeux. Les dés étaient jetés. Mais aussitôt, elle avait regretté.

Ce geste pouvait la mettre en danger. Et même tout faire foirer.

Et pourtant, c'était peut-être la première pierre de la reconstruction de sa carrière.

– Tu as vu les infos ? lui demanda Fredrik d'un ton léger qui l'étonna autant qu'il la soulagea.

Manifestement, il n'était pas en mode confrontation.

– Oui oui, répondit-elle avant d'aller dans la salle de bains enfiler un jogging.

Elle laissa tomber à ses pieds ses vêtements qui empestaient les transports et le graillon. Quand elle prit place sur le canapé, elle remarqua que l'odeur avait imprégné aussi ses cheveux. Elle envisagea un instant de sauter dans la douche, mais maintenant qu'elle s'était changée, ça ne ferait qu'attirer des questions auxquelles elle n'avait pas le courage de répondre.

– C'est bien triste, tout ça. Ce pauvre Liland n'a pas été épargné dans la vie. D'abord il perd sa femme d'un cancer, et maintenant, sa fille unique se fait assassiner…

Fredrik ne savait toujours rien de la maladie de sa belle-mère. Il ignorait aussi qu'Agnes avait fui la ville pour finir par revenir dans la même journée.

L'en informer n'était sans doute pas nécessaire. Pas plus qu'il n'avait besoin de savoir ce qui s'était passé à la fête de Noël de *VG*.

– Oddmund Liland n'est pas vraiment à plaindre. C'est un vrai fumier, NRK aurait dû le comprendre. Cette interview n'est qu'un tissu de mensonges.

À peine Agnes eut-elle prononcé ces mots qu'elle sentit son estomac se nouer : le père de Veslemøy pouvait lui avoir menti à elle aussi.

Qui lui disait qu'il était plus fiable que n'importe quelle source anonyme ? Elle n'avait peut-être eu droit qu'à des délires d'ivrogne ?

Peu après avoir envoyé son article, le rédacteur de l'édition du soir l'avait appelée pour s'assurer qu'elle avait bien deux sources sous la main et lui demander leurs noms, comme le voulait la bonne pratique journalistique. Agnes les lui avait révélées : Oddmund Liland et Steven Smith, sans préciser que ce dernier ignorait qu'on lui attribuait ce rôle.

– Tu penses que le père de Veslemøy a quelque chose à voir avec le meurtre ? demanda Fredrik.

– Rien ne l'indique pour l'instant. Mais bon, comme tu l'as souligné toi-même, je ne suis pas détective privée.

– Excuse-moi.

– Tu me passes la télécommande ? La journée a été longue, j'ai besoin de me vider un peu le cerveau.

Elle s'enfonça dans le canapé, abandonna son regard au spectacle de femmes refaites de la tête aux pieds dans les rues d'Hollywood. Du coin de l'œil, elle s'aperçut que Fredrik la dévisageait. Elle tenta de l'ignorer, se concentrant sur le résumé du précédent épisode de l'émission de téléréalité. Mais il ne la lâchait pas des yeux, c'en était insupportable. Si elle était revenue par le premier train, ce n'était certainement pas pour lui.

– Quoi ?

Il se leva sans mot dire et sortit de la pièce. Quelques secondes plus tard, il réapparut et se posta devant elle, lui cachant la moitié de l'écran. Et sans crier gare, il s'accroupit, avec un genou à terre qu'elle ne remarqua pas tout de suite.

Qu'est-ce que c'est que ces conneries ? se demanda Agnes en haussant les sourcils.

– Bon, bredouilla-t-il, je sais que ce n'est vraiment pas le bon moment. Mais, merde, Agnes, si j'ai compris une chose cette semaine, c'est que la vie est courte. Tout peut s'arrêter du jour au lendemain. J'en ai marre de nos disputes, je t'aime plus que tout et je ne veux pas regretter un jour de ne pas être allé jusqu'au bout.

Il sortit de sa poche un petit écrin qu'il ouvrit. Vide.

– Agnes Tveit. Amour de ma vie et drôle de créature qui a horreur des bagues et de toutes les babioles clinquantes. Veux-tu m'épouser ?

– Tu as raison, rétorqua-t-elle. Le moment est très mal choisi.

SAMEDI

C'est quoi, ce délire ?

Agnes, encore à moitié endormie, ouvrit le SMS de Viktor. Ses yeux s'écarquillèrent l'un après l'autre, comme les rouleaux d'une machine à sous. Vite, le site de *VG*. Heureusement, Fredrik dormait encore à poings fermés quand le gros titre apparut en haut de page sur l'écran :

LA VICTIME DU MEURTRE AU PARACHUTE ÉTAIT ÉPILEPTIQUE.

Tout son corps fut parcouru de frissons, une effervescence qu'elle n'avait pas ressentie depuis des années.

Elle cliqua sur le lien.

Par Tor Erik Åkervold et Agnes Tveit.

Elle avait veillé à ne pas mentionner le médecin qui avait refusé de fournir un certificat médical, ni le chantage auquel Veslemøy l'avait soumis pour finalement imiter sa signature. De même qu'elle n'avait pas précisé que le père de celle-ci était au courant de tout.

Ces détails, elle les gardait pour la suite. La nouvelle de l'épilepsie était assez explosive en elle-même.

Agnes relut l'article et s'avoua satisfaite de sa plume. C'était elle qui avait assuré toutes les recherches et la rédaction – si le nom d'Åkervold apparaissait à côté du sien, c'est que ce chouineur l'avait réclamé. Signer les articles à deux était la condition même de leur collaboration.

Outre le témoignage d'Oddmund Liland, resté anonyme comme convenu, Agnes avait obtenu l'avis d'une psychologue. Celle-ci précisait que, ne connaissant pas les tenants et aboutissants de l'affaire, elle ne faisait qu'émettre un avis général.

Défier à ce point le destin, expliquait-elle, pouvait provenir d'un certain désir de mort. C'était pour le moins le signe qu'on ne tenait pas absolument à la vie.

Veslemøy était peut-être plus fragile que ne s'en était douté son entourage.

Autrement dit, même si elle avait été assassinée, on pouvait affirmer qu'elle avait longtemps mis ses jours en danger.

Voilà ce qu'Agnes avait enfin eu la liberté d'écrire.

Vêtu d'une combinaison tachetée dans les tons bruns, un homme prit son élan à toutes jambes et se précipita dans le vide.

On aurait dit un aigle planant dans les airs.

Le ciel, parsemé de parapentistes, semblait avoir repris vie. Mais il n'y avait pas un parachute en vue, même s'il ne leur était plus formellement interdit de sauter. Les participants avaient tous été priés de vérifier une énième fois leur matériel et n'avaient trouvé, comme tout le monde s'en doutait, aucun défaut de fabrication. Seul le parachute de Veslemøy Liland avait été saboté.

Combien de temps Birger Flakne tiendrait-il avant de rouvrir intégralement le festival ? D'après le dernier communiqué de la direction, il attendait un peu, « par respect pour Veslemøy ».

Depuis quelques jours, la météo semblait drôlement capricieuse même aux gens de la région. Il avait plu toute la matinée, puis les nuages avaient tiré leur révérence, laissant le soleil faire son entrée escorté d'un agréable petit vent. Des conditions rêvées pour le parapente. Cette semaine, pensa Agnes, avait été étrange à tous points de vue, étrangeté que le temps n'avait fait que souligner.

De là où elle s'était installée, au sommet du mont Hanguren, avec vue sur la piste de ski qu'elle avait descendue des centaines de fois et verdoyante en cette saison, elle discernait à peine les silhouettes qui dépliaient leurs ailes. Ce sport, qui consistait pourtant à se précipiter d'une falaise, semblait viser la sérénité… surtout une fois qu'on flottait dans les airs.

Ce spectacle lui évoqua une discussion qu'elle avait eue avec une camarade de classe : pouvait-on dire que ces athlètes savaient *voler* ? Son interlocutrice affirmait que les parapentistes pouvaient planer des centaines de mètres, mais pour Agnes, voler, c'était se déplacer dans le ciel aussi longtemps qu'on le voulait. Même les oiseaux devaient bien se reposer de temps en temps, avait observé l'autre. Agnes n'avait pas trouvé de contre-argument.

Elle avait besoin de prendre l'air. Alors qu'elle n'avait pas été aussi libre depuis longtemps, elle se sentait bizarrement oppressée. Tout ce qui s'était passé la veille au travail semblait maintenant une étape nécessaire pour aller de l'avant.

Mais la demande de Fredrik, pour le moins surprenante… Était-ce un pas en avant ? Ou le coup de frein fatal ?

Elle avait dit oui.

Ou plutôt : « Pourquoi pas », notant à peine la mine déconfite de Fredrik en la voyant hésiter.

Ensuite, ils avaient fait l'amour. Sans se soucier qu'elle soit ou non en phase d'ovulation, pour la première fois depuis longtemps. Et puis il s'était endormi.

Elle, elle n'avait pas fermé l'œil de la nuit.

Avec la parution de l'article, la matinée avait été agitée. Fredrik, de garde le soir, traînait à la maison. Et elle n'avait plus de bureau où se réfugier. Sur un coup de tête, elle avait décidé de faire un tour en montagne.

Elle n'était pas montée dans le nouveau téléphérique depuis son inauguration, événement qu'elle avait couvert pour le journal, ce jour où le porte-parole du projet, fier comme un coq, avait accompagné le ministre de la Modernisation et de l'Urbanisme jusqu'au sommet du Hanguren. Agnes regrettait pour sa part Dinglo et Danglo, les légendaires cabines, l'une rouge, l'autre bleue, qui se croisaient juste au-dessus de la maison de ses parents. Et si cet aménagement touristique constituait de toute évidence un progrès pour la ville, les riverains n'étaient pas de cet avis. La controverse autour du nouveau musée Munch dans la capitale n'était rien à côté de ce que Voss avait connu à cette époque. En chemin vers les hauteurs, alors qu'elle avait la ville à ses pieds, elle avait cru se rappeler pourquoi, au fond, elle était revenue dans la région.

Cet agréable sentiment était encore présent chez elle, mêlé à la satisfaction intense d'être de nouveau publiée dans le journal le plus important du pays, même si le tout était légèrement plombé par une boule au ventre.

VG était appâté, ils réclamaient « plus de dynamite », comme l'avait exprimé dans un SMS le rédacteur en chef de la section news. L'article d'Agnes figurait parmi les plus lus de la matinée, il fallait donc qu'elle se remette au travail. Mais avant de replonger, elle avait besoin de s'oxygéner encore un peu.

Son téléphone sonna. Bizarre. Elle avait toujours cru qu'il n'y avait pas de réseau tout là-haut, peut-être l'avait-elle espéré. Heureusement, ce n'était que Viktor, qui rappelait probablement pour finir leur conversation écourtée plus tôt dans la matinée. À peine lui avait-elle annoncé qu'elle avait démissionné et conclu un pacte avec le diable, plus en trois mots l'épisode du test de grossesse et sa dispute avec Fredrik, qu'elle avait dû raccrocher. La demande en mariage, elle n'en avait pas touché mot.

– Oui, allô ? Ici la transfuge de la grande ville, cible parfaite du meurtre aux spermatozoïdes, se présenta-t-elle.

– Désolé, ma chère traître stérile, mais on parlera de tes problèmes plus tard, répondit Viktor. Il y a du nouveau. Je ne sais pas si je devrais partager cette info avec toi, mais maintenant que tu bosses main dans la main avec le grand méchant loup, tu le sauras tôt ou tard. Donc autant te prévenir tout de suite : Kathrine Bøe s'est présentée au poste.

– Pourquoi ? demanda Agnes.

Des frissons lui parcoururent le dos, pourtant chauffé par le soleil.

– Pour nous dire que Veslemøy n'avait pas sauté avec son parachute.

Pour la descente, Agnes s'installa sur le banc à l'avant du téléphérique, le front contre la vitre. Elle ne risquait pas de boucher la vue à qui que ce soit, elle avait été seule à attendre sur la plateforme l'arrivée de la cabine rouge et noir. Ses pensées s'entrechoquaient dans son esprit comme de petites balles bondissantes de toutes les couleurs. Cette vue panoramique l'aiderait peut-être à y mettre un peu d'ordre.

Pendant l'interrogatoire, Kathrine avait expliqué qu'après la cérémonie d'ouverture, Veslemøy était censée retourner à Bømoen pour un nouveau vol relatif, afin de prêter main-forte à une jeune équipe incomplète. Elle s'était plainte que le programme soit aussi chargé – elle aurait à peine le temps de replier son parachute et devrait se précipiter à l'aéroport. C'est pourquoi Kathrine lui avait proposé le sien pour le premier saut. Elle-même pouvait se servir de son ancien parachute, qu'elle gardait au club parce que « ça pourrait être drôle de le réessayer », avait rapporté Viktor à Agnes.

Naturellement, la police avait trouvé suspect qu'elle ne les ait pas informés de ce détail plus tôt. Que fallait-il pour passer de l'interrogatoire à l'interpellation ? Agnes n'en avait aucune idée. En tout cas, Viktor ne lui avait rien révélé d'autres éléments qu'ils détenaient peut-être.

Cat, qui était certifiée pour contrôler le matériel, allait avoir beaucoup de mal à s'expliquer. Elle aurait très bien pu saboter son propre parachute avant de le proposer à la victime. Et si vraiment elle n'avait rien à se reprocher, pourquoi n'avait-elle pas informé la police immédiatement ?

Un bruit arracha Agnes à ses pensées. Quelqu'un qui se raclait la gorge.

Elle se retourna lentement.

Non, elle n'était pas seule dans la cabine.

Un homme était avachi sur la banquette du fond, les mains enfoncées dans les poches d'une veste de jogging grise, capuche rabattue sur la tête. Il portait un jean et des godillots militaires. Les bouclettes presque enfantines qui lui encadraient le visage le trahissaient. Même sans son costume-cravate, Vegard Saue était reconnaissable entre mille.

Aujourd'hui, il n'avait pas l'air d'un procureur, mais d'un criminel.

Agnes sentit sa gorge se nouer. Dans le téléphérique, elle aurait beau crier à l'aide, personne ne pourrait l'entendre.

– Je ne crois pas qu'on ait été présentés, dit-il en s'approchant et en lui tendant la main.

– Je sais très bien qui vous êtes, répliqua-t-elle sans répondre à son geste. Qu'est-ce que vous faites là ?

– On a besoin d'une excuse pour jouer aux touristes dans la ville de son enfance ?

– Vous ne m'avez vraiment pas suivie ?

Son regard erra du visage d'Agnes vers son buste.

– Jamais de la vie. Mais maintenant que vous êtes là…

D'instinct, Agnes recula, mais elle fut vite arrêtée par la paroi de verre dans son dos.

Saue avança et se pressa contre elle, les mains plaquées de chaque côté de son visage.

Quand elle sentit son membre en érection contre sa cuisse, son sang se glaça.

Baissant aussitôt la tête, elle se râpa la joue contre ses poils de barbe. Son odeur envahissante, le parfum au creux de son cou mêlé à son haleine chaude, lui donnait le vertige. Le souffle coupé, elle était sans défense.

– J'ai l'impression qu'un petit rappel serait utile : ne vous mêlez pas de ce qui ne vous regarde pas, toi et l'autre goudou.

Qui ça ?

Frida Grådal ?

– Surtout pour tout balancer à *VG*. Ça pourrait te retomber dessus, tu sais.

Elle suffoquait, se sentait paralysée, mais elle s'efforça de rester calme, de garder les idées claires. La descente ne prenait que huit minutes et demie, et cinq bonnes minutes avaient dû s'écouler depuis qu'elle était montée à bord. Un coup d'œil lui suffit pour distinguer la gare du téléphérique qui grossissait à leurs pieds. Une fois en bas, il ne pourrait plus lever la main sur elle. D'un instant à l'autre, elle échapperait à ce porc, d'un instant à l'autre, elle pourrait respirer.

La colère prit le pas sur la peur. Elle n'avait qu'une envie : lui planter son genou dans la zone sensible, mais mieux valait se contenter d'une riposte verbale.

– C'est quoi, ces menaces ? lança-t-elle en le fusillant du regard.

Leurs visages n'étaient qu'à quelques centimètres l'un de l'autre.

– Voilà donc à quoi les procureurs passent leur temps, maintenant ? Tu devrais être bien placé pour savoir que ce genre de comportement ne peut qu'attirer les projecteurs sur toi, et non l'inverse.

– Quels projecteurs ?

Agnes se tut.

– À propos du meurtre, c'est ce que tu sous-entends ? Pourquoi veux-tu que j'aie tué Veslemøy ?

– Qu'est-ce que tu faisais chez Kathrine Bøe mercredi soir ?

Le regard de son agresseur s'assombrit. Il ouvrit la bouche pour répliquer, sans doute lui hurler dessus comme il l'avait fait au téléphone, quand la porte s'ouvrit. Ils étaient arrivés, Agnes était sauvée, un merveilleux courant d'air frais s'engouffra dans la cabine.

Ils se toisèrent encore quelques secondes, puis elle se précipita dehors.

Elle jeta un regard par-dessus son épaule pour vérifier que Saue ne la talonnait pas. Son soulagement ne fut que de courte durée : à peine avait-elle commencé à descendre l'escalier qu'elle sursauta en apercevant Steven, dans la file d'attente des passagers qui s'apprêtaient à monter à bord, avec Joni et les jumeaux.

Manifestement, la police l'avait relâché dans la matinée. À la suite des aveux de Kathrine, peut-être ? Fallait-il en conclure qu'elle était en garde à vue ?

Après ce qu'il avait enduré ces dernières vingt-quatre heures, Steven devait avoir besoin d'un bon bol d'air frais. Qu'il aille en montagne se promener avec ses enfants comme n'importe quel père était pourtant étonnant en pareilles circonstances. En tout cas, elle n'avait aucune envie de lui parler après l'épisode du jardin.

Elle l'ignora, continua à descendre les marches, priant pour passer inaperçue.

Mais comme elle approchait, elle le vit du coin de l'œil murmurer quelque chose à l'oreille de Joni, puis sortir de la queue et lui emboîter le pas. Juste à la sortie, elle sentit sa poigne de fer lui saisir l'épaule.

– Lâche-moi ! feula-t-elle, sortant ses griffes tel un chat apeuré.

– Qu'est-ce que tu fous avec ce type ?

– Vegard Saue ? Rien du tout. Il est sorti de nulle part.

Pour me menacer de mort, ajouta-t-elle intérieurement.

– Et je devrais te croire ? rétorqua Steven d'un ton glacial. Apparemment, on ne peut pas te faire confiance.

L'article de *VG*. Dire qu'elle n'avait pas réfléchi une seconde à la réaction de Smith.

– J'aurais peut-être dû te prévenir, déclara-t-elle aussi calmement que possible. Mais c'était impossible, parce que tu étais au trou. Et figure-toi que je n'ai pas une envie folle de te parler depuis que tu as débarqué chez moi complètement bourré. Mais surtout, je crois que les gens ont le droit de savoir que Veslemøy était épileptique.

La honte qu'elle crut lire un instant sur son visage au souvenir de son passage chez elle laissa place à la colère.

– Le droit ? Le droit ?? répéta-t-il en haussant le ton. *Fuck !* De quel droit tu déciderais ce que les gens doivent savoir ou pas ?

– De toute façon, c'était dans le rapport d'autopsie, prétendit-elle.

Steven Smith s'était figé, mais ses yeux dardaient des éclairs de glace. Heureusement, ils n'étaient pas seuls, des gens ne cessaient d'entrer dans la gare. Joni, en haut des marches avec les enfants, gardait un œil inquiet sur eux. Il n'avait aucun intérêt à faire une scène.

– C'était censé rester entre nous.

Elle inspira, puis répondit :

– Tu n'étais pas le seul à être au courant, ce que j'ai rapporté dans mon article, ce ne sont pas tes confidences. Écoute, je ne peux pas te donner mes sources, mais c'est peut-être grâce à ça que tu es là, au lieu de croupir en taule à Bergen. Sois furieux si tu veux, mais je crois qu'un jour tu me remercieras. Je ne t'ai fait aucun tort, je n'en ai même pas eu l'intention. Pour ça, tu te débrouilles très bien sans moi.

– Ce qui veut dire ?

– Se balader dans toute la ville bras dessus, bras dessous avec la meilleure amie de Veslemøy, alors que son corps est encore tiède… Ce n'est pas la meilleure idée du monde si tu veux passer pour le pauvre veuf éploré.

Steven soutint son regard.

– Joni est mon amie la plus fidèle, rétorqua-t-il. Elle a été aux côtés de Veslemøy toutes ces années, et maintenant, elle est là pour moi et les enfants. Mais bien sûr, tu crois qu'on couche ensemble.

– Je ne crois rien…

– Ça colle parfaitement au rôle du mari coupable, ajouta-t-il en tournant les talons. Je n'aurais jamais dû te demander de l'aide.

– À quoi tu faisais allusion, dans ton discours le jour de l'enterrement, quand tu disais que tu protégeais Veslemøy ? lança Agnes dans son dos.

Steven s'immobilisa.

– Peu importe, répondit-il sans se retourner, avant de s'éloigner.

Son corps lui faisait l'effet d'un tas de spaghettis trop cuits.

Sa carapace était brisée. Elle avait les membres tellement engourdis qu'elle dut s'asseoir sur un banc à l'entrée du nouvel hôtel Scandic, à deux pas du téléphérique.

Outre la peur, elle ressentait une rage grandissante envers ces hommes qui pensaient pouvoir la mener à la baguette et, étrangement, un brin de mauvaise conscience envers Joni. Que pensait-elle ? Était-elle aussi furieuse que Steven ? Il risquait de tout lui raconter.

Il fallait en parler avec quelqu'un. Agnes sortit son téléphone d'une main molle.

Ni Viktor ni Ingeborg ne décrochèrent. Elle essaya de joindre Gro, sans succès. Le samedi, la patronne devait souvent prêter main-forte au magasin. Sans doute Agnes avait-elle une chance de la trouver là-bas.

Qui sait, elle n'avait peut-être pas eu le temps de lire le journal.

Agnes avait un jour interviewé la directrice et nouvelle propriétaire de l'entreprise locale de fabrication de meubles, qui l'avait fièrement reçue derrière son grand bureau en acajou. Il était d'autant plus désolant de la voir là, plantée à la caisse, affublée d'un T-shirt *La sphère du meuble* si peu flatteur qu'Agnes se sentait mal à l'aise pour elle.

Si Gro avait triste allure, son accoutrement n'était pas seul en cause. Elle semblait préoccupée. Quand elle aperçut Agnes, elle se garda bien de lui adresser un sourire, détourna le regard et se concentra sur un client qui recherchait un salon de jardin en rotin.

Agnes prit un ticket. En attendant son tour, elle observa la foule à l'affût de babioles pour meubler leur logement et combler leur vide intérieur. Tout en reprenant lentement des forces, elle remarqua que le fait de se trouver là, au milieu de ce magasin, l'aidait à y voir plus clair.

Avait-elle vraiment souhaité ce genre d'existence ? Un canapé en osier et un barbecue ? *Notre maison* tous les mois dans la boîte aux lettres ? Elle n'avait pas le souvenir que ce quotidien lui ait fait envie un jour. À vrai dire, son petit appartement du quartier de Tøyen lui manquait terriblement, l'odeur du restaurant à raviolis chinois logé au sous-sol, l'anonymat de la ville qui l'autorisait à ne pas saluer ses voisins.

Pling ! Le numéro 37 venait de s'afficher sur le petit écran.

En voyant Agnes agiter doucement son ticket, Gro se résigna à approcher, l'air de tout sauf d'une vendeuse avenante. Manifestement, elle avait lu son article.

– T'es contente ? lança-t-elle.

– Je voulais juste rendre service, répondit Agnes.

– Drôle de manière de s'y prendre…

– J'en déduis que tu ne savais pas non plus, pour l'épilepsie ?

Gro passa nerveusement les doigts dans ses cheveux courts. Son nez luisait de transpiration.

– Tu as besoin de quelque chose ?

– Tu sais si Cat…

Mais Gro appuya sur un bouton qui fit apparaître le numéro suivant. Un homme aux mèches éparses rabattues sur le crâne s'empressa de s'imposer devant Agnes.

– J'ai besoin d'un coffre pour ma terrasse, déclara-t-il. Vous avez quoi en rotin ?

À son grand étonnement, Agnes croisa les yeux verts de Joni à la sortie du magasin. Un regard amical, constata-t-elle avec soulagement.

– Tu ne devais pas te promener en montagne ? demanda-t-elle prudemment, au cas où Joni serait malgré tout venue lui passer un savon.

Son corps ne supporterait sans doute pas d'autres altercations.

– Ils y sont allés seuls, répondit Joni. Steven a été pénible avec toi ? enchaîna-t-elle. Pardonne-lui, il est au fond du trou. Ton article l'a miné, tu sais. Mais si tu veux mon avis, je pense que tu as bien fait de dévoiler cette histoire d'épilepsie. Je le lui ai dit, d'ailleurs.

Agnes faillit en pleurer de joie. Enfin quelqu'un qui ne se présentait pas comme son ennemi.

– Tu étais au courant ?

Joni secoua la tête, l'air profondément peinée.

– Je croyais qu'on savait tout l'une de l'autre, Veslemøy et moi, mais ça, elle a réussi à me le cacher toutes ces années. Elle pensait sans doute que je ne l'aurais jamais laissée sauter en parachute, si je l'avais su. Elle n'avait pas tort.

– Et Kathrine ?

Son visage fut traversé d'une expression difficile à interpréter. Elle se passa les deux mains sur le front puis les plongea dans ses boucles rousses, et s'assit sur le bord du trottoir, les doigts toujours fourrés dans sa chevelure.

– Je ne crois pas. Mais je me trompe beaucoup, ces temps-ci.

Agnes s'installa à côté d'elle.

– Tu sais ce que faisait Vegard chez elle ?

– Je ne lui ai pas parlé depuis l'autre jour, elle ne répond pas au téléphone. Aucune idée. Elle… elle ne va pas bien en ce moment. Tu n'es peut-être pas au courant, mais quand elle était plus jeune, elle avait du mal à maîtriser ses nerfs. Elle a appris à se contrôler avec les années, mais ça revient. Tu n'as pas remarqué les débris de verre par terre dans le salon, quand tu es passée ?

– Oui, je me suis demandé ce qui était arrivé.

– Elle a piqué une crise juste avant que tu débarques. Au début, je pensais que c'était une manière bizarre d'exprimer son chagrin, mais maintenant… Je ne comprends plus rien.

– Tu as entendu parler de l'échange de parachutes, j'imagine ?

– Oui, la pauvre, répondit Joni.

– Pauvre Kathrine ?

– Je suis vraiment navrée pour elle. Elle bosse comme une folle, et le peu de temps qui lui reste, elle s'occupe de sa mère. Toute sa vie, elle a voulu des enfants, mais elle s'est fait jeter comme une malpropre, et voilà qu'il y a deux semaines sa maison prend feu. Ça fait beaucoup à encaisser, même pour une fille forte comme elle.

Les yeux fixés devant elle, Joni poursuivit :

– Cat est très introvertie, elle a toujours été un peu sauvage. Mais elle ne mérite pas d'être seule, sans personne pour veiller sur elle. Le type avec qui elle était pendant des années, je ne l'ai jamais rencontré, mais c'était un salaud. On n'a pas le droit de faire mariner comme ça une femme de trente ans. Elle aurait dû le lâcher bien avant, même s'il l'a sans doute épaulée pendant l'enquête.

– L'enquête ?

Joni rencontra brièvement son regard, puis fixa de nouveau le sol. On aurait dit qu'elle avait oublié un instant qu'Agnes travaillait pour *VG*, ou même qu'elle était journaliste.

– Quelle enquête ? insista Agnes.

– Désolée, mais je crois que j'en ai trop dit. Je dois filer, balbutia-t-elle en se levant et en s'éloignant d'un pas vif.

Agnes ne put lui demander pourquoi, à son avis, son amie avait attendu si longtemps pour contacter la police.

Au-dessus du porche de la mairie trônait le nouveau blason de la ville, le violon folklorique qui avait remplacé ce bon vieux cerf, une fois Voss et Granvin réunies en une seule et même commune.

Agnes leva les yeux sur l'horloge installée plus haut. Si elle se sentait faible, ce n'était pas seulement à cause de son altercation avec Vegard Saue et Steven Smith.

Midi dix, et elle n'avait encore rien avalé de la journée.

Elle s'engouffra dans le premier supermarché venu, acheta un wrap et un Snickers, et engloutit le tout à peine ressortie.

Puis elle attrapa son téléphone et appela de nouveau le numéro d'Ingeborg, qui décrocha enfin.

– Juste un truc, Robin. Si tu voulais ma mort, tu essayerais de me refiler un parachute bousillé ou tu saboterais le mien ?

Après quelques secondes d'hésitation et quelques *chchch* adressés à un bébé en pleurs, son amie répondit :

– Je choisirais sans doute de saboter le tien pour être sûre d'avoir ta peau. Après, ça serait sans doute un peu compliqué d'y avoir accès, alors que le mien, j'aurais tout mon temps pour le bricoler.

– Oui, bien vu. Autre chose : si j'étais morte en sautant avec ton parachute et que tu n'étais pas coupable, tu n'en aurais pas informé la police tout de suite pour te laver de tout soupçon ?

– Si, affirma Ingeborg.

Agnes s'apprêtait à remercier son amie et à raccrocher, quand celle-ci ajouta :

– Sauf si j'avais peur que l'assassin me supprime, et que j'espérais qu'il me laisserait tranquille si je la fermais. Ou si je ne voulais pas avoir affaire aux flics pour x raisons.

Elle s'arrêta de nouveau devant l'hôtel de ville. Les fleurs rouges et jaunes qui encadraient la statue du poète Per Sivle respiraient l'optimisme estival. En examinant l'homme de fer aux moustaches et aux lèvres tombantes, Agnes pensa à son maître d'école qui versait toujours une petite larme lorsque la classe entonnait « Première chanson ».

Penchée sur mon berceau, elle me chantait les mots
Qui pénètrent le cœur, et font taire les pleurs.

Le poète et l'instituteur se ressemblaient physiquement. Jamais la fillette qu'elle était à l'époque n'avait observé autant de vulnérabilité chez un adulte que ce jour où il s'était montré ému devant toute la classe. Le chant lui rappelait sa mère qui n'était plus de ce monde, avait-il expliqué. Probablement lui non plus aujourd'hui.

Quant à Sivle, il s'était tiré une balle dans les bains-douches Christiania à Oslo, au début des années 1900, avait-elle lu quelque part. Le bonhomme était journaliste. L'un des rares pigistes à avoir jamais mérité une statue.

Je voulais tant de bien à mon pays que je lui ai confié mon âme et mon cœur de bonne grâce, clamait l'inscription gravée dans la pierre.

À cet instant, si Agnes avait entendu la fameuse mélodie, elle aurait sans doute aussi fondu en larmes.

Restée en tête à tête avec le poète, elle chercha le numéro d'Oddmund Liland, qu'elle avait veillé à sauvegarder après lui avoir payé une troisième bière, pour qu'il accepte d'être sa source.

– C'est Agnes. Dites-moi, enchaîna-t-elle sans attendre, cette lettre que Veslemøy avait écrite au médecin pour le forcer à lui faire un certificat médical. Vous n'avez pas dit qu'elle l'avait rédigée avec une amie ? Juste comme ça, c'était qui ?

Mais elle connaissait déjà la réponse.

« Kathrine Bøe + enquête » ne donna aucun résultat dans Google.

Ni « Kathrine Bøe + procès ».

Assise sur un muret, Agnes tapait frénétiquement sur son téléphone. La recherche aurait été beaucoup plus facile sur son Mac, mais elle n'avait pas la force de rentrer chez elle.

Dieu qu'elle se sentait mal. Rien à voir avec cet état nauséeux qui, ces derniers mois, lui avait donné la palpitante illusion que quelque chose commençait peut-être à germer au fond d'elle. Non : un malaise profond né de la peur que le père de son meilleur ami puisse être impliqué dans une affaire de meurtre.

Elle appela le numéro de Viktor.

– Tu as parlé à ton père ?

– Pas encore.

– Donc tu ne sais pas pourquoi il correspondait avec Veslemøy Liland ?

– Non.

– Vous l'avez pourtant interrogé, non ?

Un ange passa.

Agnes serra nerveusement son portable.

– Nom de Dieu, Viktor ! Ne me dis pas que tu es prêt à mettre en péril ta carrière pour protéger quelqu'un avec qui tu n'as eu aucun contact la moitié de ta vie ?

– Non, répondit-il d'une voix sourde.

– Parfait. Alors reprends-toi et fais ton boulot, ordonna-t-elle. À propos : est-ce que tu as vérifié les antécédents de Kathrine ?

Oui, Viktor avait regardé son casier judiciaire et n'y avait rien vu d'intéressant.

Une grosse corneille venait de se poser sur la tête de Sivle. Agnes se demanda à quelle fréquence les employés de la ville devaient nettoyer ce genre de statues. Cela dit, à Voss, la pluie se chargeait peut-être de les décrotter.

Elle appela Fredrik dans l'espoir qu'il ne serait pas encore au travail. Il était bien à la maison et s'apprêtait à faire un tour de ski à roulettes du côté de Herresåsen.

– Ce que tu ne pouvais pas ébruiter à propos de Cat, est-ce que c'est lié à une enquête dans le cadre professionnel ?

– Je ne pe…

– Ne dis rien ! s'écria-t-elle. Tu n'as pas besoin de me répondre. Contente-toi de te taire si j'ai deviné juste.

Elle attendit quelques secondes.

Fredrik ne prononça pas un mot.

– Merci, reprit Agnes. Et tiens, si tu veux me faire un cadeau pour compenser la bague de fiançailles que je n'ai pas eue, jette donc un œil à son dossier personnel en arrivant tout à l'heure au boulot.

– Agnes…

– Désolée, je sais que je ne devrais pas te demander ça et que tu n'arriveras sans doute même pas à te connecter, mais au moins, tu sais ce qui me ferait plaisir ! Allez, bonne balade !

Elle raccrocha, retourna sur Google, effaça le contenu de sa dernière recherche pour entrer « médecin + CHU de Bergen + enquête ».

Rien de ce qu'elle lut ne laissait entendre que Kathrine Bøe ait été interpellée voire condamnée, ni que l'affaire ait été classée. Impossible même de savoir si derrière la « femme médecin dans la trentaine » se cachait son ancienne camarade de classe. Elle en était pourtant assez convaincue.

Agnes sauta du muret et d'un bon pas mit le cap sur la rédaction du *Hordaland*.

Son pass fonctionnait encore. Eskildsen n'avait peut-être pas pris sa démission au sérieux, bien qu'elle lui en ait fait part non seulement de vive voix, mais par écrit. Il s'attendait sans doute à ce qu'elle revienne lundi, la queue entre les jambes. Il pouvait toujours rêver.

Agnes monta à l'étage, s'immobilisa et tendit l'oreille. La lumière était allumée comme toujours, mais le silence régnait dans le grand open space de la rédaction.

Elle fila à gauche vers son ancien bureau, qu'elle trouva dans le même état que la veille lorsqu'elle avait claqué la porte. Elle s'empara du reste de brioche desséché qu'elle avait abandonné à côté du clavier, et se mit à le mastiquer nerveusement.

Sa place n'était plus ici.

Elle se dépêcha de se connecter à l'intranet et d'ouvrir la base d'images pour accéder à l'ensemble des photos de l'enterrement prises par Frida, la petite intérimaire. Plus elle y pensait, plus elle avait le sentiment que le détail qu'elle avait remarqué dans le train n'était pas anodin. Si Kathrine Bøe s'était retournée vers la porte de l'église, c'était pour une bonne raison.

Que regardait-elle derrière elle ? Ou plutôt : qui regardait-elle ? se demanda Agnes en feuilletant les premières images chargées ces derniers jours.

Des pas résonnèrent dans le couloir.

Sans doute le Retraité, qui devait être de garde ce week-end… Mieux valait éviter qu'il la remarque. Qu'une ex-employée surgisse en dehors des heures de bureau, ce ne serait forcément pas bien vu, et le fait qu'elle bosse maintenant pour *VG* aggraverait encore son cas. Sa présence pourrait passer pour de l'espionnage, ni plus ni moins. Or une chose était sûre : ce vieux lèche-cul irait tout cafter à Eskildsen.

Agnes se glissa derrière la porte et resta en apnée, en attendant que les pas s'éloignent.

Par l'entrebâillement de la porte, elle vit une silhouette vêtue d'une veste en cuir marron disparaître dans le bureau du rédacteur en chef.

– Ne t'en fais pas, je m'en occupe, marmonna la voix d'Eskildsen.

Sa gorge se noua. Elle se voyait déjà coincée là pendant des heures, sans rien à manger ni à boire. Faite comme un rat. La sueur dégoulinait dans son dos, l'angoisse lui oppressait la poitrine.

Quand les pas revinrent, elle retint de nouveau son souffle. Mais ils continuèrent et s'engouffrèrent dans l'escalier. Au bout d'un court moment, elle entendit claquer la porte du rez-de-chaussée. Elle souffla et s'effondra accroupie, la tête dans les mains.

Vingt minutes plus tard, poussée par une envie pressante, elle osa enfin sortir de sa cachette. À l'instant où elle refermait derrière elle la porte de l'immeuble, elle se rendit compte qu'elle avait oublié de consulter les clichés. Elle resta plantée là, envisageant d'y retourner, d'infliger à son organisme une nouvelle forte dose de stress.

Quelqu'un se racla la gorge, tout près.

– Tu sais que je pourrais te balancer aux flics pour violation de domicile ?

Eskildsen l'attendait, adossé à sa voiture qu'il avait garée juste à droite du bâtiment, les bras croisés, sa veste en cuir marron sur le capot.

– Tu es sacrément gonflée, Tveit. Embaucher quelqu'un d'aussi sournois et incompétent que toi, c'est sans doute la plus grosse connerie que j'aie faite en près de trente ans de carrière. Et dire que j'ai commis cette erreur deux fois… Ça n'arrivera plus, crois-moi.

Il tendit la main et ajouta :

– Ton pass. Et que ça saute.

Agnes tenait le volant d'une main tout en essuyant l'autre sur son jean. Elle avait le dos aussi trempé que ses paumes, et la gorge affreusement sèche. Après sa rencontre malencontreuse avec un mec hargneux de plus, elle s'était dépêchée de rejoindre sa voiture abandonnée du côté de la gare.

Était-ce vraiment un hasard si le rédacteur en chef était venu au bureau un samedi ? Est-ce qu'il ne faisait pas tout pour lui mettre des bâtons dans les roues ?

Il ne restait qu'un seul moyen d'obtenir la précieuse information.

Frida Grådal passait l'été chez ses parents, qui tenaient une ferme à Bordalen. Agnes ne se souvenait pas d'être jamais allée dans ce coin de la commune. Découvrir de nouveaux endroits sur les terres de son enfance avait quelque chose d'étrange. Ici, c'était la campagne, la vraie. À côté, le centre-ville passait pour une métropole. Quelques rares habitations se dressaient au milieu de vastes étendues vertes, des champs et des prairies sillonnés de sentiers. On aurait dit le décor de *La Mélodie du bonheur*. Ce paysage lui plaisait, devait-elle reconnaître. Nul doute, Bordalen était bien la perle cachée vantée par les dépliants touristiques.

La famille Grådal occupait la ferme située le plus en altitude. En remontant la route escarpée, Agnes songeait à l'apparition d'Eskildsen.

Plus elle y réfléchissait, moins il lui paraissait probable qu'il l'ait surprise par hasard.

Avait-il eu le culot de la suivre ?

À peine garée, elle vit Frida sortir de la grange, vêtue d'une combinaison de travail, un foulard sur les cheveux. Méconnaissable, la jeune journaliste branchée qui écrivait des pièces de théâtre et tenait un blog sur l'intelligence artificielle.

– J'ai direct envie de te dire non, affirma-t-elle les mains plantées sur les hanches. Tu n'es pas près de remporter le titre de la meilleure collègue de l'année.

Toi non plus, se dit Agnes, mais elle répondit :

– Je sais… Et je comprends. Seulement, j'ai besoin de ton aide.

– OK, mais c'est bien parce que je crois toujours à l'amour, contrairement à toutes ces vieilles biques aigries.

Une de ces vieilles biques aigries, Agnes devait en être à ses yeux. Soit, elle pouvait bien l'accepter. Elle portait déjà un nouveau regard sur cette fille aux allures de garçon manqué. Elle aurait voulu s'excuser de s'être montrée si peu aimable, de ne pas avoir su jouer le rôle du mentor sage et généreux. Mais ça pouvait attendre. Il y avait plus important pour le moment.

– As-tu toujours les photos de l'enterrement sur ton appareil ? demanda-t-elle.

– Oui, répondit Frida. Pourquoi ?

– Je peux les voir ?

– Bien sûr, suis-moi.

La chambre de petite fille était tapissée de papier peint violet girly, avec trois posters épinglés aux murs : les One Direction, Justin Bieber en jeune premier innocent comme l'agneau qui vient de naître, et le portrait d'un homme torse nu aux muscles parfaitement sculptés. Le sol de la petite pièce mansardée était jonché de bouteilles de soda vides, la corbeille à papier débordait d'emballages de nourriture, le dossier de la chaise croulait sous les vêtements et une tablette de chocolat entamée gisait sur le bureau. En regardant Frida sortir la carte mémoire de son appareil et l'insérer dans un lecteur branché à son ordinateur, Agnes se sentit plus proche de la jeune intérimaire qu'elle aurait jamais cru l'être un jour.

– Voilà, déclara Frida quand une mosaïque d'images apparut à l'écran. Qu'est-ce qu'on cherche ?

Agnes repéra la photo principale de l'article publié sur le site du journal et pointa le doigt sur Kathrine Bøe avec son visage tourné vers la porte de l'église, contrairement au reste de l'assistance qui faisait face à l'autel.

– J'avoue que je n'avais pas remarqué, dit Frida. Tu voudrais savoir qui est cette femme et ce qu'elle regarde, j'imagine ?

– Exactement, répondit Agnes.

Son ancienne collègue fronça les sourcils.

– Le problème, c'est que j'ai dû rester perchée là-haut tout du long, à côté de ce foutu orgue qui me cassait les oreilles, reprit-elle en passant en revue les photos de l'enterrement.

Des vues d'ensemble pour la plupart, outre quelques gros plans sur le cercueil, les gerbes de fleurs et les proches endeuillés pris de dos, nuque courbée.

– C'est bien ce que je craignais. Je n'ai aucune photo dans la bonne direction.

La déception piqua Agnes comme une guêpe. Un court instant, elle avait cru qu'elles formaient désormais une équipe sur le point de faire une grande découverte.

– Après, il y a bien quelqu'un qui pourrait avoir vu ce qui se passait par là-bas, ajouta Frida. La seule personne qui était tournée vers l'assistance pendant quasiment toute la cérémonie.

C'était bien la première fois de sa vie qu'Agnes se réjouissait de discuter avec un pasteur.

La maison de Ragnhild Therese Kyte à Haugamoen était moins monacale qu'elle ne s'y attendait. Pas une croix, pas un jésus au mur. Des chaussures de foot crottées au milieu du couloir de l'entrée. Le domicile de n'importe quelle famille, autrement dit.

Mme Kyte la conduisit dans la cuisine et s'installa à table, sans lui offrir ni à manger ni à boire. Pas très chrétien, se dit Agnes.

– Je suis tellement inquiète pour notre paroisse, déclara la femme d'Église. Quand une petite société comme la nôtre est frappée par un tel drame, ça fait des remous. J'espère que les gens vont réussir à rester soudés, à estimer leur prochain, et que nous prouverons que ce genre de choses est inacceptable chez nous.

Agnes se garda bien de mentionner les médisances qu'elle avait entendues çà et là. Elle laissa la pasteure conclure son petit sermon, avant de lui exposer la raison de sa visite.

– Vous allez peut-être trouver ma question bizarre, mais je me demandais si vous aviez vu quelqu'un entrer ou sortir de l'église ? Pendant les obsèques, je veux dire…

Mme Kyte posa les poings sur la table, sans chercher à cacher l'eczéma qui lui rongeait les paumes. Agnes joignit ses mains sous la table.

– Ça arrive tout le temps, les gens n'ont plus beaucoup de respect pour les lieux saints de nos jours.

Elle se tut, l'air de fouiller sa mémoire.

– Mais maintenant que vous le dites… Deux hommes sont sortis avant les autres. Le premier, un vieux monsieur si mes souvenirs sont bons, s'est levé pendant le dernier cantique. Il avait…

– Une canne et une barbe rousse ? demanda Agnes.

– Exactement ! Roux grisonnant, je dirais… L'autre, c'était un jeune homme qui non seulement a eu l'impolitesse d'arriver en retard, mais qui est reparti en plein milieu d'une intervention.

– Il ressemblait à quoi ?

– Oh, à n'importe qui.

Elle semblait n'avoir rien à ajouter, mais Agnes eut subitement une idée.

– Vous êtes abonnée au *Hordaland* ?

– Bien sûr, répondit-elle avec un geste du menton vers un panier à journaux accroché au mur.

– Celui de jeudi se trouve là-dedans ?

– Normalement, oui. J'ai été tellement occupée cette semaine que je n'ai pas eu le temps d'en ouvrir un seul, mais je les garde précieusement pour le week-end.

Agnes se leva et sortit quelques éditions du *Bergens Tidende* et des magazines publicitaires, avant de tomber sur le bon journal.

Elle l'ouvrit à la page centrale.

– Pourrait-il s'agir de cet homme ? demanda-t-elle en montrant la photo.

Ragnhild Therese Kyte ouvrit grands les yeux.

– Possible, répondit-elle. Procureur avec ça ? Mais oui. C'était lui, il n'y a aucun doute.

Pourquoi étaient-ils tous revenus ? Tous ces gens qui n'arrivaient pas à laisser le passé derrière eux, à oublier les blessures et les amertumes.

Qu'est-ce que Vegard Saue foutait ici ? Il n'avait quasiment pas mis les pieds à Voss ces vingt dernières années, si Agnes avait bien compris. Alors, pourquoi faire le malin dans le journal de « ce putain de bled » qui lui avait déjà « causé des emmerdes » ? Que faisait-il chez Kathrine Bøe, le lendemain de l'enterrement ? Que redoutait-il à ce point de voir révélé au grand jour ?

Et l'autre, Henrik Vormedal ? Pourquoi être revenu dans la ville qu'il avait dû quitter sous les huées ? Était-ce vraiment pour les quarante ans de Viktor, pour réparer ses fautes de l'époque et embrasser son rôle de père et de grand-père ? Ou bien pour se venger de ceux qui avaient brisé sa carrière, voire sa vie, des décennies auparavant ?

Agnes songea à son meilleur ami, en espérant de tout son être que son intuition ne soit pas la bonne.

Cette fois, Agnes remarqua de petits restes de scotch rouge collés à la façade de la belle demeure de Palmafossen, probablement laissés par les pompiers ou la police après l'incendie. Elle appuya sur la sonnette au nom de « M. Bøe ». Après avoir attendu en vain qu'on lui ouvre, elle contourna la maison pour voir si la mère de Kathrine se trouvait dans le jardin. Comme elle passait le dernier angle, s'apprêtant à rejoindre sa voiture, elle aperçut une silhouette qui marchait lentement le long de la rue, légèrement penchée sur sa canne.

Un visage familier à la longue barbe rousse.

Henrik Vormedal adressa à Agnes un signe de tête et la salua de la main, avant de continuer dans la direction opposée.

C'est alors qu'elle s'aperçut que la fenêtre du rez-de-chaussée était non seulement grande ouverte, mais brisée.

L'appui était assez bas. Visiblement, quelqu'un avait cassé la vitre pour passer le bras à l'intérieur et ouvrir la fenêtre. Agnes s'agrippa, se hissa prudemment pour éviter de se blesser, avant de sauter dans la pièce.

Une commode blanche gisait renversée, éventrée, les tiroirs jetés sur le parquet et le lit double. De part et d'autre de la pièce, des boîtes en carton de toutes tailles, des corbeilles, des vêtements et autres extirpés du placard. Un bout de verre crissa sous la semelle d'Agnes.

Aucun doute, quelqu'un était entré par effraction.

Vite, appeler Viktor, lui dire qu'elle avait croisé son père. Henrik Vormedal avait-il juste rendu visite à son ancienne idylle, la tante d'Agnes, qui vivait un peu plus haut dans la rue, ou se trouvait-il dans le quartier pour une autre raison ?

Elle avança à pas feutrés. Un parfum de vieille dame mêlée à une odeur de cendre flottait dans cette pièce qui devait être la chambre de la mère de Kathrine.

Elle passa la porte, longea un petit couloir qui menait dans l'entrée, où elle avait été reçue la dernière fois. Les chaussures étaient toujours aussi soigneusement alignées. Elle leva les yeux vers l'appartement de Kathrine à l'étage et commença à monter l'escalier.

Un bruit la fit sursauter.

Elle s'immobilisa. Le bruit venait des vieilles marches qui craquaient à chacun de ses pas. Elle soupira et grimpa deux à deux jusqu'au palier, mais se figea aussitôt en voyant une ombre glisser sur le mur.

Une illusion ou y avait-il quelqu'un ?

Elle ne comptait pas rester assez longtemps pour s'en assurer. Plantée en haut de l'escalier, elle balaya le salon du regard, encore plus en désordre que lors de son précédent passage en début de semaine. Le panneau « HOME » était de travers, les caisses renversées aux quatre coins de la pièce, vidées de leur contenu, le sol jonché d'un fatras de classeurs, de sacs, de ceintures, de livres, de vaisselle, d'affaires de couture et de cadres photo.

L'un d'eux était fendu en deux, barrant en diagonale le portrait d'un couple d'adolescents. Vegard et Kathrine.

La peur la saisit quand une ombre fusa de nouveau devant elle.

Non, elle n'avait pas rêvé.

Elle n'était pas seule dans cette maison.

Elle s'apprêtait à dévaler l'escalier lorsqu'une lumière éblouissante jaillit soudain.

Le faisceau violent d'une lampe de poche venu de la pièce voisine approcha à toute vitesse.

Agnes, tétanisée, n'arrivait pas à voir qui était derrière. Elle ne distingua que la semelle d'une grosse chaussure qui lui arrivait droit dessus, et perdit connaissance.

– Agnes ? Agnes ?

Elle errait dans le noir et on la secouait.

Dès qu'elle ouvrit les paupières, elle sentit un violent mal de crâne et fut parcourue d'un frisson. Son regard rencontra les yeux bruns de Viktor, penché sur elle.

Elle tenta de se lever, mais son corps lui semblait aussi lourd qu'un sac de sable. Elle resta là, étendue de tout son long, porta la main à son front et vit que ses doigts étaient barbouillés de sang frais, bien rouge.

– Qu'est-ce que tu fais là ? bredouilla-t-elle.

– Ce que je fais là ? répéta Viktor. Des voisins ont signalé une entrée par effraction. Je dois dire que je ne m'attendais pas à te trouver ici.

– Il y avait quelqu'un d'autre. Quelqu'un qui m'a flanqué un coup de pied en pleine tronche. Il…

Elle baissa les yeux.

Viktor, vêtu de son uniforme de police, portait d'épais godillots beaucoup trop chauds pour la saison.

– Maintenant, en tout cas, la maison est vide. Mona Bøe est à Hagahaugen pour quelques jours, le centre de rééducation, tu sais. Elle était bouleversée quand on l'a appelée. Elle craint que ce ne soit la même personne qui ait essayé de mettre le feu à sa baraque, l'autre jour. J'espère que ce n'était pas toi.

– Hein ?

Malgré la douleur lancinante, Agnes parvint tant bien que mal à se redresser.

– L'incendie était criminel ?

– Je l'ignorais, mais c'est ce qu'elle affirme. Elle l'a même raconté à un journaliste du *Hordaland*, mais ils ne peuvent pas diffuser ce genre d'infos sans preuve. Quoi qu'il en soit, je pense que tout ça a quelque chose à voir avec l'affaire Veslemøy Liland. Ça m'étonnerait que ce soit une coïncidence.

Viktor l'aida à se relever.

– Bon, avant de rentrer au poste écrire mon petit rapport, je te conduis aux urgences. Ensuite tu iras gentiment chez toi et tu nous laisseras enquêter tranquillement. Entendu ? Je n'ai pas le temps de voler au secours de jeunes reporters en détresse.

Agnes resta plantée à l'entrée du service des urgences. Elle avait eu beau répéter à Viktor qu'elle n'avait pas besoin qu'on l'examine, il n'avait rien voulu entendre et l'avait accompagnée jusqu'à la réception. Assurer, aussi faux que ce soit, qu'elle n'avait plus mal au crâne et qu'elle pouvait prendre le volant de sa voiture n'avait servi à rien.

Une des infirmières ne tarda pas à lancer :

– Dahl ? Je crois que cette patiente est pour toi.

Dix secondes plus tard, Fredrik apparut, affublé de ses Crocs.

– Qu'est-ce qui s'est passé ? demanda-t-il, le front ridé d'angoisse.

– Rien, juste un petit accident, affirma-t-elle en secouant la tête.

Elle ne supportait pas l'idée qu'il s'inquiète, qu'il se mette à la dorloter et à la sermonner. Oui, une fois de plus, elle avait fourré son nez dans les affaires des autres.

– J'ai trébuché et je me suis cogné le front contre une pierre. Ce n'est vraiment pas grave.

Fredrik la dévisagea, puis adressa un regard à Viktor avant de reposer les yeux sur elle, l'air d'attendre qu'un des deux lui dise la vérité. Mais Viktor ne prononça pas un mot.

Elle se souvint alors qu'elle devait le prévenir qu'elle avait vu son père.

Mais soudain, elle sombra de nouveau dans le noir.

Quand elle se réveilla, elle ouvrit les yeux sur un plafond blanc criblé de petits points. Des millions de petits points. À quoi pouvaient-ils bien servir ? se demanda-t-elle. À décorer ? À aérer la pièce ?

Le visage de Fredrik, pétri d'inquiétude, apparut en travers de cette étrange vision.

– Je suis tombée dans les pommes ? demanda Agnes.

– Ça oui, droit sur le carrelage, répondit-il. Sérieusement, j'ai des raisons de me faire du souci ? Je te le demande à la fois en tant que médecin et… futur mari.

– Il n'y a aucun souci à se faire, déclara Agnes en s'efforçant de sourire malgré la douleur qui lui irradiait le crâne. J'ai peut-être juste besoin d'un petit pansement, si vous avez ça dans cet hôpital.

– Va pour un pansement. Et si tu es gentille, tu repartiras peut-être même avec un joujou. Mais en attendant, je crois qu'on va faire quelques examens, histoire d'être sûrs que tout va bien.

Un scanner, un ECG et une prise de sang plus tard, Agnes attendait assise sur son lit, impatiente de sortir de l'hôpital. Elle avait promis à Fredrik de se reposer, au cas où elle aurait malgré tout subi un traumatisme crânien. Elle s'apprêtait à enfiler ses chaussures quand il bondit de sa chaise et ferma la porte.

Il sortit son portable de la poche-poitrine de sa blouse et s'approcha.

– Ton cadeau de fiançailles, annonça-t-il en lui tendant l'appareil. Jettes-y un œil maintenant parce que je dois supprimer cette photo avant que tu quittes cette pièce. Sinon, ça risque de nous coûter cher. Je préfère ne pas penser à l'état de nos finances si je perds mon boulot. Déjà que j'ai l'impression d'être le pire des traîtres...

Agnes l'embrassa.

Le document qu'il avait photographié montrait que l'Agence nationale de la santé avait ouvert un dossier sur Kathrine Bøe en 2018, suite à une plainte pour exercice en état d'ébriété au CHU de Bergen. Elle avait été lavée de tout soupçon et autorisée à conserver son poste, mais d'après le psychologue du travail en charge de l'affaire, la praticienne avait été fortement marquée par ces accusations, au point qu'elle avait fini par démissionner.

Œil pour œil, dent pour dent, pensa Agnes.

– J'espère que c'était important, dit Fredrik.

Elle lui répondit par un baiser.

– Merci, murmura-t-elle en lui rendant son portable.

– Au fait, tu as vu ton boss aujourd'hui ? demanda Fredrik.

– Qui ça ?

– Eskildsen. Tu en as un autre ?

Fredrik ignorait qu'elle avait démissionné, se rappela-t-elle soudain. Il s'était réveillé peu avant qu'elle s'en aille dans la matinée, et n'avait donc pas entendu ses échanges téléphoniques au lever du jour. Et il ne lisait jamais *VG*.

– Non, pourquoi ?

– Je suis tombé sur lui devant la maison quand je suis sorti courir, en début d'après-midi. Je ne lui avais jamais parlé, mais je l'ai reconnu. Il habite dans le coin ?

– Il me cherchait ?

– Oui. Enfin, au début, il n'était pas très clair, mais quand je me suis présenté comme ton mari, il m'a demandé où tu étais.

– Et qu'est-ce que tu as répondu ?

– Que tu étais partie faire un tour en montagne, mais que tu étais sans doute redescendue en ville, à cette heure.

– Et… ?

– Et quoi ?

Agnes poussa un soupir.

– Tu lui as dit de m'appeler, ou tu as eu recours à ta petite astuce habituelle ?

– Je voulais être sympa avec ton boss, s'expliqua-t-il. Et c'est une fonctionnalité qui fait gagner un temps fou, je te rappelle. Alors oui, j'ai ouvert « Localiser » et j'ai vu que tu étais à la rédaction. Je crois que ça l'a drôlement impressionné que tu ailles au boulot un samedi sans être de garde.

Le temps qu'elle ressorte de l'hôpital, Viktor était retourné au poste – il n'était pourtant pas si urgent de signaler l'agression à ses collègues de la police. Un taxi attendait donc Agnes à la sortie. Elle envisagea une seconde de se faire reconduire à Palmafossen pour récupérer sa voiture, mais elle se sentait encore un peu trop étourdie pour pouvoir se mettre au volant.

Le taxi ne tarda pas à s'arrêter devant chez elle.

Elle entra par le garage, envahi d'un tel bric-à-brac qu'il n'y avait plus la place d'y garer un véhicule. Toutes les bricoles trop encombrantes pour la remise s'étaient retrouvées là. Agnes déplaça les luges dont ils avaient hérité et qui ne serviraient peut-être jamais, elle souleva quelques pneus, retira du passage une pelle et des sacs-poubelles remplis de vieilleries. Puis elle attrapa son joli vélo de ville rouge. Elle n'avait pas pédalé depuis qu'ils s'étaient installés à Voss et qu'elle avait acheté sa première voiture.

À plat, ou presque. Elle se mit à chercher une pompe, se frayant un chemin entre les objets qu'elle dégageait sans se soucier du désordre qu'elle laisserait derrière elle. Elle finit par en trouver une dans une caisse « MATÉRIEL DE SPORT » marqué au feutre noir, preuve qu'ils avaient été plus organisés au moment de leur installation.

Ses yeux se posèrent sur une autre caisse plus imposante dans un coin, à moitié cachée sous une pile de manteaux et de blousons d'hiver. Agnes poussa les vêtements.

Qualité suédoise depuis 1925, lut-elle.

Elle fixa un instant le carton.

Puis son regard se porta sur une hachette suspendue au mur. Elle la décrocha délicatement, saisit le manche à deux mains, leva lentement l'outil au-dessus de sa tête et l'abattit sur sa cible.

La lame s'y enfonça comme dans du beurre, à croire qu'elle n'avait fendu que de l'air. À travers le carton déchiré, Agnes aperçut ce qui ressemblait à une poussette Emmaljunga City Cross noire. Elle brandit de nouveau la hache, convoquant un peu plus ses forces cette fois et visant la capote sombre, qui céda aussitôt.

Elle se défoula ensuite sur le châssis, sur les roues, le guidon, l'homme qui l'avait assommée, Vegard Saue, Henrik Vormedal, Steven Smith, la nacelle, le cancer, la mort, la vie, Fredrik, jusqu'à ce que les lambeaux de la poussette massacrée se trouvent éparpillés à travers le garage.

Une demi-heure plus tard, elle pédalait vers Vangen, la tête plus lourde encore, mais l'esprit plus léger.

De joyeuses comptines filtraient à travers les murs de la vieille maison en bois, mais Steven Smith n'avait pas l'air spécialement jovial lorsqu'il passa la tête par l'ouverture de la porte ornée de son écriteau en pâte à sel. Agnes sentait son pouls battre dans sa gorge. Elle prit une bouffée d'air frais.

– Pardon, dit-elle, essoufflée. Pour l'article et notre conversation de tout à l'heure. Je comprendrais que tu m'envoies bouler, mais je te demande quand même cinq minutes de ton temps. Je pense que tu as envie d'entendre ce que j'ai à te dire.

Comme il s'apprêtait à claquer la porte, elle s'empressa d'ajouter :

– Je suis toujours convaincue que tu n'as rien à voir avec la mort de Veslemøy. Je crois même que ce n'était pas elle qui était visée.

Steven frissonna. Il se garda d'ouvrir en grand, mais laissa la porte entrebâillée, juste assez pour qu'Agnes puisse se glisser à l'intérieur.

– Je te dois sans doute des excuses, moi aussi, admit-il.

Agnes examina rapidement les chaussures rangées dans l'entrée. Les seules de taille adulte étaient une paire de baskets légères et des bottes en caoutchouc. Pas l'ombre d'un gros godillot, constata-t-elle, sentant aussitôt son pouls se calmer.

Son hôte la mena vers la cuisine. En chemin, elle aperçut les garçons installés sur le canapé du salon, chacun une sucette dans la bouche. Elle prit place sur une chaise maculée de Ketchup séché. Sous le regard attentif de Steven, resté debout, elle ouvrit son sac et sortit le document qu'elle avait imprimé chez elle : le modèle de certificat médical émis par la Fédération nationale des sports aériens.

Toute perte de connaissance, même légère et très transitoire, peut s'avérer fatale. C'est pourquoi les personnes ayant déjà connu des évanouissements ou altérations sévères de la conscience sont exclues de la pratique du parachutisme, lisait-on.

Elle le tendit à Steven, qui l'attrapa entre ses longs doigts et le parcourut rapidement, avant de lui adresser un regard interrogateur.

– Et alors ? Ce n'est pas la première fois que je vois ce certificat.

– Veslemøy t'a menti, la crise qu'elle a eue en Nouvelle-Zélande n'était pas la première. Et je crois qu'un médecin du nom de Henrik Vormedal, qui a refusé de signer ce certificat à l'époque où elle a commencé à sauter en parachute, avait une dent contre elle et Kathrine.

Steven n'eut pas l'air surpris.

– Tu as parlé avec Oddmund ?

– Oui, répondit Agnes. Il m'a dit que Veslemøy et Kathrine avaient détruit sa carrière en le dénonçant à la police… Pourquoi ? Tu étais au courant ?

Il poussa un soupir.

– Je connais une autre version de l'histoire.

À voir l'air blasé de Steven Smith, il semblait savoir depuis un moment que sa compagne n'avait pas été parfaitement honnête avec lui.

– À ce que je sais, si le médecin a été radié de l'ordre, ce n'est pas à cause de Veslemøy ni de Kathrine.

– Mais de qui alors ?

– De Dagny, répondit Smith.

– Pardon ?

– Tu m'as bien entendu. Dagny Berge, sa grand-mère. Elle n'a pas toujours été vieille et sénile, *you know*.

Agnes resta bouche bée, et il reprit :

– Tu crois vraiment qu'un médecin serait assez con pour planquer de la drogue dans le cabinet qu'il partage avec quelqu'un d'autre ? Non, tout ce plan, ça vient de Dagny.

Dagny Berge avait une peur bleue que son unique petite-fille tombe dans la drogue, lui expliqua Steven. Elle était sur les nerfs depuis le soir de la razzia et craignait que l'épisode ne se reproduise. La vieille femme cherchait sans cesse des traces de cannabis dans la chambre de Veslemøy, et même d'autres drogues qu'elle avait appris à reconnaître.

Jusqu'au jour où elle avait trouvé quelque chose.

– Peu après, lorsqu'elle a compris que les filles s'apprêtaient à dénoncer le médecin aux flics, elle a pris rendez-vous chez lui en prétextant un mal de hanche. Elle en a profité pour cacher quelques grammes de weed dans son cabinet.

Face au visage sceptique d'Agnes, il ajouta :

– *I know*. Ça paraît incroyable qu'une mamie de soixante-dix ans ait aussi peu de scrupules, mais j'en ai bien d'autres sur elle.

Agnes se rappela ce qu'Ingeborg lui avait raconté à propos de Dagny Berge lorsque Veslemøy avait été prise en flagrant délit alors qu'elle tentait de voler des bières au supermarché.

– En réalité, elle a fait d'une pierre deux coups, reprit Smith. Se débarrasser de la weed et du type qui empêchait sa petite-fille chérie de pratiquer sa passion. Elle préférait sans doute que Veslemøy meure en faisant ce qu'elle adorait plutôt que d'une overdose. Au pire, dans le premier cas, ça aurait redoré un peu son image.

Steven haussa les épaules et humidifia ses lèvres charnues, qui contrastaient avec son visage osseux.

– On est peut-être plusieurs à avoir pu assassiner Veslemøy, mais je doute que ce soit Vormedal.

– Pourquoi ?

– C'est un vieux débris qui n'y connaît rien. Ça m'étonnerait qu'il ait appris à saboter un parachute et à le replier.

Le regard dirigé obstinément sur la fenêtre, Steven ajouta :

– Contrairement à quelqu'un de plus jeune et de bien formé dans le domaine.

L'un des jumeaux apparut soudain sur le seuil de la cuisine. Décidément, ni l'un ni l'autre ne ressemblaient à leur père.

– *Finished your lollypop ?* demanda Steven.

Le petit garçon gracile hocha la tête. Oui, il avait fini sa sucette.

– *More*, répondit-il.

– Non, tu as eu assez de bonbons comme ça. Si tu as faim, je peux te faire un toast.

Agnes se retint d'en réclamer un, malgré son estomac qui criait famine. Une fois l'enfant repartit vers la télévision avec son assiette en plastique, elle put enfin reprendre :

– Tu ne veux quand même pas dire Birger Flakne ?

Steven lâcha un petit rire sec en glissant deux tranches de pain dans le toaster.

– J'ignore s'il avait quelque chose contre Kathrine. Mais si c'est bien Veslemøy qui était visée, je ne pense pas non plus que ce soit lui.

Il baissa subitement d'un ton pour ajouter :

– Même cet imbécile n'assassinerait pas la mère de ses enfants.

Agnes le dévisagea. Avait-elle bien compris ?

– Birger est le père des jumeaux ? murmura-t-elle d'une voix calme alors que dans tout son corps la bataille faisait rage. Depuis quand tu le sais ?

Smith baissa les yeux et se passa la main sur le front, avant de s'accroupir pour ramasser un Duplo qu'il se mit à tripoter nerveusement.

– J'avais des soupçons. Comme je soupçonnais que Birger et Veslemøy avaient eu une liaison juste après qu'on s'était installés ici. Et peut-être même avant, *what the fuck do I know*. En tout cas, elle m'a tout avoué juste avant le week-end.

– Birger est au courant ?

– Je ne sais pas. Ça m'étonnerait. J'ai bien pensé l'affronter, mais je n'ose pas. J'ai la trouille de les perdre, les gamins. C'est pour ça que je n'ai rien dit aux flics, jamais je ne pourrai les laisser tomber. Veslemøy pensait que je ne voulais pas d'enfants, mais elle se trompait.

Après une courte pause, il ajouta en anglais, l'air de s'adresser à lui-même :

– Être père, c'est la seule chose que je sais faire.

Décidément, cette ville regorgeait d'amitiés malsaines, pensa Agnes. Dieu qu'elle était heureuse d'avoir Viktor et Ingeborg. Dès que toute cette histoire serait terminée, elle les inviterait tous les deux à passer une soirée bien arrosée.

– Même si je n'ai pas beaucoup d'estime pour Flakne, je ne crois pas qu'il ferait de mal à une mouche, reprit Steven en levant les yeux vers elle. Mais je n'en dirais pas autant de ce sale violeur qui vient d'être nommé procureur.

Un silence s'installa dans la pièce. Steven Smith en profita pour tartiner de beurre ses tranches de pain grillé, avant de poursuivre :

– On m'a interrogé une bonne dizaine d'heures, je suis resté en garde à vue deux jours entiers, et tu es la première à me demander qui je soupçonne. Si c'est vraiment Kathrine qui était visée, le type avait peut-être un autre mobile. Qui sait, elle savait peut-être quelque chose qu'elle n'aurait pas dû savoir. En tout cas, je pense à...

– Vegard Saue, compléta Agnes.

Smith approuva d'un signe de tête.

– Le bâtard qui gâche la vie de Veslemøy depuis vingt ans.

Agnes ne fit aucun commentaire, préférant le laisser parler.

– Je ne crois pas qu'il soit à Voss depuis bien longtemps. Mais plusieurs personnes disent l'avoir vu sur la drop zone dimanche, peu avant la cérémonie. Et puis, il a eu le culot de se pointer à l'enterrement. Je l'ai reconnu de loin. S'il n'était pas parti avant la fin et si je n'avais pas été dans une église, ou plutôt, si je n'y avais pas été avec mes gamins, je pense que je... Qu'il soit ou non responsable de la mort de Veslemøy, ce connard lui a gâché la vie pendant des années.

– C'est donc vrai qu'il l'a violée au parc pendant une fête l'année du bac ?

Cette fois, Steven eut l'air surpris. Il l'observa, prêt à lui demander d'où elle tenait cette information, mais il se ravisa.

– Oui, répondit-il. Enfin, pas au parc. Plus tard dans la soirée, pendant l'after. D'après ce que m'a raconté Veslemøy, ils avaient un peu déconné tous les deux, elle avait trop bu et elle était fâchée contre Cat pour je ne sais quelle bêtise. Plus tard, une fois que Kathrine était rentrée chez elle, Saue a voulu continuer, mais Veslemøy a refusé. Il l'a plaquée au sol et l'a violée dans l'une des chambres de la maison où avait lieu la fête. Et puis, il lui a juré qu'il la tuerait si elle en parlait à Kathrine ou à quelqu'un d'autre.

– Mais elle est allée voir la police le lendemain, non ?

– Oui. Et ça n'a servi à rien. C'est ça qui l'a bouffée tout ce temps. Que personne ne la croie et que Saue ne soit pas condamné, c'était une chose. Mais qu'il sache qu'elle avait cafté… Veslemøy a eu peur pour sa vie pendant vingt ans. Imagine ce que ça fait. Il y a un mois, quand elle a appris que *the piece of shit* avait décroché l'un des postes les plus prestigieux de la justice, elle a décidé de faire quelque chose.

– Quoi donc ? demanda Agnes.

– Au début, elle voulait raconter son histoire à la presse, mais elle ne supportait pas l'idée de s'exposer à ce point. Elle voulait juste le priver de quelque chose. Du coup, elle lui a envoyé une lettre pour lui dire qu'elle retournerait voir la police ou qu'elle le dénoncerait aux médias s'il ne faisait pas une croix sur sa promotion. Évidemment, c'était du bluff.

– Et il a réagi comment ?

– Il n'a pas répondu. Mais ça n'a pas dû lui faire plaisir.

Agnes repensa à son échange avec Saue. En effet, il n'avait pas l'air ravi.

– Et toi, quand est-ce que tu as su pour le viol ?

Steven regarda de nouveau par terre.

– Avant même de faire connaissance avec Veslemøy. Je suis entré par hasard dans la chambre pendant que ce connard s'amusait. C'est moi qui l'ai poussée à aller chez les flics.

Agnes frissonna.

– Mais pourquoi a-t-elle retiré sa plainte si elle t'avait comme témoin ?

Il plongea ses yeux sombres dans les siens.

– Veslemøy n'a jamais retiré sa plainte.

La circulation était dense rue Vangsgata, chose rare depuis la construction du tunnel qui détournait une bonne partie du flux de voitures passant par Voss dans les deux sens. Sur son vélo, après avoir dépassé la salle de gym et la boutique de fringues hors de prix, Agnes tourna la tête et observa la devanture du café Ringheim, à sa droite. Eskildsen était assis à une table, en tête à tête avec père Poulet. Autrement dit, Svein Vatle.

Encore une réunion du Club des patriarches, pensa-t-elle. En tout cas, de certains de ses membres.

Elle eut beau ralentir, à trop vouloir observer les deux hommes, elle faillit renverser une piétonne. La jeune fille la dévisagea d'un air épouvanté comme devant le diable en personne.

– Désolée, bredouilla Agnes en s'arrêtant pour la laisser traverser.

En se retournant vers le café, elle croisa le regard d'Eskildsen qui la fixait à travers la vitre. Il secoua la tête.

Agnes abandonna son vélo contre l'une des tables de la terrasse et monta les trois marches qui menaient à l'intérieur.

Père Poulet n'affichait plus ce sourire aimable qu'il lui avait réservé quelques jours plus tôt. La voyant approcher de leur table, il en lâcha sa cuillère, qui retomba sur son assiette garnie d'un millefeuille.

– Comme on se retrouve, lui lança-t-elle. Je parie que vous avez largement eu le temps de discuter de ma petite visite dans votre jardin.

Sans rien répondre, le vieil homme détourna les yeux sur Eskildsen. Agnes fit de même.

– Depuis combien de temps tu diriges le journal, déjà ? Trente ans, non ? demanda-t-elle haut et fort.

Les clients aux tables alentour se turent pour écouter, mais elle s'en fichait éperdument.

– En tout cas, tu y étais déjà en 1998 quand Steven Smith est venu vous voir, indigné qu'on ait classé sans suite la plainte pour viol contre Vegard Saue, à savoir ton neveu.

Agnes y voyait plus clair depuis le récit de Steven. Celui-ci était allé en personne au journal pour rencontrer le rédacteur en chef. L'adolescent qu'il était à l'époque ne savait plus quoi faire pour aider cette pauvre fille qu'il venait de rencontrer et qui désespérait d'être entendue. À l'époque déjà, il avait sa petite théorie sur la question : la police avait dû égarer les preuves du crime.

Smith avait tout raconté à Eskildsen, qui lui avait promis d'enquêter. Mais le temps était passé sans que le jeune Néo-Zélandais ait de nouvelles de quiconque au journal.

– J'imagine que tu es le seul de la rédaction à avoir recueilli ces accusations, reprit Agnes.

Eskildsen adressa un sourire désarmant aux gens des tablées alentour qui tendaient l'oreille.

– Cette fois, je crois que tu déréailles, Tveit.

– On verra bien qui déraille vraiment, répliqua Agnes avec un dernier regard à Svein Vatle.

Un affreux raffut à l'autre bout du fil.

Une tondeuse à gazon, comprit Agnes au bout de quelques secondes. Elle s'était attendue à ce que Viktor ait son téléphone en silencieux dans sa poche et ne réponde pas. Était-il vraiment chez lui, ou en pleine enquête sur l'homme qui l'avait agressée ?

– J'AI UNE HEURE DE PAUSE, cria-t-il pour couvrir le boucan.

Puis il se décida à éteindre la machine.

– Désolé. Je dois absolument m'occuper un peu du jardin. La pelouse pousse comme du chiendent, avec ces températures tropicales et cette pluie diluvienne.

À la surprise d'Agnes, il ne lui demanda pas comment elle se sentait.

– J'espère que tu es chez toi et que tu te reposes, dit-il seulement.

Elle baissa les yeux sur son vélo, qu'elle menait d'une main en marchant. En sortant du café, elle avait pris à gauche vers la place, passé la librairie à l'angle, contourné l'agence d'assurances, et elle allait maintenant d'un pas lourd le long d'Uttrågata vers l'ancien cinéma.

– Bien sûr, assura-t-elle.

Elle préférait attendre avant de lui parler du complot que Veslemøy, Kathrine et Dagny Berge avaient monté contre son père, plus de vingt ans auparavant. Elle n'était pas encore totalement convaincue par la théorie de Steven Smith. Et puis, depuis quelque temps, elle doutait un peu de la loyauté de Viktor. Mieux valait lui poser les questions concrètes qui lui trottaient dans la tête.

– La police explore-t-elle la piste selon laquelle Kathrine aurait été la cible du meurtre ? demanda-t-elle d'un ton formel qui l'étonna elle-même.

Il répondit d'une voix tout aussi étrangement solennelle :

– Pour le moment, je peux dire que oui, nous avons commencé à envisager cette possibilité. Ce qui ne signifie pas que la Kripos se fie nécessairement aux déclarations de Kathrine, qui jure n'avoir rien à voir avec cette affaire. Mais bien sûr, nous travaillons sur cette hypothèse.

Viktor redémarra la tondeuse, signe qu'il estimait en avoir assez dit.

Mais Agnes, elle, n'en avait pas fini.

– TU NE M'AS PAS DIT QUE LES PETITES ANTENNES DE POLICE N'ÉTAIENT PAS TRÈS SÉCURISÉES, AUTREFOIS ?

– À FØRDE, EN TOUT CAS, C'ÉTAIT LAMENTABLE, cria-t-il en retour avant de couper de nouveau le moteur.

– Merci, soupira Agnes. Je pensais à la plainte pour viol de Veslemøy Liland. Dans le registre, j'ai lu que l'affaire avait été classée au vu de l'état des preuves. Steven Smith pense que la police les a paumées à l'époque, même si personne ne l'a jamais reconnu. Tu crois que c'est possible ?

– Ce serait grave pour la profession, répondit Viktor au bout d'un moment. Mais ça n'aurait rien de nouveau. À Førde, des pièces disparaissaient mystérieusement de temps en temps. Jamais pour des affaires très sérieuses, heureusement. Donc ça ne s'ébruitait pas et on étouffait le truc en interne. Je ne serais pas étonné qu'ici il y ait eu le même genre de procédures, ou plutôt de non-procédures. Quand j'ai commencé dans le métier, on n'était pas très pointilleux sur les scellés...

Et il y a vingt ans, n'en parlons pas, pensa Agnes.

– À Førde, vous utilisiez aussi des sachets spéciaux pour les affaires de viol ? enchaîna-t-elle.

– Les fameux petits sachets en papier, tu veux dire ?

– Oui. Qu'est-ce qu'on en faisait une fois qu'ils étaient remplis ?

– On les envoyait à l'institut de médecine légale pour analyses.

– Tout de suite ?

– Si le courrier partait le jour même, oui.

– Et le week-end ?

– On attendait le lundi.

Sitôt conclue sa conversation avec Viktor de plus en plus impatient, Agnes ouvrit son calendrier et se dépêcha de remonter jusqu'en 1998.

Cette année-là, la fête nationale était tombée un dimanche.

Agnes enfourcha son vélo et s'appuya à la vitrine de l'ancien cinéma, où étaient exposées les affiches de films projetés au centre culturel. Bientôt, l'avant-première du septième volet d'une série de super-héros qu'elle n'avait jamais aimée, nota-t-elle quand son téléphone sonna. C'était Ingeborg.

– Il faut que je te raconte, dit celle-ci d'une voix claire. Comme je suis coincée à la maison avec un petit animal qui ne pense qu'à me pomper les seins, j'ai fait un peu de recherches pour toi. J'étais tellement intriguée par ce cher Vegard Saue que j'ai appelé une amie qui vit à Londres et qui a fait ses études avec lui à Tromsø. Figure-toi qu'elle se souvient de lui !

Elle parlait de plus en plus vite.

– Bravo, Robin, répondit Agnes d'un ton sec. Merci pour ton aide.

– Sois gentille si tu veux un coup de main, espèce d'ingrate, rétorqua Ingeborg.

Mais elle s'empressa de poursuivre :

– Elle m'a dit qu'à l'époque, Saue se plaignait d'une fille qui ne voulait pas le lâcher.

– Ah bon ?

Ingeborg marqua une pause oratoire.

– Une fille de Voss.

– Tiens donc…

La curiosité commençait à démanger Agnes.

– Elle s'appelait comment ? demanda-t-elle.

– Ça t'intéresse, hein ? Tu ne vas pas être déçue. D'après ses souvenirs, la fille s'appelait Kathrine quelque chose, un nom de famille banal. Agnes, c'est forcément Cat !

– Mais ils se sont séparés l'année du bac.

– Oui.

– Et Kathrine Bøe s'est ensuite installée à Bergen.

– Yes.

Où elle avait eu une relation à distance, réalisa Agnes.

Elle remercia Ingeborg pour son aide tout en lui suggérant de se trouver une autre occupation. Puis elle envoya un message à Joni pour lui demander où vivait l'homme dont Kathrine avait été amoureuse toutes ces années.

Trois cents mètres de tuyaux de chauffage urbain filaient toujours dans le sable de la plage Grandane, censée être le Copacabana de Voss. La commune n'avait pas encore pris de décision concernant cette installation héritée de Hordaland Bioénergie – Agnes avait écrit une bonne dizaine d'articles sur le problème. Elle sauta de son vélo et enjamba les doubles conduits pour rejoindre le rivage.

Elle avait besoin d'être seule, de se réfugier quelque part où elle ne risquait pas de croiser une connaissance à chaque coin de rue. De contempler le lac pour calmer un peu la douleur qui lui martelait le crâne et apaiser le tourbillon de ses pensées.

L'ex de Kathrine habitait en effet à Tromsø.

Ce ne pouvait être une pure coïncidence.

S'étaient-ils remis secrètement ensemble après le lycée ? Ou n'avaient-ils jamais rompu ?

Agnes ramassa un caillou et le lança de toutes ses forces. Il perça l'eau avec un petit plouf. Elle regarda les ronds concentriques grandir puis s'effacer lentement à la surface du lac dormant. Pourquoi n'y avait-il pas plus de bateaux dans ce décor somptueux ? se demanda-t-elle cette fois encore. À l'exception de quelques canoës et pédalos venant de temps en temps de l'auberge de jeunesse, et du hors-bord qui tirait les parapentes dans son sillage, ce coin de paradis n'était en général que le théâtre de bains glacés. À croire qu'une force supérieure avait exigé qu'on ne touche le lac qu'avec les yeux.

Elle lança de nouveau un caillou, et un autre. Puis elle sortit son téléphone.

– Comment ça va ? demanda son père d'un ton inquiet. Tu ne ressasses pas trop ce que je t'ai dit l'autre jour ?

Voilà donc ce qui l'attendait maintenant, pensa Agnes. Comme sa mère, elle devrait sans cesse assurer que tout allait bien.

– Au fait, comment se fait-il que tu bosses de nouveau pour *VG* ? reprit-il. Tu n'es plus au *Hordaland* ? Ça n'a rien à voir avec ta mère, j'espère ! Ne me dis pas que vous allez redéménager !

– Non, affirma-t-elle tout en ne sachant pas elle-même si elle disait vrai. Je t'expliquerai plus tard, mais je n'ai pas le temps, là. J'appelais juste pour te demander quelque chose : qu'est-ce que tu sais de Torgeir Tveiterås ?

– Tveiterås ? Le commissaire adjoint ? J'avais quasiment oublié son existence, à vrai dire. Une triste histoire. Il a dû s'arrêter beaucoup trop tôt, il a été mis en congé maladie longue durée jusqu'à ce qu'il puisse toucher l'allocation invalidité.

– Il a des enfants ?

– Non. Mais je crois qu'il avait de bonnes relations avec les gens de sa famille.

– Tu n'as pas idée de qui précisément ?

Agnes sentait qu'elle commençait déjà à perdre patience.

– Hélas, non.

Le contrôleur souffla dans son sifflet, lui évoquant un personnage de bande dessinée.

Pour la deuxième fois cette semaine, Agnes était montée sur un coup de tête dans un train, une navette en direction de Bergen. Son vélo, elle l'avait laissé contre un poteau de la gare, sans antivol. Elle avait bien songé un instant à récupérer sa voiture abandonnée à Palmafossen, mais elle ne pouvait décemment pas se mettre au volant avec un éventuel trauma crânien.

Elle avait essayé d'appeler l'ancien commissaire adjoint à plusieurs reprises, en vain. Il fallait absolument qu'elle le questionne. Il était assez évident qu'il était arrivé quelque chose aux pièces à conviction de l'affaire de viol. Vegard Saue avait-il réussi à subtiliser les preuves dirigées contre lui et à faire en sorte que Kathrine n'en sache rien ? Tveiterås, de garde ce week-end-là, avait-il omis de signaler la disparition du sachet scellé ?

Était-ce pour cette raison que père Poulet s'était montré aussi évasif et bizarre quand Agnes avait mentionné les événements, par peur que la police ne perde la face ? Son amitié avec Eskildsen lui avait-elle épargné un scandale dans les journaux ? Cet imbécile de rédacteur en chef qui voulait sans doute protéger son neveu…

Agnes craignait d'effrayer le vieux bonhomme en venant sonner directement à sa porte, sur l'île d'Askøy. Mais elle n'avait pas le choix. Et à vrai dire, une petite pause lui ferait du bien, elle le sentait – cette demi-heure à somnoler dans le train tombait à point nommé.

– Ça alors, Agnes ! C'est fou. On ne s'était pas vues depuis vingt ans et voilà qu'on se croise deux fois en une semaine !

La belle jeune femme brune qu'elle avait croisée le dimanche précédent, avant la cérémonie d'ouverture, lui adressait un sourire depuis son siège, côté fenêtre, de l'autre côté de l'allée. Son nom lui revint soudain : Fiona Akselberg, cette fille qui mettait ses enfants en photo de profil sur Facebook. Agnes se maudit de ne pas avoir inspecté le wagon avant de s'installer. Plutôt que d'écouter une mère de famille rapporter les bons mots de ses mioches pendant tout le trajet, elle aurait préféré sauter du train en marche. Baissant les yeux sur son téléphone, prenant l'air occupé, elle remarqua qu'elle n'avait plus que trente-cinq pour cent de batterie. Et bien entendu, elle avait oublié son chargeur.

– Les enfants sont à Voss chez leurs grands-parents, précisa Fiona sans qu'Agnes le lui ait demandé. Je retourne à Bergen pour bosser. Et passer un peu de bon temps en tête à tête avec ma compagne.

Le voile de brume qui lui occultait la mémoire se dissipa aussitôt. Cette fois, elle se souvenait parfaitement de Fiona Akselberg, de deux ans plus âgée, l'une des rares lesbiennes du lycée, voire la seule. Tous les garçons lui couraient après. Elle était jolie et féminine, et ne revendiquait pas sa sexualité. Agnes se souvenait en tout cas qu'elle se plaignait que beaucoup de ces petits mecs la considéraient comme un trophée potentiel et se défiaient à qui serait le premier à « mettre la gouine dans son pieu ».

– Quelle semaine, dit Fiona. C'est affreux ce qui s'est passé.

Agnes se contenta d'un hochement de tête.

– Comment va Joni ?

– Joni ?

C'était bien la dernière personne qu'elle s'attendait à entendre mentionner.

– Oui, j'ai vu que tu avais interviewé les filles après le drame. Elle tient le choc ?

– On dirait bien, même si elle est très marquée, évidemment. Tu es une de ses amies d'enfance ?

– Non, on n'a jamais été vraiment copines. Mais on a passé du bon temps ensemble pendant… comment dire, sa phase expérimentale.

– Ah ? Tu veux dire… en couple ?

– Non, enfin moi, je ne demandais que ça, mais elle m'a bien fait comprendre qu'elle ne pouvait pas s'engager avec une fille. C'était peut-être une façon de me consoler, mais j'avais l'impression qu'il y avait autre chose.

– Quoi ?

– C'est pour ça que je te demande de ses nouvelles. En réalité, elle n'avait d'yeux que pour une seule personne, répondit Fiona Akselberg tandis que le train approchait de la gare de Bulken, à l'extrémité ouest du lac. Je crois qu'elle a toujours été secrètement amoureuse de sa meilleure amie.

Rhétcom, abréviation de « Rhétorique et communication langagière », était l'un des instituts de recherche du département d'études nordiques et linguistiques de la section lettres de l'université d'Oslo. D'après le site, le centre comptait neuf employés – professeurs, maîtres de conférences et doctorants – à contacter par téléphone ou par mail.

Joni Roberta Farestveit n'y figurait pas.

Le site n'était peut-être pas à jour. Venait-elle d'être embauchée ? Elle n'avait pourtant rien dit de tel. Quoi qu'il en soit, personne ne risquait d'être à son bureau un samedi soir. Inutile de tenter d'appeler l'un de ses collègues.

Mais son mari… Agnes pouvait toujours essayer de le joindre.

Fouiner ainsi sur le compte de Joni lui était désagréable, mais cette histoire d'expérience homosexuelle l'intriguait, même si elle n'avait aucune idée de ce que ça pouvait impliquer. Comme elle ignorait le nom de l'intéressé, elle chercha l'adresse de Joni, puis entra les coordonnées pour voir qui vivait là avec elle.

Peder André Vik habitait au 3, rue Krokusveien à Oslo. Nordberg, un joli coin peuplé de gens aisés et cultivés qui avaient hérité de belles maisons familiales, loin de la vulgaire richesse des quartiers de l'ouest. Agnes se sentait bizarrement soulagée maintenant qu'elle tenait le nom et le numéro du mari de Joni.

– Allô ? Vik à l'appareil…

Une voix agréable et posée, celle d'un homme qui travaillait certainement, lui aussi, dans le monde universitaire.

– Bonsoir, je m'appelle Agnes Tveit, je suis journaliste au *Hordaland*, le quotidien local de Voss, et… Je suis une amie de votre femme. Vous auriez une minute ?

Elle se frotta nerveusement le front. Quelle idée… Comment allait-elle amener le sujet ? Elle aurait mieux fait de demander directement à Joni, ça ne l'aurait certainement pas offusquée.

– Joni ? Vous ne devez pas être très proches… Sinon, vous sauriez qu'on a divorcé.

– Ah ?

– À vrai dire, je ne l'ai pas vue depuis des mois. On s'est séparés avant Noël.

– Ah bon, bredouilla Agnes. J'ai dû mal comprendre. Mais vous partagez la garde des enfants ?

– C'est ce qu'elle prétend ? Non, Joni n'a aucun droit. Je partage la garde avec leur mère, comme avant. Joni a joué le rôle de la belle-mère un moment, mais elle a disparu de leur vie, maintenant. Elle n'est plus elle-même depuis que l'institut n'a pas renouvelé son contrat.

Agnes fut parcourue d'un frisson.

– Je peux vous demander pourquoi ? demanda-t-elle prudemment. Pourquoi ils ne l'ont pas gardée ?

Le silence se fit à l'autre bout du fil. Le train venait d'entrer dans un tunnel, et Agnes crut que son téléphone ne captait plus. À moins que son interlocuteur ait compris qu'il n'avait pas affaire à une amie de Joni, mais juste à une journaliste. L'entendant enfin soupirer, elle patienta sans rien dire.

– Joni n'avait pas…

Il s'arrêta pour reprendre son élan. L'homme semblait s'être subitement transformé en moulin à paroles.

– Notre esprit a un système immunitaire à part, déclara-t-il, avant d'enchaîner sur un petit exposé sur les mécanismes de défense primitifs, les pulsions incontrôlées et les conflits émotionnels susceptibles de perturber la réflexion.

De toute évidence, Vik était soit psychologue, soit spécialiste de la question.

– On peut être terriblement en colère sans le reconnaître soi-même. Au lieu de quoi, on se figure que cette colère est véhiculée par quelqu'un de son entourage. La manière dont on perçoit la réalité est souvent biaisée par ces mécanismes de défense. On parle de défense névrotique quand les conflits internes sont refoulés, ce qui peut aider tel ou tel individu dans une situation donnée, mais peut aussi être à l'origine d'une sorte d'instabilité, voire de troubles anxieux.

Vik se tut, parvenu au bout de son laïus.

Tout en se concentrant, Agnes s'était demandé comment une fille aussi jolie et intelligente que Joni avait pu finir avec un tel raseur. Elle saisit au vol le dernier mot du discours, astuce dont elle usait et abusait.

– Joni souffrait d'anxiété ?

Vik poussa de nouveau un soupir, cette fois plus éloquent, comme il le faisait sans doute dès que quelqu'un tombait dans la vulgarisation de ses propos.

– Il lui arrivait de ne pas maîtriser ses conflits émotionnels comme il aurait fallu, répondit-il. Et sans vouloir entrer dans les détails, cette tendance a eu des conséquences fâcheuses pour son travail.

Agnes ressentit comme un coup au ventre à l'idée que Joni lui ait menti. Elle aurait voulu en savoir plus, mais le psychologue semblait maintenant avoir hâte de conclure. Peder André Vik souhaitait manifestement retourner au plus vite à sa vie paisible de célibataire. Agnes alla droit au but.

– Savez-vous où loge votre ex-femme quand elle est à Voss ? demanda-t-elle d'un ton aussi plat que possible.

– Quand Veslemøy est rentrée de Nouvelle-Zélande, elle s'installait toujours chez elle. Ce n'était pas tous les jours facile, à ce que j'ai compris, son mari lève pas mal le coude. Je ne serais pas surpris que ce soit lui le coupable. J'ai beaucoup entendu parler de leur relation, à vrai dire.

– Joni parlait souvent de Steven et Veslemøy ?

– De Veslemøy, surtout. Apparemment, elle en avait bavé, la pauvre. Joni m'a raconté qu'elle avait perdu sa mère, que son père buvait et que, pour couronner le tout, on l'avait violée quand elle était plus jeune. C'est comme ça, le destin s'acharne sur certains. Voilà sans doute pourquoi Joni éprouvait une telle empathie pour elle, même si j'ai toujours trouvé qu'elle en faisait un peu trop.

– Comment ça ?

– C'est marrant que vous me posiez la question, parce que c'était un de nos sujets de discussion les plus virulents. Je n'ai été que rarement à Voss et je ne les ai jamais vues ensemble, mais d'après la fréquence et la longueur de leurs conversations au téléphone, je trouvais que Joni surprotégeait Veslemøy et je le lui ai fait plusieurs fois remarquer.

Son T-shirt lui collait à la peau.

En tirant sur le tissu pour s'aérer le dos, Agnes sentit la sueur dégouliner le long de ses reins.

Elle était gelée.

La liste des dissimulations de Joni commençait à se faire longue : son mariage raté, les enfants avec qui elle n'avait aucun contact, son travail qu'elle avait perdu, le viol de Veslemøy dont elle prétendait ne pas être au courant. Et le comble : son amour secret pour son amie…

Agnes ressentait de plus en plus le besoin de lui parler. Qui sait, peut-être tout pouvait-il s'expliquer. Mais elle eut beau l'appeler, Joni ne répondait pas. Et quand son portable retentit un instant plus tard, un autre numéro s'afficha.

Un numéro qu'Agnes n'avait pas enregistré dans son répertoire, mais qui lui disait quelque chose. Sans doute l'avait-elle composé récemment.

Dix-huit pour cent de batterie. Si ce n'était pas important, il faudrait raccrocher sur-le-champ.

– Oui, ici Agnes Tveit.

On se racla la gorge à l'autre bout du fil.

– Allô ? fit-elle avec impatience.

– Oui… Bonsoir.

Un nouveau toussotement, suivi d'un silence.

– Torgeir Tveiterås à l'appareil.

Elle jeta un œil par la porte du train, vers des champs, des fermes, des moutons, tout ce monde innocent, d'une simplicité verdoyante.

– Pardon d'avoir mis autant de temps à vous rappeler, mais… Bon.

Le vieil homme parlait lentement, comme pour retenir ses mots. Il hésita un instant, puis reprit d'une voix plus grave et rocailleuse :

– Je fais souvent des insomnies en pleine nuit. En réalité, je me demande comment j'ai pu tenir aussi longtemps, me lever tous les matins et aller au boulot. La conscience professionnelle, j'imagine.

Il lâcha un bruit qui ressemblait à un éternuement.

– Je ne peux que demander pardon. C'est ce que j'aurais dû faire il y a longtemps.

Un nouveau silence.

Tveiterås inspira profondément, l'air de prendre son courage à deux mains.

– Je n'oublierai jamais cette matinée, déclara-t-il. J'avais épinglé une cocarde aux couleurs de notre pays sur mon uniforme, je me sentais joyeux et insouciant. J'étais de garde, mais je comptais bien fêter le 17 mai…

Quand il avait ouvert le poste de police, expliqua-t-il, deux jeunes gens attendaient à la porte : une fille en costume de bachelière et un garçon un peu plus âgé. À voir l'adolescente recroquevillée sur elle-même, les cheveux lui dissimulant le visage, Tveiterås avait d'abord pensé qu'elle était saoule. Il leur avait demandé s'il pouvait quelque chose pour eux, le garçon avait répondu : « Oui, monsieur. Elle vient de se faire violer. »

Au rythme où parlait le vieil homme, Agnes sentait la batterie de son téléphone descendre comme la marée. Pourvu, au moins, que ce lent récit confirme son intuition à propos de Vegard Saue – ce salaud avait forcément volé les preuves de son crime.

S'apercevant que la jeune fille n'était autre que la petite Liland le commissaire adjoint en avait eu froid dans le dos. Même s'il avait rarement eu affaire à des agressions sexuelles, il était évident qu'elle avait passé un sale quart d'heure. Il avait fallu un peu de temps à la victime avant de pouvoir tenir un stylo, mais elle avait fini par remplir d'une main tremblante le formulaire de dépôt de plainte. Lorsqu'il lui avait demandé qui lui avait fait ça, elle lui avait lancé un regard vide et griffonné sa réponse : « Vegard Saue ».

Ensuite, comme le voulait la procédure, il l'avait accompagnée chez le médecin, où tous les prélèvements nécessaires avaient été réalisés, pendant qu'il attendait dans le couloir. Puis il l'avait reconduite chez elle, avant de retourner au poste avec le sachet scellé, qu'il avait rangé dans le local des scellés. Il ne pouvait rien faire de plus avant le lundi.

– Je ne soupçonnais pas qui viendrait me voir le soir même, alors que je venais juste de descendre le drapeau. Elle a débarqué la bouche en cœur et m'a réclamé la clef du local.

Elle ? s'étonna Agnes en son for intérieur.

– Je n'aurais jamais dû lui apprendre ce qui était arrivé, mais je craignais qu'elle soit en danger, elle aussi. Et je n'ai pas su lui dire non, je n'ai jamais su, à vrai dire. Aujourd'hui, vingt ans plus tard, je n'arrive toujours pas à savoir qui de nous deux est le plus coupable d'avoir ruiné la vie de cette fille…

Alors que le contrôleur annonçait l'entrée imminente du train en gare d'Evanger, la voix de Tveiterås se fit plus grave encore.

– Je ne me le suis jamais pardonné. Ni à elle.

– Mais de qui parlez-vous ?

Le vieil homme se tut quelques secondes, avant de tousser de nouveau et de répondre :

– Ma nièce. Kathrine.

Si les mensonges de Joni lui tordaient les boyaux, cette révélation la heurta comme un crochet en plein visage.

C'était non seulement un outrage envers Veslemøy Liland, mais envers toutes les femmes violentées que personne n'écoutait. Ni la police, ni la presse, ni leurs proches.

Comment Kathrine pouvait-elle se regarder dans le miroir après ce qu'elle avait fait à Veslemøy, une de ses meilleures amies ?

Ce vieil oncle qu'elle avait pris sous son aile à Bergen, ce n'était autre que Torgeir Tveiterås. Sans doute un moyen de laver sa conscience. Lui, semblait ne s'être jamais remis des événements de l'époque.

Les pièces du puzzle commençaient à se mettre en place, mais il restait encore quelques zones d'ombre.

Kathrine avait-elle conservé les preuves du viol après s'en être emparée ? D'où sa relation avec Vegard Saue qui s'était poursuivie pendant des années ? Avait-il voulu les récupérer quand Veslemøy l'avait menacé de révéler l'affaire au grand jour s'il ne tirait pas un trait sur son poste de procureur ?

Agnes, par la vitre de la porte du train, fixait le flanc des montagnes. Avec la vitesse, on aurait dit une tapisserie grise défilant en continu sous ses yeux.

Mais quel rapport entre ces éléments et le meurtre ? Si Vegard Saue était allé jusqu'à tenter d'assassiner son ex, comment comptait-il se saisir des preuves ?

Elle songea aux caisses en carton qui trônaient au milieu du salon, dans la somptueuse maison de Palmafossen, depuis l'incendie survenu dans la chambre de Kathrine, qui faisait aussi office de bureau.

Et aux affaires de couture.

Un sentiment plus désagréable encore lui noua l'estomac.

Et si quelqu'un avait devancé Vegard Saue ?

Elle naviguait à vue.

Après sa conversation avec Tveiterås, son épave d'iPhone n'avait plus que huit pour cent de batterie. Pourvu qu'il tienne, le temps d'un dernier appel.

Son portable plaqué à l'oreille, elle pianota sur la porte du train, priant pour que ses soupçons ne se révèlent pas exacts.

Pas de réponse de Joni.

Ni de Kathrine.

Ni de Gro.

Elle n'avait plus qu'à essayer Steven.

Encore de longues secondes d'attente, pendant que les tonalités s'égrenaient dans le vide. Alors qu'elle s'apprêtait à abandonner, il décrocha enfin.

– Chez qui Joni devait loger cette semaine ? lança-t-elle sans même saluer son interlocuteur.

Elle ne bougeait pas d'un pouce, et pourtant elle se sentait essoufflée.

– Pourquoi veux-tu sa…

– Réponds vite !

– Chez Kathrine.

Agnes laissa tomber son front sur son téléphone, les yeux fermés. De nouveaux éléments du puzzle venaient de se mettre en place, révélant un motif effrayant.

Le contrôleur soufflait dans son sifflet, gesticulait pour annoncer le départ imminent du train.

À l'instant où la porte commençait à se refermer, Agnes sauta sur le quai.

En sortant de la gare d'Evanger, elle repéra un adolescent assis sur un banc, coiffé d'un bonnet malgré la chaleur estivale, avec un casque par-dessus. Agnes s'approcha et se racla la gorge pour attirer son attention. Aucune réaction. Elle lui retira son casque, emportant au passage le bonnet qui découvrit des oreilles transpirantes et cramoisies. Le garçon eut l'air terrorisé.

– Prête-moi ton portable.

– Pour quoi faire ?

– Appeler un taxi.

– Je m'en occupe, répondit-il en s'écartant.

Un instant plus tard, il lui annonçait d'un air boudeur :

– Une voiture part de Voss dès que possible.

Agnes le remercia et s'installa près de lui sur le banc. Le regard fixé sur la voie ferrée, elle réalisa qu'elle n'avait même pas pensé à regarder quand passerait le train dans la direction opposée.

Son téléphone avait encore un semblant de vie.

Deux pauvres petits pour cent de batterie.

Mieux valait le laisser au fond de son sac, au risque de passer la plus longue demi-heure de son existence.

Elle s'efforça de se concentrer, de mettre en ordre toutes ces nouvelles informations pour s'assurer qu'elle détenait bien toutes les pièces de ce puzzle si dérangeant.

À peine avait-elle commencé à réfléchir que le parfum enivrant du passé venait la rattraper.

– D'abord le terrain de foot et maintenant la gare d'Evanger…, dit l'homme qui venait de surgir devant elle, pour ainsi dire en civil, avec un jean et un T-shirt qui révélait son torse bien bâti. Je vais finir par croire que tu me suis, Agnes.

Un bon millier de couronnes, voilà ce qu'allait lui coûter sa fierté. Agnes avait refusé de partager la course avec Alexander, affirmant que c'était le journal qui payait.

Pendant les dix-neuf minutes de route jusqu'à Voss, ils avaient discuté de leurs vieilles connaissances communes. Ou plutôt, elle l'avait écouté parler. Agnes se souvenait à peine d'avoir prononcé un mot, troublée de se retrouver collée à lui pendant si longtemps. Elle avait gardé les yeux rivés sur le compteur sans oser regarder son voisin.

Une fois le taxi arrivé en centre-ville, où Alexander allait boire quelques bières sous le chapiteau du festival, avant de claquer la portière derrière lui il avait proposé qu'elle le rejoigne plus tard dans la soirée, dès qu'elle serait libre. Ce serait sympa de prendre un verre, avait-il suggéré.

Impossible.

C'était bien la dernière chose à faire.

Le taxi freinait devant chez elle. Fredrik, qui semblait se diriger vers le garage, lui adressa un sourire et un signe de la main.

Alors qu'elle s'apprêtait à taper son code de carte bleue, son portable se mit à sonner.

Gro.

Elle se dépêcha de répondre.

– Je n'ai quasiment plus de batterie, mais je te rappelle dans cinq minutes, d'accord ?

Gro ne dit rien.

– Tout va bien ? demanda Agnes en entendant son souffle court.

Toujours pas un mot.

– Gro, qu'est-ce qui se passe ? s'écria-t-elle.

– Je n'arrive pas à joindre Viktor, balbutia Gro d'une voix grave.

Elle haletait de plus en plus.

– J'ai… j'avais oublié de prendre le courrier aujourd'hui.

– Qu'est-ce qu'il y a ? demande Agnes, le ventre noué. Il est arrivé quelque chose à Viktor ? Gro ?

Le silence.

Un silence de mort.

Le téléphone avait épuisé ses neuf vies.

Agnes arracha sa carte bancaire du lecteur, qui se mit à hurler, et ordonna au chauffeur de se remettre en route.

L'homme obéit et démarra en trombe dans la rue Strandavegen, direction Bavallen.

De l'extérieur, la maison semblait aussi paisible que d'ordinaire.

Agnes frappa doucement à la porte avec le heurtoir. Elle ne voulait pas sonner, de peur de réveiller Malin. Sur le sol de l'entrée, par ailleurs impeccable, gisaient les éditions du jour du *Hordaland* et du *Bergens Tidende*, entre enveloppes et flyers publicitaires. Comme si on avait tout laissé tomber par terre en passant le seuil.

– Il y a quelqu'un ? chuchota-t-elle.

Aucune réponse. Elle retira ses baskets et les casa soigneusement l'une à côté de l'autre dans la rangée de chaussures où dominaient de petits souliers roses et mauves. Puis elle remonta lentement le couloir, pas à pas, en direction du salon.

Personne. Les coussins étaient joliment disposés sur le canapé, tout paraissait normal. Agnes continua vers la cuisine.

La table du dîner n'avait pas été débarrassée. Sur la nappe blanche souillée de taches rouges étaient posés deux bols contenant des restes de soupe, un verre à moitié rempli de jus de fruits et un verre ballon vide.

En portant son regard un peu plus loin, elle aperçut le dos de Gro, marqué du logo *Cercle du meuble*.

Celle-ci était assise par terre, penchée sur quelque chose, comme une enfant en train de jouer. Mais elle semblait tout sauf joueuse lorsqu'elle posa sur Agnes ses yeux à moitié dissimulés par une mèche de cheveux.

On aurait dit qu'elle venait de voir un fantôme.

Devant elle étaient jetées une grande enveloppe et une feuille A4 couverte d'un texte manuscrit.

– Elle n'était pas affranchie, dit Gro d'une voix chevrotante. L'enveloppe. Elle a dû venir ici en personne.

– Qui ça ? demanda doucement Agnes tout en redoutant de connaître la réponse.

Gro attrapa la lettre et la lui tendit mollement, sans changer de position. Agnes s'accroupit devant elle et commença à lire.

Ma chère Gro,

J'ai trouvé ce petit sachet dans un carton chez Kathrine, quand on était en train de bricoler nos costumes folkloriques.

Le pouls battant dans sa gorge, Agnes balaya la pièce du regard à la recherche de l'objet.

Rien. Gro n'avait que son téléphone en main.

Elle reprit sa lecture :

Je l'ai mise devant le fait accompli, je lui ai donné une chance de s'expliquer. Mais elle s'est contentée de répéter froidement qu'elle n'avait aucune idée de ce que ça pouvait être. Elle pensait sans doute que j'ignorais ce que Vegard avait infligé à Veslemøy ce soir-là. Mais j'étais au courant, bien sûr. Veslemøy m'avait tout raconté. La peur qui la poursuivait depuis qu'il l'avait violée et menacée de mort. Toutes ces années, j'avais pensé que ce porc avait lui-même fait en sorte que l'affaire soit classée.

En réalité, c'était Kathrine. Et elle n'avait même pas mauvaise conscience.

Cette découverte m'a mise hors de moi, Gro. Cette horrible trahison, j'ai décidé de la lui faire payer.

J'avais tout planifié, mais rien ne s'est passé comme prévu. Parce que je ne suis qu'une incapable.

J'aurais voulu te raconter ce qui s'était passé, expliquer à Steven ce que j'avais fait, mais je n'y suis pas arrivée. Quelle mauviette. Ça a toujours été comme ça.

Demande-lui pardon pour moi.

Dis-lui qu'elle l'aimait.

Et que j'aimais Veslemøy.

Joni.

Agnes prit doucement le téléphone des mains de Gro, toujours effondrée par terre, les yeux dans le vide. Elle chercha en vain le numéro de Viktor, avant de penser à consulter le journal d'appels et de comprendre qu'il se cachait derrière le sobriquet « Mon bonhomme ».

Pourvu qu'il décroche, pensa-t-elle en baissant les yeux sur sa main droite qui tremblait comme une feuille.

Les tonalités défilèrent longuement jusqu'à ce qu'il réponde enfin.

– Coucou, chérie. Désolé, mais…

– C'est Agnes.

– Ah ? Comment se fait-il que…

– Kathrine est toujours en interrogatoire ? demanda-t-elle aussi calmement que possible.

Elle ferma les yeux.

– On a fini il y a quelques heures, dit Viktor. Elle est rentrée chez elle.

– Seule ?

– Je n'en sais rien… Attends une seconde.

En l'entendant traverser la pièce, elle se mit à trépigner.

Des murmures au loin, puis Viktor reprit :

– D'après Storedal, quelqu'un est venu la chercher.

– Qui ça ?

Nouveaux murmures, puis Viktor répondit :

– Joni.

Quelque chose se brisa au fond d'elle.

– Viktor, écoute-moi : vous devez aller d'urgence chez Kathrine !

– Mais je suis en pleine…

– TOUT DE SUITE !

Elle lança son téléphone à Gro et laissa derrière elle la jeune femme en état de choc. Il aurait fallu s'occuper d'elle, mais pas le temps. Elle s'empara de la clef de voiture déposée sur le plan de travail et sortit.

Un instant plus tard, la Tesla brûlait le pavé de Bavallsvegen.

Aucun véhicule de police n'était garé devant la belle demeure jaune de Palmafossen.

Agnes frissonna en apercevant sa petite Polo qui attendait là sagement depuis des heures, à côté d'une voiture électrique noire : celle de Kathrine.

Joni avait dû l'emprunter pour aller la chercher au poste.

La journaliste jeta un œil à l'étage. Personne en vue, mais la lumière du salon était allumée. Elle continua un peu plus haut dans la rue et se gara devant chez le voisin, d'où elle avait une vue dégagée sur la maison.

Devait-elle entrer ? Manifester sa présence ?

Non, elle n'osait pas. Mieux valait attendre la police.

Elle patienta une minute.

Puis deux.

Cette fois, elle grinçait nerveusement des dents, et pas qu'un peu. Elle repensa au visage étonné de Fredrik quand il l'avait vue repartir en taxi.

Avait-il trouvé la poussette en morceaux dans le garage ? Il devait penser qu'elle avait perdu la tête.

C'était peut-être le cas, après tout, mais elle s'en fichait comme du reste.

Rien n'était tel qu'elle l'avait imaginé. Le monde ne tournait pas rond.

Que foutaient Viktor et ses hommes ?

Une silhouette tira soudain les rideaux de la chambre à l'étage.

Puis on éteignit la lumière.

Finalement, peut-être que tout allait bien.

Que les deux amies avaient discuté autour d'une bonne tasse de thé.

Que Joni s'était rendue à la police et que Kathrine était en train de se coucher, tout simplement.

La porte d'entrée s'ouvrit. Dans la clarté du soir, Agnes vit une toison rousse s'échapper de la maison et poursuivre sa course dans la rue.

Engourdie par le stress, Agnes n'arrivait pas à détacher sa ceinture.

Quand elle parvint enfin à se libérer, elle bondit de la voiture, se précipita vers la maison et ouvrit la porte d'entrée.

Elle commença par frapper chez « M. Bøe », en vain.

– Il y a quelqu'un ? lança-t-elle vers l'étage. Kathrine ?

Pas un bruit.

Les marches grincèrent sous son poids dès qu'elle commença à monter prudemment, comme elle l'avait déjà fait le jour même – et comme la première fois où elle était venue ici pour rencontrer les trois amies effondrées par la mort de Veslemøy.

Un chagrin qui cachait de vilains secrets, réalisait-elle à présent.

Arrivée en haut de l'escalier, Agnes observa le salon sens dessus dessous.

Kathrine était vêtue d'un bas de jogging rose, genre pyjama, et d'un T-shirt blanc, d'où dépassait la queue du tigre tatoué sur son bras. Avec ses fins cheveux blonds détachés, elle semblait prête à se coucher. On aurait pu croire qu'elle dormait déjà.

Mais elle était étendue par terre, le visage enfoui dans le tapis.

Un faible gémissement s'échappa de la masse inerte.

Kathrine Bøe était en vie.

Agnes se pencha sur elle et la retourna sur le dos. Son corps frêle était de plomb.

Elle avait les yeux clos et la bouche pleine, visiblement fermée de force.

Joni avait dû lui faire avaler quelque chose.

Mon Dieu.

Un petit bout de papier violet dépassait de ses lèvres. Le cœur battant à tout rompre, Agnes l'attrapa et le tira doucement.

Elle extirpa un sachet roulé en boule, en partie désagrégé. D'un côté était collé un post-it : « Affaire 302, 17 mai 1998. »

Le téléphone laissé dans la cuisine était verrouillé.

Les numéros d'urgence devaient tout de même fonctionner, espéra Agnes.

Du bout d'un index tremblant, elle composa le 112 et retourna auprès de Kathrine. Elle la secoua, examina son visage et son cou. Pas une plaie, aucune marque de violence ni trace d'étranglement.

Elle avait dû être empoisonnée.

Agnes lâcha le téléphone, fit basculer le corps mince mais pesant sur le flanc, en position de sécurité.

Elle hésita un instant.

Puis elle retint son souffle, lui ouvrit la bouche et lui enfonça deux doigts dans le gosier.

N'osant pas regarder sa propre main enfouie dans la gorge de Kathrine, elle rejeta la tête en arrière et fixa la photo encadrée du groupe d'amies accrochée au mur, quatre filles plus souriantes les unes que les autres, le pouce dressé, harnachées de leur matériel de parachutisme.

Le corps de Kathrine se mit à trembler et à geindre sous l'action de ses doigts.

Dans un râle venu du fond de ses entrailles, elle ouvrit les yeux et rendit tripes et boyaux.

– Pardon, bredouilla-t-elle en revenant à elle.

La nicotine se déposa au fond d'elle comme un chaud voile chaud et sombre.

Elle expira, puis reprit une bouffée, retint le tabac un instant dans ses bronches avant de recracher la fumée grise qui portait sa mauvaise conscience.

Si on pouvait se retrouver avec un cancer du poumon sans fumer, alors elle n'en avait plus rien à foutre.

Ces dernières heures, elle avait erré dans un épais brouillard. Viktor lui avait demandé de rester chez Kathrine, sur le canapé, tandis qu'il parlait avec les ambulanciers et convoquait les techniciens. Elle s'était contentée d'obéir. Ensuite, il l'avait fait monter dans sa voiture pour aller chercher Gro et les conduire toutes les deux au poste. Il l'avait fait asseoir sur une chaise devant un enquêteur de la Kripos, qui l'avait regardée d'un air tellement grave et bienveillant qu'elle avait pleuré pour la première fois depuis des années.

Après l'interrogatoire, Viktor l'avait raccompagnée chez eux, dans leur belle maison de Bavallen. Gro avait besoin d'assistance médicale et la voisine, qui veillait sur leur fille endormie, devait rentrer chez elle. Devant les plates excuses de son ami – il en avait pour une demi-heure, tout au plus, avait-il assuré – elle n'avait fait qu'opiner mollement. Heureusement, la petite ne s'était pas réveillée. Et voilà quarante minutes qu'Agnes fumait tranquillement sur le balcon, puisant dans la réserve de cigarettes cachée derrière un pot de fleurs, et trempant le filtre de ses propres larmes.

Viktor finit par revenir avec un nouveau baby-sitter : son père.

Henrik Vormedal la salua d'un hochement de tête raide. Le vieil homme n'était finalement pas un assassin, se félicita Agnes. Une petite discussion avec son fils n'en serait pas moins bienvenue.

Parce qu'elle n'avait pas la force de rentrer chez elle, Viktor la déposa chez Ingeborg. Il faisait assez doux pour qu'elles s'installent à la table de la terrasse, avec deux grands verres de vin rouge. Son amie se jeta sur son paquet de cigarettes comme s'il était le dernier sur terre.

– Pourquoi avoir gardé les pièces à conviction tout ce temps ? demanda-t-elle une fois qu'Agnes lui eut résumé les derniers événements.

Le brouillard commençait lentement mais sûrement à se dissiper et la journaliste se sentait de nouveau elle-même.

– Pour avoir un moyen de pression contre Vegard, j'imagine, répondit-elle. Si tu es assez dingue d'un type non seulement pour rester avec lui alors qu'il a violé ta meilleure amie, mais pour voler les preuves qui l'accablaient, tu es sans doute capable de tout pour le garder. Ce n'est pas de l'amour, c'est un maléfice.

On avait hospitalisé Kathrine. Ses jours n'étaient pas en danger, lui avait rapporté Viktor, mais elle était très faible et devait subir une série d'examens. Il allait falloir attendre qu'elle aille mieux pour l'interroger. Sur le brancard, alors qu'on la transportait vers l'ambulance, elle avait éclaté en pleurs hystériques. Était-ce finalement sa conscience qui la travaillait, ou l'idée d'avoir frôlé de si près la mort non pas une, mais deux fois ?

Quand Ingeborg rentra remplir leurs verres et en proposer un à sa mère qui, un babyphone sur les genoux, regardait l'émission de divertissement du samedi soir sur la chaîne nationale, Agnes s'amollit un peu plus sur le banc. Elle ignorait toujours pour quelle raison Kathrine n'avait pas tout de suite informé la police qu'elle et Veslemøy avaient échangé leurs parachutes, le jour de la cérémonie d'ouverture. Mais elle misait sur la personne de Henrik Vormedal. Elle était prête à parier gros que c'était lui et personne d'autre qui avait porté plainte anonymement contre la praticienne du CHU de Bergen, initiative qui avait débouché sur une enquête et tant de rumeurs qu'elle avait fini par démissionner. Dieu sait quel genre de menaces il avait brandies contre elle et Veslemøy... Les appels constatés sur le téléphone de la victime prouvaient en tout cas qu'il avait été en contact avec elle. L'ancien médecin croyait certainement que les deux filles étaient responsables à elles seules de sa chute – il ignorait tout du rôle de Dagny Berge. Il était peut-être revenu pour jouer au père affectueux et au grand-père serviable, peut-être même pour renouer avec la tante d'Agnes, mais ce vieux bougre avait soif de vengeance, elle l'aurait juré. Ce qui n'avait rien d'étonnant.

Que Kathrine se soit inquiétée de ce que son ex pouvait manigancer, c'était tout aussi compréhensible. Vegard Saue savait nécessairement qu'elle avait volé les preuves de son crime, et sans doute qu'elle les avait gardées. Quand Veslemøy Liland s'était dite prête à révéler l'affaire au grand jour, le tout nouveau procureur avait dû vouloir à tout prix les récupérer. Une plainte pour viol dans sa jeunesse aurait fait pour le moins mauvais effet. Voilà sans doute pourquoi il avait rappliqué quand Kathrine l'avait appelé, après la soirée d'hommage. Agnes n'aurait pas été surprise que, saoule comme elle était, elle l'ait forcé à la raccompagner chez elle et à lui faire l'amour. Ni que Saue soit bientôt interpellé pour incendie criminel, violation de domicile et coups et blessures. Elle n'avait plus qu'à croiser les doigts pour que la police trouve des traces de son passage dans la maison de Palmafossen. Vegard Saue avait dû commencer par la solution la plus simple : brûler la baraque pour détruire les preuves. Mais dans la mesure où le feu avait été éteint avant de faire des ravages, il avait dû se résoudre à chercher lui-même le sachet, profitant de l'interrogatoire de Kathrine et de l'absence de sa mère. Agnes s'était retrouvée en travers de son chemin, un imprévu que le procureur avait réglé d'un bon coup de pied.

– Bois, lui ordonna Ingeborg.

Elle était de retour avec davantage de vin et de questions.

– Tu veux dire que Cat a fait chanter Saue toutes ces années pour maintenir secrètement leur relation ? Même la pire série télé n'oserait pas un truc pareil !

– Ça paraît fou, mais tout porte à le croire. Toi-même tu as entendu dire que Vegard n'en pouvait plus de Kathrine, qu'il voulait se séparer d'elle. Peut-être même avant le viol, qui sait. Je parie que chaque fois qu'il s'apprêtait à la quitter, elle lui rappelait gentiment qu'elle détenait quelque chose contre lui, de quoi le détruire.

– Sain, comme relation, commenta Ingeborg. Ils ont pourtant fini par rompre, non ?

– Oui, mais je crois que la décision est venue de Kathrine. Il ne voulait pas d'enfants. Enfin, il ne voulait pas d'enfants avec elle. Ce que je peux comprendre, soit dit en passant. C'est la seule chose qu'elle n'ait pas réussi à obtenir de lui par la force.

Elle aurait pourtant très bien pu lui faire croire qu'elle prenait la pilule, ajouta Agnes intérieurement.

– Quand Kathrine s'est réinstallée à Voss, reprit-elle, ils n'étaient plus ensemble depuis des années, et elle avait certainement oublié l'existence de ce petit sachet. Il devait être dans le bazar du déménagement, enfoui dans un des cartons qui ont atterri dans le salon, lorsqu'il y a eu le feu dans sa chambre. Le sort a voulu que Joni Farestveit, fragile comme elle est, tombe dessus par hasard.

Agnes avait la boule au ventre à chaque fois qu'elle songeait à elle.

– Kathrine a failli y passer. Mais il a fallu que ce soit Veslemøy, celle que Joni aimait depuis toujours et qu'elle cherchait à protéger, qui soit une fois de plus la victime.

Ingeborg tira sur sa cigarette jusqu'à la faire crépiter, puis recracha la fumée.

– À quoi bon s'encombrer d'ennemis quand on a des amies pour la vie comme ces filles ?

Après ces quelques verres de vin, Agnes sentait l'angoisse et l'ivresse se disputer le contrôle de son organisme, tandis qu'elle descendait aux côtés d'Ingeborg les derniers mètres de la rue Gullfjordungsvegen, en direction de Vangen.

Elle aurait dû être en train de chercher Joni, elle aussi.

Mais Viktor l'avait formellement priée de laisser la police faire son travail. Elle venait déjà de sauver une vie, avait-il souligné, il était temps de se reposer.

Il avait raison. Elle était à bout de forces. L'équipe du soir de *VG* avait appelé plusieurs fois. Elle n'avait pas répondu, mais dès le lendemain, elle se mettrait à son bureau et elle jetterait tout sur le papier. Elle tenterait d'obtenir une interview de Gro, si celle-ci était remise. Elle comptait raconter toute l'histoire, non seulement le meurtre et la lettre d'aveux, mais ce qui avait amené ce groupe d'amies si soudé à se déliter. Elle persuaderait Torgeir Tveiterås de témoigner – ouvertement ou de manière anonyme – à propos de la bavure policière survenue vingt ans auparavant. Témoignage qui viendrait sans nul doute étayer la théorie d'Agnes : quand Svein Vatle, commissaire de l'époque, avait appris que les preuves du viol avaient été subtilisées, il avait appelé à la rescousse un bon ami conseiller juridique de la police, installé à Bergen, qui s'était chargé d'enterrer l'affaire. Agnes ne manquerait pas de préciser que le journal local n'avait jamais cherché à en savoir plus, pour la simple raison que le rédacteur en chef, M. Eskildsen, voulait protéger son neveu et son Club des patriarches.

Pour le moment, il n'y avait qu'à espérer que Joni soit retrouvée au plus vite.

Où était-elle ?

Que s'apprêtait-elle à faire ?

Cette lettre, Agnes n'y voyait pas une simple confession, mais un message d'adieu.

D'après Viktor, ni Storedal ni la Kripos ne prendraient ce paramètre-là au sérieux. L'important était que Kathrine Bøe soit maintenant en sécurité, qu'ils aient des aveux écrits et que personne d'autre ne soit en danger. L'arrestation devrait se dérouler sans heurt. À cette heure de la nuit, la direction de l'enquête refuserait de diffuser un avis de recherche. Si Joni ne se rendait pas d'elle-même à la police d'ici au lendemain matin, ils passeraient au niveau supérieur.

– La fête bat son plein, dit Ingeborg lorsqu'elles passèrent l'église et descendirent le chemin qui menait au parking.

Elle allait arriver en retard à son rendez-vous avec ses collègues de l'hôtel. Après un dernier verre de vin, elle avait réussi à convaincre Agnes de l'accompagner.

La musique s'échappait à plein volume du chapiteau. À cette distance, on ne reconnaissait ni le groupe ni la chanson, mais les basses vibraient dans tout son corps.

Même si la police n'avait pas encore annoncé l'issue de l'enquête, les habitants avaient visiblement décidé d'oublier le drame pour cette dernière soirée.

Le festival ressemblait enfin à un festival. La foule grouillante empestait la bière.

Était-ce vraiment raisonnable ? se demanda Agnes, la tête lourde. Elle n'avait quasiment pas fermé l'œil de la nuit, sans doute aurait-elle mieux fait de rentrer auprès de Fredrik. À condition qu'il veuille bien lui adresser la parole. Chez Ingeborg, elle avait enfin pu charger son téléphone, mais elle n'avait trouvé aucun message de sa part en allumant l'appareil. Elle avait essayé de l'appeler, en vain. Signe qu'il avait dû découvrir la dépouille de la poussette City Cross dans le garage.

Agnes éprouvait un méli-mélo de sentiments contradictoires. L'idée que Fredrik veuille l'épouser, alors qu'elle avait conscience de s'être montrée particulièrement dure ces derniers temps, lui laissait une impression chaude et rassurante. D'autant qu'il avait fouiné dans les dossiers du personnel de l'hôpital pour ses beaux yeux... Pour le reste, ses actes et ses paroles l'irritaient terriblement. La moindre des choses, quand on avait vu sa fiancée perdre connaissance quelques heures plus tôt, aurait été de répondre au téléphone. Mais Fredrik ne savait rien de ce qu'Agnes avait enduré ces derniers jours, ni concernant sa mère ni son travail, rien. Autrement dit, il était grand temps d'avoir une conversation.

Et de se montrer honnête.

De lui avouer qu'elle n'avait peut-être pas aussi envie d'un enfant que lui.

Avant qu'elle n'ait le temps de dire quoi que ce soit, Ingeborg lui attrapa la main et l'entraîna vers le bar. Alexander était assis à l'une des tables surpeuplées, quelques mètres plus loin. Heureusement, il ne la vit pas, riant aux éclats à la plaisanterie de son voisin. Ingeborg se retourna vers elle avec dans chaque main une pinte remplie d'un breuvage jaunâtre.

– Tiens, Batman, dit-elle en lui tendant l'un des verres. C'est l'heure de vivre un peu.

Sans laisser à son amie la moindre chance de protester, elle reprit :

– Tu n'es pas en cloque et tu as bien mérité de te détendre, Agnes. As-tu seulement déjà goûté au Bøtto ? C'est la version locale du Long Island Ice Tea ! Décidément, on ne sort pas assez en ce moment. Allez, à tes amours !

Ingeborg trinqua dans le vide.

Va pour un verre, pensa Agnes.

Le cocktail, fort et sucré, était tout sauf savoureux, mais elle se sentit mieux dès la première gorgée.

Il y avait longtemps qu'elle n'avait pas laissé l'alcool l'envelopper de l'intérieur comme une protection invisible contre toutes ses peurs.

DIMANCHE

Quelque chose lui disait de ne pas ouvrir les yeux.

Était-ce cette violente migraine ou les hurlements du téléphone qui l'avaient réveillée ? Quoi qu'il en soit, il était beaucoup trop tôt. Elle laissa sonner, incapable de décrocher tant qu'elle n'aurait pas fait quelque chose contre son mal de crâne.

Elle attrapa un oreiller qu'elle appuya désespérément sur son visage.

L'odeur étrangère de la taie la fit frissonner.

Elle n'osait plus bouger d'un muscle.

Au bout d'un instant, elle entrouvrit un œil.

La douloureuse réalité surgit au galop.

Ce n'était pas ses draps ni son lit.

Elle n'était pas chez elle.

Mais dans une chambre d'hôtel.

Seule ?

Elle leva doucement la tête et regarda autour d'elle.

Oui, elle était bien seule.

Habillée ?

Elle jeta un œil sous la couette.

Et merde.

La nuit lui revint par petites bribes cruelles. Il y en avait eu, des cocktails. Puis la piste de danse au fond de la tente, un groupe qu'elle ne connaissait pas. Le monde qui chavirait comme sur des montagnes russes.

Un homme nu.

Son téléphone poussa de nouveau un cri aigu qui lui fendit le crâne. Pourquoi diable était-il aussi fort ? Elle aperçut l'appareil de l'autre côté du lit. Elle l'attrapa et le retourna : Viktor.

Pitié, encore une minute.

Un appel en absence d'Ingeborg. Plusieurs de Fredrik. Elle commençait à avoir mal au cœur. Il était plus de dix heures et Viktor insistait. Elle pivota sur le dos pour répondre, s'apprêtant à évacuer sa contrariété sur quelqu'un d'autre.

Mais la nausée déferlait.

Elle bondit du lit et se précipita vers une porte ouverte, sans doute celle de la salle de bains. Il faisait noir comme dans un four, impossible de trouver l'interrupteur. Elle n'arriverait pas à repérer les toilettes à temps, réalisa-t-elle avec effroi. Seules quelques gouttes du mélange grumeleux d'alcool, de sauce hamburger et de fromage qui lui jaillit de la bouche atterrirent dans la cuvette. Le reste arrosa la lunette et le carrelage, comme si le diable s'était emparé de son estomac pour y orchestrer des horreurs.

Elle gémit, accroupie devant la flaque nauséabonde.

Soudain, on ouvrit la porte de la chambre.

Puis une silhouette apparut.

Agnes n'osait pas regarder.

– Nom de Dieu, Tveit ! lança Tor Erik Åkervold de sa voix nasillarde. Moi qui voulais te demander si tu comptais prendre un petit déj ou refaire un tour au lit. Les deux sont exclus, à ce que je vois.

Elle n'avait pas pensé à aller aux toilettes. Tant pis.

Elle était arrivée tout juste à temps pour le premier départ de la journée. Tous les parachutistes ayant soif d'adrénaline s'étaient rassemblés sur la drop zone depuis l'aube. La plupart d'entre eux avaient fait la fête la veille, à en juger par leurs mines et les relents d'alcool. Personne n'aurait pu croire que ce petit milieu avait été frappé par un drame la semaine précédente. Ils semblaient tous impatients et ravis de pouvoir enfin sauter, en ce dernier jour de festival.

La veille, tard dans la soirée, Birger avait envoyé un SMS à tous les participants. La fin du programme prendrait la forme d'un « dernier hommage à Veslemøy Liland ».

Elle en avait été heureuse, un peu par sympathie pour les autres, mais surtout parce qu'on lui fournissait enfin l'occasion de mettre en œuvre son projet initial. Alors qu'elle pensait devoir se débrouiller autrement.

L'« hommage » à Veslemøy, elle s'en fichait un peu. De la langue de bois, voilà ce que c'était. Birger voulait éviter de renvoyer chez eux des centaines de parachutistes dépités, prêts à lui faire mauvaise presse. Elle ressentit un bref scrupule à l'idée de leur gâcher cette journée-là aussi, mais ses remords furent vite éclipsés par la clarté du reste.

Elle s'en voulait surtout d'avoir échoué la première fois. Et en même temps, elle éprouvait une étrange indifférence. Plus rien n'avait d'importance, désormais.

Le bourdonnement du moteur couvrait le martèlement de son cœur tandis qu'elle se forçait à respirer profondément. Elle ajusta sa perruque qui la démangeait. Dire qu'il suffisait de ce postiche sous son casque et d'une nouvelle paire de lunettes de soleil pour passer incognito. Personne n'avait réagi lorsqu'elle avait montré le permis de conduire et la licence de parachutisme d'une femme à qui elle ressemblait à peine, malgré sa fausse chevelure blonde.

Les jeunes athlètes disparurent les uns après les autres dans les airs. Le débutant qui sauta en dernier, assuré par l'un des plus expérimentés du club, avait les joues rouges et le regard à la fois pétillant de vie et teinté d'angoisse. À part lui, personne ne semblait redouter un malheur. La peur ne faisait pas partie de leur ADN.

– Prête ? lança le pilote.

L'avion était vide, il ne restait plus qu'elle. Elle hocha la tête, s'approcha de la porte grande ouverte sur le ciel limpide, aussi bleu que le dimanche précédent, quand elles s'étaient accrochées l'une à l'autre toutes les quatre pour la dernière fois.

Depuis ce jour, le monde, l'avenir, tout avait changé.

Elle posa prudemment le pied sur la petite marche que l'expérience lui avait appris à trouver sans avoir à baisser les yeux. Dans les rafales qui lui fouettaient le visage, elle eut le souffle coupé.

Non de regret à l'idée de ce qui l'attendait.

Mais de soulagement, un infini, un vertigineux soulagement.

Elle lâcha prise et se laissa tomber dans le vide. Le vent, ce vieil ami, l'accueillit avec effusion. Il ne lui posait pas de questions, n'exigeait rien d'elle, ne la jugeait pas.

Jamais elle n'avait été aussi proche de Veslemøy.

Elle se revit dans l'église, debout près du cercueil où ne reposait qu'une coquille vide. L'âme de son amie n'y était pas. C'était ici qu'elle se trouvait, ici que Veslemøy avait respiré, ressenti une ultime fois. Sans doute n'avait-elle pas eu le temps d'avoir peur.

Jusqu'à la dernière seconde, elle avait cru que tout irait bien.

Plus bas, les autres avaient commencé à déplier leurs parachutes. Joni évoluait dans les airs aussi lentement que possible.

En un rien de temps, elle les dépassa. Personne ne pouvait se douter que dans son sac les suspentes étaient coupées, rageusement arrachées comme sur le parachute de Kathrine.

Deux petits garçons étaient en train de venger la mort de leur mère. Ils ne le comprendraient pas avant de longues années, mais un jour, ils lui en seraient reconnaissants.

Joni Farestveit maintint le cap sur la surface étincelante du Vangsvatnet. Quand son corps la toucherait, le lac serait aussi dur qu'en plein mois de janvier, mais elle n'en saurait rien, elle n'éprouverait plus jamais ni douleur, ni manque, ni mauvaise conscience, ni le goût de la trahison.

Elle photographia une dernière fois du regard les montagnes vertes saupoudrées de neiges éternelles.

Puis elle ferma les yeux.

REMERCIEMENTS

Merci à Knut Lien du club de parachutisme d'Oslo pour avoir généreusement partagé avec moi son savoir technique, et à Morten Knapstad et Sebastian Brück pour m'avoir transmis des informations complémentaires sur le parachutisme à Voss. Merci à Nils Arne Mehammer et à Vibeke Schei Syversen de la Kripos, Morten Steingrimsen et Pernille Flage de la police nationale, ainsi que Marianne Skjerven-Martinsen, ancienne médecin et chercheuse au sein de l'Institut national de santé publique, pour leur inestimable expertise scientifique. J'assume pleinement la responsabilité du bon usage des renseignements que j'ai reçus.

Merci à mes éditeurs, Guro Solberg et Hans Petter Bakketeig, ainsi qu'à mon ancien éditeur Marius Fossøy Mohaugen pour tous leurs gribouillages et encouragements. Ils ont été à la fois le parachute principal et celui de secours dans ce projet. Merci à mes consultants d'écriture, qui souhaitent rester anonymes, mais qui m'ont à la fois énormément motivée et parfois démotivée avec leur vingtaine de pages Word de commentaires.

Je tiens également à remercier mes amis, ma famille et toutes mes connaissances qui ont formulé de remarques intelligentes sur mon manuscrit, petites ou grandes, dans différentes phases de l'écriture : Magnhild Helland, Guro Danielsen, Mari Hesjedal, Anne Gunn Halvorsen, Line Oddekalv, Nils Kvamsdal, Therese Tungen, Reidun Heggedal, Kjartan Brügger Bjånesøy, Frode Fuglehaug, Synnøve Ringset Fuglehaug, Gudrun Fuglehaug, Jon Fuglehaug et – une pensée particulière à la reine du roman policier qui m'a lue le plus – Karen Breistein.

Merci à mon compagnon de vie originaire de l'ouest de la Norvège, Kåre Henriksen, un pilier au quotidien et un excellent relecteur à ses heures perdues. Enfin, merci à Voss, précieuse source d'inspiration. Ce roman est purement fictif, mais le saut en formation en costume folklorique inaugurant la semaine des sports extrêmes m'est venu d'une émission de télévision diffusée sur TV2 en 2015. Autrement, les personnages du roman ne ressemblent en rien aux vraies parachutistes – ni à tout autre habitant de la ville. Et chaque mot a été écrit avec amour.

Composition : Nord Compo
Impression : CPI Firmin-Didot en janvier 2022
Éditions Albin Michel
22, rue Huyghens, 75014 Paris
www.albin-michel.fr
ISBN : 978-2-226-45526-0
N° d'édition : 24174/01. N° d'impression : 167740
Dépôt legal : février 2022
Imprimé en France